BASTEI
LÜBBE

ANNE McCAFFREY / ELIZABETH SCARBOROUGH
im BASTEI-LÜBBE-Taschenbuchprogramm:

24 190 Die Gesänge des Eisplaneten
24 203 Das Herz des Eisplaneten
24 215 Die Macht des Eisplaneten

ANNE McCAFFREY
ELIZABETH SCARBOROUGH

# DIE MACHT DES EISPLANETEN

Science Fiction Roman

Ins Deutsche übertragen
von Ralph Tegtmeier

BASTEI LÜBBE

BASTEI-LÜBBE-TASCHENBUCH
Band 24 215

Erste Auflage:
August 1996


Deutsche Lizenzausgabe 1996
Bastei-Verlag
Gustav H. Lübbe GmbH & Co.,
Bergisch Gladbach
Originaltitel: Power Play
Lektorat:
Wolfgang Neuhaus/Stefan Bauer
Titelbild: Rowena A. Morrill
Umschlaggestaltung:
Quadro Grafik, Bensberg
Satz: Fotosatz Schell, Hagen a.T.W.
Druck und Verarbeitung:
Brodard & Taupin,
La Flèche, Frankreich
Printed in France

ISBN 3-404-24215-7

Der Preis dieses Bandes
versteht sich einschließlich der
gesetzlichen Mehrwertsteuer.

*Dieses Buch widme ich in froher Freude*
*Maureen Beirne*
*Good Friend Staunch Ally*
*Cheerful Companion Experienced Tour Guide*
*für viele Freundlichkeiten über viele Jahre hinweg.*

# 1. KAPITEL

Yanaba Maddock und Sean Shongili hielten sich an den Händen – in einer Dunkelheit, die nur von den glühenden Augen Hunderter von Tieren und den Flammen Hunderter von Herzen erhellt wurde. Das Trommeln war verstummt, dem lieblichen Klatschen des dahingleitenden Wassers gewichen, dem Puls vieler Herzen und dem Atem zahlreicher Kreaturen. Ein Puls aber war lauter, als all die Trommeln es gewesen waren, ein Atemhauch, ein Wind, der mit jedem Zug die Kerzen zum Flackern und Aufleuchten brachte.

»Und wie sollen wir das hier unten machen?« flüsterte Yana dem Vater ihres ungeborenen Kindes nervös zu. »Spielt der Planet für mich etwa den Brautführer, oder wie?«

Sean lächelte und zwinkerte ihr zu. »Das steht niemand anderem zu als dir allein, Liebes. Sagen wir einfach, daß der Planet den Trauzeugen ehrenhalber macht.«

»... *ehrenhalber macht* ...«, trällerte ein Echo von den Höhlenwänden. » ... ehrenhalber macht ...«

Sean blieb stehen, und Yanaba baute sich neben ihm auf. Sie wußte nur eins – daß sie heiraten würden, nach Art von Petaybee.

Yanabas neue Verpflichtungen als Verwalterin Petaybees hatten sie die letzten beiden Monate so stark in Anspruch genommen, daß sie nicht genug Zeit gehabt hatte, sich gründlicher mit den Ritualen oder Gebräuchen der petaybeeanischen Hochzeitszeremonie zu befassen, die nun unmittelbar bevorstand. Seans Nichte, Bunny Rourke – eine von Yanas Hauptinformationsquellen, was petaybeeanische Angelegenheiten betraf – hatte ihr lediglich gesagt, daß es sich dabei um eine besondere Art von Latchkay in Verbindung mit einem Nachtgesang an den heißen Quellen handelte. Yana hatte dem Abschieds-Latchkay beigewohnt, als sie auf dem Planeten eingetroffen war. Bei der bevorstehenden Festlichkeit jedoch sollte der Nachtgesang schon vor dem Latchkay stattfinden. Wie zu allen Latchkays würde es sehr viel Gesang geben; diesmal wahrscheinlich noch um einiges mehr als sonst. Sean und Yana war aufgetragen worden, für den jeweils anderen ein Lied zu verfassen. Mit Liedern feierten die Petaybeeaner alle bemerkenswerten Ereignisse oder gedachten ihrer. Bei diesen Liedern handelte es sich entweder um gereimte Texte zu einer alten irischen Melodie oder um Blankverse, die nach Art der Inuit mit Trommelbegleitung im Sprechgesang vorgetragen wurden. Yana, der das Herz zwar übergequollen war, deren Verstand aber zu viele Verwaltungsaufgaben zu verkraften hatte, wärend ihr Körper sich zudem an die Umstellung der Schwangerschaft gewöhnen mußte, hatte schließlich ihr Lied zustande gebracht. Doch das war es auch schon gewesen. Im übrigen hoffte sie nur, daß alles gut verlaufen würde, und sie war bereit, sich von denselben Leuten durch die Zeremonie führen zu lassen, denen sie schon mehr als einmal ihr Leben anvertraut hatte.

Zwei Stunden zuvor war die Modepäpstin von Kilcoole, Aisling Senungatuk, mit dem Kleid eingetroffen, das sie für Yana angefertigt hatte – in einem länglichen Streifenmuster umhäkelte Hasenfelle mit einer weiten Rockpartie und bauschigem Kragen sowie langen Ärmeln. Die gehäkelten Stücke waren reich mit Perlen aus Abfalldraht und den kleinen Kieseln verziert, die in bestimmten petaybeeanischen Bächen vorkamen. Wenn man die Steine wusch, aufpolierte und durchbohrte, nahmen sie einen wunderschönen durchsichtigen Schimmer an. Das Kleid war gelb, in der petaybeeanischen Hochzeitsfarbe gehalten, wie Aisling erklärte, »weil die meisten Pflanzen gelbe Farbe hergeben.« Die Hasenfelle stammten von den Sammelplätzen sämtlicher Jäger im Dorf. Seans Weste war von einem etwas dunkleren Gelb, mit Biberpelz abgesetzt und mit blauweißen Perlen verziert.

Nun formten sich die Lichterflecken um die beiden zu einem Kreis, und Clodagh Senungatuk, Aislings Schwester und zugleich Dorfheilerin, trat zusammen mit Sean und Yana in die Mitte dieses Kreises. Belustigt stellte Yana fest, daß sich so viele von ihren orange gestreiften Katzen um Clodaghs Beine scharten, wie dort nur Platz hatten. Ihre Augen funkelten schillernd und gespenstisch im Kerzenlicht.

»Sean Shongili und Yanaba Maddock, wir haben uns hier versammelt, weil ihr, wie wir vernehmen, euren hier anwesenden Freunden und Verwandten etwas mitzuteilen habt – dort, wo der Planet euch am besten vernehmen kann. Stimmt das?«

»Das stimmt«, erwiderte Sean. »Ich möchte euch allen ein Lied vorsingen.«

»Dann sing für uns«, sagten leise Stimmen aus den Schatten, begleitet von einem gedämpften Grollen aus heiserem Katzenschnurren, dem Wiehern der Lockenfelle und dem bejahenden Japsen der Hunde.

»Sing«, sagte das Echo.

Yana hatte keine Vorstellung, wie viele Leiber sich heute hier in der Höhle drängten. Die Reihe schien bis zurück ins Dorf zu reichen und umschloß jeden Mann, jede Frau und jedes Kind, sämtliche Pferde, Katzen und größeren Raubkatzen sowie alle Hundegespanne. Und Yana hätte schwören können, daß sie das Wild aus dem Buschwerk hatte hervortreten und sich der Prozession anschließen sehen, kurz bevor Clodagh sie in die Finsternis der Höhle hinter dem Wasserfall an den heißen Quellen führte.

Sean räusperte sich. Die Kerzenflamme warf Schatten über seine gemeißelten Züge und milderte die Konturen seines Mundes, als er mit dem Singsang begann.

*Yanaba, sie traf auf den Feind*
*als sie zu uns kam, traf aber auch Freunde*
*und beehrte sie.*
*Sie traf auf mich, und ich traf auf die Liebe.*
*Aijija*

*Mit ihren Freunden, hier um sie herum*
*mit ihrem Geliebten, ich, der ihre Hand nimmt,*
*für dieses Volk und diese Welt, die uns umarmt,*
*traf sie immer wieder auf den Feind,*
*denn dies liegt in ihrem Namen.*
*Aijija*

*Yanaba, die mein Wesen kennt,*
*Yanaba, die mein Herz besitzt,*
*Yanaba, die meine Welt und mein Volk ehrt,*
*Yanaba, die in ihrem Leib unsere Zukunft trägt,*
*Yanaba, du bist bereits ein Teil von meinem Leben,*
*Yanaba, du besitzt bereits mein Herz,*
*ich sage dir dies hier, mit unserer Welt als Zeugin,*
*ich will dich ewig bei mir haben.*
*Aijija.*

Yanaba wurde plötzlich der Mund trocken. Irgend etwas Weiches und Pelziges rieb gegen ihren nackten Knöchel. Ihr Magen machte einen Satz, und sie fragte sich, ob das Baby sich wohl schon so früh bewegen konnte, um sie zum Sprechen zu drängen. So ergriff sie Seans Hände – zum einen als Stütze, zum anderen, um sich Mut zu machen – und hielt sich so kräftig daran fest, daß sie schon fürchtete, ihm Wunden zuzufügen. Doch er erwiderte den festen Griff, und das verlieh Yana den Mut, den sie brauchte. Plötzlich war sie beschwingt und hatte das Gefühl, als müßte sie sich an ihm festhalten, um nicht plötzlich an die Höhlendecke zu schweben.

*Sean Shongili, mien treuester Freund und meine Liebe.*
*Hier bin ich, eine Frau, deren einziges Lied*
*von Krieg und Tod kündete.*
*Wie soll ich singen, was ich für dich empfinde?*
*Du gabst mir das Leben, als ich im Sterben lag.*
*Ein Zuhause, mir, die ich keins mehr kannte*
*in vielen Jahren der Wanderschaft.*

*Eine Familie, da die meine gänzlich ausgestorben ist.*
*Ein Leben, das ich geben kann,*
*als ich schon glaubte, ich könnte nur den Tod bringen.*
*Du hast mir eine neue Welt gezeigt*
*und mich eingeladen, sie zu meiner zu machen.*

*Und das tue ich.*
*In alten Liedern besserer Sänger*
*heißt es: ›Du bist meine ganze Welt.‹*
*Das sage ich jetzt auch.*
*Sean Shongili, du bist mir die ganze Welt,*
*und die Welt für mich bist du.*
*Ich liebe dich. Nimm mich, wie ich dich nehme.*
*Wie es auf der Erde hieß: ›Ich tue es.‹*

Sean nahm sie in die Arme und küßte sie, ließ seinen Leib an ihrem Bauch ruhen, der mittlerweile, wenn auch noch kaum merklich, von Tag zu Tag voller und runder wurde.

Dann klatschte Clodagh in die Hände, und alle gingen davon und ließen Yana und Sean allein in der Höhle zurück, jedoch nicht in Dunkelheit. Und als die Kerzen verschwanden, pulste warmes weiches Leuchten durch die Höhle, und Sean ließ Yana sanft auf den Fels gleiten, der zu einem bequemen Lager zu verschmelzen schien, während sie Liebe machten. Hier und jetzt, in der Höhle, da der Planet an ihrer Vereinigung teilnahm, hatte Yana das Gefühl, nie zuvor solche Leidenschaft verspürt zu haben, wie sie stets beim Liebesakt zwischen ihnen aufzulodern pflegte. Auch Sean spürte es, denn seine Hände waren zärtlich und auf eine Weise besitzergreifend, wie Yana es früher zurückgewiesen hätte – und erregend auf eine Art, wie sie es nie zuvor erlebt hatte. Der Höhepunkt war von so phantastischer Schönheit, daß Yana weinen mußte. An Seans feuchter Wange, die er fest gegen die ihre drückte, erkannte Yana, daß auch er von der Intensität ihrer körperlichen Vereinigung erschüttert war. Für einen Augenblick wähnte sie beinahe, gestorben zu sein.

Diesmal schliefen sie anschließend nicht, noch kleideten sie sich erst wieder an, bevor sie die Höhle verließen, um sich zu der Schar zu gesellen, die draußen an den Heißwasserquellen wartete.

Jubel und Gelächter empfingen sie. Die Sterne und Monde, die natürlichen wie die von Menschenhand geschaffenen, erhellten das Firmament, während die am Ufer des Teichs aufgestellten Kerzen das Gewässer mit Lichterstreifen umkränzten. Die großen Katzen tollten ziemlich tolpatschig im Wasser herum, während die Hunde ihren Herren verschiedene Gegenstände apportierten. Die kleineren Katzen hockten träge am Teichufer. Yana lachte, als eins der Lokkenfelle Anlauf nahm und ins Wasser tauchte, wobei es eine walfischgroße Welle erzeugte, die das Ufer überschwemmte und mehrere der erschreckten Pelztiere näßte, die sich sodann hektisch daran machten, sich trockenzulecken.

Dann stieß Sean Yana ins Wasser, und kurz darauf erschien plötzlich eine Robbe inmitten der plantschenden, lachenden, nackten Gesellschaft. So ging es bis zum Tagesanbruch weiter. Es war die fröhlichste und augelassenste Festlichkeit, der Yana je beigewohnt hatte. Immer wieder hob der eine oder andere sich aus dem Wasser, um mit nacktem Hintern zu den Körben hinter den Kerzen zu laufen, wo er sich etwas in den Mund stopfte, bevor er wieder in den Teich sprang.

Als schließlich der Tag anbrach, gingen alle wieder an Land, kleideten sich an und schlurften müde nach Hause – alle bis auf Sean und Yana, die zu zweit auf einem der Lokkenfelle ritten, gefolgt von Bunny und den Dorfmädchen, die den Weg vor ihnen mit Blütenblättern und Samen bestreuten.

»Ich sterbe vor Hunger«, murmelte Yana, an Sean gekuschelt.

Er streichelte ihr übers Haar. »Gut, dann dürfte dir der nächste Teil gefallen. Das Festmahl war schon zubereitet, bevor wir aufgebrochen sind. Aber iß nicht zuviel, sonst kannst du hinterher nicht mehr mit mir tanzen.«

»*Tanzen?* Du machst Witze! Meine Beine fühlen sich wie Nudeln an. Mm, Nudeln. Meinst du, Clodagh hat mal wieder ihre Nudeln gemacht? Die mit dem geräucherten Fisch und der Tomatensoße?«

»Ich weiß aus gutunterrichteten Quellen, daß dem so ist. – Denkst du eigentlich nur an deinen Magen?«

»Ich muß schließlich für zwei essen!«

»Das stimmt. Entschuldige«, erwiderte er und hob sie vom Rücken des Lockenfells herunter.

Während des Mahls hatte Yana hinreichend Gelegenheit, sich auszuruhen, Sean in die Augen zu blicken, ihn reichlich zu füttern und sich von ihm füttern zu lassen, was ebenfalls alles zum Hochzeitsprotokoll zählte. Die Speisen waren in der Mitte des Versammlungshauses aufgebaut. Sean und Yana saßen mit den anderen Erwachsenen auf Bänken, die an den Wänden standen, während Bunny und die Jugendlichen von Kilcoole ihnen Speisen darreichten.

In der Zwischenzeit beschäftigten sich die anderen damit, die Lieder vorzutragen, die sie für Sean und Yana gedichtet hatten. Bunny sang von ihrer ersten Begegnung mit Yana und ihrer wilden Fahrt den Fluß hinunter. Seans Schwester Sinead erzählte, daß sie sofort gewußt hatte, daß Yana einmal zu einer der Ihren würde, seit sie zum erstenmal zusammen auf Jagd gegangen waren. Adaks Gesang kündete davon, wie er Sean zusammen mit Yana im Schnokelschuppen versteckt und häufige heimliche Fahrten unternommen hatte, von denen die herrschenden Mächte nichts wußten.

Sogar Steve Margolies, der inzwischen zusammen mit seinem Partner, Frank Metaxos, und Franks Sohn Diego in Kilcoole lebte, sang davon, wie Yana und Sean ihn mit seiner Familie wieder vereint hatten.

Yanas Nachbar von der gegenüberliegenden Straßenseite gab eine umwerfend komische Pantomime zum besten, die davon erzählte, wie Yana den Oberst Giancarlo zusammen mit dem angebrannten Fisch aus ihrer Hütte geworfen hatte. Es war eins der wenigen gereimten Lieder, die zu einer alten irischen Weise vorgetragen wurden und nicht als Singsang mit Trommelbegleitung. Clodagh erzählte, daß sie zu wissen glaubte, die Ursprungsmelodie habe »Der Putzfrauenball« geheißen.

Während die anderen jungen Leute sich daran machten, die leeren Servierteller abzuräumen, holte Diego seine neugebaute Gitarre hervor und gesellte sich zu den Trommlern, zum Alten Mann Mulligan mit seiner Flöte und Mary Yulikilik mit ihrer selbstgebauten Ziehharmonika. Gemeinsam gelang es ihnen, eine durchaus respektable Tanzweise zum besten zu geben.

Sean nahm Yana bei den Händen, führte sie zur Tanzfläche hinüber und drehte sich im oberen Teil des freigeräumten Saals zu ihr um. Paarweise folgten ihnen die anderen. Dr. Whittaker Fiske, der eigens zurückgekehrt war, um auf der Hochzeit zu tanzen, mit seiner Partnerin Clodagh, gefolgt von Sinead mit Aisling, Moira und Seamus, Bunny und ihrer Schwester 'Cita, Frank Metaxos und Steve Margolies; Liam Maloney und Bunnys Kusine Nula ergänzten die Tanzreihe. Hauptmann Johnny Greene, der aus Anlaß der Feierlichkeit seinen Landurlaub verlängert hatte, befand sich mit Hauptfrau Neva Marie Rhys-Hall von der Raumbasis als Partnerin in einer zweiten Tanzreihe, während sein Hubschrauber-Copilot Rick O'Shay galant die alte Kitty Intiak auf den Tanzboden führte. Orangefarbene Katzen tippelten geziert zu dem Fressen hinüber, das man an der Seite für sie bereitgestellt hatte, während die Hunde in ihre Zwinger zurückkehrten, wo sie freudig auf die Überreste des Mahls warteten. Die großen Katzen lungerten an den Türen und auf dem Dach herum, während die Lockenfelle auf dem letzten der grünen Felder grasten, die der ungewöhnlich lange, warme Sommer zurückgelassen hatte, der nun langsam in den Herbst überging.

Irgendwann mitten im dritten Tanz kam Terce herein, der auf den Schnokelschuppen aufpaßte, und berührte Adak an der Schulter. Adak tat seinerseits das gleiche mit Johnny und flüsterte ihm etwas ins Ohr. Dann gingen die Männer in Begleitung von Hauptfrau Rhys-Hall davon und kehrten gerade noch rechtzeitig zurück, um Yana vor einem fünften Tanz zu erretten. Sie waren in Begleitung von Marmion de Revers Algemeine und den beiden Corpsleuten der Firma in ihren weißen Ausgehuniformen.

Yana und Sean brachen den Tanz ab, um ihre Freunde zu begrüßen. Marmion war so elegant wie immer, in einen königsblauen Kittel mit purpurnem Unterrock gekleidet, das Oberteil reich mit Jade und Silber bestickt, passend zu ihren Ohr- und Fingerringen.

»Marmie! Wie schön, daß Sie kommen konnten!« rief Yana. Marmion küßte erst Yana auf beide Wangen, dann Sean.

»Ja. Aber ich bin nicht nur gekommen, um Ihr Hochzeitsgeschenk zu bringen, ich möchte Sie leider auch von alledem fortholen. Der CIS-Gerichtshof tritt in einer Woche zusammen, und es bedarf Ihrer Aussage, um die Entscheidung des Verwalters Phon To Anaciliact zum Thema Petaybee zu bekräftigen. Ich dachte mir, das würden Sie lieber erst erledigen, jedenfalls in Anbetracht der Tatsache, daß es für eingeborene Petaybeeaner tödlich ist, den Planeten zu verlassen.« Sie ließ den Blick zu Yanas Körpermitte schweifen, und ein konsternierter Ausdruck legte sich auf ihre klassischen Gesichtszüge. »Ach du liebe Güte! Wie die Zeit vergeht, nicht wahr?«

Yana lächelte. »Allerdings. Aber ich sehe keinen Grund ...«

»Ich halte es nicht für klug, in diesem Stadium deiner Schwangerschaft den Planeten zu verlassen, Yana«, warf Sean ein, und beschützend packte er ihre Schultern noch ein wenig fester.

Doch inzwischen hatten sich auch noch andere im Saal zu ihnen gesellt. Clodagh und Whit Fiske begrüßten Marmie mit Küssen auf die Wangen, und auch Bunny bahnte sich ihren Weg zu ihnen, dicht gefolgt von Diego, der sein Spiel abgebrochen und die Gitarre um den Rücken geschnallt hatte, als er die Neuankömmlinge eintreffen sah.

»Wie lange muß sie fortbleiben, Marmie?« wollte Clodagh wissen.

»Nicht allzu lange, denke ich. Einschließlich Reisezeit dürften es zwei Wochen Ihrer Zeit werden, höchstens drei.«

»Nein«, meinte Clodagh, »so lange würde ich nicht durchhalten. Sean auch nicht.«

»Ich habe übrigens vor, dabei zu sein, Yana«, fügte Marmion hinzu, »obwohl meine Aussage als Mitglied des Direktoriums der Intergal als parteiisch und befangen eingestuft wird. Das ist eine dieser typischen bürokratischen Windungen, die ohnehin niemand richtig erklären kann. Es ist nun mal schade, daß es keinen qualifizierten Petaybee-Einwohner gibt, der eine entsprechende Aussage machen könnte.«

»Ich bin qualifiziert, und ich glaube, ich könnte auch fahren«, sagte Bunny, an ihrem Ärmel zupfend. »Ich bin noch jung genug, um den Planeten unbeschadet verlassen zu können, und ich weiß über alles Bescheid, was vorgefallen ist. Ich könnte ihnen das Lied vorsingen, das ich zu diesem Thema verfaßt habe. Obwohl Diegos Lieder besser sind.«

»Wenn du gehst, gehe ich auch«, versetzte Diego. »Dann hätte ich endlich die Gelegenheit, dir all diese technischen Dinge vorzuführen, von denen du ständig behauptest, die könnten nie funktionieren! Außerdem möchte ich nicht riskieren, daß dir all diese Burschen in Uniformen auch noch den Kopf verdrehen. Und schließlich könnte ich auch meine Mutter mal wiedersehen«, fügte er mit einem Blick zu Marmion hinzu, als könnte sein konventioneller Grund sie noch eher umstimmen, falls schon nicht sein Verlangen, bei Bunny zu bleiben.

»Trotzdem brauchen wir Oberst Maddock – oder heißt es jetzt Shongili?« fragte Marmion augenzwinkernd.

»Ich denke, wir sollten für das Gerichtsprotokoll wohl besser vorläufig bei Maddock bleiben«, meinte Yana.

»Yana, du bist im vierten Monat schwanger«, warf Sean ein. »Mit *meinem* Kind.« Yana wußte, daß die Betonung nicht nur besitzergreifend gemeint war. Seiner Doppelnatur als Mann und Robbe wegen sorgte Sean sich darum, wie viele seiner Eigenschaften seine Kinder erben würden und wie sehr das Verlassen des Planeten sie beeinträchtigen könnte.

»Viele Frauen tun noch bis kurz vor der Niederkunft Dienst, Sean«, erwiderte Yana, wobei sie die Hand auf seinen Arm senkte und ihn beruhigend drückte. »Und du hast Marmie ja gehört. Es dauert doch nur drei Wochen. Wenn ich Bunny dabeihabe ...«

Clodagh berührte Seans Hand. »Für diese Zeit sollte es eigentlich gutgehen, Sean. Und Petaybee kann es gebrauchen, daß sie das für ihn tut.«

»Wahrscheinlich schon. Ich wünschte nur, ich könnte sie begleiten.«

»Ich würde schon gut auf sie aufpassen, Onkel Sean. Das weißt du doch«, antwortete Bunny und schlang ihm die Arme um die Hüfte.

»Und ich würde auf beide aufpassen, Dr. Shongili«, ergänzte Diego und warf Marmion dabei einen herausfordernden Blick zu.

Marmion lächelte ihn an; dann wandte sie sich wieder zu Yana um. »Mit Ihnen als erwachsener Aufsichtsperson hätte ich keine Probleme, würden Bunny und Diego Sie begleiten, Yana. Und ich bin mir sicher, daß Anaciliact für jede Unterstützung dankbar ist, die er bekommen kann. Ich vermute, daß die kleine 'Cita wohl nicht ...«

Doch das lehnte Sean mit entschiedenem Kopfschütteln ab. »Nach allem, was sie durchgemacht hat, ist sie meiner Meinung nach viel zu zerbrechlich dafür. 'Cita bleibt hier. Außerdem grämt Coaxtl sich ohnehin schon bis zur Staupe, sobald sie das Mädchen längere Zeit nicht zu Gesicht bekommt.«

»Ich kann jedem, der danach fragt, erzählen, was er wissen muß«, verkündete Bunny aufs entschiedenste.

»Sean«, sagte Yana und blickte in sein liebgewonnenes, sorgenumwölktes Gesicht. »Die Pflicht hat nun einmal die Eigenschaft, zu rufen, ohne Rücksicht darauf zu nehmen, ob es einem gerade paßt oder nicht, Liebster.«

»Ich würde dich nicht einmal dann davon abzuhalten versuchen, zu tun, was du für richtig hältst, würde ich glauben, daß ich damit ungeschoren davonkäme, Yana.« Sein Grinsen wirkte leicht gequält und sorgenvoll, genau wie der Ausdruck seiner Augen. »Aber sei vorsichtig.«

Yana verstand seine Sorgen, ja, nach ihrer Vereinigung in der Höhle war es wohl noch mehr als ein bloßes »Verstehen«, und sie bedauerte zutiefst die Notwendigkeit, ihren frischgebackenen Ehemann so unverhofft schon wieder verlassen zu müssen. Sie tröstete sich mit dem Wissen, daß es von Dauer sein würde, was zwischen ihnen war, auf dem Eis wie in der Hitze, komme, was da wolle.

Zwei Stunden später waren die Botschafter abfahrtbereit. Clodagh verpaßte jedem von ihnen einen beinahe rituellen Kuß und eine ebensolche Umarmung, streifte auch jedem einen kleinen Lederbeutel am Band über den Kopf.

»Was ist das denn?« wollte Yana wissen.

»Erde«, erwidert Clodagh schlicht.

»Erde?«

»Ja. Petaybee möchte, daß ihr etwas dabeihabt, das euch an ihn erinnert. Die Erde stammt aus der Höhle.«

Es war noch nicht allzu lange her, da hätte Yana auf eine derartige Erklärung mit großem Befremden reagiert, doch nun erwiderte sie die Bemerkung, indem sie Clodagh selbst aufs liebevollste umarmte. »Da fühle ich mich aber schon sehr viel besser!«

Schließlich umarmte Sean sie noch zum Abschied, dann bestieg sie zusammen mit Bunny und Diego das Shuttlefahrzeug der Firma, das sie zu Marmions Direktionsraumkreuzer bringen würde, der im Orbit wartete. In Yanas Allzwecktasche befand sich als Schlafbegleitung Seans Hochzeitsweste sowie eine eilig zusammengestellte Aufnahme der Stadtbewohner mit Grüßen an ihre petaybeeanischen Verwandten im Firmendienst. Bunny hatte einen gefrorenen Fisch für ihren Vetter Charlie von seinen Eltern dabei sowie einen Korb Pemmican vom Hochzeitsessen für heimwehkranke Petaybeeaner. Diego hatte Briefe von seinem Vater für seine Mutter sowie einen Korb mit seinen petaybeeanischen Lieblingsspeisen dabei, dazu Nährstoffe, die ihn und Bunny während der Reise bei Gesundheit halten sollten.

Als sie an Bord des Raumkreuzers waren, verstaute Sally Point-Jefferson, Marmions Assistentin, Charlies Fisch sorgfältig im Gefrierschrank. Bunny blieb wie angewurzelt an der Sichtscheibe und beobachtete, wie Petaybee im riesigen Nichts des schwarzen Raums zu einem winzigen Lichtpunkt wurde und schließlich verschwand. Immer wieder krümmte und streckte sie die Finger zum Abschied in Richtung Luke, als ihre Heimat sich schließlich vollends in der Ferne auflöste.

## 2. KAPITEL

Bunny wandte sich von der Sichtluke ab, und ein leiser Ausruf der Bestürzung entrang sich ihrer Kehle; in den Augen schimmerten unterdrückte Tränen.

»Ich hätte nie gedacht, daß ich mal Abschied von Petaybee nehmen würde«, sagte sie bekümmert. Diego umarmte sie zärtlich und murmelte ihr einige der albernen Namen ins Ohr, die er für sie erdacht hatte.

»Komm schon, *gatita*«, sagte er – der Name bedeutete ›Kätzchen‹. »Es ist doch nicht so, als würdest du nie wieder zurückkehren dürfen. Es ist ja nur für kurze Zeit. Und ich wette, daß noch niemand aus Kilcoole jemals Petaybee so aus dem Raum hat sehen können wie du gerade eben. Sieht aus wie einer von diesen Steinen, die Aisling aufpoliert – die bläulichen mit den weißen Streifen.«

»Ja, das stimmt wohl«, meinte Bunny und schniefte so lange, bis Marmion ihr ein Papiertaschentuch reichte. »Oh, tut mir leid. Habe nichts mitgebracht, um mich zu schnäuzen.«

»Das gehört zu den Dingen, über die ein gut organisiertes Schiff in rauhen Mengen verfügt – Dinge, die man mitzubringen vergessen hat«, erwiderte Marmion gütig. »Ich vergesse immer, wie schwer es einem doch fällt, einen Ort zu verlassen, den man gern hat. Aber denken Sie doch mal daran, wie aufregend es erst sein wird, ihn aus der Rückseite in der Sichtluke zu erblicken. Der Anblick ist noch sehr viel schöner!«

Als nächstes organisierte Marmion alle Anwesenden so, daß sie beschäftigt blieben. Sie richteten sich in ihren Kabinen ein, besorgten sich etwas zu essen, machten es sich bequem. »Ich habe Sally Kleidung besorgen lassen, denn dort, wo wir hinfliegen, wären Sie viel zu warm angezogen. Außerdem halte ich es für sehr wichtig, unserem Auftrag gebührend auszusehen.«

»Was stimmt denn mit den Sachen nicht, die wir am Leib haben,« wollte Bunny wissen. Sie trug die wunderschöne Sammelbluse, die Aisling ihr aus dem von Yana geschenkten Stoff gefertigt hatte. In dieser Bluse fühlte sie sich sehr elegant und erwachsen, und Diego meinte, es sei das Schönste, was sie je getragen hatte.

»Ich will ja nicht darauf hinaus, daß Sie Ihren Stil ändern sollen, meine Liebe«, sagte Marmion in beschwichtigendem Tonfall, »und diese Bluse ist ganz bestimmt wunderhübsch, aber so etwas kann man eben nicht jeden Tag tragen. Deshalb haben Sally und ich uns ein bißchen umgesehen, um etwas aufzutreiben, in dem Sie nicht, hm ... nicht *allzu* auffällig anders aussehen. Oh ...« Sie stieß ein bestürztes Seufzen hervor, als sie Bunnys trotzigen Blick bemerkte. »Dafür, daß ich angeblich so *furchtbar* diplomatisch bin, ist meine Wortwahl wohl leicht fehl am Platze, nicht wahr? Aber dort, wo wir hinreisen, wird man eben nur selten nach dem beurteilt, was man ist, als vielmehr danach, was man zu sein *scheint*. Sie werden ja wohl wissen, wovon ich spreche, nicht wahr, Oberst Yana, meine Liebe?« Und Marmion wandte sich hilfeheischend an Yana, wobei es ihr nicht nur um diesen einzigen Punkt ging, den sie gerade zu erklären suchte.

»Das weiß ich in der Tat, Marmion.« Yana versuchte gerade vergeblich, mit ihrem Einteiler eine Falte über ihrem

Bauch herzustellen, bis sie es schließlich lachend aufgab. »Ich werde wohl eine Nummer größer brauchen.«

»Oh, sie sind ganz pflegeleicht«, bemerkte Marmion. »Nicht wahr, Sally?«

Die Assistentin lachte und nickte. »Mit Hosenfalten zum Auslassen«, fuhr sie fort. »Und einem Überrock, der nur ein kleines bißchen großzügiger an den ... äh ... Hüften geschnitten ist.«

»Um meine Hüften mache ich mir eigentlich am wenigsten Sorgen«, versetzte Yana mit einem Grinsen und hoffte, damit Bunnys sorgenvollen Gesichtsausdruck zu vertreiben.

»Diego, für Sie haben wir den neuesten Schrei geordert«, fuhr Marmion fort und kicherte in einem ihrer Heiterkeitsausbrüche, den ihre Freunde immer so bezaubernd fanden. »Tatsächlich hat die ganze Operation sehr viel Vergnügen bereitet. Warum gehen Sie nicht einmal mit Bunny los und schauen nach, was in Ihren Kleiderschränken hängt? Wir haben immer noch genug Zeit, um beiseite zu schaffen, worin Sie sich nun wirklich nicht blicken lassen können, bevor es bereits geschehen ist.«

Diego begleitete Bunny entschlossen zu ihren zugewiesenen Kabinen. Erst nachdem das Paneel hinter ihnen zugeglitten war, nahm Marmions Gesicht einen besorgten Ausdruck an.

»Sie wissen doch *tatsächlich*, was ich meine, oder, Yana?«

»O ja, Marmion. Ich weiß ganz genau, was Sie da vorhaben, und Diego ebenfalls. Er kennt die Spielregeln. Und ich auch. Also schön, was nun? Oder sollen wir erst warten, bis die anderen zurückgekehrt sind, damit Sie uns die schlechten Nachrichten mitteilen?«

»Woher wissen Sie, daß es welche gibt?«

»Weil Sie sich besonders viel Mühe geben, dafür zu sorgen, daß wir normal erscheinen und normal aussehen – und doch andersartig genug, um ›originell‹ und dennoch annehmbar zu wirken.«

Die Hände lose im Schoß verschränkt, dachte Marmion

darüber nach. »Es wird kein leichtes Unterfangen, obwohl ich ganz zuversichtlich bin, daß sich diesmal ausnahmsweise die Vernunft durchsetzt. Die Intergal wird das Geschehen beobachten, genauso wie andere Treuhandunternehmen, die eine riesige Anzahl von Planetensystemen als Vogteien verwalten, wie es auch mit Petaybee der Fall ist. Wer wissenschaftlich scharfsinnig und aufgeschlossen genug ist, der ist auch von der Idee fasziniert, es könne einen mit Bewußtsein begabten Planeten geben. Das müßten Sie eigentlich am besten wissen, bei all der Papierflut, die sich bereits auf Ihren Schreibtisch ergossen haben dürfte, nachdem diese Leute endlich eine Adresse hatten, an die sie ihre Mitteilungen schicken konnten.«

Yana nickte mürrisch. »Allerdings! Es ist soviel geworden, daß ich nicht einmal mit dem Lesen angefangen habe, vom Beantworten ganz zu schweigen. Sean hat mir eine Menge von der Kleinarbeit abgenommen, wenn man das so nennen kann. Deshalb bleibt nur noch Diego als einziger im Norden übrig, der des Lesens und Schreibens kundig ist, wenn man von seinem Vater und Steve Margolies absieht, die mit ihrer eigenen Arbeit schon beschäftigt genug sind. Im Süden kann Loncie Ondelacy etwas davon übernehmen. Diego hat zwar damit begonnen, Bunny Lesen und Schreiben beizubringen, aber so rasch sie auch alles erfassen mag, kann sie in den paar Monaten doch kaum mehr erreichen, als beim alphabetischen Einsortieren behilflich zu sein. Die meisten Briefe scheinen von Leuten zu stammen, die aus irgendeinem Grund nach Petaybee kommen wollen – es fällt mir schwer zu glauben, daß es plötzlich so viele davon geben soll, nachdem der Planet doch jahrelang völlig still geblieben ist.

Wir haben auch mehrere Anfragen von Pharmagesellschaften, aber ich habe keine Ahnung, wie man Clodaghs Heilungen zum gegenwärtigen Zeitpunkt reproduzieren sollte. Selbst in Anbetracht der wirklich guten Wachstumsperiode in diesem Jahr hat der Planet bisher doch gerade einmal genug erwirtschaftet, um die einheimische Bevölkerung versorgen zu können. Sollten wir tatsächlich damit anfangen, einige von Clodaghs Pflanzen zu züchten, um ihre Heilmittel einer breiten Öffentlichkeit zur Verfügung zu stellen, müssen wir das irgendwie so bewerkstelligen, daß es Petaybee nicht überfordert. Zur Zeit ist Clodagh sich noch nicht einmal schlüssig, ob einige der Ingredienzen überhaupt überlebensfähig sind, wenn man sie vom Planeten schafft. Mir war zwar von Anfang an klar, daß das alles sehr viel Arbeit bedeuten würde, aber ich habe doch den Eindruck, daß irgend jemand eine Menge von dem, was eigenlich noch Geheimmaterial zum Thema Intelligenz des Planeten sein sollte, außerhalb der Kommission breitgetreten hat. Und so stehen wir derzeit unter Hochdruck, alles sehr viel schneller in die Wege zu leiten, als unsere Möglichkeiten es gegenwärtig eigentlich zulassen.«

»Ich kann Ihre Sorgen verstehen«, antwortete Marmion, »und es ist auch richtig, daß alle Beteiligten zur äußersten Diskretion angehalten wurden, was Petaybee betrifft. Ich fürchte nur, daß das, womit Sie es im Augenblick zu tun haben, nur – wenn Sie den Ausdruck entschuldigen wollen – die Spitze des Eisbergs darstellt. Einige unserer Direktoriumsmitglieder haben sich schon besorgt darüber geäußert, daß andere Kolonialwelten versuchen könnten, einen ähnlichen Status für sich in Anspruch zu nehmen. Sie sorgen sich darum, daß Petaybee einen Präzedenzfall abgeben könnte. Wenn man sie irgendwie damit beruhigen könnte, daß planetare Intelligenz einen außerordentlich seltenen Glücksfall darstellt ...« Sie blickte Yana hoffnungsvoll an.

»Erwarten Sie von mir wirklich eine Antwort darauf, Marmion? Ich komme ja kaum mit dem Wissen zurecht, daß es überhaupt *einen* solchen Fall gibt ...«

»Und genau diese Einstellung sollten Sie auch beibehalten, wenn ich es Ihnen raten darf. Indem Sie diesen Punkt immer wieder bestätigen, so, wie Sie es gerade getan haben, wann immer man Sie darum bittet.«

»Aber angenommen, Petaybee ist *doch* kein Einzelfall ...?« Yana zog es vor, stets die Wahrheit zu sagen, ob gewollt oder ungewollt.

Marmion seufzte. »Das wäre ein Grund mehr, Informationen über Petaybee möglichst geheimzuhalten, jedenfalls, was das Direktorium betrifft. Das Direktorium möchte zwar einerseits den Bewohnern anderer terraformierter Planeten keine Flausen in den Kopf setzen, andererseits rechne ich aber auch damit, daß CIS irgendeine Art Umfrage verlangen wird, um festzustellen, ob auch andere Welten, die man bislang für Lebensräume gehalten hat, tatsächlich intelligente, vernunftbegabte Lebewesen sind.«

Sie gab einen schnaubenden Seufzer von sich. »Da hinten schien alles noch so leicht zu sein.« Mit den Fingern schnippte sie in die ungefähre Richtung Petaybees im All. »Aber das galt auch für viele andere Dinge.«

»Das lag wohl hauptsächlich daran, daß es dort nicht so viele Dinge gab, die einem die Wahrnehmung vernebeln konnten«, meinte Yana.

»Nun gut, das wäre Punkt eins«, fuhr Marmion forsch fort. »Wir haben keinerlei Möglichkeit festzustellen, ob es tatsächlich noch andere vernunftbegabte Planeten gibt, deshalb werden wir erst einmal so tun, als wäre Petaybee eine bloße Ausnahme. Ich denke, das dürfte uns die Arbeit ganz wesentlich erleichtern.«

»Und was ist Punkt zwei?«

»Matthew Luzon erholt sich gerade von seinen Verletzungen und ...«

»... und er ist entschlossen, uns all die Demütigungen heimzuzahlen, die er erleiden mußte?« ergänzte Yana den Satz, als Marmion zu stocken begann.

»Ja, da brauchen wir nicht allzuviel um den heißen Brei herumzureden. Deshalb habe ich auch einige Vorsichtsmaßnahmen ergriffen. Sally ...« Sie deutete auf ihre Assistentin, die daraufhin Yana sofort einen schlanken Apparat in die Hand gab, der eine Reihe Druckknöpfe aufwies. »Das hier ist Vorsichtsmaßnahme Nummer eins. Dieses Gerät sollten Sie jederzeit mit sich führen, und zwar so unauffällig wie möglich. Es paßt hervorragend in Ihren Büstenhalter. Tun Sie es auf die linke Seite, mit der Mulde nach oben, und merken Sie sich die Position der verschiedenen Funktionstasten, damit Sie ganz einfach«, sie legte wie beiläufig eine Hand auf ihre linke Brust, »signalisieren können, was gebraucht wird.« Sie grinste. »Wie Sie feststellen werden, besitzt es eine empfindliche Aufnahmeeinheit sowie ein paar weitere Bühnentricks, die sich noch installieren lassen. Ziemlich nützlich.«

»Haben Sie ein derartiges Gerät denn schon einmal gebraucht?« Yana untersuchte es und betrachtete die Bildsymbole sowie die selbsterklärenden Abkürzungen wie AUFN und ALM.

»Nein, ›gebraucht‹ wäre nicht das richtige Wort«, räumte Marmion ein, »aber ich habe mich damit immer ... etwas sicherer gefühlt, wenn ich gewissermaßen im unerforschten Raum operieren mußte und dieses Gerät an Ort und Stelle wußte. Außerdem habe ich Ihnen einige ›Assistenten‹ zugeteilt.« Nun machte sie wirklich einen etwas verlegenen Eindruck.

»Assistenten?« Yana legte den Kopf schräg und musterte Marmion eindringlich.

»Nun ja, jeder, der *irgendwer* ist, hat welche ...«

»Und ich mache offenbar den Eindruck, daß ich ›irgendwer‹ bin ... Wer ist denn nun mein Assistent?«

»Sie haben drei. Sally und Millard Ephasios sind die offiziellen. Der dritte ist jemand, den wir nicht zu offenbaren brauchen«, erklärte Marmion und beendete den Satz mit ihrem bezaubernden, ansteckenden Lächeln, dem sofort ein durchtriebenes Zwinkern folgte. »Wer das ist, werden nicht einmal *Sie* erfahren.«

»Hm. All diese subversiven ...«

»Diskreten, meine teure Yana«, berichtigte Marmion sie.

»... Maßnahmen sind also Ihrer Meinung nach tatsächlich erforderlich?«

»Mir gefällt der Wetterbericht eben nicht«, meinte Marmion.

»Haben Sie auch Aufpasser für Diego und Bunny?«

»Habe ich. Und ich weiß auch, daß sie für diese Aufgabe wie geschaffen sind.«

»Werden Sie Bunny auch eins von diesen Geräten geben?« Yana hielt den schlanken Apparat in die Höhe, der kaum zwei Finger lang und zwei Knöchel breit war. »Bunny liebt Apparate.«

»Nein, die Armbänder dürften genügen. Wie Sie gewiß bemerkt haben, ist Bunny ohnehin schon aufgewühlt genug. Da möchte ich sie nicht noch weiter aus der Fassung bringen. Außerdem ist sie schon von Natur aus scharfsinnig, und was sie vielleicht an Menschenkenntnis vermissen läßt, dürfte Diego als Raumfahrer beisteuern können.«

»Diese Reise wird ihrem Wissen um die Galaxis sehr zugute kommen«, bemerkte Yana, und als Marmion sie bestürzt ansah und über ihre Wortwahl zu lachen begann, leistete sie ihr darin Gesellschaft. »Wo ist denn die Kombüse an Bord dieses Schiffes? Wenn ich mir so anschaue, was ich plötzlich alles an Speisen verdrücke, könnte man meinen, ich hätte seit dem letzten Latchkay nichts mehr zwischen die Rippen bekommen!«

»Gehen Sie mal mit Sally, und schauen Sie nach Ihrer Garderobe, dann werde ich eine Kleinigkeit zubereiten lassen, um Sie bis zum Essen über Wasser zu halten«, schlug Marmion vor.

»Sie? Kochen?« fragte Yana überrascht.

Marmion lächelte eine Spur herablassend. »Ich koche sogar ziemlich gut, nicht wahr, Sally?« Und als ihre Assistentin bejahend nickte, fügte die elegante Diplomatin hinzu· »Aber das tue ich nur für ganz besondere Leute.«

»Dann spielen Sie für mich also den Anstandswauwau, Sally?« bemerkte Yana, als sie Sally über den Gang folgte.

Sie kamen an der Kabine vorbei, die man Diego und Bunny zugewiesen hatte, und vernahmen das erregte Gespräch im Innern.

»Und solche Sachen tragen die Leute da tatsächlich? Ich würde auf der Stelle erfrieren!«

»Du bist da nicht auf Petaybee. Außerdem steht dir die Farbe hervorragend, *gatita*.«

»Na, ich weiß nicht. So, wie das aufliegt ...«

»Vertrau mir«, erwiderte Diego. »Es sieht fantastisch aus!«

Yana grinste Sally an, als sie an der Kabine vorbeikamen.

Die Auswahl, vor der Yana plötzlich stand, verschlug ihr glatt den Atem. Sie hatte noch nicht allzu häufig Gelegenheit gehabt, sich in Schale zu werfen, und das Spektrum der zu ihrer Begutachtung herbeigeschafften Kleidungsstücke reichte vom strengsten Zuschnitt bis zum luxuriösesten Ausgehkleid.

»Wann soll ich jemals so etwas tragen?« fragte sie Sally und hielt dabei ein Stück von dem granatroten, langen Rock aus Syntheseide hoch, während sie das Stück im Geiste bereits anprobierte. Da erst fielen ihr die Verzierungen – Nachahmungen petaybeeanischer Dekorationsmuster – am Hals und an den Ärmelsäumen auf.

»Es wird auch ein paar gesellschaftliche Ereignisse geben, bei denen Sie besonders elegant in Erscheinung treten sollten«, erklärte Sally, nahm ein anderes Stück und hielt es gegen Yanas Gesicht. »Ja, ich hatte mir schon gedacht, daß Ihnen diese Farbe steht.«

»Ich habe noch nie etwas so ... Weiches und ...« Yana konnte der Versuchung nicht widerstehen und fuhr mit dem feinen Tuch über ihre Wange.

»Weibliches?« fragte Sally. »Dann wird es aber Zeit!« Sie machte sich über die strenger geschnittenen, uniformähnlichen Kleidungsstücke her. »Für diese Sachen werden Sie wohl mehr Verwendung haben.«

»Oh ...« Yanas tastende Finger stockten an den petaybeeanischen Mustern, die diskret in die Taschenklappen eingewoben waren.

»Marmion war von der petaybeeanischen Ornamentik so stark eingenommen, als wir das erste Mal den Planeten besuchten, daß sie Aisling gebeten hat, uns ein paar Entwürfe zur Verfügung zu stellen. Subtil, aber auf jeden Fall elegant. Diese Frau hat wirklich ein hervorragendes Gefühl für Kleidung. Zu schade, daß sie sich auf Hasenfelle und Handgewobenes beschränken muß ... nicht«, warf Sally noch hastig ein, »daß das keine wunderbaren Tuche wären. Sie sind einfach nur ein bißchen ... äh ... funktionaler, als es an Bord an einer Raumstation erforderlich ist.«

»Zu welcher Station fliegen wir überhaupt? Das hat Marmion nicht gesagt.«

»Oh«, meinte Sally und ließ die Bombe so beiläufig platzen, wie sie nur konnte. »Gal Drei, natürlich.«

Yana mußte schlucken, während ihr Geist von einer Überlegung zur nächsten raste: Gal Drei war die größte der Raumstädte, jedenfalls in diesem Sektor des bewohnten Alls, der Sitz von einem halben Dutzend der größten und weitestverzweigten Unternehmen, wie auch der CIS, Gal-Legal, Gal-Naval und anderer galaktischer Agenturen. Es war ein gigantischer Komplex, der seine Anlagen stets auf dem technisch allerneuesten Stand hielt. Sein Anblick würde Bunny überwältigen. Nun begriff Yana, weshalb Marmion sich so viel Mühe machte, sie richtig einzukleiden – Kleidung konnte einem Selbstvertrauen verleihen, so, wie Uniformen gelegentlich zur Anonymität verhalfen. Jetzt erkannte sie auch, wozu sie diese verborgenen Alarmgeräte und ›Assistenten‹ benötigten. Yana hoffte, daß Diego etwas über Gal Drei wußte – wenigstens, was den Ruf dieser Station betraf.

»Zur Zivilisationstaufe gleich ein Vollbad nehmen?« zog Sally sie auf, um ihr eigenes Unbehagen zu überspielen.

»Für Bunnys Schutz ist bestens gesorgt, Yana.« Sallys Stimme klang todernst.

»Wer macht denn dann für die den Hirten?«

»Den Hirten machen? Ach so, ja. Gut formuliert.« Sally grinste. »Marmion hat ein paar von ihren jüngeren Verwandten angeheuert, um ihr unter die Arme zu greifen. Allerdings sind sie nicht zu jung und äußerst erfahren.

Außerdem eine höchst kompetente Person, die den diskreten, verborgenen Bewacher macht. Sie wird auch eine Menge Spaß haben. Es dürfte eine sehr lehrreiche Erfahrung für sie werden.«

»Nicht nur für sie«, meinte Yana seufzend.

»Nun, sind Sie zufrieden?« fragte Marmion, als sie mit beladenem Tablett in die Kabine trat.

»Ich glaube, so gut gekleidet werde ich nie wieder sein«, meinte Yana an der Schwelle zu einem Seufzen. »Oh, das riecht ja göttlich ...«

»Das ist bei guten, natürlichen Speisen immer so. Es ist irdisches Hühnchen.«

*»Huhn?«*

»Nach einem äußerst begehrten Familienrezept, das der *Familie de Revers* unter der Bezeichnung ›Südstaatenhuhn nach Art des Oberst‹ bekannt ist.« Sie nahm mit einem dramatischen Schlenker die Abdeckung vom Hauptgang. »Der Oberst war einer meiner Urahnen, der in irgendeiner frühen Form des Krieges auf der Erde gekämpft hat.«

»Ooch ...« Yana sog die Luft tief ein, ließ alle Höflichkeit fahren und nahm auf dem Stuhl am Tisch Platz, um sich sofort darüber herzumachen. Diego stand dicht hinter ihr und schnüffelte mit seinem nicht allzu kleinen Riechorgan.

»Hm!«

»Es ist genug für alle da. Sollte jemand besonders großen Appetit haben, läßt sich auch noch mehr davon aufwärmen«, erklärte Marmion, als das junge Paar gemeinsam am Tisch Platz nahm. Sie tauschte mit Sally einen zufriedenen Blick, was den Erfolg ihres Speiseplans betraf.

# 3. KAPITEL

Nachdem er Yana verabschiedet hatte, zwang Sean sich wieder an die Arbeit. Er hatte eigentlich gehofft, daß ihnen etwas Zeit bleiben würde, die sie ungestört gemeinsam hätten verbringen können. Er hatte seine Forschungsarbeiten im Süden eigens dafür umorganisiert. Verdammte CIS. Doch er mußte auf Marmion de Revers Algemeine vertrauen. Sie war in jeder Hinsicht aufgeweckt und mehr als fähig, alles zu konterkarieren, was der ungute Hauptmann Torkel Fiske und der ehemalige Vorsitzende Dr. Matthew Luzon Schlimmes im Schilde führen mochten. Sean zweifelte keinen Augenblick daran, daß ihre Pläne bereits weit gediehen waren, Marmion, Yana, Bunny und Diego, ja, vielleicht sogar Anaciliact zu diskreditieren – obwohl letzterer wahrscheinlich von allen, auf die sie sich bisher so tapfer gestürzt hatten, wohl am schwierigsten zu kompromittieren sein dürfte. Sean konnte sich nicht vorstellen, daß Torkel Fiske oder Matthew Luzon die Demütigungen vergessen hatten, die sie auf Petaybee hatten erleiden müssen, so gerechtfertigt sie auch gewesen sein mochten.

Luzon mochte zwei gebrochene Beine haben, doch in Anbetracht der heutigen Heilungstechniken würden diese Verletzungen ihn nicht lange außer Gefecht setzen. Und nichts hatte sein Gehirn noch stärker zertrümmert, als es schon der Fall gewesen wäre, oder die Wut des Mannes über das Scheitern all seiner Intrigen gelindert. Natürlich hatte er bei Farringer Ball, dem Generalsekretär der Intergal, jede Glaubwürdigkeit eingebüßt, doch das würde ihn nur um so mehr zu einem Rachefeldzug anspornen.

Auch die Firma übte Rache. Augenscheinlich hatte sie es darauf abgesehen, die provisorisch bestallten Gouverneure von Petaybee, also ihn selbst und Yana, in einem Berg von Papierkram zu ersticken.

Auf der Raumbasis wäre der größte Teil der Tonnen von

Papier, die sich in Yanas kleiner Blockhütte bis an die Decke stapelten, auf elektronische Weise übertragen worden. Doch Kilcoole besaß bisher noch keinen elektrischen Anschluß, und es gab auch keine Pläne, sich in absehbarer Zeit einen solchen zuzulegen. Der Generator für Adaks Funkgerät reichte für das riesige Kommunikationsvolumen nicht aus, zu dem die Firma sich plötzlich veranlaßt sah. Auch die batteriebetriebenen Kommunikationseinheiten waren dafür zu schwach ausgelegt. Und so flogen mehrmals am Tag die Kuriere mit den beiden Luftkissenshuttles hin und her, die man auf den Planeten geschafft hatte, um bei der Reparatur der Raumbasis Unterstützung zu leisten.

Drei Wochen nachdem der Planet die Landebahn und zahlreiche umgebende Gebäude zerstört hatte, indem er aus dem Zentrum der Anlage gewaltige Gesteinsmassen hervorspie, war die Raumbasis so gut wie verwaist. Inzwischen hatte man Soldaten eingesetzt, um die Gebäude an den alten gerodeten Außenrand zu verbringen und so lange zu bergen, was sich noch bergen ließ, bis kleine Shuttlefahrzeuge wieder genügend Material herangeschafft hatten, um eine neue Landebahn zu bauen. Doch noch bevor die erste Fracht eingetroffen war, demonstrierte der Planet einmal mehr seine Macht.

Sean und Yana hatten sich auf dem Weg zur Raumbasis befunden; sie hatten sich den aufgetürmten Steinen, in die der Planet die Landebahn verwandelt hatte, bereits bis auf Sichtweite genähert, als plötzlich beide Lockenfelle scheuten und wieherten. Etwa im selben Augenblick begannen die Bäume zu zittern, und der Fluß neben dem Weg begann zu kochen, als würde er von einer Million Riesenfische aufgewühlt, und der Boden bebte. Beide Lockenfelle ließen sich plötzlich nieder, wobei sie Sean und Yana noch immer auf ihren Rücken trugen.

»Ein Erdbeben!« rief Yana, doch Sean grinste sie nur an und streckte den Arm aus.

Denn es waren die aufgetürmten Steine, die da einstürzten. Mit einem riesigen Schlucken, dem mehrfaches, kleineres Nippen folgte, sammelte der Planet wieder die Felsen und das Erdreich ein, mit denen er den Hauptaußenposten der Intergal auf Petaybee so schwer beeindruckt hatte.

Yana grinste zurück, durch die Wolke aus griesigem Staub und über das malmende Brüllen und Krachen der Manipulationen des Planeten.

»Na, wenn das nicht beeindruckend ist!« sagte sie schließlich, als das Beben verklungen war. Die Lockenfelle erhoben sich wieder. Die am Außenrand der Basis arbeitenden Soldaten kamen vorsichtig zurückgekrochen, um den neu angerichteten Schaden zu begutachten, als die Gesteinsmassen, die der Planet so hoch aufgetürmt hatte, sich plötzlich wieder in den Boden senkten, wenn auch nicht allesamt an ihren früheren Ort. »Und was war das?«

»Wissenschaftlich betrachtet, hat dieses Nachbeben wahrscheinlich etwas mit der vulkanischen und seismischen Aktivität in Äquatornähe zu tun – da der Planet eifrig dabei ist, dort unterseeische Schichten aufzuhäufen. Vielleicht braucht er das Zeug hier ja anderswo. In Anbetracht der Einwilligung der Firma jedoch, lieber die Vernunft obwalten zu lassen, sieht es mir eher danach aus, als wollte Petaybee damit sagen: ›Schwamm drüber!‹«

Jetzt dagegen wünschte er sich, der Planet wäre ein wenig nachtragender gewesen.

Denn obwohl die Reparatur- und Austauscharbeiten an der Raumbasis erst etwa ein Viertel ihrer früheren Kapazität wiederhergestellt hatten, schien sie doch über hinreichend Energie zu verfügen, um diesen ganzen verdammten Papierkram hervorzubringen, den nur Sean oder Yana allein bearbeiten konnten. Frank Metaxos und Steve Margolies – beide zwar des Lesens und Schreibens kundig und auch durchaus hilfsbereit – waren schließlich immer noch Firmenangestellte und hatten als solche viel zu viel mit ihrer eigenen Arbeit zu tun, um hier noch bei der Verwaltung auszuhelfen.

»Ich muß hier wirklich so bald wie möglich ein Alphabetisierungsprogramm in die Wege leiten«, überlegte er mißmutig.

Bisher war ihm das wahre Ausmaß der anstehenden Arbeit gar nicht bewußt geworden, hatte er seine Zeit doch damit zugebracht, den Planeten zu erforschen, in Erfahrung zu bringen, welche Bedürfnisse seine Bewohner befriedigt sehen wollten, wie sie die Wünsche des Planeten in ihren jeweiligen Gebieten deuteten und welche Form der Zusammenarbeit mit der Firma sie bevorzugten. Außerdem war er Clodagh dabei behilflich gewesen, neue Gebiete auszukundschaften, wo die Pflanzen wuchsen, die sie für ihre Heilbehandlungen brauchte. Möglicherweise war Lonciana Ondelacy, eine ehemalige Corpsfrau der Firma, ebenfalls lesekundig und konnte daher einen Großteil der Arbeit im Süden bewältigen. Doch leider mußte der ganze Papierkram erst hier bearbeitet werden, bevor er an Loncie im Süden weitergeleitet werden konnte. Portage, die Landebasis auf dem südlichen Kontinent, war nicht dafür eingerichtet, größere Telekommunikationsmengen zu verabeiten oder überhaupt irgend etwas abzufertigen, das über ein Shuttle hinausgegangen wäre. Whittaker Fiske war dabei behilflich gewesen, Loncie wichtige Dokumente zukommen zu lassen, indem er Petaybees neuer Regierung die Dienste und den Hubschrauber seines Privatpiloten Johnny Greene zur Verfügung stellte.

Sean nahm ein Blatt Papier auf, ein Schreiben des Botschafters von einem Ort namens Petra 6.

›Sehr geehrte Damen und Herren‹, begann das Dokument. ›Wir sind kürzlich in den Besitz von Informationen gelangt, die Anlaß zu der Vermutung geben, daß auf Planet Terraform B Blutsverwandte einiger unserer eigenen Siedler leben. Unsere Leute würden gern erfahren, welche Einreisebestimmungen zu beachten sind, damit sie sich mit ihren verschollen geglaubten Familienmitgliedern wiedervereinen können. Hochachtungsvoll, Alphonsina Torunsdotter, Botschafterin.‹

Bevor er sich eine Antwort hatte überlegen können,

krachte die Hüttentür auf, und zwei geschundene Männer, fest mit Sehnen verschnürt und jeder mit einem toten Tier um den Hals, stürzten in den Raum und fielen zu Boden. Dicht auf den Fersen folgte ihnen die wutschnaubende Gestalt von Seans Schwester Sinead, die nach dem Eintritt die Tür hinter sich zuschlug.

»Rate mal, wobei ich diese beiden erwischt habe – diese beiden *Mörder*, Sean!« schrie Sinead.

»Ich glaube, die Asservate AB dürften schon an ihren Hälsen angebracht sein, Schwesterchen«, erwiderte Sean milde.

»Ja, aber sie haben diesen Fuchs und diesen Wolf nicht etwa auf einem der Merzplätze erlegt. Nein, sie sind in den Wald gegangen und haben mit ihren sogenannten zivilisierten Waffen ...« Sie klatschte zwei Laserflinten auf einen wackelnden Stoß Unterlagen, womit sie eine Papierlawine auslöste, die die beiden Gefangenen fast völlig unter sich begrub. » ... diese vollkommen gesunden Kreaturen einfach *abgeschlachtet*, ohne auch nur einmal um Erlaubnis zu bitten oder danke zu sagen!«

»Mmm-hmmm«, machte Sean und musterte die Gefangenen. »Und was haben Sie zu Ihrer Verteidigung zu sagen?«

»Na ja«, begann der bärtige Mann, »wir haben schon vor Wochen um eine Jagderlaubnis für Petaybee ersucht, nachdem ein paar Corpskameraden uns von dem Wild hier erzählt hatten. Aber als wir keine Antwort bekamen, dachten wir uns, auf solchen Hinterweltplaneten ist ja eh alles völlig offen und alles erlaubt.«

Sinead packte ihn am Haarschopf und riß sein Gesicht zurück, so daß er nur noch ihre funkelnden Augen sehen konnte. »Da habt ihr euch aber verschätzt, Wurmbrut!«

»Sie hätten«, teilte Sean den Männern mit, »ein wenig Geduld haben sollen. Wie sind Sie überhaupt hierher gekommen? Die Raumbasis transportiert heute doch nur noch offizielles Personal.«

»Wir ... äh ... haben den Shuttle genommen.«

»Was für einen Shuttle?«

»Den PTS-Shuttle, von dem unsere Armeekameraden uns erzählt haben.«

»Was soll das denn heißen?« fragte Sinead.

»Das steht für Petaybeeanischer Touristen-Service«, erwiderte der Mann hastig, nachdem sie sein Haar losgelassen hatte. »Scheint noch brandneu zu sein – ist erst wenige Stunden vor uns auf der Mondbasis eingetroffen.«

Der andere Mann sagte: »Ich verlange, daß Sie und Ihre Amazone ...«

»Die Dame«, warf Sean ein, »ist meine Schwester.«

»Daß Sie und Ihre Schwester uns loslassen und uns darüber aufklären, gegen welche Gesetze wir angeblich verstoßen haben, und sofort unseren Botschafter informieren. Ich bin Dr. Vincent de Peugh, amtierender Vizepräsident für Ressourcennutzung in Terrasektion Delta der Intergal, und dies hier ist mein Kollege Dr. Raymond Ersol, amtierender Vizepräsident für Luftqualitätskontrolle. Wir haben nicht vor, unseren Urlaub als Gefangene zu verbringen, die von Ihrer Regierung unter irgendwelchen windigen Vorwänden festgehalten werden.«

Sean erhob sich hinter dem Papierkram, entfernte mehrere Blätter von Kopf und Schultern des Dr. Ersol und legte die Akten säuberlich wieder auf den Schreibtisch, gegen den er sich schließlich mit übergeschlagenen Knöcheln und verschränkten Armen lehnte.

»Nun, meine Herren, ich sehe schon, daß man Sie in die Irre geführt hat. Sie haben gegen kein schriftlich niedergelegtes Gesetz verstoßen, da wir solche Gesetze erst noch formulieren müssen. Es ist ganz einfach: Die Menschen, die hier leben, wissen, daß man auf Petaybee nur jagt, um zu leben, und daß man nur Wild erlegt, das sich dazu anbietet. Was ich aber gern von Ihnen sehen würde, ist Ihre Berechtigung, sich überhaupt hier aufzuhalten. Soweit mir bekannt ist, haben derzeit nur offizielles Personal und Siedlungsanwärter, die von der Intergal anerkannt und hierher transportiert wurden, die Erlaubnis, sich hier aufzuhalten – und nicht etwa irgendwelche außerplanetaren Angestellten, die hier nach etwas suchen, was Sie wahrscheinlich für einen Zeitvertreib halten, wir aber, wie Sinead bereits so taktvoll erklärt hat, als vorsätzlichen Mord an einer verbündeten Art werten. Verstehen Sie? Ich glaube, daß gerade Sie als Ressourcenverwalter, Dr. dePeugh, dies begreifen dürften. Wir haben hier auf Petaybee alle gemeinsam ein System – Menschen, Tiere, Pflanzen und der Planet, und wir alle hängen voneinander ab. Sie aber haben dieses System soeben auf furchtbarste Weise gestört. Nun gut, Sinead wird Sie mit Freuden wieder freilassen, nachdem Sie sie begleitet haben, um jenen Wiedergutmachung zu leisten, denen Sie geschadet haben.«

»Und unser Eigentum?« Mit einem Nicken wies Ersol auf die Flinten.

»Wir senden es Ihnen gern auf die Erde zurück, sofern Sie uns eine Zustelladresse mitteilen. Das kann allerdings eine Weile dauern. Auf Hinterweltplaneten wie Petaybee läßt die Postinfrastruktur doch schrecklich zu wünschen übrig. Zweifellos ist das auch der Grund dafür, weshalb ich Ihr Ersuchen nie erhalten habe. Falls dem *doch* so gewesen sein sollte«, fügte er mit einer Geste zu den Papierstapeln hinzu, »bin ich noch nicht dazu gekommen, es zu beantworten. Sinead, vielleicht bittest du Liam, dich zu begleiten, möglicherweise auch Dinah. Seit Diego fort ist, treibt sie Liam förmlich in den Wahnsinn. Außerdem könntest du den Herren die Fußfesseln ruhig ein wenig lockern, damit du sie nicht wieder nach draußen tragen mußt.«

Sinead verpaßte ihm einen gespielten militärischen Gruß, dann zerrte sie ihre Gefangenen hinaus.

Sean seufzte. Es sah überhaupt nicht danach aus, als würde er sich sonderlich langweilen, solange Yana mit dem Schiff unterwegs war. Nun sollte er wohl besser versuchen, sich der Dienste von Whitt Fiske zu versichern, damit sie in Erfahrung brachten, was es mit diesem Petaybeeanischen Touristen-Service auf sich hatte.

Yana, Bunny, Diego und Marmion befanden sich gemeinsam in der bugseitigen Panoramakabine, als die riesige, ausgedehnte Anordnung von aneinandergekoppelten Ringen, die Gal Drei bildete, sich von einem glitzernden Lichtpunkt zu ihrer wahrhaft majestätischen Pracht entfaltete. Die Ringe waren in der horizontalen Tiefe fünffach gestaffelt, in der senkrechten an manchen Stellen neunfach. Am Nadir und am Zenit des Komplexes befanden sich zwei weitere dicke, wulstige Ringe, die die Verteidigungsanlagen bargen. Fasziniert betrachtete Yana die ganze Anlage, die sie noch nie aus dieser Perspektive hatte sehen können: Auf beiden Reisen, die sie bisher hierher gemacht hatte, befand sie sich im Bauch eines Truppentransporters. Yana hatte die Vermutung, daß sie damals an einem der Nadirringe angedockt waren.

Diego erklärte Bunny, der beim Anblick schier die Augen aus dem Kopf fielen, die verschiedenen Ebenen: Die oberen waren für die Führungkräfte und Vorsitzenden der Firma reserviert, die darunterliegende Ebene barg den Freizeit- und Geschätfstrakt der Bevölkerung von Gal Drei; die mittlere Ebene diente vermutlich als Unterkunft sowohl für Durchreisende als auch Ansässige, während die vierte für Reparaturen, Ökosteuerungssysteme und ähnliche maschinelle Operationen reserviert blieb. Die fünfte Ebene war der Lagertrakt, während die verdickten Klumpen im oberen und unteren Teil dem Personal von Gal Drei, den Verteidigungseinrichtungen und der Verwaltung dienten.

»Hör mal, Diego!« Endlich bekam Bunny ihr Staunen in den Griff. »Da verbringen Menschen ihr ganzes Leben in diesem … diesem Ding?«

»Na klar doch. Länger habe ich auch noch auf keiner Planetenoberfläche gelebt, wie du weißt«, erwiderte er.

Ihr Gesichtsausdruck bedeutete ganz unzweifelhaft: ›Du armes, zu kurz gekommenes Kind‹, doch Diego bemerkte es nicht, weil er sich bereits für seine Schilderung des kulinarischen und des Freizeitangebots zu erwärmen begann, das dort ihrer harrte.

»Ach, und ich wüßte genau das richtige Plätzchen, das dafür Sorge tragen kann, daß Ihnen nicht das Beste entgeht«, warf Marmion fröhlich ein. »Mein Neffe und meine Nichte – oder, genauer, der Neffe und die Nichte meines verstorbenen Mannes Henri Algemeine. Es sind so nette junge Leute, daß ich mir sicher bin, Sie werden sich über ihre Gesellschaft freuen.«

Yana sah, wie Diego zusammenzuckte und Bunny erstaunt blinzelte.

»Die kennen sich wirklich gut aus hier«, fuhr Marmion entschlossen fort. »Bailey Algemeine ist sechzehn ...«

»Achtzehn, Marmion«, berichtigte Sally sie. »Vergiß nicht, er hat letzten Monat seinen Abschluß am Technikum von Aldebaran gemacht.«

»Am Technikum von Aldebaran?« hauchte Diego andächtig.

»Wie die Zeit vergeht, nicht wahr? Ja, und ich glaube, er hat auch seine beiden Patente für seine Fluchtrampenprojekte bekommen.«

»Fluchtrampen?« Diego war beeindruckt.

»Aber im Augenblick ist er ungebunden und wartet, bis sich die richtige Gelegenheit bietet. Wirklich ein glücklicher Zufall, daß er sich ausgerechnet jetzt auf Gal Drei befindet, nicht wahr?« Marmions fröhliches Lächeln war unwiderstehlich.

»Ihre Nichte?« fragte Bunny mit einem schrägen und leicht besitzergreifenden Seitenblick auf Diego.

»Charmion hat ihr Studium in Neuralpathologie abgeschlossen. Sie ist eine Pultney-Gabbison, müssen Sie wissen«, plapperte Marmion weiter. »Deshalb ist sie mit Bailey auf Besuch gekommen. Er hat sie auch schon auf Gal Drei herumgeführt. Sie ist neunzehn. Fast ein bißchen zu athletisch für ein Mädchen in ihrer gesellschaftlichen Stellung.« Marmion seufzte und wandte sich, nachdem sie ihre Botschaft losgeworden war, wieder der Beobachtung des Andockmanövers zu. In schnurgeradem Flug auf den zweiten Horizontalring zuhaltend, verwandelte sich das alles andere als unscheinbare Raumschiff in einen winzigen Flekken, als es in den kleinen Andocktrakt eingelassen wurde, in dem die Fahrzeuge von Personen ihres Standes abgefertigt wurden. Allmählich mußte Yana Sally darin zustimmen, daß die richtige Kleidung Selbstvertrauen verlieh – etwas anderes würde wohl kaum wirken.

Ein melodisches Läuten hallte durch das Raumschiff, gefolgt von einer Stimme, die ihnen verkündete, daß der Andockprozeß beendet sei und die Passagiere von Bord gehen dürften.

Draußen erwartete eine Gruppe von Leuten höflich ihre Ankunft. Roboter auf Antigravschwebern huschten an Bord, um das Gepäck zu holen – Bunny verfolgte ihre Bewegungen mit weit aufgerissenen Augen. Yana bemerkte, wie die seitlich herabhängenden Hände des Mädchens zuckten, als wollte sie am liebsten einen der Roboter auseinandernehmen, um nachzusehen, wie es in dessen Innern aussah.

Bailey und Charmion waren unter den anderen leicht auszumachen: Sie waren die jüngsten – der Junge mit langem schwarzem Haar in einem raffinierten Schnitt, das Mädchen mit einem Haarschopf blonder Locken, die ein Gesicht umrahmten, das so charmant war wie ihr Name. Sie waren ein sehr gutaussehendes Paar, modisch in einigen eben jener Farben gekleidet, über die sich Bunny am meisten beschwert hatte. Außerdem wirkten sie intelligent und aufgeschlossen, ohne eine Spur jenes gekünstelten Gelangweiltseins, wie es so viele junge Aristokraten vorzugeben liebten. Charmion hatte offensichtlich viel für ihre Tante übrig und ließ einen Begrüßungsschwall vom Stapel, als Marmion aus ihrem Schiff stieg. Hinter Charmion und dem hochgewachsenen Bailey erblickte Yana die eindrucksvolle Gestalt von Millard Ephasios, einem der Assistenten, den Marmion auf Petaybee mitgebracht hatte.

Sie gelangte zu dem Schluß, daß der große, anziehende grauhaarige Herr mit der geduldigen Miene einer von Marmions Bewerbern war, und die ältere Dame ihre Gesellschaftssekretärin. Die Frau war makellos gekleidet und strahlte Organisationskraft aus, genau wie die Beamtin in einem untergeordneten Büro. Rentnor Bavistock war ihr Sekretär, und Cynthia Grace war Marmions Finanzberaterin. Marmion murmelte, daß Cynthia die geeignete Gesprächspartnerin sei, wenn es darum ging, auf Petaybee kleine Geschäfte aufzumachen, damit Leute wie Clodagh, die Petaybees pharmazeutischen Reichtum sammeln und weiterverarbeiten würden, der ganzen Sache die richtige unternehmerische Gestalt verleihen könnten. Yana seufzte; sie wollte ihren Freunden eigentlich nicht irgend etwas ›Modernes‹ verschreiben.

Kurz darauf machte Yana die Entdeckung, daß auf Gal Drei auch nicht alles so war, wie es den Anschein hatte. Kaum waren sie von Bord gegangen, als ihnen Aufenthaltsgenehmigungen in Form von Metallarmbändern (»Jederzeit zu tragen«, bemerkte Rentnor mit Entschiedenheit) um die Handgelenke gekrampt wurden.

»Nicht einmal beim Duschen abnehmen«, fügte Marmion hinzu, als sie ihr Armband von Rentnor entgegennahm und feststellte, daß Sally bereits eins trug. »Bei Verlust kann es zu den unglaublichsten Schwierigkeiten kommen, wenn man sich in der Anlage bewegen will.«

»Das glaubt man kaum«, versetzte Bailey augenrollend und grinste Bunny und Diego dabei an.

Das letzte Mitglied des Empfangskomitees trug eine offiziell wirkende Kleidung, nach Maß auf seine hagere Gestalt zugeschnitten, mit Epauletten, die Yana zwar nicht erkannte, die aber reich genug verziert waren, um einen entsprechend hohen Rang anzuzeigen. Es war von dunklem Ton, mit kurzgeschorenem schwarzen Haar und von merkwürdig asymmetrischen Gesichtszügen, die seine hervorstehende Nase in zwei unzusammenhängende Hälften zu teilen schien. Seine dunklen Augen hatten einen geduldigen Ausdruck, und ein Winkel seines breiten Munds war leicht hochgezogen. Wie ein gut ausgebildeter oder sehr höflicher Beamter wartete er ab, bis die anfänglichen Vorstellungen, der Austausch von Neuigkeiten und dringenden Nachrichten beendet waren, um schließlich vorzutreten und Marmions ausgestreckte Hand zu küssen.

»Ach, Kommandant, wie nett von Ihnen, sich diese Zeit zu nehmen«, sagte Marmion und stellte ihn schließlich als Kommandant Nal an Hon vor. »Ich habe meinen Freunden schon eingeschärft, sehr gut auf ihre Ausweisarmbänder aufzupassen.«

»In der Tat eine Ermahnung, die häufiger zu wiederholen sich lohnt«, erwiderte er. Dann wandte er sich an die Neuankömmlinge. »Obgleich die Armbänder es Ihnen gestatten, sich auf sämtlichen Ebenen bis auf den Nadir und den Zenit frei zu bewegen, sind Sie gut beraten, von Erkundungszügen Abstand zu nehmen, sonst könnte es geschehen, daß Ihnen plötzlich eine Hand fehlt.«

Bunny stieß einen lautlosen Schrei aus und preßte ihre armbandbewehrte Hand schützend an die Brust.

»Na, na, Nal, das kann ich aber nicht zulassen, daß Sie meine jungen Freunde erschrecken, nur weil sie Landeier sind«, warf Marmion mit einem leisen, beruhigenden Lächeln ein.

»Das tue ich, gerade *weil* sie Landeier sind«, erwiderte er ohne jede Entschuldigung und fing Yanas Blick auf, um ihr mit einem Nicken zu bedeuten, daß seine Warnung auch für sie gelte. Yana schaute ihn mit hochgezogenen Augenbrauen an. Wenn sie sich vorstellte, daß sie noch vor sechs Monaten etwas ähnlich Empörendes zu jemandem wie sich selbst hätte sagen können!

»Nachdem ich das nun losgeworden bin, wäre es mir ein Vergnügen, Ihre Freunde zur Besichtigungstour in den Zenitring zu begleiten.«

»Wie freundlich von Ihnen, Nal. Wenn wir uns erst einmal ein bißchen eingewöhnt haben, werde ich gern auf Ihr Angebot zurückkommen.« Marmion blinzelte den Kommandanten kokett an.

»Dann werde ich Ihren Anruf erwarten, meine Dame«, erwiderte er. Mit höflicher Verneigung entfernte er sich wieder.

»Und Sie werden mir bestimmt erklären, was das soeben sollte, nicht wahr, Rentnor, Cynthia?« fragte Marmion halblaut und ohne den geringsten heiteren Unterton.

»Hm, ja. Aber das dürfte etwa eine Stunde dauern, Marmie«, entgegnete Cynthia. »Bis dahin wollen wir Sie erst einmal in Ihr Appartement begleiten.« Sie erschauderte leicht. »Hier draußen ist alles so offen.«

Bailey und seine Kusine Charmion nahmen sofort Diego und Bunny in ihre Mitte. »Wir gehen voraus, Tante Marmie«, sagte Bailey.

Yana hatte Sally auf der einen und Millard auf der anderen Seite, während Rentnor und Cynthia Marmion auf ihrem Weg aus dem Landedock begleiteten. Als die Docktore sich mit zufriedenem Scheppern schlossen, stieß Cynthia ein erleichtertes Seufzen aus.

»Agoraphobie?« fragte Yana, an Sally gewandt.

»Ganz eindeutig. Ihr Raumschiff hat lediglich eine Sichtscheibe in der Pilotenkabine«, erwiderte Sally. »So etwas kann einen ganz plötzlich überfallen, müssen Sie wissen.«

»Ich will den Sternen dafür danken, daß ich das nicht weiß«, antwortete Yana. »Und Ihnen geht es gut, Millard?«

»Ganz erträglich, danke, Oberst Maddock-Shongili.«

»Früher hieß ich für Sie aber Yana, Millard«, versetzte Yana.

»Ich übe doch nur, Yana«, erwiderte Millard mit spitzbübischem Grinsen, das in Anbetracht seiner ansonsten so ernsten Miene ziemlich fehl am Platze wirkte.

»Wozu?«

»Um selbst dem flüchtigsten Beobachter klarzumachen«, Millard legte eine Kunstpause ein, »daß Sie nicht einfach irgendein Transitpassagier oder so ein unwichtiges Landei sind!«

»Ach, tatsächlich?« fragte Yana, amüsiert, daß ihm das auch aufgefallen war. »Und womit wollen Sie diesem Eindruck gegensteuern – mit dem Oberst oder mit dem Doppelnamen?«

»Mit beidem«, erwiderte Millard ungerührt und musterte

beiläufig die Leute, die ihnen im Gang entgegenkamen. Er machte einen langen Schritt vorwärts, den vier jungen Leuten auf den Gehsteig folgend; dann drehte er sich zu Yana um und streckte ihr die Hand entgegen.

Sie wollte ihn schon daran gemahnen, daß sie ja wohl kaum eine Invalidin war, als Sally sie von hinten knuffte, um ihr zu bedeuten, sie solle diese Geste höflicher Hilfsbereitschaft akzeptieren. Mit leicht geschwelltem Stolz folgte Yana ihrem Rat und quittierte Millards Hand lächelnd mit einem Kopfnicken.

»Das machen Sie ganz großartig, Yana«, murmelte Sally ihr ins Ohr.

»Werden Sie mich jetzt auch mit Oberst anreden?« flüsterte Yana zurück.

»Nein, aber ich bin ja auch nur eine Frau und Ihre Begleiterin, während Millard soeben zum Kavalier aufgerückt ist.«

»Oh!«

Als sie den Hauptgang erreichten, tat es Yana leid, daß Bunny vor ihr ging. Zu gern hätte sie den Gesichtsausdruck des Mädchens beobachtet, als sie die technische und kommerzielle Pracht der Zweiten Ebene zu Gesicht bekam. Hier fuhr nicht nur eine Einschienenbahn an der Decke entlang, in diesem Trakt gab es auch vierstöckige Geschäfte und in regelmäßigen Abständen Rolltreppen, damit man bequem von einer Ebene auf die andere gelangte. Einige der Läden überschütteten die Passanten mit ihren Geräuschen, Düften und Sinnesreizen, gegen die die ansässige Bevölkerung wahrscheinlich schon immun war, die auf Bunny aber wohl eben so stark wirken mochten wie auf Yana, die solche Rundgänge auch nur vom Hörensagen kannte. Die Einrichtungen in den unteren Ebenen, die sie gelegentlich als Offizierin besucht hatte, waren doch erheblich primitiver ausgestattet als diese hier.

»Es wird Ihnen aufgefallen sein, Frau Oberst«, sagte Millard soeben, »daß hier neben den Transportbändern in bequemen Abständen Lageskizzen angebracht sind.« Er zeigte auf eine davon, als sie daran vorbeikamen. »Ihr Quartier befindet sich an der Schnittstelle Drei, also zwei Ringe rechts von unserer derzeitigen Position, Drei EL eins-zehn. Bitte merken und aufzeichnen.«

Yanas Hand hatte schon den halben Weg zum Gürtel zurückgelegt, um nach dem Aufzeichnungsgerät zu greifen, das häufig zu ihrer Grundausrüstung gehört hatte, als ihr wieder Marmions Geschenk einfiel. Inzwischen hatte sie sich die Lage der einzelnen Tasten eingeprägt; deshalb aktivierte sie den Recorder jetzt mit einem leisen Streifen der Hand und sagte laut: »3-L-110, Schnittstelle Drei.«

»Praktisches Gerät«, murmelte sie über die Schulter Sally zu.

»Das stimmt.«

Sie folgten der Biegung, und die Gleitpaneele öffneten sich beim Schlenkern eines Handgelenks, um sich hinter ihnen wieder zu schließen und den hektischen Lärm der Einkaufszone verstummen zu lassen.

»Das Transportband befindet sich auf der Backbordseite«, erläuterte Millard. »Sie können aber auch zu Fuß gehen, falls Sie sich ein bißchen bewegen möchten.«

»Ja, das kann ich gebrauchen«, erwiderte Yana. »Ach so – ist das denn auch sicher?«

»Sicher genug, Oberst.«

»Das raubt mir noch den letzten Nerv«, preßte Yana zwischen den Zähnen hervor.

»Eigentlich soll es genau die gegenteilige Wirkung haben«, murmelte Millard zur Antwort, und sie bemerkte das spitzbübische Glitzern in seinen Augen.

Die Wohnunterkünfte befanden sich auf zwei Ebenen. Transportbänder standen bereit, um die Bewohner der höheren Etagen zu ihren Kabinentüren zu befördern. Offensichtlich war der obere Trakt der sicherere. Außerdem strahlte der Bodenbelag eine gewisse raffinierte Eleganz aus, ebenso wie die diskreten, unaufdringlichen Wandgemälde und Verzierungen. Das Revier der hohen Tiere, dachte Yana bei sich, wobei ihr gleichzeitig der Gedanke kam, daß sie im Augenblick durchaus etwas davon gebrauchen könnte, zumal nach ihrer Rückkehr auf den Planeten der petaybeeanische Winter bereits eingesetzt haben würde.

Marmions Unterkunft befand sich auf der oberen Ebene und schien einen ganzen Quadranten des Rings in Anspruch zu nehmen. Jeder mußte sein Armband vorzeigen, um eingelassen zu werden. Yana hatte die Gepäckroboter inzwischen aus den Augen verloren, doch als sie in ihre Unterkunft kam, war bereits alles da. Sie zog daraus den Schluß, daß es noch einen Dienst- und Wartungszugang geben mußte, und fragte sich, ob die Roboter wohl auch auf ihre Identität überprüft wurden.

In einem Zustand benommenen Staunens ließ Bunny den Blick durch den Hauptempfangsraum von Marmions Quadranten schweifen.

Es war *tatsächlich* ein ganzer Quadrant, wie Sally ihr grinsend mitteilte.

»Marmion hat vier der fünf Ebenen von Gal Drei angemietet«, fügte sie hinzu.

»Und die fünfte?«

»Das ist ein Ökotop. Sie gehört einer anderen Firma, genau wie die Ausrüstung. An dieser Firma hat Marmion zwar auch einen Anteil, aber nur einen kleinen.«

»Oh!«

»Wir befinden uns alle auf der Gästeseite«, erklärte Sally. »Marmion unterhält hier ein komplettes Büro, damit sie sich um ihre Investitionen kümmern kann. Hier entlang, Bunny, Diego«, fügte sie hinzu und machte sich daran, mit den Neuankömmlingen einen kleinen Rundgang zu absolvieren, während Marmion sich mit ihren Geschäftspartnern zurückzog und Bailey mit Charmion überlegte, wie sie Bunny und Diego unterhalten sollten, wenn diese in den Aufenthaltsraum zurückgekehrt waren.

# 4.
# KAPITEL

*Junges, du hast Sorgen.* Das bekümmerte Grollen der Schneeleopardin strich beruhigend über die schmerzlichen Gedanken und Gefühle, die 'Citas Geist zusetzten.

Das Mädchen griff hinauf und schlang die Arme um den Hals der großen Katze, vergrub das Gesicht in ihrem Fell. »Ach, Coaxtl, ich *bin* eine einzige Sorge! Ich bin schwach und töricht gewesen, und nun haben mich meine neue Familie, meine Schwester und ihr Mann und meine schöne neue Tante verlassen, und mein neuer Onkel ist so unzufrieden mit mir, daß er kaum noch mit mir spricht. Ich bin wirklich nicht würdig, hier am Geschehen teilzunehmen! Ich bin zu dumm, um zu helfen, zu bedürftig, um ...«

*Zu lange wohnhaft in den falschen Höhlen der Menschen*, erwiderte Coaxtl mit verächtlichem Husten. *Zu lange fort vom sauberen kalten Schnee. Komm, laß uns gemeinsam in die Berge gehen und unserer beider Spuren nachjagen und einen Hasen suchen, der sterben will. Es wird wie in den alten Zeiten sein, bevor die Menschen dich hierherbrachten.*

Ziegendung heulte jammernd auf und umarmte die Katze noch fester. »Ach, arme, arme Coaxtl, ich weiß doch, daß du die ganze Zeit nicht nach Hause zurückgekehrt und hiergeblieben bist, nur weil ich zu dumm bin, auf mich selbst aufzupassen, und weil du so eine schrecklich liebe Katze bist ...«

*Hör auf damit! Und hör auch endlich damit auf, dich ständig selbst als Ziegendung zu bezeichnen, Junges. Die anderen haben dir schöne Namen gegeben – den Namen deiner Mutter, Aoifa, und den Namen deines Vaters und deines Wurfgenossen, der da lautet Rrrrrourrrrke!* Coaxtl liebte es, diesen Namen zu grollen. *Oder sie nennen dich 'Cita – und das ist ein besserer Name als La Pobrecita, die arme Kleine, oder als Ziegendung. An deiner Stelle würde man diese ganzen Kindernamen ablegen und sich selbst einfach nur noch Rrrrrourrrrke nennen!*

»Ich wünschte, ich wäre dein Junges, Coaxtl.«

*Na ja, das bist du zwar nicht, aber wir können ja so tun als ob. Komm. Auch wenn du etwas Gewicht zugelegt hast, seit du hier bist, bist du noch nicht zu schwer, um dich ein Stück des Weges auf dem Rücken zu tragen. Man wittert Schnee und will sich darin wälzen!*

Ziegendung – nein, 'Cita – nein, das Rrrourrke-Junge stieg auf den Rücken seiner Freundin, und gemeinsam rannten sie davon, fort von dem Fluß und der Stadt, fort von all den emsig umherlaufenden Leuten, fort von den Erinnerungen an das Grauen der Raumbasis und hinaus in den Wald mit seinen Schauern rostfarbener Baumnadeln und leuchtend goldener Blätter. Hasen, Eichhörnchen und Vögel stoben vor ihnen davon, als Coaxtl durch das rote Unterholz jagte, wobei sie die Tatzen krachend auf den Teppich aus altem Laub setzte, das mit jedem Schritt der großen Katze einen köstlichen, würzigen Duft aufsteigen ließ.

Bevor sie den Waldrand erreicht hatten, legte Coaxtl sich plötzlich auf den Boden und wälzte sich herum. Das Junge Rrrourrke stürzte ins Laub und lachte, als Coaxtl spielerisch mit den Tatzen nach ihm schlug und sich schließlich auf alle vier Pranken aufsetzte, ohne das Mädchen zu berühren, um seinen pelzeingefaßten Blick mit dem ihren zu vereinen.

»Du riechst aus dem Mund! Nach totem Fleisch!« rief das Mädchen.

*Und du riechst aus dem Mund, als hättest du zu lange unter Menschen gelebt!* erwiderte Coaxtl. *Was liegst du da faul herum, Junges? Jetzt bist du dran, einen Gefährten zu tragen!*

»Und wie soll ich das schaffen, verrückte Katze?« fragte sie und kroch unter dem Bauch der Kreatur hervor, wo sich Zweigwerk und Laub im seidigen Fell verheddert hatten. Das Mädchen riß den Mund weit auf und tat, als wollte es den Nacken der Katze zwischen die Zähne nehmen. »Soll ich dich im Mund tragen wie eine Mamakatze?«

*Werd nicht frech!* versetzte Coaxtl und huschte davon ins Gestrüpp. *Ich wette, du kannst einen nicht aufspüren!*

Ziegendung / Pobrecita / 'Cita / Aoifa / Junges Rrrourrke

brüllte den Namen der Katze und stürmte hinter ihrer Freundin her ins Gestrüpp. Jedesmal, wenn sie innehielt – verwirrt, weil die Katze nirgends zu sehen war –, vernahm sie dicht vor sich ein Lachen und erblickte das Erzittern eines Strauchs oder das Aufblitzen von silbrigem Fell, das in dem grellbunten Wald keine sonderlich gute Tarnung bot, und nahm die Fährte wieder auf.

Und dann, ohne Vorwarnung, stürzte sie plötzlich aus dem Wald hervor und befand sich am Außenrand eines buckligen Moorstücks. Doch da war weit und breit keine Coaxtl zu sehen.

*Psst*, warnte die Stimme der Katze sie. *Versteck dich. Da kommt ein Menschending.*

»Was? Wo denn? Coaxtl, ich sehe dich nicht. Wo bist du denn?« fragte sie und zerrte am Strauchwerk, um irgendwie einen Blick auf die Katze zu erhaschen. Doch während sie der Lichtung den Rücken zukehrte, roch sie plötzlich, was die Katze schon lange zuvor aufgeschreckt haben mußte. Dann erblickte sie ein kleines flaches Fahrzeug – nicht wie die Hubschrauber, die sie einst unter der Bezeichnung ›Firmenengel‹ gekannt hatte, sondern eins von denen, die Bunny als ›Shuttle‹ bezeichnet hatte. Das Fahrzeug war an der Seite mit Buchstaben versehen. Bunny hatte ihrer dummen Schwester noch Buchstaben erklärt, bevor sie gegangen war. 'Cita glaubte, die Namen dieser Buchstaben seien P, wie der erste Buchstabe von Petaybee oder Pobrecita, und I ... nein, die Tischplatte darauf, das war es! Bunny hatte gesagt, daß ein T eine Tischplatte trug! PT ... und S, wie Schlange. PTS! Das stand darauf.

'Cita war so stolz, das alles herausbekommen zu haben, daß sie gar nicht daran dachte, sich zu verstecken. Seit ihrem Umzug nach Kilcoole bewegte sie sich etwas unbefangener unter Menschen ... Menschendinger, wie Coaxtl sie nannte. Der Heulende Hirte hatte für derlei Dinge nicht allzu viel übrig gehabt, wenn sie nicht gerade Vorräte und Nachschub brachten; deshalb hatten Maschinen in dem

Grauen ihres Lebens in der Herde, bevor 'Cita Coaxtl begegnet war, nur eine untergeordnete Rolle gespielt.

Und so war sie jetzt in erster Linie nur neugierig und beobachtete, wie das Shuttle landete, allen zahlreichen gezischelten Warnungen Coaxtls zum Trotz.

Sie konnte sich nicht vorstellen, daß ein derart wichtig aussehendes Fahrzeug oder die Leute darin jemanden wie sie überhaupt beachten würden.

Einer nach dem anderen stiegen sie aus und versanken prompt in den schlammigen Buckeln des Moors. Der untere Teil ihrer Kleidung und die Beine und Füße würden sehr naß werden, das wußte 'Cita. Einige von ihnen trugen lange Metallstöcke, andere hatten lange weiße Röcke an, wiederum andere waren in kurze Röcke und hohe Fellstiefel gekleidet und stützten sich auf die Arme ihrer Begleiter. Es waren auch welche darunter, die glitzernde Hosen trugen. Alle waren sie viel zu warm angezogen, in Schichten über Schichten von Fell und Daunen, Wollhandschuhen, Stiefeln, Mänteln, Muffen und Hüten.

»Aha!« rief einer in einem Rock. »Da ist eine!«

»Eine was?« fragte eine gelangweilte Frauenstimme.

»Eine Ureinwohnerin von Petaybee.«

»Die gibt es doch gar nicht«, protestierte ein anderer.

»Oh, als Geschäftsmann verstehen Sie offensichtlich nicht die spirituelle Natur der Beziehung zwischen den petaybeeanischen Einheimischen und ihrem Großen Gönner, mein Herr. Mich und meine Brüder im Glauben hat dagegen ein Experte auf diesem Gebiet darüber aufgeklärt.« Und ohne weitere Einwände abzuwarten, stapfte der Mann in dem Rock voran, wobei er mit jedem Schritt bis zu den Knien einsank.

»Brüder im Glauben.« Er hatte ›Brüder‹ gesagt. So pflegte der Heulende Hirte zu reden, genau wie Dr. Luzon. Das waren zwar keine netten Leute, aber sie hatte gelernt, ihnen zu gehorchen. Ein Teil von 'Cita hätte sich am liebsten ins Gestrüpp zurückgezogen, doch sie stand wie angewurzelt da, während der Mann auf sie zukam, und wartete darauf, daß er etwas von ihr zu tun verlangte, was sie nicht wollte.

»Oh, kleines Mädchen, huhu!« rief ein weiterer Weißrock, diesmal eine Frau.

»Ja, du da!« sagte der Mann. »Bist du eine Eingeborene dieses prachtvollen Wesens, auf dem wir gerade stehen?«

»Na ja …«, begann das Mädchen.

*Junges* … flüsterte Coaxtls Stimme.

»Ja, ich glaube schon.«

»Aha!« Das nervöse Lächeln des Mannes weitete sich zu einem breiten Grinsen, und er machte den anderen, die hinten am Shuttle warteten, ein Zeichen. »Sie ist von hier! Kommt schon! Es ist alles in Ordnung.«

Die anderen kamen herbei, zunächst etwas unbeholfen. Ihre Taschen, Metallstöcke und Körbe trugen sie mit sich.

Die Frau in dem weißen Rock traf als erste ein. »Bruder Shale, du bist mal wieder überstürzt vorgegangen und hast sie verschreckt.« Die Frau zog ihre Kapuze ab und entblößte einen kahlgeschorenen Schädel; dann zog sie einen Handschuh aus, um 'Cita die Hand entgegenzustrecken. »Hallo, Süßes. Ich bin Schwester Feuerfels. Bring uns zu deinem Anführer.«

*Ponopei II*

Torkel Fiske hatte sich verkleidet, bevor er seinen Shuttle verließ. Er legte keinen Wert darauf, von irgendwelchen Freunden seines Vaters erkannt zu werden. Eine dunkle Färbespülung und eine schnelle Dauerwelle hatten sein vormals kurzes rotes Haar zottig und lang werden lassen; er trug einen dunklen Schnauzbart, der vollkommen echt wirkte, und eine dunkle Brille, wie sie für das Klima des Erholungsmondes Ponopei II völlig angemessen war. Der weiße Anzug aus Syntholeinen und sein Karibenhemd mit Seelandschaftsmuster waren weitab von allem, was er jemals getragen hatte. Geflochtene Sandalen, keine Socken und Schmuck, den er normalerweise nicht um viel Geld und gute Worte auch nur mit der Kneifzange angefaßt hätte, vervollständigten seine

Ausrüstung. Seine Hautfarbe hatte er chemisch mit jenem Mittel verändert, das entwickelt worden war, Schiffsbewohnern das Gefühl zu nehmen, dort fehl am Platz zu sein, wo Sonnen- und Meeresanbetung den Alltag ausmachten.

Als er ein Ganzkörperholo ablaufen ließ, um alles noch einmal zu prüfen, hätte er sich selbst nicht wiedererkannt. Er sah aus wie ein Pirat auf Urlaub.

Gut. Dann würde Onidi Louchard ihn auch nicht für einen reichen Regierungstrottel halten, für einen Firmenpenner, der nur aufgrund des Namens seines Vaters Karriere gemacht hatte. In letzter Zeit gewann er immer mehr das Gefühl, daß die Leute so über ihn dachten, und das verabscheute er zutiefst.

Glücklicherweise hatte er schon Erfahrung damit, sich im Firmendienst zu verkleiden. Die eine oder andere Manipulation an den Computern sorgte für einen geänderten Identitätscode, was ihm zu einer weiteren neuen Persona verhalf. Sein Shuttle war ein Mietfahrzeug der Intergal, zugelassen auf M'sser J. LaFitte, Edelsteinhändler aus Burroughs Canel auf dem Mars.

Er war schon häufig auf Ponopei II gewesen, um dort allgemein bekannt zu sein, deshalb befriedigte es ihn sehr, als keiner von den Abfertigungsbeamten ihn erkannte, ebensowenig wie die Floristen, bei denen er sein Leis erwarb, eins für sich und eins, um den Vertrag mit Louchard zu besiegeln. Auch der Oberkellner in seinem Lieblingsrestaurant erkannte ihn nicht wieder und sagte nur nach einem kurzen Blick auf die Reservierungsliste: »Ach, ja, Mr. LaFitte, Ihre Begleitung ist noch nicht eingetroffen, aber Ihr Zimmer ist bereits fertig. Hier entlang bitte, mein Herr.«

Torkel verbrachte die nächste Viertelstunde damit, die Leute abzuschätzen, die nach ihm eintraten. Welcher davon mochte Louchard sein? Nachdem Torkel drei Männer in kurzen Hosen und Sandalen, einen weiteren in einem gelben Straßenanzug ähnlich seinem eigenen, fünf kichernde junge Mädchen und eine etwas ältere, zierliche, leicht verschüchtert wirkende Frau in Augenschein genommen hatte, die aber reichlich aufgedonnert daherkam – eine repräsentative Ehefrau der höheren Gesellschaftsschicht, wie er vermutete –, glaubte er schon, versetzt worden zu sein.

Dann drehte die Repräsentationsehefrau in dem weichen, lavendelblauen Sarong ihre modischen Sandalen mit den hohen Absätzen in seine Richtung. Ihre Beine waren recht hübsch, wie er bemerkte. Eigentlich schade, daß Frauen ihre Beine nur noch selten in der Öffentlichkeit zeigten – ausgenommen hier, natürlich, wo sie gleich alles zeigten. Als Torkel sie genauer musterte, stellte er fest, daß sie doch etwas älter sein mußte, als er zunächst geglaubt hatte, denn ihr dunkelblondes Haar war an den Ohren und am Scheitel silbrig durchsetzt. Dann fiel ihm auf, daß sie hinter einem Ohr eine blaue Frangipani trug. In Louchards Mitteilung war auf melodramatische Weise von einer blauen Blume die Rede gewesen, wie auch davon, daß er Leis mitbringen solle.

Die Frau mit der blauen Blume lächelte und streckte ihm eine winzige beringte Hand entgegen. Alle Ringe waren mit Edelsteinen besetzt, die zu ihrem Kleid paßten, bis auf einen dicken Klumpen aus goldenen Steinen am Ringfinger der rechten Hand. Torkel ließ sie in das Séparée und schloß hinter ihr Anblick und die Geräusche des sanften rosa Sandstrands aus, des limonengrünen Wassers und der bunten Gärten, indem er die Luke der abhörsicheren Besprechungsblase sowie den Perlenvorhang hinter ihr zuzog.

»Ich spreche doch mit *Hauptmann* LaFitte, nicht wahr?« fragte die Frau, während sie geschmeidig an ihm vorbeiglitt.

»Hauptmann Fiske, wie Ihrer Organisation auch mitgeteilt wurde«, erwiderte er. »Und mir wurde gesagt, daß ich mit Louchard verhandeln würde.«

»Louchard hat es nicht geschafft«, sagte die Frau mit einem charmanten Aufblitzen ihrer Zähne zwischen den rosa gefärbten Lippen. »Ich vertrete die Organisation. Uns wurde mitgeteilt, daß es sich um geschäftliche Dinge handelt. Ich bin die Geschäftsführerin, Dinah O'Neill.«

»Ich verstehe«, sagte er, und so war es tatsächlich. Sie war ebensowenig Geschäftsführerin, wie er Jean LaFitte war.

Das äußere Aussehen von Onidi Louchard war ein streng gehütetes Geheimnis, doch hatte er immerhin vernommen, daß der Pirat weiblichen Geschlechts sein sollte. Und die Augen dieser Dame waren so kalt und berechnend, wie er es selbst immer gern gewesen wäre. Sie verstanden sich auf Anhieb. »Bei dem Geschäft geht es schlicht um folgendes. Ich habe kürzlich einige Geschäftsfreunde von Louchard auf jenem Planeten kennengelernt, der von seinen Bewohnern Petaybee genannt wird. Es ist eine trügerische Welt, die Außenstehenden ihre Geheimnisse verweigert, doch scheint sie eine gewisse Vorliebe für gewisse Leute zu hegen, die dort leben. Drei dieser Leute befinden sich im Augenblick auf Gal Drei. Die Person, um die es mir geht, ist ehemalige Offizierin des Firmencorps, Yanaba Maddock. Sie und ihr Liebhaber, ein verdächtiger Einheimischer namens Shongili, haben es geschafft, sich in das Amt der Sachwalter in Regierungsgeschäften auf Terraform B zu manövrieren. Die beiden sind es auch gewesen, die Ihnen bei Ihrer Operation auf diesem Planeten Knüppel zwischen die Beine geworfen haben. Inzwischen sind sie für die zukünftige Rohstoffausbeutung zuständig. Maddock ist schwanger. Aus einer Vielzahl komplizierter Gründe ist ihr Mann nicht in der Lage, den Planeten zu verlassen. Die Heranwachsenden in ihrer Begleitung sind ein Junge ohne besondere Bedeutung und ein Mädchen, bei dem es sich um eine Nichte des Ehemannes handelt. Wichtig ist jedoch nur Maddock.«

»Ich verstehe zwar, daß ihre Geiselnahme Ihnen eine gewisse Hebelwirkung verleihen würde. Was ich aber nicht begreife ... wo soll unser Profit liegen?« erwiderte Dinah O'Neill.

»Ich hätte wohl doch besser mit Ihrem Chef gesprochen«, versetzte Torkel. »*Der* hätte es sofort begriffen. Der Mineralreichtum Petaybees harrt noch seiner Erschließung. Hauptmann Louchard hat es mit eigenen Augen gesehen ...«

Sie zuckte die Schultern. »Das stimmt zwar, aber Sie dürfen nicht übersehen, Hauptmann, daß es noch viele andere Welten gibt, deren Mineralreichtum sich ausbeuten ließe.

Die Erze und Edelsteine Petaybees sind zwar von höchster Qualität, erweisen sich aber doch als etwas ... kostspielig in der Gewinnung. Nachdem wir schon vier Männer und die in ihre Operation investierten Versorgungsgüter verloren haben, erwarten Sie nun von uns, daß wir ein paar Siedler entführen? Denen gibt der Planet auch nichts freiwillig von seinem Reichtum, und sie alle sind arm wie die Kirchenmäuse. Die ganze Sache hört sich doch sehr danach an, als hätten Sie ein persönliches Problem mit diesen Leuten, Hauptmann. Wir sind aber keine Terroristen, wir sind Geschäftsleute.«

»Das gilt auch für die Frau, bei der Yana Maddock und die Kinder zur Zeit weilen. Ich nehme doch an, daß Sie als ›Geschäftsfrau‹ mit dem Namen Marmion de Revers Algemeine vertraut sind?«

»Selbstverständlich, obwohl sie bisher bedauerlicherweise noch keinerlei Neigung gezeigt hat, unsere Dienste in Anspruch zu nehmen. Wenn sich die Parteien, die Sie festzuhalten wünschen, allerdings in *ihrer* Obhut befinden, muß ich Ihnen leider mitteilen, daß eine derartige Operation so schwierig würde, daß sie kaum kosteneffektiver wäre als Ihr anderer Vorschlag.«

»Selbst wenn es möglich sein sollte, nicht nur Maddock, sondern auch Algemeine festzusetzen? Ich könnte mir vorstellen, daß die Dame ein erkleckliches Lösegeld hergibt.«

Die Frau schüttelte den Kopf und schaute ihn mitleidig an. »Das würde der Aufsichtsrat der Intergal auch tun. Aber wir kennen unsere Grenzen, Hauptmann.«

Er beugte sich vor und ergriff kühn ihre Hand. »Ich auch – für mich allein gesprochen. Sie glauben doch nicht etwa, ich würde einen solchen Vorschlag machen, wenn ich nicht auch wüßte, wie sich der Zugriff auf die Zielpersonen herstellen ließe, oder? Sagen Sie einfach nur ja, dann können wir Nägel mit Köpfen machen.«

Sie lächelte und bedeckte seine Hand mit ihrer anderen. Die Ringe schnitten ins Fleisch seiner Knöchel.

»Einem redegewandten Mann konnte ich noch nie widerstehen – zumal, wenn er noch mehr Schmuck trägt als ich. Stellen Sie nur den Zugriff her, Hauptmann, und lassen Sie Ihre Leute sich mit unseren in Verbindung setzen. Sie wissen ja, wie.«

## 5. KAPITEL

*Vor Kilcoole*

Nachdem sie verlangt hatte, zu 'Citas Anführer gebracht zu werden – wer immer das sein mochte –, musterte die in ein weißes Kleid gehüllte Schwester Feuerfels das Mädchen erwartungsvoll, während die anderen in den Chor einstimmten.

»Wirklich eine sehr gute Idee. Eigentlich ganz erstaunlich, aus dieser Quelle«, sagte eine der Frauen mit den sehr kurzen Röcken. »Ja, bring uns doch zu deinem Anführer. Ich möchte gern mit jemandem reden, der hier etwas zu sagen hat. Ich bin die Repräsentantin von BIEX, dem größten Pharmakonzern der Galaxis, und ...«

»Hör auf damit, Portia«, warf einer der Männer in den glänzenden Hosen ein. »Das ist doch nur ein Kind. Sieht nicht mal so aus, als würde sie überhaupt Englisch sprechen.«

»Petaybeeaner brauchen gar kein Englisch zu sprechen«, wies Schwester Feuerfels den Mann streng zurecht. »Sie kommunizieren instinktiv mit der Gütigen Urquelle. Bitte bring uns dorthin, Liebes. Kannst du uns vielleicht auch deinen Namen nennen?«

»Diese Unwürdige wurde Ziegendung geheißen«, begann 'Cita zaghaft, ganz benommen vom Anblick und der Gegenwart dieser fremden, wenn auch offensichtlich unwissenden Leute.

»Von mir aber nicht!« versetzte Schwester Feuerfels empört und runzelte die Nase, als würde 'Cita so riechen wie ihr Name. »Wirklich, Liebes, solche Namen mögen der Urquelle ja vielleicht behagen, aber ich käme nicht im Traum auf den Gedanken, die allererste Bewohnerin Petaybees, die ich hier kennenlerne, mit einem so unwürdigen Namen wie ›Ziegendung‹ zu belegen.«

»Meistens höre ich auf 'Cita.«

»Schon besser.« Schwester Feuerfels nickte zufrieden, doch nun begannen die anderen wieder durcheinanderzureden, so, als wäre 'Cita Luft.

»Coaxtl, was soll ich tun?« fragte das Mädchen leise und hoffte, daß die große Katze sie hören könnte, denn zu sehen vermochte sie ihre Freundin nicht mehr. »Wen wollen die eigentlich sprechen? Es ist zu weit, um sie vor Anbruch der Dunkelheit zu Onkel Sean zurückzubringen. Die Frauen in den kurzen Kleidern würden furchtbar frieren.«

»Ich will gar keinen verdammten Führer sprechen«, sagte einer der Männer mit den metallenen Stöcken. »Die haben jetzt wirklich mehr als genug Zeit gehabt, unsere Anträge auf Erteilung einer Jagderlaubnis zu bearbeiten. Dieser Bursche, mit dem ich gesprochen habe, hat mir erzählt, daß es hier Katzen gibt, so groß wie Pferde, mit einem Fell, für das man Tausende bekommt. Und Einhörner! Wenn man denen das Horn abschneidet und es gemahlen als Pulver in einem Getränk einnimmt, dann kann man jede Nacht so oft, wie man nur will.«

*Sag ihnen nicht, daß man hier ist, Junges,* sagte Coaxtl.

»Wir brauchen dieses Kind gar nicht zu behelligen«, meinte eine ältere Frau. »Wenn wir erst einmal meine Familie gefunden haben, können die uns schon helfen, daß wir uns zurechtfinden. Süßes, kennst du eine Familie namens Monaghan? Wir wurden getrennt, als die Firma uns während der Aufstände umgesiedelt hat. Nun lebe ich schon so lange auf Coventry, aber erst kürzlich erfahre ich, daß man einige Leute aus unserem Dorf als Siedler hierher verbracht hat.«

'Cita schüttelte den Kopf. Die Frau sah nett aus, und 'Cita hätte ihr auch gern geholfen, aber das war alles so verwirrend. »Ich lebe noch nicht lange in Kilcoole, aber wir könnten meinen Onkel Sean fragen, wenn er nicht zu beschäftigt ist. Oder Clodagh. Ich glaube, das sind auch Anführer.«

»Nein, nein, Kind«, widersprach Bruder Schiefer. »Wir meinen keine menschlichen Führer. Wir wollen die Bekanntschaft der Gütigen Urquelle machen. Wir wollen ihr dienen und sie verehren ...«

»Natürlich in aller Demut«, fügte eine dritte weißgekleidete Gestalt von hinten hinzu. Hinter dem Mann stand eine vierte, die 'Cita noch gar nicht bemerkt hatte.

»Die Brüder Schiefer und Schist haben recht«, fügte diese Person, eine Frau, nun hinzu. »Wir haben keine Verwendung für menschliche Führer. Ich bin Schwester Agate. Wenn ich hier mal etwas Persönliches sagen darf ...«, und während sie das tat, drehte sie sich mal zur einen, mal zur anderen Seite, um über sämtliche Köpfe – einschließlich 'Citas – hinwegzubrüllen, » ... daß ich mich außerordentlich freue, hier zu sein, und daß ich der Gütigen Wesenheit auf jede mir mögliche Weise helfen möchte.«

»Pst, Agate! Das werden wir doch alle tun. Es ist nicht recht, sich so in den Vordergrund zu spielen«, wies Schwester Feuerfels sie zurecht.

»Ich weiß nichts von einer Gütigen Dingsbums«, erwiderte 'Cita, »und die Familie kenne ich auch nicht. Aber ich bin ja noch ganz jung und unwissend. In Kilcoole weiß man bestimmt etwas darüber. Nur, daß es schon fast Nacht ist. Es wird dunkel sein, bevor wir dort eintreffen würden, und ich fürchte, ich bin zu dumm, um mich im Dunkeln zurechtzufinden.«

»Kilcoole? Das soll wohl der Regierungssitz sein«, meinte die Frau namens Portia. »Wie weit ist es denn bis dorthin?«

»Viele Klicks«, antwortete 'Cita schließlich, nachdem sie sich vergeblich den Kopf darüber zermartert hatte, wie sie die hier auf Petaybee üblichen Entfernungswerte erklären sollte.

»Coaxtl, wohin kann ich sie führen, daß sie dort die Nacht verbringen?« fragte 'Cita, während die Fremden untereinander stritten. Doch die große Katze antwortete nicht. Also war 'Cita mit diesen Fremden ganz auf sich allein gestellt. Schließlich zerrte 'Cita sie in den Wald, wo sie wenigstens nicht zugeschneit würden, und schaffte es mit der Hilfe der Weißgekleideten, die außerordentlich beharrlich sein konnten, sie alle dazu zu bringen, Laub und Nadeln zu einem Lager zusammenzutragen und sich eng beieinander hinzulegen; die am wärmsten Gekleideten außen.

»Oh, wie schön, von der Brise der Gütigen Quelle in den Schlaf gewiegt zu werden«, sagte Schwester Agate mit klappernden Zähnen, während sie sich dicht neben Portia zusammenkringelte, die ihr einen kräftigen Tritt verpaßte.

Die Männer mit den Metallstöcken weigerten sich zu gehorchen und saßen mit dem Rücken an Bäume gelehnt da, zitternd trotz ihrer Winterkleidung, die Stöcke drohend vor sich ausgestreckt. Als sie schließlich trotz aller Anstrengungen doch einschliefen, kroch 'Cita zu ihnen hinüber und nahm ihnen die Stöcke aus den Händen, um sie im Gestrüpp zu verstecken.

Bruder Schist murmelte ständig leise vor sich hin, während der Mann mit der glänzenden Hose versuchte, sich an Schwester Feuerfels zu schmiegen.

'Cita kauerte sich allein im Dunkeln zusammen und hielt nach einer ganz besonderen Berührung in ihrem Kopf Ausschau, nach zwei ganz besonderen Augen, die in der Dunkelheit glühten. Doch sie war bereits eingeschlafen, als sie plötzlich eine vertraute Wärme an ihrer Seite spürte.

*Hilfe kommt*, sagte Coaxtl nur. Da erst bemerkte 'Cita, daß sich zu Coaxtls Wärme ein weiteres, kleineres schnurrendes Bündel gesellt hatte.

Eine orangefarbene Katze rieb sich an Coaxtl, die eine leise, knurrende Bemerkung von sich gab.

*Clodagh ist mit den Lockenfellen nach hier unterwegs. Sie wird bald eintreffen.*

'Cita war so erleichtert, daß sie fast geweint hätte. Sie war ja so *unfähig*, und alle Welt schien ihr ständig aus irgendwelchen Schwierigkeiten zu helfen, in die sie zu geraten pflegte.

*Laß den Kopf nicht hängen, Junges,* grollte Coaxtl. *Du hast sehr gute Arbeit geleistet, wie die Clodagh-Person dir bestätigen wird. Du hast die Pelzigen und Gefiederten vor den Männern mit den Metallstöcken gerettet, und die Männer mit den Metallstöcken vor dem Zorn des Heims. Außerdem hast du diese Verwundbaren davor bewahrt, ohne Führung durch unbekanntes Gebiet umherzuirren, das zu bereisen sie nicht in der Lage sind. Clodagh ist zufrieden mit dir.* Dann seufzte Coaxtl. *Selbst wenn wir in die falschen Höhlen der Menschen zurückkehren müssen.*

»Ach, Coaxtl! Und du bist so niedergeschlagen ...«

*Wie kann man niedergeschlagen sein, wenn es warme Orte gibt, um dort zu lagern, und Nahrung zum Essen und Schnee zum Wälzen und ein Junges, um es zurechtzulecken?* unterbrach Coaxtl sie. *Man mag zwar die inneren Höhlen vorziehen, doch wo immer man die Tatzen aufsetzt, berühren sie das Heim.* Coaxtl hob den Kopf und schnappte mit der Zunge nach einer Schneeflocke, der ersten von mehreren, die vom Himmel zu rieseln begannen. *Ach! Siehst du, Junges? Das Heim hat gewußt, daß wir Schnee suchten und daran gehindert wurden, ihn zu erreichen! Deshalb schickt es den Schnee zu uns. Wir sind belohnt. Du hast dem Stolz auch noch Ehre hinzugefügt und uns beiden Schnee gebracht. Das ist gut!*

'Cita nickte, immer noch verunsichert. »Und es ist auch gut, Ehre zu gewinnen, auch wenn ich es nur unabsichtlich tat. Trotzdem – ist es denn nicht besser, Ehre zu erlangen? Zur richtigen Zeit am richtigen Ort zu sein?«

Coaxtl blendete sie, indem sie ihr herzhaft das Gesicht ableckte. *Dies ist nicht die Zeit, um den Geheimnissen des Lebens nachzugrübeln, Junges. Und nun nimm dich zusammen, um wenigstens so viel zu schlafen, wie du es bei diesem ganzen Lärm fertigbringst.*

Als das Kind gehorchte, streckte sich die große Katze und kringelte sich um 'Citas Leib. Kurz darauf war das Mädchen eingeschlafen, trotz des lauten Schnarchens, das die Luft erfüllte.

Kaum hatte sie ihre Nachricht überbracht, da verschwand die orangefarbene Katze auch schon wieder.

Als 'Cita schließlich wieder die Augen öffnete, war der Himmel zwischen dem Geäst elfenbeinern von Schnee, und sie selbst war von einer leichten weißen Decke bedeckt. Coaxtl war nicht zu sehen, doch an der Stelle, wo die Katze gelegen hatte, war es immer noch warm.

Die Leute aus dem Shuttle bewegten sich unruhig unter ihrer dünnen Schneedecke.

Einer der Möchtegernjäger fuhr mit einem Schreck aus dem Schlaf und griff nach der Waffe, die nicht mehr da war, als sich im nächsten Augenblick auch schon der Kopf eines Lockenfells durch das Gestrüpp schob.

»Clodagh!« rief 'Cita erleichtert. Clodagh wurde gefolgt von Onkel Seamus und drei der erwachsenen Rourke-Vettern, die zusammen, wie es schien, sämtliche Lockenfelle des Dorfes zusammengetrommelt und hierhergeführt hatten.

»Coaxtl hat uns erzählt, daß du auf die Pirsch gegangen bist, Aoifa Rourke«, erwiderte Clodagh. »Ich hoffe nur, du hast genug Wild erlegt, um die alle hier davon zu ernähren.«

Als sie den Neuankömmlingen dabei zusah, wie sie vergeblich versuchten, die Lockenfelle zu besteigen, schien es 'Cita, als wäre sie hier nicht die einzige Unwissende und Tolpatschige. Die Frau Portia mußte ihre spärlich bekleideten Beine dem Schnee aussetzen, während ihr beim Aufsitzen der kurze Rock bis zur Hüfte hinaufrutschte – ein Detail, das den Rourke-Vettern nicht verborgen blieb.

Die Männer mit den Metallstöcken waren wütend, als sie feststellen mußten, daß ihre Waffen verschwunden waren, vor allem, als Coaxtl und Nanook plötzlich neben den Lokkenfellen erschienen, um sie zu führen.

»Ich habe es dir doch gesagt!« rief einer der Männer einem der anderen zu. »Katzen, so groß wie Pferde! Ich habe es dir gesagt! Das hat dieser Bursche auch gesagt, und es stimmt. Was gäbe dieses Fell doch für einen prächtigen Läufer ab!«

Coaxtl hustete, und Clodagh erwiderte: »Nicht, Coaxtl, es sind Gäste.«

»Hat das Tier zu Ihnen gesprochen?« fragte der dritte Mann.

»Oh, ja. Coaxtl und Nanook und die anderen Katzen können sehr redegewandt sein. Aber manchmal sind sie nicht besonders nett.«

»Was hat es denn gemeint?« wollte Bruder Schist wissen.

'Cita, die Coaxtl meist recht gut verstand, dachte daran, daß die Katze lediglich gehustet hatte.

Doch Clodagh erzählte dem Jäger: »Coaxtl sagt, daß *Ihr* Pelz viel zu dünn und haarlos ist, als daß er zu irgend etwas taugen könnte.«

Sie brauchten lange Zeit, bis sie nach Kilcoole zurückgekehrt waren, weil sie unterwegs darauf achten mußten, daß niemand vom Pferd fiel. Die armen Lockenfelle! dachte 'Cita. Nun würde sie wohl durchs Dorf ziehen und jedermann darum bitten müssen, ihr ein paar späte Möhren zu überlassen, um die Tiere damit zu belohnen.

»Sind Sie die Bürgermeisterin oder Gouverneurin oder was auch immer dieser Stadt, zu der wir unterwegs sind?« fragte der Mann-der-Portia-nicht-mochte, an Clodagh gewandt.

»Ich bin Clodagh.«

»Clodagh!« Portias Stöhnen verstummte. »Sie sind doch diejenige, mit der ich mich unterhalten wollte. Die Medizinfrau, richtig?«

Clodagh zuckte die Schultern.

»Hören Sie, ich bin bereit, Ihnen ein Angebot für Ihre Formeln und für sämtliche Zutaten zu machen, die Sie beibringen können. Das ist natürlich nur der Anfang, solange wir noch im Entwicklungsstadium sind. Später, wenn wir die Quellen erst einmal bestimmt haben, müssen wir noch wissen, wo die besten Anbauflächen sind.«

»Formeln? Zutaten? Sind Sie denn krank?« fragte Clodagh.

»Nein, natürlich nicht ... obwohl ich auf diesem dämlichen Pferd wohl bald seekrank werden dürfte, aber ...«

»Sie sind also die Magd des Planeten!« kreischte Schwester Feuerfels Clodagh an. Sie saß ab und lief nach vorn zu Clodaghs Lockenfell, nahm Clodaghs Hand in die ihren und brach in Tränen aus. »Ach, wie sehr ich mich schon danach gesehnt habe, Sie kennzulernen, seit wir zum erstenmal von diesem Wunderplaneten erfuhren!«

»Wann war das denn?« fragte Clodagh.

»Vor ungefähr sechs Wochen«, erwiderte Bruder Schiefer. »Und glauben Sie mir – seitdem hat Schwester Feuerfels wahre Wunder vollbracht, was die Straffung unseres Ordens betrifft. Sie hat sofort mir und den anderen davon gekündet, und wir alle wußten im selben Augenblick, daß Petaybee genau das ist, wonach wir die ganze Zeit gesucht haben. Wir hatten früher nämlich eine kleine Studiengruppe, müssen Sie wissen – über das Böse im Universum und wie man zu dem zurückkehrt, was wirklich und natürlich ist. Wir haben es zuerst auf Terra versucht, aber die waren dort nicht besonders auskunftsfreudig. Und als uns Bruder Granit dann von der Gütigen Urquelle erzählte und wie sie die Abscheulichkeiten in den Ruin trieb, die die Unwürdigen ihr angetan hatten ... na, da mußten wir einfach selbst mal vorbeischauen und nachsehen.«

»Wann können wir die Zeugnisse von Petaybees Zorn besichtigen, Mutter Clodagh?« fragte Bruder Schist.

»Tut mir leid«, erwiderte Clodagh schnaubend. »Ich habe keine Kinder.«

»Bitte entschuldige die Ungeschicklichkeit unseres Bruders«, warf Schwester Feuerfels ein. »Wir meinen damit nur, daß du die geistige Mutter unseres Ordens bist. Bruder Granit hat uns von deiner wundersamen Verbindung zur Gütigen Urquelle berichtet.«

»Was soll das denn heißen?«

»Ich glaube, sie meinen den Planeten, Clodagh«, erläuterte 'Cita. Die Leute belegten ihn mit *so vielen* Namen! Der Heulende Hirte hatte den Planeten verachtet und ihn das Große Tier genannt und behauptet, er sei ein menschenfressendes Ungeheuer; Coaxtl bezeichnete ihn schlicht als das

Heim; und Onkel Sean und Clodagh nannten ihn Petaybee, nach der Abkürzung PTB, womit auch die Intergal gemeint war, die Firma, die den Planeten als erste besiedelt hatte. 'Cita fand, daß Coaxtls Bezeichnung von allen noch die sinnvollste war.

»Warum haben Sie das denn dann nicht gleich gesagt?« fragte Clodagh. Sofort saßen sämtliche Weißkutten ab und warfen sich auf den Boden, so daß Clodaghs Lockenfell beinahe auf sie getrampelt wäre. Lautstark brachten sie Entschuldigungen vor und flehten um Verzeihung. Als die Rourke-Vettern schließlich eintrafen und sie wieder auf die Beine und schließlich auf die Lockenfelle bugsiert hatten, waren sie bereits von einer weiteren Schneeschicht bedeckt.

Clodagh schüttelte nur den Kopf. »Cheeckakos«, sagte sie.

»Was heißt das?« wollte 'Cita wissen. Ihre eigene Herde verwendete viel spanische und asiatische Wörter, doch hier in Kilcoole verwendeten die Leute manchmal Ausdrücke aus der alten irischen Sprache, mitunter auch aus dem Inuit und den indianischen Sprachen ihrer Vorfahren.

»Ein Cheechakos ist ein Neuling, Kind.«

»So wie ich?«

»Nein, denn du stammst ja von Petaybee. Du bist an die Kälte gewöhnt und an alles andere auch. Man ist so lange ein Cheechakos, bis man vom Gefrieren bis zur Tauperiode hier gelebt hat. Wenn die Leute erst einmal den Winter überlebt haben, wissen sie auch, ob sie bleiben oder gehen wollen.«

»Aber die Urquelle *hilft* euch doch durch den Winter, nicht, Mutt-Clodagh?« fragte Schwester Agate ein wenig besorgt. »Sie bringt doch bestimmt keinen um. Bruder Granit hat erzählt, daß sie für alle und jeden sorgt!«

Clodagh rollte die Augen und sagte zu 'Cita: »Das kann ja noch ein langer Winter werden!«

Sean Shongili überfiel die Versuchung zu sagen: »Da schau sich doch mal einer an, was die Katzen schon wieder ins Haus geschleppt haben!« als Clodagh, 'Cita und die Rourkes samt Lockenfellen und Katzenvieh in Begleitung der neuesten gelandeten Besucher an diesem Nachmittag vor Yanas Hütte zum Stehen kamen.

Als man sie schließlich auseinandersortiert hatte, stellte sich heraus, daß zu der Gruppe unter anderem Vertreter zweier rivalisierender Pharmafirmen gehörten, deren Besprechungstermingesuche angeblich irgendwo in den Aktenbergen schlummerten; dann waren da noch drei weitere Jäger; vier Mitglieder eines augenscheinlich neuen religiösen Kults, die dem bisher noch unbesichtigten Petaybee huldigen wollten; sowie elf weitere Personen, die zu glauben vorgaben, daß irgendwo auf diesem Planeten vor langer Zeit verschollene Mitglieder ihrer Familien lebten.

Sean sandte 'Cita aus, um Sinead zu holen, die daraufhin vorbeikam und die Jäger ins Schlepptau nahm, um sie zusammen mit denen einzusperren, die sie bereits festgenommen hatte. Den Pharmavertretern teilte er in aller Entschiedenheit mit, daß sie sich in Sachen Medizinpatente an die Firma selbst zu wenden hätten. Da die Intergal als erste Petaybee terranisiert und besiedelt hatte, standen ihr auch als erster alle etwaigen wirtschaftlichen Erträge des Planeten zu. Damit seien, erläuterte Sean, ohnehin nur etwaige Überschüsse gemeint, die über das hinausgingen, was die Intergal dem Planeten dafür in Rechnung zu stellen gedachte, daß sie ihn ihrem eigenen Standard entsprechend ›aufgewertet‹ hatte. Der religiöse Kult und die sogenannten Verwandten dagegen verlangten nach einer anderen Handhabung.

»Drüben an der Shannon-Mündung leben Monaghans«, teilte Sean der Dame mit, die ihn danach gefragt hatte. »Ich kann sie benachrichtigen, daß Sie hier sind. Vielleicht kommen sie dann in etwa zwei Wochen vorbei, um mit Ihnen zu sprechen.«

»Zwei Wochen! Aber ich habe doch insgesamt nur zwei Wochen Zeit!« erwiderte sie. »Ich habe schon eine Woche von meinem Urlaub nur für die Hinreise verbraucht.«

Sean sagte ihr, daß er tun wolle, was er könne. Er beschloß, Whit darum zu bitten, Johnny Greene beim nächsten Mal, da er die Shannon-Mündung überflog, den Monaghans eine entsprechende Mitteilung zukommen zu lassen. Doch in Anbetracht der Tatsache, daß die anderen Verwandtschaftsucher alle zuhörten, mochte er diese Versprechen nicht laut geben.

»Zeigen Sie uns nur den Weg zum Hotel, dann organisieren wir uns morgen unseren eigenen Transport«, sagte der Mann, der nach der Familie Valdez suchte.

»Es gibt hier kein Hotel«, erwiderte Sean.

»Was? Wo sollen wir denn dann *bleiben*?« fragte die Pharmavertreterin Portia Porter-Pendergrass.

Sean atmete erst zweimal tief durch, ehe er antwortete: »Finden Sie nicht, daß Sie das eigentlich mit den Leuten hätten klären sollen, die Ihnen den Transport zur Planetenoberfläche zur Verfügung gestellt haben?«

Mit einem Achselzucken ging sie über seine, wie er meinte, durchaus berechtigte Frage hinweg und antwortete ihm mit einer frechen Notlüge. »Die haben behauptet, daß es keine Probleme geben würde. Es ist ja nicht so, als könnten wir nicht bezahlen.«

»Darum geht es überhaupt nicht«, versetzte er und wies mit großspuriger Geste auf das Innere der mit Papier vollgestopften Hütte. »Die hier ist der Gouverneurssitz, wenn man so will. Die anderen Häuser sind auch nicht größer. Die Raumbasis ist durch das Beben noch nicht wieder funktionstüchtig, sonst würde ich Sie dort unterbringen. Ich fürchte, es gibt in Kilcoole kein einziges Haus, das mehr als zwei von Ihnen auf einmal aufnehmen kann, und selbst dann wird es für die Leute schon eng. Wenigstens ist es noch nicht zu kalt; deshalb dürften wahrscheinlich noch ein paar Decken übrig sein, mit denen Sie sich vor der Feuerstelle Ihrer Lager auf dem Fußboden einrichten können.«

»Also gut«, entschied Portia. »Dann bleibe ich bei Clodagh.«

»Nicht so schnell«, warf Bill Guthrie von der konkurrierenden Pharmafirma ein. »Wenn Sie bei ihr bleiben, bleibe ich auch.«

»Sie werden *beide* gefälligst dort bleiben, wohin ich Sie schicke!« versetzte Sean streng. »Meine Nichte Buneka benutzt ihre Hütte zur Zeit nicht. Sie, Mister Guthrie, und Sie, Mister Valdez, können dort wohnen. Seamus, wenn es dir nichts ausmacht, dich zu den Maloneys zu begeben, werde ich Fräulein Porter-Pendergrass bei Moira und den Kindern unterbringen.«

Das schien die Rourke-Vetter sehr zu erheitern.

»Sie, meine Herren«, meinte er mit einem Nicken an die fünf Männer gewandt, die behaupteten, nach Verwandten namens Tsering, Romancita, Menendez, Furey oder O'Dare zu suchen, »können bei Steve Margolies und Frank Metaxos unterkommen. Da Diego fort ist, sind sie nur zu zweit, und sie haben mehr freie Bodenfläche als die meisten anderen, weil sie noch nicht lange genug hier sind, als daß sie diese Fläche hätten zustellen können. Und was die Damen betrifft ...« Ziemlich ratlos musterte er die hoffnungsvollen Mienen der Frauen, die sich als Una Monaghan, Ilyana Salvatore, Dolma Chang, Susan Tsering und Furey's Frau, Wild Star, vorgestellt hatten. »Das werden wir noch sehen.«

»Entschuldigen Sie, Gouverneur Shongili.« Una Monaghan hob den Finger wie ein Schulkind.

»Dama?«

»Nun, mir scheint, daß wir Ihnen eine Menge Umstände bereiten. Das war nie meine Absicht. Es war nur so ... als der Mann andeutete, daß ich vielleicht meine Familie hier vorfinden würde ... Na ja, Sie müssen wissen, daß ich eine Waise bin, und meine Familie auf Terra D ist ausgestorben. Da habe ich ... Was ich eigentlich sagen möchte ... es sieht so aus, als ob Sie hier Hilfe brauchen könnten, und ich bin zufällig Registratorin, und wenn wir ohnehin so lange warten müssen, na ja ...«

»Ich auch«, warf Susan Tsering ein. »Ich kann auch eine Registratur führen. Es sieht mir doch sehr danach aus, als könnten Sie in diesem Büro ein bißchen Hilfe gebrauchen.«

»Unter Ihnen ist zufällig keine Lehrerin?« fragte Sean hoffnungsvoll.

»Doch, ich«, erwiderte Wild Star Furey. »Ich bin die letzten neun Jahre als Firmenbibliothekarin auf der Station Ninnehoma tätig gewesen und habe petaybeeanischen und anderen Kolonialrekruten die Grundlagen beigebracht, nachdem sie sich zum aktiven Dienst gemeldet hatten.«

Zum erstenmal begann Sean zu lächeln. »Dann, meine Damen, werde ich mir selbst eine Unterkunft suchen, während ich Ihnen den Gouverneurssitz überlassen will.«

Vom Papierstapel ertönte ein Miauen. »Mit Unterstützung des häuslichen Briefbeschwerers. Das ist Marduk. Er lebt hier.«

»Was für ein süßes Kätzchen!« meinte Una Monaghan.

»Aber Gouverneur Shongili! Was soll denn nun aus uns werden? Wo werden wir ... wann werden wir ... *wie* werden wir denn mit der Urquelle zusammenkommen,« fragte Schwester Feuerfels. Eins mußte Sean den Weißkutten lassen: Sie hatten sich während des ganzen Gesprächs äußerst geduldig und ruhig verhalten.

»*Sie* sind diejenigen, die bei Clodagh wohnen sollten«, entschied er, wohl wissend, daß er es wahrscheinlich schon bald bereuen würde.

## 6. KAPITEL

Bruder Granit brauchte nicht lange Ausschau nach den Gläubigen zu halten, nach denen er suchte. Viele Leute suchten ohnehin bereits nach etwas Besserem, nach etwas, das sie nicht besaßen, etwas, das sie aus dem Alltagstrott ihres Lebens hervorzuheben imstande war, etwas, das ihnen einen Hauch von Größe verlieh.

Was aber hätte größer sein können als ein allwissender, allmächtiger, allumfassender Planet? Selbst Dr. Luzon, den Petaybee nur sehr mühsam hatte bekehren können, erkannte dieses Grundkonzept inzwischen an. Deshalb hatte Dr. Luzon ihn ja überhaupt erst ausgeschickt, um den Verzweifelten die Nachricht zu verkündigen.

»Braddock, mein Junge, ich habe mich geirrt«, hatte Dr. Luzon vom Krankenhausbett aus gesagt. »Dieser Planet ist tatsächlich intelligent. Ich habe ihn verhöhnt, da hat er sich gegen mich erhoben.«

»Ach, Doktor, ich bin ja so froh, daß Sie das endlich einsehen«, hatte Braddock mit beträchtlicher Erleichterung erwidert. »Ich ... äh, bin zu demselben Schluß gelangt.«

»Natürlich sind Sie das. Sie sind ja ein ziemlich scharfsinniger Bursche. Deshalb vertraue ich Ihnen ja auch. Das tue ich tatsächlich, mein Sohn. Und nun, da wir die Wahrheit über Petaybee in Erfahrung bringen konnten – geheiligt sei sein Name! –, erscheint es mir, als hätten unsere Zweifel doch einem ganz bestimmten Zweck gedient. Als ob wir möglicherweise aus einem ganz besonderen Grund zu einer bestimmten Zeit an einem bestimmten Ort waren.«

»Um die Interessen der Firma wahrzunehmen ...«

Verärgerung huschte kurz über die hohe Stirn und den asketischen Mund des Doktors. Sein Gesichtsausdruck veränderte sich derart schnell, daß Braddock schon befürchtete, er hätte einen Schmerzanfall erlitten. Schließlich hatte er sich durch das Planetenbeben schwerste Verletzungen zugezogen. »Nein, mein Junge, ich meine einen noch höheren Zweck. Wir waren Zweifelnde, und die positive Macht Petaybees hat uns zum Glauben geführt. Ich begreife jetzt, daß wir als Zeugen dorthin geführt wurden. Deshalb ist es jetzt auch unsere Pflicht, auszuziehen auf die Welten und anderen diese Nachricht zu verkünden. Ja, es obliegt nun uns, dafür zu sorgen, daß auch andere Kontakte zu Petaybee herstellen, auf daß der Planet seinen Einfluß noch über jene wenigen abgeschiedenen Siedler hinaus erweitern kann, denen wir dort begegnet sind.«

»Aber … äh, ich hatte eigentlich nicht den Eindruck, daß man dort noch mehr Leute haben wollte.«

»Die Siedler vielleicht nicht. Die möchten dieses Wunder eifersüchtig für sich behalten, damit Petaybee ihnen allein dient. Aber was den Planeten selbst betrifft – aufgrund dieser Selbstsucht seiner Bewohner hat er nicht viel Gelegenheit, seinen Einfluß auch auf andere auszudehnen. Das aber ist unser Ziel.«

»Unseres?«

»Während ich hier gelegen habe und noch einmal alles durchgegangen bin, was uns auf Petaybee widerfuhr, bin ich zu einigen unausweichlichen Schlüssen gelangt – keineswegs nur zu jenen, von denen ich Ihnen gerade erzählt habe. Einer davon lautet, daß ich die mir zur Verfügung stehenden Mittel und Möglichkeiten dazu einsetzen muß, *zu helfen*, und zwar so selbstlos wie möglich, um dafür zu büßen, daß ich mich an Petaybee versündigt habe. Aber mein gesundheitlicher Zustand«, mit einem Wedeln der Hand wies er auf seine Beine, die vor ihm auf dem Bett ausgestreckt waren, »hindert mich daran, dabei jene aktive Rolle zu spielen, die ich nur zu gern übernehmen würde. Außerdem ist da noch die Tatsache zu berücksichtigen, daß mein Name und meine Verbindung zur Firma möglicherweise als Interessenkonflikt im Zusammenhang mit unserem Vorhaben ausgelegt werden könnten. Und damit diese Verbindung mir bei meiner Buße nicht im Weg steht, muß ich damit anfangen, indem ich Sie entlasse.«

»Ich fürchte, ich verstehe Sie nicht recht, Dr. Luzon«, erwiderte Braddock vorsichtig. Normalerweise fiel es ihm nie schwer, genau zu ermitteln, in welchem Punkt er den Erwartungen seines Arbeitgebers nicht entsprochen und diesen unglücklich gestimmt hatte. Aber der Doktor hatte ihm keinerlei Hinweis darauf gegeben, der in Braddock den Verdacht hätte aufkeimen lassen können, daß er vor seiner Entlassung stand. Ja, nicht einmal die strahlende, gütige Miene seines intelligenten Gesichts schien etwas von jemandem zu haben, der soeben einen anderen hinauswarf.

»Nur damit man Sie nicht mehr mit mir in Verbindung bringt, natürlich«, fügte Dr. Luzon hastig hinzu, als er Braddocks Verwirrung bemerkte. »Tatsächlich möchte ich nicht, daß irgend jemand auch nur ein Sterbenswörtchen darüber erfährt, daß ich Sie in ein Geschäft einschleusen werde, welches es uns erleichtern wird, unser gemeinsames Anliegen in die Tat umzusetzen, nämlich den Menschen dabei behilflich zu sein, die Zauber von Petaybee für sich zu entdecken.«

Braddock starrte seinen ehemaligen Arbeitgeber verständnislos an.

»Sehen Sie, Braddock, ich werden Sie nämlich in einem Geschäft unterbringen. Im Transportgeschäft. Damit Sie sich ungehindert im ganzen Sonnensystem sowie allen anderen von der Firma kontrollierten Gebieten bewegen können.«

»Das würden Sie für mich tun, Dr. Luzon?« Sofort hellte seine Miene sich etwas auf. »Ach so! Damit ich anderen von dem Planeten erzählen kann, nicht wahr, Doktor?«

»Ganz genau, Braddock. Vollkommen richtig. Sie werden eine Firma gründen, die Sie in die Lage dazu versetzt, jenen, die nach dem Nirvana suchen, das nur Petaybee zu bieten hat, dazu zu verhelfen, auf den Planeten zu gelangen. Eine Transportfirma. Wohlan! Ich verstehe ja das eine oder andere davon, wie Menschen so denken und wie man sie diskret dazu ermutigt, das Richtige zu tun. Einige Leute werden wir dadurch gewinnen, daß wir einfach nur an ihre Interessen appellieren. Die reiche Fauna des Planeten beispielsweise dürfte Jäger anziehen. Natürlich wird es auch Finanziers geben, die darauf hoffen, vom Rückzug der Firma profitieren zu können. Wir wollen nicht parteiisch sein. Wir werden jeden dorthin befördern, der für die Überreise auch bezahlt. Doch es wird noch andere geben, die dorthin wollen, weil sie Verwandschaft auf dem Planeten haben – Verwandte, von denen sie im Zuge der Firmenumsiedlungsprogramme getrennt wurden, die nach den Landaufkäufen im Gefolge der verschiedenen terranischen Kriege stattfanden. Viele aber, Braddock, werden sich einfach nur nach einer übergeordneten Wahrheit sehnen, nach einem höheren Lebenssinn und -ziel. Diese Leute brauchen einen Führer, dem sie folgen können. Sie, Braddock, sollen dieser Führer sein. Allerdings nicht als Braddock Makem ...«

Und so erdachten sie die Firma PTS.

Und so erhielt Bruder Granit seinen Namen und seine Anweisungen, welcher Sprache er sich befleißigen solle, um die Wahrheit über Petaybee auf anderen Welten zu verkündigen.

Und es ward gut.

*Gal Drei – einige Tage später*

Die ganze CIS-Angelegenheit verlief überhaupt nicht so, wie Diego es erwartet hatte. Trotzdem war er froh, mitgekommen zu sein, und sei es auch nur, damit Bunny nicht den Kopf verlor. Marmie war zwar eine nette Dame, aber auf die Nichte und den Neffen hätte er bequem verzichten können. Der Neffe war viel zu nett zu Bunny, und die Nichte versuchte sie dazu zu bringen, sich so zu benehmen und anzuziehen wie die Schiffsmädchen. Dabei mochte Diego sie ganz gern so, wie sie bereits war.

Eigentlich hatte er sich auf ihre Reaktionen gefreut, was die hochentwickelten Apparaturen betraf, wie sie zum Alltag des Bordlebens gehörten, und er hatte sich ausgemalt, wie sie irgend etwas reparierte, von dessen Existenz sie vorher nicht einmal eine Ahnung gehabt hatte; doch jedesmal, wenn er sie auf irgend etwas hinwies, begann Charmion sich zu langweilen und schlug vor, doch lieber in das tolle Fitneß-Zentrum zu gehen, wo Bailey dann Bunny gebührend beeindruckte und Diego, der noch nie besonders sportlich gewesen war, deprimierte, indem er ihnen seine gymnastische Leistungskraft vorführte.

Dabei konnte Diego noch nicht einmal offen mit Bunny darüber sprechen. Sie war wie ein kleines Kind, das noch nie ein Bonbon gesehen hatte. Er selbst war natürlich ziemlich vertraut mit diesem ganzen Zeug, obwohl seine beiden Elternteile nie zu den höheren Kreisen à la Marmion Algemeine gezählt hatten. Bunny jedoch, die sich überhaupt nicht vorstellen konnte, irgendeine athletische Leistung mit weniger als sechzehn Lagen Daunen und Fellen zu vollbringen, ließ sich leicht davon einnehmen und bemühte sich angestrengt zu erlernen, was Bailey und Charmion schon ihr ganzes Leben lang getan hatten.

In der Zwischenzeit sorgten Marmion und ihre Mannschaft dafür, daß Yana bei Laune und so beschäftigt wie möglich blieb. Doch Diego merkte, daß sie allmählich etwas unruhig wurde, als schon eine Woche verstrichen und die CIS-Versammlung noch immer nicht zusammengekommen war. Jeden Tag erwachte er mit dem Gedanken: Heute werden wir tun, wozu wir hergekommen sind. Yana wird ihnen erzählen, wie alles ist, und Bunny wird für den Planeten sprechen. Vielleicht singe ich ihnen dann auch mein Lied vor, und dann können wir wieder nach Hause. Er hätte es eigentlich besser wissen müssen. Sein Vater hatte sich schließlich ständig darüber beklagt, wie lange es dauert, bis die hohen Tiere sich dazu bequemten, irgendeine wichtige Entscheidung zu treffen.

Es gab eine Verzögerung nach der anderen. Anaciliact war in einem anderen Auftrag unterwegs, und Farringer Ball, der die Interessen der Firma vertrat, war von einer merkwürdigen geheimnisvollen Krankheit heimgesucht worden, die auf den anderen Stationen ebenfalls unter den Führungskräften grassierte. Ball lebte normalerweise auf Gal Drei, war aber zu einer Konferenz mit den Leitern anderer terranisierter Kolonien unterwegs gewesen, als die Krankheit ihn ereilte.

So jedenfalls lautete die offizielle Verlautbarung – die eigentlichen Einzelheiten wurden einigermaßen vertuscht. Nicht, daß es Diego interessiert hätte – abgesehen von den Umständen, die es ihm bereitete. Während die erst kurz zurückkliegende Krankheit seines Vaters ihn Mitleid mit jedem hatte empfinden lassen, der krank war, war Farringer Ball ihm irgendwie nie besonders menschlich vorgekommen. Das sah so einem hohen Tier wieder ähnlich, sein einziges Anzeichen von Menschlichkeit gerade dort aufblitzen zu lassen, wo es allen anderen nur zum Nachteil gereicht hätte. Diego fragte sich mittlerweile schon, was wohl als nächstes geschehen würde, um sie hier festzuhalten.

Yana war ebenfalls unruhig, das konnte er spüren. Eines Tages kam sie mit Sally vorbeigerauscht, um Bunny auf dem Weg zum Arzt abzuholen. Yana ließ eine Schwangerschaftsuntersuchung durchführen und wollte sichergehen, daß Bunny durch die Trennung von ihrem Planeten keine gesundheitlichen Probleme bekam.

Als sie zurückkehrte, verhielt Bunny sich merkwürdig ruhig und nestelte an dem kleinen Beutel mit petaybeeanischer Erde, der so ganz und gar nicht zu dem hochmodernen, eng anliegenden Anzug mit seinen Fuchsien- und Krickentenstreifen passen wollte.

»Wie war's denn so, Bunny?« fragte er.

»In Ordnung«, erwiderte sie. »Der Arzt sagt, mein Immunsystem dürfte noch einige Jahre halten, und meine Braunfettablagerungen sind noch nicht groß genug, um fern vom Planeten Unbehagen auszulösen. Aber wenn ich erst einmal zwanzig geworden bin, werde ich ihn nie wieder allzulange verlassen dürfen, sonst ergeht es mir am Schluß noch wie Lavelle.«

»Na und? Du willst Petaybee doch gar nicht verlassen, oder?«

»Nicht für immer, nein. Aber Charmion hat mich eingeladen, mal die Berghütte ihrer Familie in den Strigischen Alpen zu besuchen, um ihr dabei zu helfen, ein Hundegespann zusammenzustellen und Ski zu fahren. Sie hat mir Bilder von der Gegend gezeigt. Es ist wirklich schön dort – viele wunderschöne Häuser, und das ganze Jahr Blumen, selbst wenn die Berge von Schnee bedeckt sind. Es ist ja nicht so, daß ich Petaybee wirklich verlassen möchte. Es ist nur, daß ich es könnte, wenn ich ... du verstehst sicher, wenn ich wollte.«

»Ich nicht«, erwiderte er und verschränkte die Arme vor der Brust. »Ich habe schon viele Orte kennengelernt. Auf Petaybee ist es am besten.«

»Natürlich ist es das«, sagte Bunny. »Aber du hast wenigstens die Wahl gehabt.«

»Sie werden heute abend Gelegenheit finden, diese festlichere Kleidung zu tragen«, sagte Marmion, als sie aus ihrem Büro in den Hauptraum trat, wo ihre Gäste sich gerade ausruhten. Sie hatten den Vormittag damit verbracht, eine weitere Ebene zu erforschen und auch mal wieder der großen Sportanlage einen Besuch abgestattet, die Bunny so sehr faszinierte. Marmion war begeistert davon, wie Bailey und Charmion ihre Tage auf Gal Drei verbrachten, und die jungen Leute schienen sich offenbar zu mögen, obwohl der junge Diego manchmal ziemlich still wirkte und Bunny die letzten beiden Tage nicht ganz so überschäumend gewesen war wie sonst.

Nachdem Yana und Bunny sich bei einem Besuch bei Marmions Hausärzten davon hatten überzeugen können, daß ihre Abwesenheit von Petaybee weder ihnen noch Yanas ungeborenem Kind Schaden zufügte, hatte Yana sich beträchtlich entspannt. Anschließend hatte Sally sie überredet, sich eine der Kosmetikbehandlungen zu gönnen, die auf der Zweiten Ebene angeboten wurden. Doch auch wenn die Tage ausgefüllt waren, die ständigen Verzögerungen beim Zustandekommen des CIS-Ausschusses waren ärgerlich und zerrten an den Nerven.

So gelangte Marmion zu dem Schluß, daß eine etwas massivere Ablenkung angezeigt sei.

Mit einer Handvoll Notizblättern winkend, erheischte sie die Aufmerksamkeit ihrer Gäste. »Wir hätten Gelegenheit, auf jeder Ebene zu irgendeiner Party zu gehen. Woher wissen die nur immer so schnell, daß ich wieder zurück bin?«

Es war eine rein rhetorische Frage. »Aber ich habe nur diese eine Veranstaltung für uns ausgesucht«, fuhr sie fort. »Eine Art Begrüßung für einen neuen leitenden Angestellten bei ...« Sie musterte noch einmal das Blatt in ihrer Hand. »Oh, bei Rothschild. Das bedeutet natürlich, daß jeder kommen wird, der auf Gal Drei irgendwer ist, und das wiederum bedeutet, daß die Teilnehmerzahl überschaubar bleibt.«–

»Tatsächlich?« fragte Yana und hob in erstaunter Erheiterung die Augenbrauen.

»Aber gewiß doch! Im Augenblick gibt es einfach nicht allzu viele ›Irgendwers‹ auf Gal Drei.« Trällernd ertönte wieder Marmions entzückendes Lachen. »Ich habe mir die Gästeliste bereits angeschaut. Die meisten sind Leute, mit denen ich Sie ohnehin bekanntmachen wollte, wenn Sie schon hier sind. Das wäre also erledigt. Um zwanzig Uhr dreißig setzen wir uns in Marsch. In Ordnung? Und für alle gilt – Kleidung nur vom Feinsten.«

Bunny und Diego stöhnten, während Bailey und Charmion recht erfreut wirkten.

»Das wird eine Menge Spaß geben«, meinte Charmion und wandte sich an Bunny und Diego, um sie aufzumuntern. »Es wird sehr viel schöner, als ihr es euch jetzt vorstellen könnt. Ein bißchen wie das Latchkay, das ihr beschrieben habt, nur eben nach Art von Gal Drei.«

»Singen die Leute denn auch was vor?«

»Ja. Diejenigen, die dafür bezahlt werden«, antwortete Charmion. »Aber wenn du mitmachen willst, wird niemand etwas dagegen einwenden.«

»Könnte ich Sie einen Augenblick sprechen, Yana?« fragte Marmion und bedeutete Yana höflich, ihr ins Büro zu folgen.

Kaum hatte sich das Paneel hinter Yana wieder geschlossen, als Marmion auch schon die Maske der Gesellschaftsdame abgelegt hatte. Sie setzte sich hinter einen Schreibtisch, auf dem säuberlich stapelweise Disketten und bunte Flimmerchen lagen, während hinter ihr auf drei Bildschirmen detaillierte Berichte, Kurvendiagramme und Zahlenkolonnen abspulten.

»Es wissen viel zu viele Leute, daß ich gerade von Petaybee zurückgekehrt bin«, sagte sie und trommelte dabei mit den Fingern auf der mit üppiger Intarsienarbeit verzierten Schreibtischplatte. »Viel zu viele Leute sind über alles informiert – *über wirklich alles* –, was Petaybee betrifft. Anaciliact hat sich per Holo von seiner Notmission gemeldet, und als ich ihm mitteilte, was hier vorgeht, war er außer sich – sofern Sie sich diesen vollendeten Diplomaten überhaupt in einem solchen Zustand vorstellen können.« Marmion stand auf und begann, im Raum auf und ab zu gehen, den Kopf gesenkt, den einen Arm über die Brust gelegt und den anderen abstützend, während sie sich die Stirn rieb. »Ich war im Recht, Ihnen diese Sicherheitsschale zu überreichen, und im Recht auch damit, Ihnen Leibwächter zuzuweisen. Ihnen allen. Jetzt darf ich nicht vergessen, mir selbst auch noch einige zuzulegen«, fügte sie mit schalkhaftem Grinsen hinzu. »Obwohl es in Anbetracht der Sicherheitsvorkehrungen auf Gal Drei durchaus so enden könnte, daß die sich alle gegenseitig über die Füße stolpern, während man uns gerade durch irgendeinen Wartungsschacht zerrt und verschleppt.« Doch ihr Lächeln deutete an, wie unwahrscheinlich dies war.

»Falls Sie sich Sorgen um Petaybee machen sollten, Marmion, das muß nicht sein«, erwiderte Yana in der Hoffnung, ihre ungewohnte Bekümmertheit zu zerstreuen.

»Um Petaybee mache ich mir nicht die geringsten Sorgen, Yana«, antwortete Marmion. »Der Planet hat hervorragend unter Beweis gestellt, daß er auf sich aufpassen kann. Hier geht es um all die ... *Typen*, die sich gerade auf ihn stürzen. Es gibt einfach nicht genügend Versorgungseinrichtungen, um mit ihnen zurechtzukommen, und ich bin mir sicher, daß das auch einer der Gründe dafür ist, weshalb man Sie überhaupt losgeschickt hat.« Sie runzelte die Stirn.

»Sie meinen, um Sean als Verwalter zu diskreditieren?«

»Ganz genau.«

»Haben Sie zufällig gehört, wann denn diese Sitzung endlich stattfinden soll?« Auch Yana machte sich Sorgen über Sean, der nun mit Problemen zugeschüttet wurde, ohne über ausgebildetes Personal zu verfügen, das ihm etwas von der Bürde abnehmen könnte. Sogar und ganz besonders Petaybee.

»Nicht bald genug«, sagte Marmion in einem Tonfall, der für ihre Verhältnisse ungewöhnlich barsch klang. Frustriert hob sie die Hände. »Ich glaube nicht, daß das alles nur Verzögerungstaktik ist. Und natürlich ist Farringer Ball *tatsächlich* krank. Er hat sich irgendein Virus gefangen, deshalb müssen wir auch auf seine Genesung warten.« Mit einer kleinen, besorgten Schnute kommentierte sie diese Verzögerung. »Immerhin hat die Intergal eingeräumt – na ja, das CIS hat sie dazu gezwungen, dies einzuräumen –, daß dem Planeten *tatsächlich* Prioritätsrechte vor seinem mineralischen und Metallreichtum zukommen, wie auch vor allem anderen, was von irgendeinem Wert sein könnte. Deshalb ziehen sie sich jetzt daraus zurück – und zwar so schnell, wie sie nur können.« Sie schnitt eine Grimasse. »Das paßt auch gar nicht zu ihnen. Aber andererseits haben sie ja auch noch nie mit einem Planeten zu tun bekommen, der ihnen als Gegner gegenübergetreten wäre. Das dürfte schon einen Unterschied machen. In diesem Fall hilft kein Bestechungsgeld.«

»Das muß der Intergal ja ganz schön schwerfallen, so plötzlich ihre Vorgehensweise ändern zu müssen.«

Marmion grinste und lachte leise. »Wenn Sie wüßten ... Andererseits«, fügte sie ein wenig forscher hinzu, »wissen Sie es ja höchstwahrscheinlich doch schon.«

»Nicht im gleichen Ausmaß wie Sie, Marmion.«

»Heute abend«, fuhr die Investorin fort, »werden einige Leute kommen, mit denen Sie mal reden sollten.«

»Sie meinen, vor denen Sie mit mir angeben möchten?«

»Na ja, das auch.« Marmion quittierte Yanas Richtigstellung mit einem Fingerschnippen. »Sie sind schließlich die beste Fürsprecherin, die Petaybee sich nur wünschen könnte.«

»Und Bunny nicht? Obwohl sie doch schon immer dort gelebt hat?«

»Ihr Einfallsreichtum mag nützlich sein ... jedenfalls bis zu einem gewissen Punkt. Aber Sie sind Militärpersonal mit Erfahrungen auf vielen Planeten und in vielerlei Situationen. Ihre Bemerkungen werden stärker gewichtet. Außerdem sind dies die Leute, die Petaybee schon deshalb kennenlernen sollten, weil sie sehr viel Einfluß in der intergalaktischen Forschung und Entwicklung haben.« Als sie Yanas Stirnrunzeln bemerkte, fügte Marmion schnell hinzu: »Von der guten Sorte, meine ich. Nicht diese reinen Erforschungs- und Ausbeutungsabenteuer. Petaybee könnte durchaus wie eine Herausforderung auf sie wirken, müssen Sie wissen. Und wenn diese Leute eins brauchen, dann sind es Herausforderungen.«

»Das Leben ist ja so ööööde, nicht wahr?« sagte Yana mit gespieltem Gähnen.

Marmion grinste. »Genau. Dort gewesen – das getan – jenes gesehen – diesen kennengelernt.«

»Hätten Sie nicht Lust, mich ein bißchen einzuweihen?«

»Steht alles hier drauf«, erwiderte Marmion und reichte Yana eine Diskette. »Ich habe wichtige statistische Daten über alle meine Gleichgestellten angelegt. Manche davon sind sogar ganz nett.« Da bemerkte sie Yanas überraschten Gesichtsausdruck und schnitt selbst eine Grimasse. »Na ja, die haben doch auch Informationen über mich! Man muß schließlich die Konkurrenz im Auge behalten. Am besten hören Sie sich die Sache einmal an, und falls Sie dann noch Fragen haben sollten ... ach, Mist!« rief sie, als auf ihrem Schirm der Dringlichkeitscode loszupiepen begann. Yana winkte ihr zum Abschied zu und verließ den Raum – eine Geste, die Marmion durchaus schätzen würde, wie Yana zu wissen glaubte.

Als Yana zusammen mit Marmion das Zimmer betrat, stockte ihr schier der Atem beim Anblick der unglaublichen Pracht des Empfangsraums ihres Gastgebers. Das kuppelförmige Dach aus durchsichtigem Plasglas bot einen Blick auf die Sterne und alles, was Yana als ›das Freie‹ zu bezeichnen pflegte. Sie vernahm Bunnys Reaktion hinter sich, mehr ein heftiger Widerwille als Erstaunen. Sie lächelte bei sich und dachte, daß Bunny schon nicht so leicht durch die Reize ihrer neuen Umgebung korrumpiert werden würde, auch wenn deren Apparaturen und Gerätschaften sie ein wenig sanfter umwarben.

Ihre Gastgeberin war derart souverän und elegant, daß Yana mehr als erleichtert darüber war, sich ebensogut gekleidet zu haben. Beide Arme in Richtung Marmion ausgestreckt, kam die Frau auf sie zu. Die beiden tauschten Nasenpunkte dicht über ihren jeweiligen Wangen, und schließlich wurde Yana Pleasaunce Ferrari-Emool vorgestellt.

»Vielleicht haben Sie ja schon einmal von Ples' Firma gehört, Yana. Nova-Bene-Drogen ...«

»Nur du, Marmion, wärst noch in der Lage gewesen, mir damit den Wind aus den Segeln zu nehmen«, säuselte Pleasaunce, wobei sie Yana beäugte. Ihr kalter Blick nahm jede Falte des Kleids und auch den Kristallanhänger wahr, den Marmie Yana aufgedrängt hatte. Eine betont hochgezogene Augenbraue zuckte leise, und schon begann Yana sich zu fragen, wieviel das Schmuckstück wert sein mußte. Offensichtlich eine beträchtliche Summe, wenn das kalte Glitzern in den Augen der Frau etwas zu sagen haben sollte. »Und wie furchtbar nett von Ihnen, persöööönlich vorbeizukommen, Oberst Maddock-Shongili.«

»Sehr freundlich von Ihnen, uns zu Ihrer kleinen Feier einzuladen, Dame Ferrari-Emool«, erwiderte Yana und vollführte das Nasenstechen, als hätte sie im Leben nie etwas anderes getan, als gute Freundinnen zu begrüßen.

Aus dem Augenwinkel bemerkte sie Marmions entzückte, wenn auch erstaunte Miene. Yana war sich furchtbar dämlich vorgekommen, als sie sowohl die Begrüßung als auch die Namen vor ihrem Spiegel einstudiert hatte, seit Marmions Ankündigung, daß sie auf diese Party gehen würden. Aber es zahlte sich schließlich aus, wie jede gute Vorbereitung.

Augenscheinlich hörte ihre Gastgeberin auch *ihrerseits* auf ihre Gesellschaftssekretärin, denn sie brachte Diegos plötzlichen, neu errungenen Doppelnamen Etheridge-Metaxos und Bunny Rourkes sogar gänzlich ohne Fehler hervor. Natürlich begrüßte sie weder Sally noch Millard mit der gleichen Überschwenglichkeit; statt dessen wies sie ihnen mit einem anmutigen Winken die ungefähre Richtung der üppig aufgetischten Erfrischungen.

»Nun muß ich Ihnen unseren Ehrengast vorstellen«, fuhr Pleasaunce fort und hakte sich bei Marmion unter, um sie mitten hinein ins Gewühl der umwerfend prunkvoll gekleideten Leute zu führen. Sie drängte sich so geschmeidig durch die Menge, daß nur wenige daran hätten Anstoß nehmen können. Ein, zwei fragende Blicke der Beiseitegeschobenen – bis man den Störenfried erkannte.

»Macci, Liebster, du mußt unbedingt Marmion de Revers Algemeine und *ihre* Gäste kennenlernen, Oberst Yanaba Maddock-Shongili, Buneka Rourke und Diego Etheridge-Metaxos, allesamt von diesem unglaublichen Planeten, der intelligent sein soll, wie sich langsam herumzusprechen scheint.«

Macci, der von der Störung seiner Gastgeberin nicht gerade erbaut gewesen war – er hatte sich soeben mit zwei ihn anhimmelnden jungen Frauen unterhalten –, ließ nun die ganze Macht eines Lächelns vom Typ Charme Nummer 9 auf seinen wie von einem Meisterbildhauer gemeißelten Zügen ausbrechen. Als die beiden Mädchen ein Stück beiseite glitten, bemerkte Yana, daß er eine ZweitHaut trug, wie sie im Augenblick schwer in Mode war – ein schillerndes, aufs engste anliegendes Kleidungsstück, das nur außerordentlich athletische Typen vorteilhaft hervorhob. Und zu diesen gehörte er ganz zweifellos – wenn er auch einen diskreten, wiewohl dekorativen Lendenschurz trug, wo einige der anderen Gäste alles heraushängen ließen. Sein Körperbau war fast so umwerfend wie Seans; er war ein paar Zentimeter größer und in den Schultern ein wenig breiter. Eigentlich gar nicht schlecht, mußte sie gestehen.

»Ich kenne Marmie bereits«, erwiderte er und pflanzte einen väterlichen Kuß auf ihre Stirn, während sein Blick sich auf die anderen drei heftete.

Als er Yanas Hand nahm, empfand sie bei der Berührung eine Art elektrisches Zucken, das sie überraschte, war sie doch inzwischen mit Sean Shongili verbunden, in der vollen Absicht, daß es auch so bleiben möge. Doch der Mann war auf eine geradezu unverschämte Weise mit Charisma ausgestattet, daß Yana lieber gleich nach dem Anhänger unter ihrem Kleid griff und ihn fest drückte. Macci – sie hörte, wie Pleasaunce seine Herkunft herunterspulte ... kein geringerer als Machiavelli Sendal-Archer-Klausewitch. Und die Frau ließ den Namen gekonnt über die Lippen perlen.

»Was haben Ihre Eltern sich denn nur dabei gedacht, Ihnen das aufzubrummen?« hörte Yana sich selbst sagen. Sie wußte zwar genau, wie linkisch sie sich benahm, aber sie hegte auch eine starke Abneigung gegen die Anziehungskraft, die er auf sie ausübte.

»Einschmeicheln bei den Verwandten«, erwiderte Macci. Er drückte ihre Hand auf sehr geübte und erotische Weise, gab sie aber sofort wieder frei, als Yana sie fortziehen wollte. »Wir gehörten nun einmal zum jüngsten Zweig.«

»Ach! Heute auch noch?«

»Der Familienleitspruch lautet: ›Raffinesse siegt‹«, erwiderte er, und seine dunkelblauen Augen tänzelten mit ihren Blicken auf sie hinab.

»Ich möchte meinen, darin sind Sie bereits sehr geübt«, erwiderte sie. Am liebsten hätte sie laut losgelacht, weil sie ausgerechnet dieses Spiel mitmachte. Dann aber begriff sie, daß es ja *tatsächlich* ein Spiel war, auch wenn er darin sehr viel versierter und erfahrener sein mochte als sie – es könnte dennoch Spaß machen!

»Man tut, was man kann.« Und er schloß sich ihrem Lachen an.

»Ach, liebster Macci, jetzt wollen wir dich nicht länger aufhalten«, warf Pleasaunce schnippisch ein und zerrte Yana und Marmion ganz unpassend aus seinem Zauberbann. »Hier sind ja noch *so viele* Leute, die vor Neugier förmlich sterben und Sie gern kennenlernen möchten.«

Vielleicht mochten sie tatsächlich vor Neugier sterben, sie kennenzulernen. Yana aber wäre vor Langeweile beinahe selbst gestorben, als sie sich ständig wiederholen mußte: Ja, sie kam von Petaybee; ja, der Planet war intelligent; nein, der Planet stellte keine Frage und beantwortete auch keine; nein, sie litt nicht unter Alpträumen und wurde auch nicht von merkwürdigen Gedanken heimgesucht; ja, der Planet war sehr kalt und bot sehr wenig Technologie, weil die Kälte die allermeisten Geräte funktionsuntüchtig machte; ja, alle, die auf dem Planeten lebten, waren völlig gesund und lebten auch sehr lange; ja, das lag möglicherweise an der gesunden Ernährung; nein, als Urlaubsort konnte sie ihn nicht empfehlen – im Sommer fraßen einen die Insekten bei lebendigem Leibe auf, und im Winter konnte man sich leicht zu Tode frieren. Nein, das hörte sich tatsächlich nicht nach einem besonders freundlichen Ort an; es war aber einer. Ja, der Planet war wirklich sehr freundlich, trotz seines Klimas, an dem der Planet selbst ja eigentlich auch gar nicht schuld war. Nein, am Terranisierungsprozeß B lag es auch nicht. Für einen Planeten war Petaybee ganz und gar einzigartig.

So ging das den ganzen Abend, bis das Lächeln auf ihrem Gesicht sich wie angeklebt anfühlte. So war sie heilfroh, als Marmion endlich das Signal zum Ausbruch gab.

# 7. KAPITEL

Am nächsten Morgen konnte Yana sich an keinen der Namen erinnern, die sie am Abend zuvor bei den zahllosen Vorstellungen gehört hatte – mit Ausnahme des flirtenden und flamboyanten Macci. Allesamt waren sie zu einer alles gleichmachenden unscharfen Masse verschmolzen. Die Gesichter, die Stimmen, die Kleidung – sie alle wiesen etwas Gleichartiges auf, so daß es außerordentlich schwer fiel, den einen vom anderen zu unterscheiden. An das, was sie gegessen, und an die Weine, die sie getrunken hatte, konnte Yana sich noch recht gut erinnern – aber an die Leute? Und die sollten auf Gal Drei den Ton angeben? Es kam ihr merkwürdig vor, daß nicht einer der Anwesenden über irgend etwas auch nur im entferntesten ›Wichtiges‹ hatte sprechen wollen, wenn man bedachte, daß ausgerechnet dies die Leute gewesen sein sollten, von denen Marmion behauptet hatte, es sei wichtig, sie kennenzulernen. Wenn sie Yana nicht gerade aufs lustvollste ausgefragt hatten, hatten sie nur über die Leute getratscht, die nicht eingeladen worden waren. Yana konnte nur hoffen, daß sie nie zu Gehör bekommen würde, was man über sie selbst oder ein anderes Mitglied von Marmions Gruppe erzählte.

Vor ihrem geistigen Auge gewann Petaybee immer mehr an goldenem Glanz, und er schien ihr auch immer *wirklicher* zu sein!

Sie war nicht die einzige, die sich an diesem Morgen in Schweigen übte. Bunny saß lustlos zusammengesunken vor ihrem Frühstück, und das Ausmaß ihres Unbehagens ließ sich daran ablesen, daß sie eins der Kostüme trug, die Marmion ihr ursprünglich beschafft hatte, und nicht etwa einen von diesen aufgedonnerten Fummeln, wie sie auf Gal Drei gerade zum guten Ton gehörten und die ihr von Charmion aufgedrängt worden waren. Brütend starrte sie durch die Sichtscheibe der Aufenthaltskabine auf das muntere Treiben einlaufender und startender Stationsfahrzeuge, Schlepper und aller möglichen anderen Verkehrsteilnehmer.

Yana entschied, Bunny nicht die Funkanfrage von Sean zu zeigen, in der er Yana bat, Marmion danach zu fragen, ob sie vielleicht eine Firma namens PTS, Petaybee Tourismus-Service, ausfindig machen könnte, die gerade emsig damit beschäftigt war, ihm ständig neue Probleme ins Haus zu bringen. Immer mehr Leute wurden auf dem Planeten im Nirgendwo ausgesetzt und verlangten nach Hotelunterkunft, ausgerechnet während ihm langsam die Unterkünfte und die Nahrungsmittel ausgingen, um sie zu ernähren. Er wollte gern wissen, ob dieser Zustrom unerwünschter und weitgehend nutzloser Selbstsucher bitte abgestellt werden könnte. Zu der Johnny Greene, der die Nachricht auf Whit Fiskes Kosten von der Raumbasis aus abgesetzt hatte, ein frommes »Amen!« hinzufügte.

»Können wir irgend etwas über diese Störenfriede in Erfahrung bringen, Millard?« fragte Yana, sobald sie die Nachricht vorgetragen hatte. Sie interpretierte den Grundtenor der Botschaft als amüsiert, kompetent – sowie als Anfrage, warum sie nicht schon längst wieder zu Hause war.

Millard warf einen Blick auf die Nachricht, machte eine Notiz auf seinem Armbandschirm und lächelte auf sie herab. »Klare Sache.«

»He, schaut mal«, warf Diego plötzlich ein und zeigte auf eine Reihe von Drohnen, die gerade von kleinen Raumschleppern zusammengetrieben wurden.

Millard lächelte. »Ach ja, da sind die Collies am Werk.«

»Warum heißen sie denn so?« wollte Bunny wissen.

»Schauen Sie doch selbst, wie sie die Schiffe zusammentreiben«, erwiderte Millard. »Eigentlich heißen sie ja *Megabite* und *Maggie Lauder,* aber wir nennen sie Meggie und Maggie.«

Die schnellen Arbeitsschiffe machten tatsächlich den Eindruck, als würden sie an den Gleitkufen der Drohnen herumbeißen und sie wie eine Schafherde in die richtige Anordnung treiben, bis sie vorschriftsmäßig auf den unteren

Andockkreis niedergehen konnten. Diego aber zeigte auf ein schlankes, an einem Ende spatelförmig zulaufendes Gefährt, ganz eindeutig keine Drohne, das von dem letzten Schiff an einer Traktorleine mitgeschleppt wurde. »Möchte mal wissen, was dieses Ding durchlöchert hat.«

»Höchstwahrscheinlich ein Meteor«, antwortete Millard mit einem Blick nach oben. Er schien es zu mißbilligen, daß sich das Raumschiff in solcher Gesellschaft aufhielt.

»Sieht mir eigentlich groß genug aus, um von einem Shuttlefahrzeug zu stammen«, warf Diego ein. »Und zwar von einem ziemlich großen.«

»Ob die Mannschaft einen solchen Zusammenstoß überlebt hat?« wollte Bunny wissen und richtete sich kurz auf, um den Blick in die Runde schweifen zu lassen.

»Hängt sehr davon ab, wie schnell sie auf die Katastrophe reagiert hat«, erklärte Millard.

»Dürfte einen hübschen Batzen Credits kosten, das wieder zu reparieren, vermute ich«, sagte Diego.

»Wer sich ein Fahrzeug dieser Größe leisten kann, verfügt auch über entsprechenden Kredit«, meinte Sally. »Das hier ist die größte Reparatureinrichtung im ganzen Raumquadranten. Bei einer Reparatur dieser Größenordnung blieb denen nichts anderes übrig, als hierher zu kommen.«

Nun nahmen die Collies die Schnauze des Schiffes in die Zange, manövrierten es vorsichtig einen halben Grad nach unten, ein weiteres winziges Stück backbord und dann wieder vorwärts, bis es schließlich aus ihrer aller Gesichtsfeld verschwunden war.

»Ich wüßte doch zu gern, was ihm zugestoßen ist«, bemerkte Bunny.

»Wir könnten ja mal hingehen und nachsehen«, schlug Diego vor.

»Wirklich?« fragte sie. Ihre Miene hellte sich merklich auf, als sie sich an Millard wandte.

»Bailey hat ein paar Kumpel unten auf dem Schiffsdock«, erwiderte Millard. Ihre Mienen sanken zusammen. »Sie werden sich schon gedulden müssen, bis Bailey und Charmion verfügbar sind«, fügte er hinzu, als seine Handgelenksanlage zu piepsen begann. »Entschuldigen Sie mich, bitte.«

Er las die eintreffende Meldung, dann wandte er sich an Yana. »Das ist interessant. Bei der PTS handelt es sich um ein touristisches Transportunternehmen im zivilen Sektor der Intergal-Station. Als Eigentümer ist ein gewisser ›B. Makem‹ eingetragen.«

»B. Makem?« Irgendwie kam Yana der Name bekannt vor, doch seit der letzten Namensorgie vom Vorabend wußte sie ihn nicht so recht einzuordnen.

»Braddock Makem?« fragte Sally in erschrockenem Tonfall, wobei sie von ihrem Bericht aufsah, den sie gerade verfaßte.

»Ist das nicht einer von Matthews kleinen Männern?«

»Der gehört nicht mehr zu Dr. Luzons Leuten«, widersprach Sally. »Luzon hat ihn gefeuert. Die Gerüchteküche will wissen, daß Luzon, als er mit gebrochenen Beinen, zerborstenem Stolz und vor dem Trümmerhaufen seiner Ambitionen erwachte, die ganze Bande kurzerhand entlassen hat.«

Yana grinste. »Noch etwas, Millard?«

»Ziemlich niedrige Kapitaldecke, aber es stehen schon Leute auf der Warteliste. Und auf den drei Flügen pro Woche, die von Station Intergal starten, sind jeweils zwanzig Plätze vorausbezahlt worden.«

Yana blieb die Spucke weg. »In Kilcoole ist aber kein Platz für zwanzig weitere Leute, ganz zu schweigen von hundertzwanzig. Was hat Makem damit vor?«

»Makem? Der vermutlich gar nichts, würde ich meinen.« Millards Augen verengten sich. »Aber Matthew Luzon wahrscheinlich. Hat Sean gesagt, wer alles gelandet ist?«

In diesem Augenblick betrat Marmion den Raum, in der Hand eine Flimsy, das Gesicht ein einziger Ausdruck der Empörung.

»Es wird schon wieder keine Versammlung stattfinden«, verkündete sie und wedelte dabei mit dem Blatt.

»Aber Phon Tho wollte doch heute morgen zurückkommen. Er hat gesagt, wir würden heute von ihm hören«, wandte Yana ein.

»Das haben wir auch«, erwiderte Marmion grimmig und raschelte heftig mit der Nachricht. »Nur nicht das, was wir gern gehört hätten. Langsam glaube ich wirklich, daß wir etwas unternehmen müssen.« Sie trommelte sich mit dem Zeigefinger auf die Lippen, bis ihre Miene sich wieder aufhellte. »Natürlich! Wir werden das Gerücht ausstreuen, daß Sie im Begriff sind, aufzubrechen!«

»Aber ... was soll das nützen?« fragte Yana, die vor Enttäuschung am liebsten laut losgejammert hätte. Natürlich wäre sie jetzt lieber bei Sean gewesen, um ihm mit diesen unerwarteten Besuchern zu helfen – und sei es nur, sie ebenso schnell wieder vom Planeten zu jagen, wie sie eingetroffen waren. Sie fühlte sich beraubt. Schließlich hatte sie nicht doch noch geheiratet, um ihr Leben *fern* von dem Mann verbringen zu müssen, den sie liebte und der der Vater ihres Kindes war. Andererseits hegte sie auch nicht den leisesten Wunsch, erst wieder hierher zurückkehren zu müssen, nachdem der CIS-Rat sich endlich zusammengerafft und seine Mitglieder unter einen Hut gebracht hätte, nur damit sie, Bunny und Diego ihr Verslein aufsagen konnten, um die Sache endlich hinter sich zu bringen.

»Na ja, solange die glauben, daß Sie einfach hier herumsitzen und *abwarten* würden, bis die sich organisiert haben, werden sie auch nicht mehr tun«, erklärte Marmion, um nachdenklich innezuhalten und das Flimsy zu mustern, als befänden sich noch weitere, ungelesene Zeilen darauf, die erst der Entzifferung bedurften. »Obwohl ich nicht verstehe, woher plötzlich diese ganze Verzögerung kommt, obwohl sie es doch zunächst so furchtbar eilig hatten, Sie hier antanzen zu lassen ... und dabei sind wir schon gekommen, so schnell es nur möglich war ... hm. Na ja, schließlich können sie sich auch an den kleinen Protokollen orientieren ...«

»Irgend etwas faul im Staate Dänemark?« wollte Sally wissen.

»Wenn das auf Dänemark wäre, würde ich die Sache keines zweiten Gedankens würdigen. Aber das hier ist immerhin Gal Drei ... Und mir gegenüber hat man die ganze Angelegenheit als durchaus dringend geschildert.« Mit einem kräftigen Schulterzucken kehrte Marmion in ihr Büro zurück.

»*Warum*«, fragte Yana, an den Raum gewandt, »soll B. Makem uns auf Petaybee Ärger machen wollen? Ich dachte eigentlich, wir hätten ihm schon ein für alle Male die Augen geöffnet, was seinen ehemaligen Arbeitgeber betrifft.«

»Ja«, stimmte Millard nachdenklich zu. Dann begann er, Befehlskodes in sein Terminal einzugeben. »Wir werden sehen.«

Unruhig ging Yana auf und ab. Sie sorgte sich um Sean. Jetzt, wo man ihm wer weiß wie viele Leute auf Petaybee abgesetzt hatte, würde er in Arbeit förmlich ertrinken. Sie las die Nachricht noch einmal, während ihre freie Hand automatisch zu dem kleinen Beutel mit petaybeeanischer Erde wanderte, der ihr ganz allgemein Trost zu spenden pflegte, während sie zugleich versuchte, mehr aus Seans Worten herauszulesen, als es auf den ersten Blick den Anschein zu haben schien. Selbst wenn Johnny Greene die Nachricht abgesetzt hatte, war sie doch von Sean und auch von dessen Hand, daher war sie *selbst* Sean, und so zog Yana aus diesem Kontakt soviel Trost, wie sie nur konnte. Es war töricht von ihr – noch dazu in ihrem Alter! –, daß sie den Mann so verzweifelt *brauchte*, und doch war es so.

Da befand sie sich nun hier, mitten im Herzen des Luxus, wo man sich skrupulös um sie kümmerte, sie nach Strich und Faden verwöhnte und beköstigte, und doch gefiel ihr das alles kein bißchen, nur weil Sean nicht da war, um diese ganzen Absurditäten mit ihr zu teilen – etwa Macci und seine ZweitHaut und seinen Lendenschurz. Sean hätte in einem solchen Aufzug mindestens genausogut ausgesehen – höchstwahrscheinlich sogar noch besser, weil er schließlich über seine eigene zweite Haut verfügte, falls es darum gehen sollte. Die Erinnerung daran brachte Yana zum

Lächeln, und sie begann an der Nachricht herumzuknabbern, bis ihr auffiel, was sie da tat. Sie war wirklich ein undankbares Geschöpf, vor allem in Anbetracht der vielen Mühe, die Marmion sich gab, um es ihr so bequem wie möglich zu machen und ihr nach allen Regeln der Kunst zu helfen. Nicht, daß sie das alles nicht zu schätzen gewußt hätte – aber schließlich hatte sie sich doch ganz gut an die Unbequemlichkeit Petaybees gewöhnt! Jetzt würde sie wieder von vorn anfangen müssen, sie lieben zu lernen. Schon bald würde es zu schneien anfangen, und sie würde es vermissen. Dann würde alles zufrieren, und auch all die anderen Wunder Petaybees, die sie bisher noch nicht aus erster Hand kennengelernt hatte, würden ihr entgehen. Es war ihr furchtbar zuwider, nicht auf dem Planeten sein zu können – und das erinnerte sie wiederum daran, wer möglicherweise für all diese Verzögerungen verantwortlich sein könnte.

»Wissen Sie, wo Matthew Luzon sich gerade aufhält?« fragte sie und blieb stehen, um den Blick durch die Aufenthaltskabine schweifen zu lassen. »Und wo sind Diego und Bunny?« fragte sie an Sally und Millard gewandt und stellte Bailey und Charmion, die ausgerechnet in diesem kritischen Augenblick hereinkamen, sofort dieselbe Frage.

»Die müssen doch irgendwo hier sein«, meinte Millard und fuhr herum, als hätten die beiden sich in der Aufenthaltskabine zu befinden, ganz gleich, ob sichtbar oder unsichtbar.

In genau diesem Moment erfolgte ein Eintrittsbegehren, und eine wohklingende Stimme verkündete: »Macci Sendal.«

Sally und Millard wechselten verblüffte Blicke.

»Da haben Sie aber eine Eroberung gemacht, Yana«, meinte Sally grinsend. »Soll ich ihn einlassen?«

Yana war völlig aufgeregt. »Was, um alles auf der Welt, will der denn von mir?«

»Ich schätze, es geht ums Geschäft«, bemerkte Sally. »Schließlich haben die Rothschilds sich schon immer diversifiziert. Kann mich allerdings nicht entsinnen, daß sie auch in der Pharmaindustrie tätig geworden wären.«

»Doch, sind sie«, erklärte Millard. »Sie sind erst kürzlich groß bei SpayDe eingestiegen.«

»Sie haben völlig recht.« Sally beeilte sich, den Türöffner zu betätigen. »Ich werde mal eben ein paar Erfrischungen machen lassen.«

Trotz der Tatsache, daß der Mann heute etwas normalere Stationskleidung trug als die ziemlich förmliche ZweitHaut, wirkte er immer noch genauso umwerfend, als er nun vortrat, um Yana zu begrüßen. Ihr gewährte er einen kleinen Handkuß und Sally, Millard und Marmions jungen Verwandten ein fröhliches Lächeln. Sallys Einladung zu einem kleinen Zwischenfrühstück nahm er freundlich an, während er Yana, immer noch die Hand haltend, die er so extravagant geküßt hatte, zu einer der kleineren Sitzgruppen am Rand der großen Kabine führte. Sally verteilte die Erfrischungen; dann ließ sie Yana zu deren Erstaunen mit Macci allein. Er richtete einen strahlenden Blick auf sie, verschlang sie förmlich mit den Augen, was gelinde gesagt entnervend war. Hätte es sich um einen Offizierskameraden gehandelt, wäre sie mit der Situation schon ganz gut zurechtgekommen, doch er hielt gesellschaftlich wie auch in den Kreisen der Hochfinanz eine viel zu hohe Stellung inne, um sich dieser drastischen Direkttaktiken zu bedienen.

»Nun erzählen Sie mir doch mal etwas über diesen verzauberten Planeten, von dem Sie kommen, Yana. Gestern abend gab es ja einfach keine Gelegenheit, ein paar intelligente Worte mit Ihnen zu wechseln. Vor allem nicht, solange Ples unbedingt die Gastgeberin mimen mußte.« Er warf ihr schon wieder einen von seinen verzehrenden Blicken zu – es wäre Yana lieber gewesen, er hätte es bleiben lassen –, und sie merkte, wie sie vor der Leidenschaft, die aus seinen Blikken sprach, förmlich errötete. Also wirklich! Es war doch noch viel zu früh am Morgen – oder meinte sie eigentlich: zu spät? – für diese Art von … Vorspiel. Jetzt hatte er sich zu ihr hinübergeneigt, und sie überlegte sich, daß das Parfüm, das er verwendete, verboten werden müßte, so aphrodisisch wirkte es.

Gerade wollte sie etwas erwidern, als die Lukenglocke erneut ertönte. Und es immer wieder tat, mit jedem weiteren Neuankömmling: immer mehr Partygäste, die nun mit Yana geschäftliche Dinge besprechen wollten. Yana bedeutete Sally und Millard eindringlich, sich zu ihr zu gesellen, dann holte Sally Cynthia, und Cynthia gelangte zu dem Schluß, daß man wohl besser Marmion informieren solle.

»Ach, Sie lieben, lieben Leute, Petaybee ist doch nur so ein kleiner Planet«, meinte Marmion, die keinen Augenblick zu spät auf dem Schauplatz des Geschehens erschien und die Situation auf den ersten Blick erfaßte. »Mit äußerst begrenzten Einrichtungen. Und ich finde es wirklich wunderbar, daß Sie sich alle freiwillig erbieten ...« Mit diesem Stichwort endete abrupt jedes Gespräch, während sich fragende Mienen auf sie richteten. »... der Frau Oberst dabei behilflich zu sein, ein modernes Depot einzurichten.« Mit einem Lächeln quittierte sie die überraschten Reaktionen. »Wie nett von Ihnen, sich dazu bereit zu erklären. Gewiß, wer kann schon sagen, was ein *ganzer Planet* für solche Annehmlichkeiten zu bezahlen bereit sein mag, aber es handelt sich nun einmal um einen so gut wie völlig unberührten Planeten. Nakatira-san, ich meine, Sie müßten mindestens fünf von diesen hervorragenden Gebäudewürfeln nach Petaybee schicken, nur um den gegenwärtigen Zustrom zu versorgen. Yana, meinen Sie nicht auch, daß Petaybee bestimmt nichts gegen eine hochmoderne, sich selbst versorgende Herberge einzuwenden hätte? Nein, besser zwei, glaube ich – eine im Norden und eine im Süden.«

Als die verdutzten Unternehmer schließlich die Gelegenheit ergriffen, sich zurückzuziehen, hatte Marmion inzwischen dafür gesorgt, daß jeder von ihnen einen Liefervertrag unterschrieb – zu Konditionen, die später mit dem Planeten in einzelnen auszuhandeln waren. Jeder sollte so viel von seinen Produkten liefern, um damit zu ersetzen, was die Intergal alles vom Planeten fortschaffte. Noch dazu von höherer Qualität und modernerer Bauweise.

»So, das wäre dann wohl erledigt, Yana, meinen Sie nicht

auch?« bemerkte Marmion, als die Eintrittsluke zu ihrer Aufenthaltskabine sich schließliich hinter Macci schloß. »Macci hat Sie doch wohl nicht dazu gebracht, irgend etwas zu unterschreiben, oder?« fügte sie hinzu.

Benommen schüttelte Yana den Kopf. »Zwei Sekunden länger, und ich hätte wahrscheinlich alles unterschrieben, was er mir vorgelegt hätte. Ist der immer so?«

»Er hat es sich zur Angewohnheit gemacht. Gefährlicher Mann«, meinte Marmion. »Aber Sie haben ihn recht gut in den Griff bekommen, wenn man bedenkt, daß keiner von uns damit gerechnet hat, daß er schon so früh am Morgen hier aufkreuzen würde.« Dann ließ sie den Blick durch die gesamte Kabine schweifen. »Wo sind denn Bunny und Diego?«

Sally und Millard wechselten entsetzte Blicke. Marmion dagegen hatte ihren Blick auf Bailey und Charmion geheftet.

»Die haben wir nicht gesehen, Tante Marmie«, erwiderte Bailey. »Wir waren gerade erst aufgestanden, als auch schon die Meute hier eintraf.«

»Ich kann es ihnen zwar nicht verdenken, daß sie sich dem ganzen Tohuwabohu entziehen wollten ...« Marmion brach ab. »Aber wo sind sie denn nun?«

# 8.
# KAPITEL

Als Diego und Bunny den Korridor erreichten, war die Beleuchtung im Reparaturdock immer noch eingeschaltet. Das Licht zeigte an, daß die Außenluke noch offenstand und niemand ohne Schutzanzug eintreten durfte. Eine mit Schutzanzügen, Sauerstoff und Gravitationsstiefeln ausgerüstete Rumpfmannschaft würde etwaige Neuankömmlinge an Bord bugsieren und sich um alle Notfälle kümmern.

Diego hatte diese Prozedur schon auf vielen anderen Stationen beobachtet.

Das Licht würde erlöschen, sobald die Luke der äußeren Bucht sich geschlossen hatte und der normale Sauerstoffpegel wiederhergestellt war. Dann durfte man meistens auch eintreten und sich ein wenig umschauen, solange man nicht im Weg herumstand. Derzeit aber schien es Diego, als würde die Warnlampe viel länger als gewöhnlich leuchten. Er hoffte nur, daß es nicht zu einem Strahlungsaustritt oder anderen Problemen dieser Art gekommen sein mochte, wodurch es ihnen verwehrt sein würde, einzutreten und sich umzusehen. Außerdem wollte er nicht, daß Charmion und Bailey hier erschienen, wie üblich von allem gelangweilt, das ihnen vertraut war, um dann Bunny wieder abzuschleppen, noch bevor sie Gelegenheit bekommen hatte, sich anzuschauen, was sie tatsächlich interessierte. Er wußte, daß es ihr gefallen würde, die Reparaturarbeiten an einem Raumgefährt zu beobachten, doch würde sie mit Sicherheit nicht dazu kommen, sobald Charmion anwesend war und so tat, als wäre das alles furchtbar langweilig und öde, während Bailey wieder mal versuchte, Süßholz zu raspeln.

Gerade als ihn das scheinbar nicht enden wollende Leuchten der Lampe selbst zu langweilen begann, schaltete sie sich plötzlich ab. Er zupfte an Bunnys Hand. »Komm jetzt. Tu einfach so, als würdest du hierher gehören.«

In diesem Augenblick öffnete sich die Innenluke und sechs Gestalten, immer noch behelmt und in Schutzanzüge gekleidet, was schon ein wenig merkwürdig war, kamen heraus und stapften in den Gang hinaus, fort von Bunny und Diego. Während sie am Ende des Korridors verschwanden, meinte Diego: »Das ist aber komisch.«

»Was?«

»Normalerweise öffnen die Leute zuerst ihre Helme und nehmen sie ab! Hm.«

»Vielleicht kommen sie ja gleich wieder«, meinte Bunny. »Für gewöhnlich trage ich meinen Parka und die Schneehose auch nicht im Haus. Aber wenn ich nur mal kurz hinein muß, macht es weniger Mühe, die Sachen anzulassen, als sie erst auszuziehen.«

Achselzuckend meinte Diego: »Ja. Kann sein.«

Trotzdem spähte er erst durch die Sichtluke. Das gestrandete Schiff befand sich allein im Reparaturdock. Die Außenluke war versiegelt. Das Loch in der Rumpfseite war groß genug, um ein Shuttlefahrzeug hindurchzubugsieren. Diego musterte die Anzeigen der Luke.

»Hm, Sauerstoff ist drin. Also sind sie wahrscheinlich tatsächlich nur mal kurz hereingekommen, um was zu besorgen, Bunny«, sagte er. »Und es ist auch niemand dringeblieben. Na, dann können wir uns den Schaden wenigstens mal genauer anschauen.«

»Brauchen wir denn nicht irgendein Kodewort, um hineinzukommen? Oder verschafft uns das Armband schon Zutritt?« fragte Bunny.

Gute Frage. Er hatte nicht damit gerechnet, daß das Dock leer sein würde, sondern sich darauf verlassen, daß er sich an irgendein Mitglied der Reparaturmannschaft wenden konnte, aber die war ja nun verschwunden. Im allgemeinen hatten Reparaturmannschaften nichts dagegen, wenn man zuschaute, sofern man sie vorher um Erlaubnis bat und nicht im Weg stand.

Doch bei genauerer Untersuchung der Einstiegsluke stellte er fest, daß die Iris immer noch eine freie Pupille aufwies, sich also nicht vollständig geschlossen hatte. Indem er Hand und Arm durch die Öffnung schob, gelang es ihm, sie so weit zu öffnen, daß man mit etwas Mühe hindurchschlüpfen konnte.

Bunny griff an ihm vorbei nach einer der Lamellen. Sie berührte etwas Glänzendes. »Das ist verkeilt.«

»Kannst du die Luke damit vielleicht noch ein weiteres Stück öffnen?« wollte Diego wissen.

»Ich glaub' schon«, erwiderte sie. Und tatsächlich – nachdem Bunny ein wenig daran herumgezerrt hatte, öffnete die Luke sich gänzlich. Beide traten hindurch; dann löste Bunny den Gegenstand, worauf sich die Luke – diesmal lautlos – hinter ihnen schloß. Ein leichter Geruch von angesengtem Eiweiß hing in der Luft; es war der gleiche Geruch, der Diego aufgefallen war, als der Zahnarzt seine Zähne aufgebohrt hatte.

»Das hätte ich vielleicht lieber nicht tun sollen«, meinte Bunny mit einem Blick zurück. »Möglicherweise brauchen wir das noch, um wieder herauszukommen.«

»Ach was, die Mannschaft wird bald wieder hier sein. Komm schon, sehen wir mal nach, was dem Schiff dieses Loch verpaßt hat.«

Hohl schepperten ihre Schuhe auf dem Metallgitterboden, als sie auf das vereinsamte Schiff zugingen, das wie eine Kröte in dem höhlenartigen Dock hockte. »Hat eine merkwürdige Form, findest du nicht?« fragte Bunny flüsternd. »Kaum eine Ähnlichkeit mit den anderen Schiffen.«

»Wahrscheinlich ist es auch keine Konstruktion einer Intergal-Firma«, sagte Diego und begann ebenfalls zu flüstern, obwohl er eigentlich keinen Grund dafür hätte nennen können: Ihre Schritte hallten laut genug, um jede Wachmannschaft aufzuwecken. »Vielleicht haben die Leute sich deshalb solche Mühe gegeben, es mit Hilfe der Drohnen hereinzubugsieren, um zu untersuchen, welche Möglichkeiten diese Art von Konstruktion bietet. Eins ist jedenfalls sicher: Es ist manövrieruntauglich.«

Bunny bewegte sich ein kleines Stück vor ihm, und als sie nun um die Ecke ins Loch spähte, sagte sie plötzlich: »Oh, oh! Diego?«

»Was ist?«

»Guck mal.«

Er blickte über ihren Kopf und legte dabei das Kinn auf ihren schwarzen Scheitel. Das Innere der Raumschiffhülle war nicht leer.

Das Loch im Rumpf war tatsächlich groß genug, um mit einem Shuttlefahrzeug hindurchzufliegen, und genau das war auch geschehen: Ein stattliches Shuttle – mindestens ein Zwanzigsitzer, wie es Diego schien – kauerte im Innern der

Hülle, als trüge es diese nur zur Tarnung. Und neben dem Fahrzeug lagen die Leiber von sieben Personen, allesamt nur in Unterwäsche gekleidet.

Bunny drehte eine Frau um, die auf dem Bauch lag. Mitten auf der Stirn wies sie ein Brandloch auf. Eine zaghafte Untersuchung der anderen Körper ergab, daß alle die gleichen Brandlöcher aufwiesen.

»Mist!« hauchte Diego. Ängstlich blickte er auf das Shuttle, doch dort rührte sich nichts.

»Diego?« fragte Bunny. »Warum wurden diese Leute umgebracht?« Ihre Stimme hatte einen klagenden Unterton, und er mußte daran denken, daß trotz aller Gefahren, die das Wetter und die Umweltbedingungen auf Petaybee zu bieten hatten, Massenmorde dort nicht vorkamen – jedenfalls bisher noch nicht. Im grellweißen Licht der Reparaturbucht wirkte Bunny ziemlich blaß. Der Schock, dachte Diego. Er war selbst ein wenig benommen.

Dann ermahnte er sich stumm: Denk gefälligst nach! »Ich weiß es nicht genau, *gatita*, aber ich würde wetten, daß die Burschen in den Raumanzügen nicht die Mannschaft waren. Das waren vielmehr die hier. Ich glaube, Gal Drei wird soeben von Leuten mit unguten Absichten heimgesucht. Und falls die richtige Reparaturmannschaft Sicherheitsarmbänder getragen haben sollte, dann werden die Armbänder jetzt von diesen ... Mördern getragen. Ich glaube, wir sollten besser Marmion Bescheid sagen, damit sie diesen Kommandeursfritzen alarmiert.«

»Du hast recht, Diego. Das sollten wir schnellstmöglich tun.«

»Irgendwo müßte es hier eine Alarmanlage geben ...«, meinte er und schritt zur gegenüberliegenden Wand.

Doch dort, wo sich die Alarmapparatur befunden hatte, gähnte nun ein großes Loch. Er inspizierte die Bordkommunikationsanlage, doch der Schirm war leer, die Knöpfe erloschen.

»Wir müssen eine funktionstüchtige Einheit suchen«, teilte er Bunny mit.

»Warte. Vielleicht – sollten wir nicht erst etwas wegen des Shuttles unternehmen? Das Fahrzeug fluguntauglich machen? Damit sie nicht entkommen können?« Jetzt klang sie wütend, was ihrem Gesicht frische Farbe verlieh.

»Bunny, *gatita*!« erwiderte Diego und warf theatralisch die Arme hoch. »Die befinden sich doch auf einem Schiffsdeck. Da gibt es haufenweise andere Fahrzeuge, die sie benutzen könnten. Wir müssen sie in erster Linie daran hindern, die Sicherungsanlagen der anderen Ebenen zu überwinden. Oder was immer die auf dieser Station vorhaben mögen. Kommst du?«

»Na klar«, antwortete sie, aber die Luke ließ sich nicht mehr öffnen.

»Als ich sie das letzte Mal sah, haben sie die Collies dabei beobachtet, wie sie ein gestrandetes Schiff bugsierten«, sagte Millard gerade zu Marmion.

»Ja«, bestätigte Sally, »das stimmt. Aber es wurde ihnen auch gesagt, daß sie erst auf Charmion und Bailey würden warten müssen.«

»Richtig«, warf Yana belustigt ein. »Und schließlich tun Kinder ja auch immer alles, was man ihnen sagt, nicht wahr? Hören Sie, Sie sollten sich keine Sorgen machen. Schließlich bin ich für die beiden verantwortlich. Sagen Sie mir einfach, wie man zu dem Reparaturdock kommt.«

»Ich führe Sie hin, Yana«, antwortete Marmion. »Es geht ihnen bestimmt gut. Sally, veranlassen Sie doch bitte eine Scannerortung, ja, Liebes? Und wenn Sie Millard, Faber und die anderen informieren könnten, daß wir uns in einer Dreiviertelstunde in meinem Salon treffen, würde das alles erheblich beschleunigen.«

Millard blickte zweifelnd drein und wollte gerade etwas erwidern, als Macci plötzlich auf sie zukam. So angespannt wie jetzt hatte Yana ihn noch nie gesehen. Doch als er sie erblickte, lösten seine Züge sich ein wenig, als hätte er sie, und nur sie allein gesucht.

»Macci, mein Lieber, Sie haben nicht zufällig die Jugendlichen gesehen, Diego und Bunny?« fragte Marmie.

»Zufälligerweise doch. Als sie gerade Bucht 16 betraten.»

»Welche ist das denn?« fragte Marmie.

»Es wäre mir ein Vergnügen, Sie dorthin zu begleiten.«

Millard wirkte immer noch bekümmert, doch Marmion winkte ab. »Wie aufmerksam von Ihnen, Macci, aber das sind Sie ja immer, und den perfekten Begleiter geben Sie auch ab. Dann können Sie ja weitermachen, Millard, und dieses Treffen für mich arrangieren, nicht wahr? Danke.«

Yana gelangte in den Genuß des Anblicks von Maccis betörendem Rücken und des aufmunternden Lächelns, das er ihr über die Schulter zuwarf, während er sie durch die Gänge führte. Auf den ersten paar Ebenen ihres Wegs nach unten begegneten sie zahlreichen weiteren Personen. Als sie den Dock-Trakt erreicht hatten, führte Macci sie auf einem verschlungenen Weg durch diese Ebene und durch einen Gang, wie er in Yana stets die Vorstellung aufkeimen ließ, sich in den Eingeweiden eines riesigen Wurms zu bewegen. Am anderen Ende des Tunnels näherten sich mehrere Gestalten in weißen, behelmten Schutzanzügen, wie sie zu Schiffsreparaturen oder externen Andockmanövern zwischen Raumschiff und -station verwendet wurden.

»Es gibt doch wohl kein Leck hier, oder?« fragte Marmion erstaunt.

»Nein, dann hätte man uns den Zutritt zu diesem Trakt schon untersagt. Aber ich will es lieber noch einmal überprüfen, meine Damen«, sagte Macci und sprintete athletisch auf die Männer zu. Marmie und Yana legten einen Schritt zu, um nicht allzuweit abgehängt zu werden.

Sie konnten ihn sprechen hören, verstanden aber nicht, was er sagte. Dann sackte er mit einem Mal zu Boden. Die Männer schritten über ihn hinweg, versperrten den Frauen den Blick auf ihn. Der Anführer richtete seine Waffe auf Marmie und Yana. Sofort warf Yana sich gegen Marmie und riß sie zu Boden. Sie vernahm kein Detonationsgeräusch, kein Geschoß, das auf sie zugesirrt gekommen wäre, kein schlangengleiches Zischeln eines Lasers, nur eine Art träges Winseln. Sie blickte auf, und ihre Nase füllte sich mit einem süßlichen, parfümartigen Duft. Eine rosa Wolke war zwischen ihr und den Männern aufgeblüht, verbarg diese und umhüllte sie und Marmie.

»Scheiße«, sagte sie und war noch geistesgegenwärtig genug, die Luft anzuhalten und zu überlegen, was sie tun könnte, um nicht schon wieder mit Gas vergiftet zu werden. Da fiel ihr Marmions Alarmvorrichtung ein. Sie schaffte es noch, die Finger an die Knöpfe zu führen und diese zu betätigen, wobei sie darauf hoffte, daß es die richtigen waren. Dann verlor sie das Bewußtsein. Ihr letzter Gedanke war: Nicht *schon wieder* so ein verdammtes Gas!

*Kilcoole*

Sinead machte sich gar nicht erst Gedanken darüber, wie sie es ihren ›Gästen‹ gemütlich machen könnte.

»Die sollen sich zu den Hunden legen«, sagte sie zu Aisling. »Wenn sie das eine oder andere Tier dabei etwas besser kennenlernen, entwickeln sie ja möglicherweise ein wenig Respekt für sie.«

»Aber … aber alannah …« Aislings sanfter Tadel ertönte aus der Deckentruhe, aus der Sinead gerade emsig einen leuchtenden Wollüberwurf nach dem anderen aufs Bett schleuderte. »Es sind Außenweltler, und die Frostperiode hat begonnen. Auch wenn sie gewildert haben, macht es trotzdem keinen guten Eindruck, wenn sie hier ausgerechnet in der ersten Nacht gleich erfrieren. Was kochst du da?« Aisling war immer mißtrauisch, wenn Sinead kochte. Aisling Senungatuk war eine sehr gute Köchin, während Sineads Kochkünste sich auf Kleinwild-Spießbraten am Lagerfeuer beschränkten. Wie auch darauf, das Fleisch nur halb durchzugaren, wenn sie sehr hungrig war, oder es verkohlen zu lassen, wenn ihr gerade etwas durch den Kopf ging. »Fuchs«, erwiderte sie.

»Fuchs?«

»Wenn sie ihn schon getötet haben, sollen sie ihn auch fressen.«

»Aber Fuchs ißt man doch nicht«, warf Aisling ein.

»Im allgemeinen nicht. Aber das brauchen sie ja nicht zu erfahren.«

»Laß mich wenigstens ein paar Gewürze hinzugeben.«

»Nur über meine Leiche«, erwiderte Sinead mit bösem Grinsen.

»Aber dann bring ihnen wenigstens ein paar Decken hinaus. Die Leute werden sie brauchen.«

»Wo so viele warme Köter da sind? Nee, das glaube ich kaum.«

»Sinead ...« Aisling verlieh ihrer Stimme jenen Unterton, den ihre Partnerin als Ankündigung bevorstehenden Ungemachs wiedererkennen mußte.

»Na gut, von mir aus. Aber du hast so viel Arbeit damit gehabt, diese hübschen Decken zu machen, und jetzt werden sie bald alle nach Hund riechen!«

»Dann kannst du mir eben dabei helfen, sie zu waschen. Jetzt ruf die Männer zum Essen herein.«

»Nein, wir essen draußen vor der Hütte.«

*»Sinead!«*

»Hier drin ist einfach nicht genug Platz, Aisling. Komm doch mit raus und setz dich zu uns. Dann kannst du dem Fuchsmörder Ratschläge erteilen, wie er das Fell so vernähen muß, daß man die Löcher nicht sieht, die er beim Abhäuten hineingemacht hat.«

Am nächsten Morgen, noch vor der Dämmerung, wurden Liam Maloney und Seamus von den Hundeteams mit Geheul begrüßt. Der Lärm weckte die Gäste auf, die sich schmerzerfüllt erhoben, die steifen Glieder streckten und sich über die Kälte beschwerten. Dr. Ersol kratzte sich ständig.

»Sollte es sich herausstellen, daß ich gegen Flöhe allergisch bin, meine Dame, dann bringe ich Sie vors Firmengericht«, sagte er zu Sinead.

»Auf Petaybee gibt es keine Flöhe«, teilte Aisling ihm mit. »Viel zu kalt dafür. Aber selbst wenn es welche wären, könnten Sie sich die ebensogut von dem Fuchs zugezogen haben. Also machen Sie gefälligst nicht die Hunde dafür verantwortlich. Für die sorgt Sinead oft genug besser als für sich selbst.«

»Heute morgen werden wir die Hunde jedenfalls nicht stören, ganz bestimmt nicht«, sagte Sinead in der gedehnten, breiten Sprechweise, mit der sie ärgerliche Außenweltler zu behandeln pflegte. »Kein Schnee, nicht wahr? Nein. Mister Maloney und Mister Rourke und ich nehmen die Lockenfelle. Ich fürchte, die prachtvollen Herrschaften werden wohl zu Fuß gehen müssen.« Sie musterte die drei Männer, die Liam und Seamus mitgebracht hatten. Sie war alles andere als beeindruckt, trotz der schnieken Ausrüstung und der Spezialkleidung, die sie mit sich führten.

Seamus schaute Sinead an, als sei sie leicht vertrottelt. An die Männer gewandt, sagte er in jovialerem Tonfall als alle anderen, denen sie bisher auf Petaybee begegnet waren: »Ach, dieses Mädchen hat wirklich seinen Beruf verfehlt! Generälin im Firmencorps hätte die werden müssen, hart wie sie ist.«

»Wer Tiere schindet, kann ja wohl auch auf ihre Dienste verzichten, möchte ich meinen«, verteidigte Sinead sich bissig.

Doch Liam warf ein: »Das stimmt zwar, aber wenn sie zu Fuß gehen, halten sie uns bloß auf, diese Cheechakos. Sie können Mutters Sidhe und Das Oosik nehmen.«

»Wenn wir schon dabei sind«, warf Aisling ein, »könnte einer von ihnen auf Darby reiten, die ist sanft.«

»Also gut«, lenkte Sinead schließlich ein. »Ihr drei Neuankömmlinge könnt die erste Schicht auf den Lockenfellen übernehmen. Die Wilderer hier können ruhig ein Stück zu Fuß gehen.«

Nachdem die benannten Pferde herbeigeschafft worden

waren, machten sich die acht reitend und zu Fuß auf den Marsch in Richtung Sonnenaufgang.

Zwei Stunden später mußte Sinead nachgeben. Die beiden Wilderer hatten unter ihrer Behandlung am Vortag nichts zu lachen gehabt. Keiner der Außenweltler hatte inmitten der Hunde besonders gut schlafen können, zuerst, weil sie sich vor den Tieren fürchteten, und später, weil die Hunde die Decken stibitzten, sobald sie damit aufgehört hatten, den Besuchern die Gesichter abzulecken oder ihre Hinterteile zu beschnüffeln. Als die Wilderer nun mehr stolperten und stürzten, als aufrecht zu gehen, ließ Sinead zwei der Neuankömmlinge absitzen und gestattete den Fußgängern das Reiten.

Kurz darauf gelangten sie zum ersten Merzplatz, den Sinead ihnen zu zeigen bereit war. Sie hatte Ersol und de Peugh schon am Vortag die Hightechwaffen abgenommen und obwohl sie, Liam und Seamus allesamt Dolche, kurze Waffenspeere und Pfeil und Bogen trugen, hatte man den anderen drei – Mooney, Clotworthy und Minkus – nicht einmal dies gestattet.

»Junge, Junge, dort drin müssen ja mindestens zehn oder fünfzehn Hasen sein«, bemerkte Ersol, als er das Loch erblickte, wo die Hasen sie sitzend und liegend erwarteten.

»Wahrscheinlich. So viele sind es ungefähr schon seit dem Frühling«, antwortete sie.

»Und jetzt? Werden Sie sie abstechen oder mit dem Bogen schießen?« fragte einer der anderen.

»Weder noch«, erwiderte sie. Sanft nahm sie einen der Hasen am Kragen, wich seiner Schnauze aus, während sie seinen Kopf verdrehte, und sagte dabei: »Danke, kleiner Bruder, daß du dein Leben hingibst, damit wir leben können, damit dein Fleisch uns ernährt und dein Fell uns warmhält. Wir ehren dich.«

»Wie bitte?« Nigel Clotworthy, seines Zeichens Systemanalytiker, warf seinen Gefährten einen verwunderten Blick zu.

»Sie hat zu dem Hasen gesprochen, nicht zu dir, Kumpel«, erwiderte de Peugh.

»Wir sollen mit Hasen reden?«

»Na klar doch. Hören Sie mal, Sinead, Süße, was ist, wenn Harvey keine Lust hat, sich den Hals umdrehen zu lassen, und wenn er auch kein Bedürfnis verspürt, als Ohrwärmer zu enden? Lassen Sie ihn dann wieder los und sagen: ›Tut mir leid, kleiner Irrtum‹?«

»Die Hasen sind hier«, erwiderte Sinead und hielt inne, um mit einem deutlichen Knacksen und dem gleichen gemurmelten Dankgebet einem weiteren Tier den Hals umzudrehen, bevor sie ihre Erklärung für die Jäger fortsetzte, »weil sie getötet werden wollen. Hasen neigen zur Überbevölkerung. Das hier sind die Kranken, die Alten, die Überzähligen oder jene, die kein Zuhause gefunden haben. Hasen sind eigentlich ziemlich sensibel, und wenn man sie nicht haben will, reagieren sie mit Depressionen. Sie wissen, daß wir Verwendung für sie haben, deshalb kommen sie hierher. So ist das mit sämtlichen Tieren auf den Merzplätzen. Bei Hasen ist es lediglich noch etwas stärker ausgeprägt.«

»Und was ist mit Füchsen?« fragte Ersol und hielt ihrem finsteren Blick mannhaft stand.

»Füchse«, antwortete sie, »bekommen keine Depressionen. Aber manchmal werden auch die krank oder zu alt. Oder es gibt nicht genug zu fressen. Dann kommen sie hierher, um Merzvieh zu werden.«

»Klingt in meinen Ohren ziemlich unnatürlich. Ich meine, klar, die Stärksten überleben nun mal und so weiter, aber in der Regel will doch jeder gern weiterleben.«

»Ja«, erwiderte sie. »In der Regel. Deshalb ist es ja wohl auch eine Schande, etwas umzubringen, das *nicht* sterben möchte, nicht wahr?« Ihr eisiger blauer Blick traf auf den seinen und ließ ihn gefrieren.

»Besonders sportlich ist das aber nicht gerade, oder?« bemerkte Minkus, der auch zur Jagdpartie gehörte.

»Töten ist ein ernstes Geschäft«, antwortete Sinead achselzuckend. Sie überreichte ihm den Hasen, den sie gerade aufgenommen hatte. »Hier, versuchen Sie es. Sorgen Sie für einen sauberen Bruch, und sagen Sie den Dank wenigstens teilweise vorher auf, bevor Sie ihn erledigen, damit er auch weiß, daß Sie es tun.«

»Gute Frau, ich versuche nie, irgendeinem Wesen mehr Schmerz zuzufügen als sein muß. Aber was Sie und Ihre Leute hier anstellen, ist wirklich der Gipfel! All diese anthropomorphe Scheiße ist doch total verrückt. Das ganze Weltall wird sich noch über Sie zu Tode lachen. Erst versuchen Sie uns einzureden, daß der *Planet* intelligent und mit Bewußtsein ausgestattet ist, und jetzt verlangen Sie von mir auch noch zu glauben, daß Sie intime Kenntnisse über die Psychologie von Hoppelhasen und Füchsen besitzen.« Wütend brach Minkus dem Hasen das Genick.

Zunächst sprach Sinead dem Hasen ihren Dank aus. Dann erst fand sie Worte für den Jäger: »Glauben Sie etwa, wir hätten uns das alles nur ausgedacht? Wir haben schon vor langer Zeit gelernt, daß die Tiere bereit sind, diese Orte aufzusuchen, um zu sterben, solange wir höflich sind und für ihr Opfer Dankbarkeit zeigen. Aber wenn wir unsere Manieren vergessen sollten, wird es bald keinen Hasen mehr geben, keinen Elch, kein Karibu, keinen Bären und kein Wildhuhn. Dann können wir nur noch hoffen, daß die Gemüseernte im Sommer gut ausfällt, weil es dann nämlich, um es knapp zu sagen, überhaupt kein Fleisch mehr geben wird. Das gilt übrigens auch für das Seegetier.«

»Ach, hören Sie auf! Sie sind doch erst seit zweihundert Jahren hier«, warf de Peugh ein.

»Ja, das stimmt schon«, versetzte Seamus. »Bis wir hierherkamen, hatten unsere Vorfahren auf der Erde, die von der Inuit-Seite, die Sitten der Außenwelt angenommen und hörten nicht mehr auf die Tiere. Und wissen Sie was? Die Tiere sind allesamt ausgestorben – jedenfalls, soweit die Menschen es feststellen konnten, weil die Tiere nämlich nicht mehr an sie herankamen. Mit Ausnahme der Polarbären«, Seamus grinste. »Die haben die Jagd ganz einfach umgedreht. Wenn es Ihnen mal gelingen sollte, einen Polarbären zu ergattern, dann möchte ich zu Ihrem eigenen Besten nur raten, sehr höflich zu ihm zu sein, sonst nimmt Ihnen das nämlich seine Familie krumm.«

»Du bist dran, Seamus«, sagte Sinead.

Nachdem für jeden von ihnen ein Hase waidgerecht aufgebrochen und abgedeckt worden war, gab sie das Signal zum Aufbruch.

»Was ist denn mit Ihren vielen anderen kleinen Freunden dort drin, die so gern sterben möchten?« fragte de Peugh.

»In Kilcoole gibt es noch mehr Leute als uns«, erklärte Liam knapp.

Zwei Stunden später führte der Weg sie an einen nierenförmigen See. Das Wasser war kristallklar und voller Lilien. Die Lockenfelle wurden unruhig.

»He, immer mit der Ruhe, Junge!« sagte Clotworthy und beugte sich vor, um dem Lockenfell beruhigend den Hals zu tätscheln.

»Darby ist eine Stute«, berichtigte Liam ihn.

»Aha. Was ist denn los mit ihr?«

»Die Tiere wollen schwimmengehen«, erklärte Sinead und sprang von ihrem Reittier. »Und falls Sie sie nicht unbedingt begleiten möchten, würde ich vorschlagen, abzusitzen und das Geschirr abzunehmen. Die anderen tun das gleiche.« Liam und Seamus hatten bereits ihre Sättel und das Zaumzeug abgenommen.

Minkus und Mooney, die zu Fuß gegangen waren, entschieden sich dafür, sich den Pferden anzuschließen. Der Frost der Vornacht hatte das Wasser nur geringfügig abgekühlt. Nach dem Schneefall war der Tag sonnig und warm gewesen; außerdem wurde der See wie die meisten petaybeeanischen Gewässer zum Teil aus heißen Quellen gespeist.

Sinead war erhitzt und müde. Normalerweise war sie gar nicht so mürrisch, aber im Augenblick fühlte sie sich ein wenig ratlos, wie sie diesen tölpelhaften Außenweltlern den Ernst des Beziehungsgeflechts zwischen den Lebewesen von Petaybee eintrichtern sollte. Sie hatte in Geschichten und Liedern davon gehört, wie es auf der Erde zugegangen war, bevor ihre Ururgroßeltern den Planeten verlassen hatten; wie man nicht zwischen Tieren und künstlich geschaffenen Gegenständen unterschied; wie man die Welt als etwas betrachtete, auf dem man lediglich herumspazierte. Vielleicht lag es ja gerade daran, daß Petaybee ein Lebewesen war, wenn die Beziehung zwischen Jäger und Gejagten hier etwas ganz Besonderes, Privilegiertes sein sollte; vielleicht war es auf der alten Erde ja gar nicht so gewesen; vielleicht war es nirgends im Universum so, bis auf …

Die alten Gesänge und Geschichten, die ihre Vorfahren noch als Kuriositäten an die Nachfahren weitergegeben hatten, lange nachdem sie im Bezugsrahmen ihres eigenen Lebensalltags schon keinen Sinn mehr ergaben, kündeten davon, daß man die Tiere früher einmal als Brüder und Schwestern betrachtet hatte, genau wie auf Petaybee, ja, daß sie einstmals sogar noch sehr viel unbekümmerter zu den Menschen gesprochen hatten als heute. Vielleicht hatte diese neue Gruppe von Verrückten ja den Nagel auf den Kopf getroffen. Vielleicht mußte man ja wirklich so tun, als seien Lebewesen etwas zum Anbeten, anstatt zu tun, was Petaybee und seine Bewohner schon immer getan hatten, nämlich ein freundliches Geben und Nehmen zu praktizieren. Vielleicht bedurfte es ja tatsächlich der religiösen Ehrfurcht, um Stoffel wie diese dazu zu bringen, *überhaupt irgend etwas* zu respektieren.

Sie watete hinter den Männern und Pferden ins Wasser, schob erst die Hände hinein, dann den Kopf, tauchte dicht unter die Oberfläche und öffnete die Augen, um die schwankenden Stengel der Lilien zu erblicken. Die Hufe der Lockenfelle wühlten erst den Schlamm auf, doch schon bald begannen auch sie zu schwimmen. Lockenfelle waren ausgezeichnete Schwimmer. Der Schlamm legte sich wieder, und sie konnte erkennen, wie die Hufe unter Wasser arbeiteten. Und dann, wie auf Absprache, tauchten die sechs gemeinsam unter.

Lilienwurzeln waren für Lockenfelle eine Delikatesse, eine ihrer Lieblingsspeisen, und Sinead konnte ihre Fröhlichkeit spüren, als sie die Nüstern schlossen, die zusätzlichen Augenlider senkten und wie die Robben zum Boden hinabtauchten, von ihren strömenden Schweifen wie von Meerjungfrauenhaar verfolgt, während sie mit Lippen und Zähnen an den Lilienwurzeln rissen. Hatten sie eine erwischt, richteten die Lockenfelle die Schnauzen wieder in die Höhe, strampelten mit den Vorderläufen und kehrten an die Wasseroberfläche zurück, wo sie zufrieden ihre Beute malmten.

Auch die Männer waren inzwischen alle im See. Sinead stieg hinaus, trocknete sich ab und zog sich an. Seamus war schon vor ihr wieder an Land gegangen, und Liam folgte ihr kurz darauf. Die Lockenfelle vollführten noch drei oder vier weitere Tauchgänge.

»Sieht mir so aus, als hätten diese Burschen da noch viel mehr für Fohlensprünge übrig als die Lockenfelle selbst«, meinte Seamus, während er die Jäger dabei beobachtete, wie sie abtauchten, sich gegenseitig bespritzten und versuchten, die Schweife der Lockenfelle zu erwischen.

Einer der Jäger war emsig damit beschäftigt, Lilienwurzeln auszureißen. Zweifellos, überlegte Sinead, will er sich damit bei den Tieren einschmeicheln.

Liam sagte: »Wahrscheinlich tun ihnen die Füße weh, und außerdem wissen sie ganz genau, daß sie gleich wieder mit Reitern belastet werden, sobald sie draußen sind.«

Seamus grinste. »Ach, Sinead, du bist wirklich eine strenge Zuchtmeisterin.«

»Vielleicht«, räumte sie ein. »Aber irgendwie kapieren sie es trotzdem nicht, oder?«

»Ich dachte eigentlich immer, es wäre ziemlich einfach«, meinte Liam. »Mein Leben lang haben alle, die ich kenne, jedesmal einfach nur darauf gelauscht, was verlangt war, wenn sie irgend etwas haben wollten. Dann haben sie es getan und wurden versorgt. Es ist doch nicht schwierig oder so. Aber diese Kerle scheinen einfach ganz anders zu denken.«

Seamus pfiff sein Lockenfell herbei, worauf die anderen von sich aus folgten. Die im Wasser umhertollenden Männer bemerkten es entweder nicht, oder sie taten nur so als ob.

»Ach, wir haben uns jetzt schon mehr als genug um die gesorgt, Sinead«, versetzte Seamus augenzwinkernd. »Und Waffen haben sie auch keine mehr, mit denen sie allzu großen Schaden anrichten könnten. Ich würde vorschlagen, wir nehmen jetzt unsere Lockenfelle und überlassen die Burschen eine Weile sich selbst.«

Sinead zwinkerte zurück. »Hervorragende Idee! Wenn wir ihnen nicht gerade dabei zusehen, kapieren sie ja vielleicht doch noch das eine oder andere von allein.«

# 9
# KAPITEL

Clodagh sah sich die vier weißgekleideten Gestalten an und schüttelte den Kopf. »Ich weiß wirklich nicht, wie Sean sich das vorstellt, was ich mit Ihnen alles anfangen soll. Ich bin zwar allein zu Hause, aber der Platz dürfte wohl kaum für alle reichen.«

»Bitte, Clodagh«, antwortete Schwester Feuerfels. »Wir wollen Ihnen wirklich keine Umstände machen. Aber wir haben erfahren, daß die Urquelle sich Ihnen in bestimmten Höhlen offenbart, die vom Geheiligten Blut und Odem gewärmt werden. Nichts wäre uns ein sehnlicherer Wunsch, als dort wohnen zu dürfen.«

Die anderen nickten eifrig dazu, doch Clodagh schüttelte den Kopf. »Die Höhlen sind keine Wohnstätten. Es ist zwar nichts dagegen einzuwenden, wenn man dort Zuflucht sucht, falls man mal in ein Unwetter gerät, und für Tiere ist das auch ganz in Ordnung. Aber nicht für Menschen.«

»Verzeihen Sie meine Unwissenheit, Clodagh, aber weshalb mag dem Ihrer Meinung nach so sein?« wollte Bruder Schiefer wissen.

Clodagh zuckte die Schultern. »In den Höhlen sprechen wir am direktesten mit dem Planeten. Würde dort jemand wohnen, wäre es reichlich unhöflich, einfach hineinzuplatzen und sich mit der Wohnung des Betreffenden zu unterhalten. Und außerdem – wie würde es *Ihnen* gefallen, wenn jemand ausgerechnet in Ihrem Mund seine Wohnung aufschlüge?«

Schwester Agate strahlte. »Ach, sie ist ja so *weise*! Man hat uns ja schon gesagt, daß Sie weise seien, und tatsächlich, Sie sind genauso weise, wie es uns mitgeteilt wurde. Ist sie nicht weise, Brüder und Schwestern?«

»In der Tat. Aber dürften wir der Gütigen Quelle wenigstens einmal unsere Aufwartung machen? Würden Sie uns vielleicht dem Planeten vorstellen wollen?«

Wieder reagierte Clodagh mit einem Achselzucken. »Sie stehen doch selbst darauf. Aber ich wüßte keinen Grund, weshalb nicht. Es ist nur so, daß wir gerade erst ein Latchkay hatten und das nächste frühestens zum Schneetanz stattfinden soll. Ein Latchkay aber wäre wirklich die beste Gelegenheit. Andererseits überschlagen sich die Ereignisse im Augenblick ja förmlich. Vielleicht sollten wir da doch noch etwas früher ein Latchkay veranstalten.«

»Wieviel früher wäre das denn?« wollte Bruder Schiefer wissen.

»Zwei, drei Monate. Kommt darauf an.«

»Oh«, antwortete Schwester Feuerfels. »Das geht aber nicht.«

»Warum nicht?«

»Wir hatten eigentlich gehofft, hierherzureisen, unsere Reverenz zu erweisen und bis nächsten Monat wieder zurückzukehren, um anschließend die frohe Botschaft zu verbreiten.«

»Hmpf«, machte Clodagh. »Wenn Sie so früh wieder abreisen, verpassen Sie ja den größten Teil des Winters.«

»Ja, das stimmt«, bestätigte Bruder Schiefer. »Es heißt, daß die Außentemperatur dann unter 50 Grad Celsius sinkt, und bei meinem schwachen Kreislauf dürfte ich diese Kälte kaum durchstehen.«

»Lassen wir das«, warf Schwester Feuerfels herrisch ein. »Clodagh, ich begreife ja, daß Sie die bestallte Hohepriesterin der Gütigen Quelle sind, aber ich verstehe wirklich nicht, weshalb wir erst auf ein Latchkay warten sollten. Bruder Granit hat uns nämlich erzählt, daß es durchaus auch außer der Reihe zu wichtigen Mitteilungen gekommen ist, wenn Leute nämlich einfach so in die Höhlen spazierten oder von einem von Ihnen hineingeführt wurden. Und das ist es auch, was wir uns wünschen.«

Clodagh sagte: »In Ordnung, aber eine Priesterin bin ich nicht. Ich denke, ich führe Sie dann alle gleich heute nacht dort hin, damit wir dort schlafen können. Ausnahmsweise.«

»Hervorragend!« meinte Bruder Schiefer. »Und was dürfte die Gütige Quelle als angemessenes Opfer erachten?«

De Peugh war der erste unter den Jägern, dem auffiel, daß plötzlich etwas fehlte. »Verdammt!« fluchte er und hieb mit der flachen Hand auf die Wasseroberfläche.

»Verdammt, was?« fragte Clotworthy und schüttelte sich dabei das Wasser aus den Ohren.

»Die Große Weiße Jägerin und ihre eingeborenen Träger haben uns verlassen und die Transportmittel mitgenommen!«

»Ach, herrje!« meinte Minkus. »Ich fürchte, er hat recht. Ich will nur hoffen, daß sie mir wenigstens meine Kleidung zurückgelassen hat. Meine Winterklamotten stammen von Herod's auf Nilus Zwei! Sie waren sündhaft teuer«, fügte er über die knochige weiße Schulter gewandt hinzu, während er ans Ufer watete. »Ah!« machte er schließlich, als er dort angekommen war. »Alles in Ordnung, Leute! Unsere Ausrüstung ist vollzählig.«

»Großartig«, brummte Ersol. »Dann dauert es wenigstens noch ein bißchen länger, bis wir uns zu Tode gefroren haben.« Im selben Augenblick schob sich eine dicke schwarze Wolke vor die niedrig hängende Sonne, und ein verspielter Wind jagte kleine Wellen vor sich her, die Ersols Beine benetzten, während er auf den spitzen Steinen umhertänzelte, die über das Ufer verstreut am Boden lagen.

Mooney war als erster mit dem Anziehen fertig, und nun ließ er den Blick ans andere Ufer schweifen, deutete darauf und sagte: »Sie hat doch nicht alle Pferde mitgenommen! Schaut mal, da drüben ist eins!«

»Wer es als erster erwischt, der darf es auch reiten!« rief Clotworthy und rannte los. Leider hatte er die Stiefel noch nicht vollständig angezogen; deshalb stolperte und stürzte er kopfüber in das flache Uferwasser, so daß sein eigentlich wasserabweisender Parka völlig durchnäßt wurde, während sich sein Gesicht schlammverschmiert und zerkratzt wieder aus dem See hob.

Ersol, ein Jäger, der über etwas mehr praktische Erfahrung verfügte, schlenderte gelassen in das klumpige Unterholz zwischen den spärlichen, dürren Bäumen.

»Ich kann es sehen«, zischte er den anderen zu und machte sich auf die Pirsch. Unterdessen erhob Clotworthy sich wieder und nahm Pfeil und Bogen auf. Ihm folgten Minkus mit einem Speer und Mooney, der den Dolch zwischen den Zähnen trug, um beide Hände freizuhaben, damit er notfalls die Mähne des Lockenfells packen konnte. De Peugh nahm sich die Zeit, den Köcher mit den Pfeilen um die Schulter zu hängen und erst die Bogensehne zu prüfen, bevor er schließlich den anderen folgte. Außerdem war er so umsichtig, sich einen Hasen in eine der siebenundvierzig geräumigen Taschen seiner Jagdweste zu stopfen.

Das Lockenfell machte den Eindruck, als hätte es gar nichts dagegen, eingefangen zu werden. Ruhig stand es da und soff vom Wasser des Teichs, bis Ersol sich fast bis auf Reichweite angepirscht hatte. Dann hob es den Kopf und musterte ihn.

»Heiliger Pferdemist, schaut euch das mal an!« entfuhr es ihm.

Mit einem Ruck schüttelte das Lockenfell den zottigen Kopf in seine Richtung; sein frischgespitztes Horn glitzerte.

Dann trabte es in sichere Entfernung davon. Dabei zwinkerte es ihm sogar einmal zu.

»Das ist ja ein gottverdammtes Einhorn!« rief Ersol den anderen zu.

»Dann steh doch nicht so blöd rum! Erleg es gefälligst!« knurrte de Peugh, während er zu ihm aufschloß und dabei seinen eigenen Bogen abnahm. »Du kannst deine Rente darauf verwetten, daß diese Dinger keine Depressionen kriegen und sich zum Sterben in irgendwelche Löcher legen werden.«

»Das«, warf Minkus ein, »nimmt uns niemand ab.«

»Doch. Wenn wir den Kopf mitbringen.« De Peugh ließ seinen Pfeil losschnellen.

Das Geschoß fiel dicht hinter dem Tier zu Boden, das daraufhin davongaloppierte. Nicht aus Furcht, wie es Minkus schien, sondern so, als wäre ihm plötzlich wieder eine dringende Verabredung eingefallen.

»Daneben!« sagte Ersol und schoß seinen eigenen Pfeil ab.

Insgesamt betrachtet, waren die Jäger nicht sonderlich dumm, und so brauchten sie nicht allzu lange, bis sie begriffen hatten, daß sie das – ehedem mythische – Geschöpf unmöglich erwischen würden. Und so zogen sie schließlich die Konsequenz und brachen die Verfolgung ab.

Völlig außer Atem und enttäuscht, kehrten sie zu der Stelle zurück, wo sie den Rest ihrer Winterausrüstung und die Hasen zurückgelassen hatten, die Sinead ihnen überreicht hatte.

Als sie wieder dort eintrafen, fanden sie eine Ergänzung vor: Das Tier sah wie eine große weiße Hauskatze aus, mit schmaler Rutenwurzel und buschigem Rutenende, und es leckte sich soeben die Überreste des letzten Hasen vom Maul. Dahinter stand abwartend das Locken-Horn. Ganz so, als hätten die beiden Tiere sich gemeinsam gegen die Jagdpartie verschworen, dachte Minkus.

Er wollte sich schon auf die Tiere stürzen, doch inzwischen hatte de Peugh sich zum Anführer aufgeschwungen und brachte sie allesamt zum Schweigen, indem er den Finger an die Lippen legte.

Die Katze sprang auf das Locken-Horn zu, und zusammen verschwanden sie in den Wäldern. Mit einem verstohlenen Wackeln des Zeigefingers bedeutete de Peugh den anderen, ihm zu folgen.

Gemeinsam krochen sie so leise, wie es fünf an die Bodenverhältnisse von Petaybee nicht gewöhnte Männer nur konnten, hinter den flüchtigen Tieren her. Die hielten sich erfolgreich stets außer Reichweite, schienen ihre Pfeile aber gar nicht zu bemerken.

»Man merkt doch gleich, daß hier kein Tier daran gewöhnt ist, bejagt zu werden«, flüsterte Ersol. »Die nehmen nichts persönlich, was man in ihre Richtung abfeuert.«

Auf ein weiteres Zeichen von de Peugh fächerten die Männer aus und kamen nun aus fünf verschiedenen Winkeln auf die Tiere zu. Als Ersol diesmal seinen Pfeil abschoß, prallte der von der Flanke des Locken-Horns ab, worauf dieses wieherte und loszulaufen begann. Die Katze jagte wie im Spiel hinter ihm her. Auch die Männer setzten sich in Bewegung.

Plötzlich fuhr das Locken-Horn herum; hoch ragte seine Brustpartie vor Minkus in die Höhe. Jetzt war die Gelegenheit, die Lanze einzusetzen – jetzt oder nie. Doch die Katze entwich Mooneys Dolch, indem sie über den Schaft von Minkus' Lanze sprang und diese beiseite schleuderte.

Minkus, der sich etwas darauf einbildete, recht ordentlich springen zu können, warf sich genau im selben Augenblick auf die Katze wie die anderen vier. Das Fell des Tiers strich ihm über die Hände, als seine Füße am Boden aufkamen, sich mit acht anderen Füßen verhedderten und allesamt durch das Unterholz krachten, tiefer und tiefer, mit Schrammen und Kratzern in ein gähnendes, dunkles Loch …

Minkus landete unsanft auf dem für plötzliche Sitzmanöver geeignetsten Körperteil, während von oben alles mögliche auf ihn einprasselte. Als er hinaufsah, erblickte er das Gesicht der Katze, die die Zähne zu einem breiten Grinsen gebleckt hatte, und das Antlitz des Locken-Horns, wie es auf ihn und seine Gefährten hinabblickte. Vielleicht war an diesem ganzen Anthropomorphismus ja doch etwas dran, dachte er. Er hätte schwören können, daß die Mienen beider Tiere von tiefster Häme kündeten.

»Ich glaube, ich habe mir den Kiefer gebrochen«, murmelte Mooney. Das war es jedenfalls, was Minkus verstand. Denn Mooneys tatsächliche Feststellung ging im Echo der letzten Silbe seines letzten Wortes unter: »Hen-hen-hen-hen-hen.«

Nachdem Sinead Liam und Seamus zu den anderen Merzplätzen geschickt hatte, kehrte sie mit den überschüssigen Lockenfellen zu der Stelle zurück, wo sie die Cheechakos zum letzten Mal gesehen hatte. Während des Pläneschmiedens hatte es zu schneien angefangen, und nun bedeckte eine dünne weiße Decke das Seeufer und seine Umgebung. Zuerst verfehlte Sinead die Stelle, weil dort keine Kleider mehr lagen, keine Waffen und auch keine Überreste von toten Hasen.

»Ich weiß doch genau, daß ich sie irgendwo hier zurückgelassen habe«, murmelte sie beim Absitzen und hielt Ausschau nach Spuren der Männer. Nachdem sie ein wenig Schnee beiseite gewischt hatte, entdeckte sie die Überreste von Spuren, von denen zwei von der Stelle fortführten, während eine wieder darauf zukam. Außerdem waren deutlich die unverwechselbaren Pfotenabdrücke einer Großkatze auszumachen. Als Sineads Rufe unbeantwortet blieben, und nachdem sie vergeblich versucht hatte, einen beschädigten Strauch vom anderen zu unterscheiden, gab sie es schließlich auf und beschloß, statt dessen Liam und Seamus aufzusuchen, Seamus nach Kilcoole um Hilfe zu schicken und mit Liam, dem besten Fährtensucher der drei, die Verfolgung fortzusetzen.

Clodagh begriff allmählich, weshalb religiöse Gemeinden manchmal als ›Herden‹ bezeichnet wurden. Die Leute, die ihr gerade zu den heißen Quellen folgten, hatten weniger

Sinn und Verstand als Schafe, machten dafür aber mehr Radau als Elstern.

Sie bestanden darauf, barfuß zu der Heißquellenhöhle zu pilgern, obwohl Clodagh sie vor den Coobeerensträuchern warnte, die noch immer den Höhleneingang vor den Unvorsichtigen und Unwillkommenen schützten. Die Coo-Sträucher waren wieder zu gewöhnlichen Pflanzen geworden; ihr außergewöhnlich schnelles Wachstum hatte geendet, nachdem sie erst einmal die gesamte Steinversiegelung und den größten Teil jener Arbeiter beseitigt hatten, die vier der Gemeinschaftshöhlen des Planeten mit dem Material bestrichen hatten. Man hatte das Dornengestrüpp gestutzt, vergiftet und verbrannt, doch an den Heißquellen gedieh es noch immer in geringem Umfang. Man mußte nur wissen, wie man es mied.

Und Clodagh mied es. Aber die Neuankömmlinge trampelten geradewegs durch das Dornengestrüpp, so daß Clodagh sehr viel Mühe darauf verwenden mußte, sie wieder daraus zu befreien, was ihr schließlich nur unter Einsatz der kleinen Sprühflasche voll Coo-Vertilger gelang, die sie vor dem Abmarsch noch geistesgegenwärtig eingepackt hatte.

Dann wollten die Neuankömmlinge die Höhle nur in der Form betreten, indem sie sich zu Boden warfen und wie die Würmer hineinkrochen. Doch Clodagh wies sie darauf hin, daß man nur durch den Wasserfall ins Innere der Höhle gelangte, so daß die Leute dabei ertrinken würden. Außerdem sei es dem Planeten herzlich egal, wie sie dort eintraten, solange sie keine Steinversiegelung mitbrächten.

Doch kaum waren die Leute endlich in der Höhle, bestanden sie darauf, sich niederzuwerfen und den Höhlenboden zu küssen.

Nachdem sie sechs- oder siebenmal niedergekniet war, breitete Schwester Feuerfels schließlich die Arme aus und rief: »Sprich zu uns, o Gütige Quelle ...«

Alles, was sie zur Antwort erhielten, war ein Echo, doch nicht etwa das ihres letzten Worts, sondern das des O. Es hörte sich an wie: »Oh, oh, oh ...«

»Sag uns, was wir tun sollen! Wie können wir unser armseliges Leben in deinen Dienst stellen? Wie können wir die irrende Menschheit zu deiner höheren Ehre erlösen? Wie können wir kundtun, daß wir zwar unwürdig, aber doch mehr als willens sind, deinem Begehr zu folgen? Wie können wir dich dazu bewegen, uns deinen Willen zu offenbaren?«

»Ja, wie?« wiederholten die anderen. »Sag uns, wie.«

Clodagh seufzte. Sie könnten ja mal damit anfangen, die Klappe zu halten. Selbst wenn der Planet heute etwas zu sagen gehabt hätte, was offensichtlich nicht der Fall war, würde er zu keinem Sterbenswörtchen kommen, wenn diese Leute so weitermachten.

Nach einer Weile hörten sie dann tatsächlich zu plappern auf. Clodagh war inzwischen fast schon eingeschlafen.

Träge erhob sie sich. »Sind Sie fertig?«

Doch ausgerechnet in diesem Augenblick mußte Bruder Schiefer in die Knie gehen und losbrüllen: »Halleluja! Ich habe Stimmen vernommen!«

»Was? Wo? Warum spricht die Quelle zu dir und nicht zu uns anderen? Was hat sie dir offenbart?« schrie nun Schwester Agate.

»Sie hat gesagt: ›Verdammter Mist, das Zeug ist ja vielleicht dornig!‹«

»Oho«, machte Clodagh und schritt über sie hinweg auf den Höhlenausgang zu, wo sie zwischen den Wasserfall und die Steilklippe schlüpfte.

Portia Porter-Pendergrass und Bill Guthrie waren gerade damit beschäftigt, sich in dem Coo-Gewirr die Haut in Fetzen zu reißen.

Clodagh holte wieder die Sprühflasche aus ihrer Schürzentasche, spritzte sich den Weg zu ihnen frei und versuchte, ihnen zu helfen.

»Lassen Sie mich in Ruhe!« kreischte Portia. »Guthrie, was sind Sie nur für ein Mann! Ohne jeden Mumm! Sorgen Sie gefälligst dafür, daß diese ... diese Hexe ... mich losläßt!«

»Ich dachte, Sie wären gekommen, um mit mir zu sprechen«, warf Clodagh ehrlich verwundert ein. »Sean hat mir nämlich erzählt, daß Sie beide das wollten.«

»Beachten Sie sie nicht weiter, Dama«, sagte Bill Guthrie. »Sie ist hysterisch. Sie ist von einem Beruhigungsmittel ihrer eigenen Firma abhängig geworden – ein ziemlich trauriger Fall, wenn man's mal richtig bedenkt. Ich wollte mit Ihnen über die pharmazeutischen Möglichkeiten einiger medizinischer Mittel sprechen – Mittel, die Sie auf Ihrem bezaubernden Planeten entdeckt haben. Aber Portia fand, wir sollten statt dessen einfach damit beginnen, aufs Geratewohl Proben einzusammeln. Allerdings sieht es leider so aus, als würden die Proben beißen!«

»Kann man wohl sagen«, versetzte Clodagh. »Dama, wenn Sie jetzt einfach aufstehen und sich die Dinger aus den Kleidern pflücken, sind Sie wieder frei, denke ich. Außerdem fängt es soeben zu schneien an. Coo-Beeren schrumpfen, wenn es schneit. Kommen Sie rüber zu den Quellen, damit wir diese Kratzer auswaschen und behandeln können. Einige davon sind ja ganz schön tief.«

Der beste Ort, um der aus der Fassung geratenen Portia sowie Guthrie eine Waschung und Wundbehandlung frei von Dornengestrüpp zu bieten, war das Innere der Höhle. Die ›Steinherde‹, wie Clodagh die weißgekleideten Pilger mittlerweile insgeheim zu nennen pflegte, assistierte ihr begierig bei der ›Heilfürsorge‹, wie sie es bezeichneten.

»Wovon wollten Sie überhaupt Proben haben?« fragte Clodagh die Pharmavertreterin Portia Porter-Pendergrass, nur um sie abzulenken, damit sie ihren Errettern nicht jedesmal in die Ohren kreischte, sobald Clodagh ein kleines Stück Stechstrauchblatt auf eine Schramme legte.

»Zunächst einmal von dem Zeug, das Sie mir da gerade auf die Haut legen«, erwiderte die Frau. Gesicht und Hände waren furchbar zugerichtet, und einer der Dornen hatte nur knapp ihr linkes Auge verfehlt. Clodagh empfand Mitgefühl für sie.

»Alles in Ordnung, alanah«, sagte sie wie zu einem Kind

und bemühte sich, die wirklich außerordentlich tiefe Risswunde am Bein so sanft abzutupfen, wie sie konnte. »Sie können den Rest davon behalten, wenn wir hier fertig sind. Sie werden es sowieso brauchen, damit die Schrammen verschwinden.«

»Aber was ist dann mit mir?« fragte Bill Guthrie in kläglichem Tonfall.

»Sie auch«, meinte Clodagh und klopfte ihm aufs Knie. »Seien Sie einfach nur tapfer und halten Sie durch, bis ich hier fertig bin, dann werde ich noch etwas sammeln, was Sie mit nach Hause nehmen können.«

»Und diese Hustenmedizin, die Sie Yanaba Maddock verabreicht haben?« fragte Portia.

»Wozu? Haben Sie Husten?«

»Oh, ja«, sagte sie mit gespieltem Bellen.

»Ich auch«, setzte Bill Guthrie sofort hinzu.

»Dieses Zeug, das Sie auf das Gestrüpp gesprüht haben …«, begann Portia im flehendsten Tonfall, den sie aufbieten konnte.

Doch weiter kam sie nicht, weill sich nun Schwester Agate zwischen den Coo-Gestrüpp-Opfern und Clodagh aufbaute.

»Hören Sie nicht auf das verlogene Gerede dieser Ungläubigen, Mutter Clodagh …«

»Ich habe es Ihnen schon einmal gesagt – ich bin nicht Ihre Mutter!«

»Clodagh, sie hat aber recht«, warf Bruder Schiefer ein und packte sie an der Schulter, um sie von den Pharmavertretern fortzureißen. »Diese Leute haben nichts anderes im Sinn, als die Gütige Quelle auszubeuten. Sie wollen sie ihrer Wunder berauben und diese Wunder synthetisieren, und das alles aus niedrigem Gewinnstreben!«

»Sie werden die Quelle entweihen«, heulte Schwester Feuerfels dazwischen.

»Seien Sie still«, sagte Clodagh.

»Sie dürfen nicht …«, begann Schwester Agate.

»Die sind ja verrückt«, meldete Bill Guthrie sich zu Wort und schüttelte Bruder Schiefer ab.

Doch beider Stimmen ertranken im dröhnenden Echo von Clodaghs Stimme, als es nun durch die Höhle hallte: »*RUHE!! RUHE! RUHE! RUHE!* RUHE! RUHE! Ru ... He! Ru ... He! ... He! ... He ...«

»Sie hat gesprochen!« flüsterte Schwester Feuerfels und griff sich ans Herz.

»Das war ein Echo, Sie Idiotin!« fauchte Portia Porter-Pendergrass.

*RUHE, IDIOTIN!*« brüllte das Echo noch einmal. Und niemand brachte auch nur einen weiteren Ton hervor.

Schließlich sagte Clodagh: »Hören Sie gefälligst mit dem Gezänk und dem albernen Getue auf. Sie da ...« Sie wies mit einem Nicken auf die Steinherde. »Der Planet ist ebensowenig ein Schöpfer, wie Sie es sind. Er ist *Teil* der Schöpfung – ja, die herrschenden Mächte bei der Intergal haben sogar mitgeholfen, ihn zu dem zu machen, was er ist, auch wenn sie ihn nur erweckt haben und gar nicht die Absicht hatten, ihn lebendig werden zu lassen.«

»Aber woher wollen Sie das *wissen*, Clodagh?« fragte Schwester Agate. »Sie sind doch auch nur eine gewöhnliche Sterbliche, auserkoren zwar...«

»Ich weiß es, weil der Planet es mir erzählt hat! Woher denn sonst?« erwiderte sie. »Und wenn Sie möchten, daß er auch Ihnen irgend etwas erzählt, werden Sie sich wohl dazu bequemen müssen, ein paar von Ihren komischen Vorstellungen wenigstens lange genug beiseite zu legen, damit er überhaupt Platz vorfindet, das unterzubringen, was er Ihnen erzählen will. Und was Sie wiederum angeht«, meinte sie mit einem Nicken zu Portia und Bill, »so können Sie von mir aus gern jede Medizin bekommen, die es hier gibt.«

»Die werden sie *Analysieren*«, stöhnte Schwester Agate.

»Die werden sie *Synthetisieren*«, jammerte Bruder Schiefer.

»Na und?« versetzte Clodagh. »Wenn es kranke Leute gibt, die Medikamente brauchen, und wenn die so ein Zeug produzieren können, wie wir es hier haben, um diese Leute zu heilen, dann ist das doch eine gute Sache.«

»Sie begreifen nicht!« heulte Schwester Feuerfels auf. »Wir haben es doch schon auf anderen Welten erlebt! Auf unseren eigenen! Wir haben sogar selbst bei der Schändung mitgeholfen, möge die Gütige Urquelle uns vergeben, bevor wir begriffen, was wir da anrichteten, und endlich das Licht zu schauen begannen.

Bruder Schiefer war Geologe bei den intergalaktischen Energieplünderern, und ich selbst habe Fertigungsanlagen gesteuert, mit denen diese Leute andere Welten ihrer Schätze berauben konnten. Aber selbst nachdem ich erfahren hatte, daß es *Bessere Wege* gibt, konnte ich meine Arbeitgeber nicht davon überzeugen. Die wollten bloß alles kaputtmachen!

Oh, glauben Sie mir doch, Clodagh! Ich habe mitangesehen, wie die vorgehen. Wir alle haben es gesehen. Die würden hier Fabriken bauen und das Wasser verschmutzen, die Stimme der Gütigen ... des Planeten verstopfen, ihm seine heilenden Pflanzen und Mineralien entreißen, bis er nur noch nackt und kahl brachliegt!«

»Es wäre doch bloß eine ganz *kleine* Fabrik«, warf Bill Guthrie ein und hob Daumen und Zeigefinger einen Zoll breit auseinander, um den anderen zu verdeutlichen, wie klein die Fabrik tatsächlich werden würde.

»Und selbst wenn wir alle ausgereiften Pflanzen abernten würden – das macht doch nichts. Es sind schließlich Pflanzen, und die wachsen doch nach, nicht wahr? So etwas bezeichnen wir als erneuerbare Rohstoffquellen, Clodagh«, sagte Portia in einem Ton, als würde sie zu jemandem sprechen, der dumm genug war, mitten im Winter ohne einen schützenden Mantel vor die Tür zu gehen. »Das ist doch etwas Organisches, etwas Wachsendes.«

»Das ist Ihre Haut auch«, versetzte Clodagh kopfschüttelnd. »Aber wenn das Coo-Gestrüpp Sie Ihnen völlig vom Leib gerissen hätte, würde sie auch nicht wieder nachwachsen – jedenfalls nicht schnell genug, um Sie am Leben zu erhalten. Petaybee ist genau wie Sie. Wenn man ihm die Haut vom Leib zieht, wird er wieder zu dem, was er vorher war – vielleicht nicht gerade tot, aber auch nicht mehr wach.«

»Es geht hier um Leben, um *Menschen*leben, die vergeudet werden, nur weil man ihnen die Heilmittel versagt, die Petaybee zu bieten hat. Das sind Sie denen doch schuldig ...« Und wie um diesen Einwand zu unterstützen, begannen die Höhlenwände von dem Echo wiederzuhallen: »Hilfe! Hilfe! So hilf uns doch bitte jemand.«

# 10. KAPITEL

*Gal Drei,*
*Reparaturbucht*

Bunny versuchte, den Schiffscomputer dazu zu bringen, Alarm zu schlagen, während Diego sich daranmachte, die Luke wieder irgendwie zu öffnen. Mit seinem Armband brachte er es nicht fertig, ebensowenig mit den vielen verschiedenen Kombinationen von Tastendrücken auf dem Eingabefeld unterhalb der glatten Metallfläche. Plötzlich klickte irgend etwas – er war sich nicht sicher, was es sein konnte –, und die Verschlußiris öffnete sich. Draußen im Gang vernahm er Schritte und spähte hinaus, um zu sehen, woher sie kamen.

»Bunny, schnell, wir müssen uns verstecken!« sagte er. »Die Leute in den weißen Anzügen kommen zurück. Die schleppen irgend etwas mit sich. Sieht aus wie Körper.«

»Und wenn wir davonrennen?«

»Schneller als ein Laser kannst du auch nicht rennen!«

»Die tragen alle Druckanzüge, Diego. Wenn sie die Außenluke öffnen, dann war's das für uns.«

»Das auch. Obwohl – so, wie die schleppen müssen, haben sie wahrscheinlich gar keine Hand frei, um die Laserwaffen zu ziehen und auf uns zu richten.«

»Nun komm schon, Diego! Wenn wir hier noch lange herumdiskutieren, sind wir mit Sicherheit erledigt.«

»Die sind schon zu nahe!« widersprach er. Jetzt konnte er sie ganz deutlich ausmachen: die weißgekleideten Gestalten trugen zwei Frauen mit sich – Yana und Marmie! Eine der Gestalten, ein hochgewachsener Mann, trug zwar einen Helm, aber keinen weißen Anzug. Diego war sich ziemlich sicher, daß dieser Mann vorhin noch nicht dabeigewesen war.

»Los, jetzt!« sagte Bunny und schob Diego aus der Öffnung. Sie hatten bereits den halben Gang zurückgelegt, als eine Wolke aus süßlich duftendem rosa Gas sie einholte.

Yana erwachte mit einem derart heftigen Husten, daß sie für einen Augenblick glaubte, das Leben in den vergangenen Monaten sei nur ein Traum gewesen und sie läge noch immer im Lazarett, unmittelbar nach dem Massaker von Bremport. Sie hatte einen widerlich-süßlichen Geschmack im Mund und spürte eine Beklemmnis im Brustbereich, die allerdings, wie sie bemerkte, als sie zu husten aufhörte, von einem anderen Leib stammte, der quer über ihr lag. Sie griff danach, und plötzlich berührte ihre Hand ein Gesicht – ein glattes, konturloses Gesicht und mit wildem Haarschopf.

Um sie herum ertönte ein Hustenchor, wenngleich nicht so heftig wie ihr eigener Anfall. Dann erklang Bunnys grollende Stimme im Tonfall eines immer noch schläfrigen Kindes: »Aua! Du steckst mir ja den Finger ins Auge!«

Bunny zuckte zurück, was wiederum das »Aua!« eines anderen provozierte. »Tut mir leid, Diego«, sagte sie. »Es ist ein bißchen eng hier drin.«

»Yana …« Marmions Stimme klang ein wenig träge; dann

fing auch sie an zu husten, wenn auch etwas geziert. »War diese Party bei Ples doch um einiges besser, als ich dachte?«

»Ich glaube nicht. Es sei denn, sie pflegt ihre Gäste hinterher mit parfümiertem rosa Gas zu beglücken«, erwiderte Yana und hustete erneut.

»*Merde alors!* War es das etwa? Wo sind wir überhaupt?«

»Ich weiß es nicht.« Husten. »Es ist dunkel.«

Mit einem Mal wurde es hell, und eine zwitschernde Stimme sagte: »Ach, gut, unsere Gäste sind wach. Sagen Sie mal, von Ihnen hat doch wohl keiner eine Lebensmittelallergie, oder? Ist irgend jemand hier Vegetarier?«

Yana blinzelte schnell und heftig und konzentrierte sich auf die kleine Luke, in der ein straffes Gesicht zu erkennen war, das sie gerade eindringlich musterte. Yana hatte schon Hunderte solcher Gesichter gesehen, die alles nur erdenkliche verkauften, von Haarshampoo bis zu bestimmten Spezialraumschiffen, die einen an jedes beliebige Ziel brachten.

»Was geht Sie das an?« fragte Bunny erstaunlich zänkisch.

»Na, na, Kleines, das gehört sich aber nicht! Nur weil Sie für eine Weile unsere Gäste bleiben müssen, heißt das noch lange nicht, daß alles gleich unangenehm werden muß. Tut mir leid, daß es für Sie alle so beengt ist, aber wir dachten uns, es würde Sie eher beruhigen, wenn Sie nach dem Aufwachen alle zusammen sind. Ich fürchte, die Jungs waren ein bißchen nachlässig, was Ihre Landung betrifft. Also gut, versuchen wir es noch einmal von vorn, ja? Hat irgend jemand hier eine Lebensmittelallergie?«

Das Gewirr auf dem Boden löste sich auf. »Ich will sofort wissen, wo wir sind und weshalb man uns auf diese Weise hier festhält«, warf Marmion ein.

»Ich will es Ihnen ja auch gern erklären … aber wirklich, die Mannschaft wird noch sauer, wenn sie nicht pünktlich ihr Essen bekommt. Also würden Sie bitte zuerst meine Fragen beantworten?« erwiderte die Person an der Luke mit einer Spur von Verärgerung.

»Ich wäre zutiefst betrübt, würde ich Ihrer Mannschaft Unannehmlichkeiten bereiten«, versetzte Yana mit schneidender Stimme. »Keiner von uns ist Vegetarier, aber ich ...« Sie mußte innehalten, um den nächsten Hustenanfall hinter sich zu bringen. »... bin allergisch gegen jede Form von Gas!«

»Na schön, prima. Wunderbar. Bin gleich wieder da«, sagte die Person und verschwand.

»Marmion«, sagte Yana mit leiser Stimme, und als sie Marmions Aufmerksamkeit in dem hell erleuchteten Raum geweckt hatte, wies sie mit einer Geste zu der Stelle, wo sie ihre Alarmanlage verborgen gehalten hatte. Die war inzwischen verschwunden. Yana wäre auch überrascht gewesen, sie noch dort vorzufinden – dies wäre wirklich eine außerordentlich schwerwiegende Nachlässigkeit ihrer Gegner gewesen.

Marmion gewährte Yana die allerleiseste Andeutung eines Nickens, dazu ein heimtückisches Lächeln. Aha, dachte Yana. Also hatten sie beide noch Gelegenheit gehabt, Signale abzusetzen. Dann müßte jetzt eigentlich Hilfe unterwegs sein. Wo immer sie sich auch gerade befinden mochten.

»Macci ist ja gar nicht da«, sagte Marmion plötzlich. »Was haben die wohl mit ihm gemacht? Wir sind nur zu viert.«

»Oh!«

Dann kam das Strammgesicht auch schon wieder. Es hielt Wort. Als sie die Luke öffnete, befand sie sich in Begleitung von zwei bewaffneten Posten, und alle drei blieben draußen vor dem Raum stehen. Die Wächter trugen orangefarbene Einteiler ohne Erkennungsabzeichen. Strammgesicht hatte ein grünes Trikot an, dazu einen hellblauen Kittel, der aus geklöppelten Spitzen bestand, wie es schien. Ihr Haar war hellbraun mit luchsähnlichen grauen Büscheln an den Ohren und einem Karomuster auf dem Scheitel, das sich bis in den Haarrand erstreckte und die ernsten braunen Augen betonte.

»Ich bin Dinah O'Neill«, stellte sie sich vor. »Ich vertrete die Firma Louchard ...«

»In welcher Funktion?« wollte Yana wissen.

»Ach so. Public Relations, Rechtswesen, Verwaltung ... was Sie wollen. Ich bin die Repräsentantin. Und Sie müssen Oberst Yanaba Maddock sein, wie ich vermute.«

Yana nickte zwar, schlug aber die dargebotene Hand aus.

»Und die berühmte Marmion de Revers Algemeine!« sagte Dinah O'Neill, und die Sterne tanzten förmlich in ihren Augen. »Ich bin entzückt, Sie kennenzulernen.«

»Ich wünschte, ich könnte das gleiche behaupten«, versetzte Marmion.

»Na, na, Madame Algemeine. Ich bin mir sicher, daß Sie schon öfter geschäftlich verhindert wurden. Betrachten Sie dieses kleine Intermezzo doch einfach als geringfügige Verzögerung in Ihrem Zeitplan. Und diese hübschen jungen Leute müssen ... mal sehen, Diego Metaxos? Richtig? Richtig! Und Buneka oder Bunny – ach, das steht Ihnen aber wirklich gut! – Rourke. Sie wissen ja gar nicht, wie sehr es mich freut, Sie hier begrüßen zu dürfen.«

»Jede Wette«, knurrte Yana und mußte wieder husten.

»Und wo ist Macci Sendal?« fragte Marmion. »Der war doch auch bei uns, als wir begast wurden.«

»Ach ja, diese auffällige Erscheinung. Soweit ich weiß, geht es ihm gut. Aber wirklich, ich dachte mir, es würde Ihnen hier zu viert schon eng genug werden, auch wenn der Trübsinn so ein geselliges Wesen ist.«

»Dann gibt es also tatsächlich einen vernünftigen Grund für diesen ganzen Quatsch?« fragte Marmion merklich verärgert.

»Die Gründe dafür sind ziemlich kompliziert. Im Augenblick brauchen Sie sich keine Sorgen darüber zu machen. Sie alle bleiben unversehrt und gesund, und das ist ja wohl die Hauptsache, nicht wahr? Nur daß die arme Frau Oberst Maddock offensichtlich gerade eine Erkältung zu entwikkeln scheint.« Yana hatte wieder einen ihrer spasmischen Anfälle.

»Das ist keine Erkältung«, widersprach Bunny und legte der hustenden Yana schützend den Arm um die eingesunkenen Schultern. »Sie hat gerade erst eine Gasvergiftung in

Bremport überlebt, und jetzt haben Sie ... Sie können doch nicht einfach herumgehen und wahllos die Leute vergiften!«

»Das tut mir leid«, erwiderte Dinah O'Neill. »Die Führung dachte eigentlich erst an einen Laserstrahl in die Knie, aber ich wies darauf hin, daß Gas weniger belastend für die Fracht ist .... ich meine, für die Gäste. Es tut mir wirklich leid.« Mit einem Fingerschnippen wies sie auf einen der Posten, der in der einen Hand ein Tablett und in der anderen eine Vierliterflasche hielt. »Hier ist Ihr Abendessen. Sehr nahrhaft, das kann ich Ihnen versichern. Und genau dasselbe, was der Kapitän sich auch bestellt hat. Guten Appetit!«

Der Posten stellte die Vorräte auf den Boden und trat wieder zurück.

»Ich habe eine Hündin namens Dinah«, sagte Diego ganz leise, an niemanden im besonderen gewandt. »Sie ist eine ziemlich nette Hündin!«

»Mit Schmeichelei kommen Sie bei mir nicht weiter, junger Mann!« Strammgesichts blubbernde Stimme hatte einen scharfen Unterton angenommen. Scheppernd schloß sich die Luke.

Marmion hob das Tablett auf und musterte das Mitgebrachte. »Energieriegel und ein paar Vitaminwürfel.«

»Was sollte dann der ganze Quatsch über Allergien und Vegetarismus?« wollte Diego wissen.

»Da, Yana«, sagte Marmion und reichte ihr die Wasserflasche. »Vielleicht beruhigt das Ihren rauhen Hals.«

Dankbar nahm Yana einen großen Schluck und ließ ihn durch die trockene Kehle gleiten.

»Was tust du da?« fragte sie Bunny, die gerade hörbar schnüffelte und den Kopf drehte, um alle vier Ecken der kleinen Zelle zu beriechen.

»Wo wir auch sein mögen – wir befinden uns immer noch auf der Raumstation«, meldete Bunny.

»Wie kommen Sie denn darauf?« fragte Marmion erstaunt und zweifelnd zugleich.

»Die Luft«, erwiderte Bunny grinsend. »Ich bin eine gute

Schnüfflerin, und das hier ist dieselbe Luft, die wir auf Gal Drei geatmet haben. Die Luft in Ihrem Raumfahrzeug war anders. Aber das hier ...«, sie schnüffelte erneut, ».. ist genau dieselbe Luft wie auf Gal Drei.«

»Da könnte sie recht haben«, meinte Marmion.

»Das will ich hoffen«, antwortete Yana mit einer unauffälligen Geste in Richtung ihres Büstenhalters.

Marmion dachte darüber nach. »Ich frage mich ... Ja, Sie könnten recht haben.«

»Meinen Sie, die haben Macci gleich nebenan verstaut? Oder ist er vielleicht ganz woanders?« fragte Diego.

»Sie meinen, ob er mit unserer geschätzten Dinah vielleicht unter einer Decke steckt?« fragte Marmion. »Also wirklich, Diego! Macci Rothschild ist doch kein Pirat.«

»Ach, die haben uns also entführt? Piraten?« Bunny konnte sich nicht zwischen Erstaunen und Entsetzen entscheiden. Dann schnitt sie eine angewiderte Grimasse. »Wasser! Ich habe diesen Würfel *gekaut*! Dabei hätte man ihn einfach nur herunterschlucken sollen. Bäh.«

Sie beendeten ihre Mahlzeit und spülten die letzten Trokkenriegel und -würfel mit Wasser hinunter, um sich dann in dem winzigen Raum zurechtzusetzen. Sie hockten einander gegenüber; ihre Beine trafen sich in der Mitte der kleinen Kabine.

»Und nun?« fragte Bunny mit tapferer Stimme, in der nur ein ganz leises Beben mitschwang. Yana kratzte sich an der Schulter -in Richtung der Stelle, wo sich die Tastatur der Alarmanlage befunden hatte. Inzwischen hätte doch eigentlich Zeit genug sein müssen, sie aufzuspüren – sofern sie tatsächlich noch auf der Station sein sollten, wie Bunny glaubte. Und wo war überhaupt der unsichtbare Schatten, den Marmion in ihrem eigenen Schiff erwähnt hatte und der für ihre Sicherheit sorgen sollte?

Wieder begann sie zu husten. Bunny reichte ihr das Wasser, doch Yana konnte das Husten nicht lange genug abstellen, um einen Schluck davon zu nehmen.

»Dinah? Dinah O'Neill?« rief Bunny und hämmerte mit

beiden Fäusten gegen die Luke. »Die Frau Oberst braucht einen Arzt. Sie hustet Blut! Verdammt! Antworten Sie doch!«

Die Luke öffnete sich so abrupt, daß Bunny das Gleichgewicht verlor. Dann wich sie vor den wütenden Gesichtern zurück, die nun zu ihnen hineinblickten: Es waren die beiden Männer, die ihnen das ›Essen‹ gebracht hatten.

»Lassen Sie das Blut mal sehen«, verlangte einer von ihnen.

Yanas Husten war so heftig und schmerzhaft, daß sie sich über ihre eigenen Knie beugen mußte in dem Versuch, die Krämpfe einzudämmen, die ihren Leib erschütterten. Sie hoffte nur, daß der Husten keine Frühgeburt auslösen mochte. Bei diesem Gedanken umklammerte sie schützend ihren Bauch, während das zwanghafte Kitzeln sie weiterhin irritierte und sie immer wieder husten mußte.

»Sehen Sie! Sehen Sie!« rief Bunny empört. »Holen Sie ihr einen Arzt! Tot nützt sie Ihnen nichts mehr!«

Mit einem hallenden Scheppern wurde die Luke geschlossen.

»Sie kommt doch durch?« fragte Diego mit angespannter Stimme. »Sie wird doch nicht etwa das Kind verlieren?«

Yana schüttelte den Kopf, verweigerte es ihm wie sich selbst. Und hustete weiter, nach Luft ringend, die Rippen schmerzend von der Anstrengung.

»Wir müssen doch irgend etwas unternehmen!« rief Bunny und hämmerte wieder gegen die Luke. Sie hatte es zweimal getan, als die Luke erneut geöffnet wurde und ein gemütvolles Gesicht, von länglicher Form und mit aristokratischen Zügen, umrahmt von silbrigem Haar und einem säuberlich gestutzten Bart, kurz hereinblickte, bis es von Dinah O'Neill zur Seite geschoben wurde.

»Was ist hier los? Was ist hier los? Was soll das – Blut?«

»Von dem vielen Gas, das Sie in uns hineingepumpt haben, hört sie gar nicht mehr auf zu husten«, erwiderte Bunny zornig. »Unternehmen Sie gefälligst etwas!«

»Das hier ist Doktor Namid Mendeley«, setzte Dinah an.

»Ich bin nur Doktor der Astronomie, nicht der Medizin, werte Frau O'Neill«, sagte er bedauernd. »Aber in Ihrem Lazarett muß es doch irgendein Linderungsmittel geben. Selbst Piraten bekommen mal Husten ...«

»Freibeuter«, berichtigte Dinah O'Neill ihn schnippisch. Über die Schulter gewandt, sagte sie: »Holen Sie die Erste-Hilfe-Ausrüstung.«

»Die ist nur gegen Verletzungen ...«

»Holen Sie sie!«

»Kodein unterdrückt den Hustenreflex«, unterstützte Diego sie. »In den meisten Erste-Hilfe-Ausrüstungen findet sich so etwas. Mild. Nützlich.«

»Was sie unbedingt braucht, ist die Rückkehr auf Petaybee und etwas von Clodaghs Sirup«, warf Bunny ein.

»Ach ja«, antwortete die Freibeuterin Dinah O'Neill munter. »Schön, da sehe ich durchaus Möglichkeiten, nachdem erst einmal ein paar Arrangements getroffen wurden.«

»Lösegeldforderungen, meinen Sie wohl«, versetzte Marmion steif.

Dinah O'Neill funkelte sie an, als hätte sie etwas besonders Geistreiches von sich gegeben. »Zunächst einmal müssen wir etwas unternehmen, um diesen Husten zu beenden, sonst wird sie in nichts einwilligen.«

Yana wedelte heftig mit beiden Armen, um zu zeigen, daß sie auch trotz ihres Hustens nicht bereit war, in irgend etwas einzuwilligen. Dann kehrte der Posten zurück und schob Dinah den Erste-Hilfe-Behälter zu, ein stattliches Exemplar, worauf Dinah einen Seitenschritt machte, so daß der Kasten in Dr. Mendeleys Händen landete.

»*Bitte*« flehte Bunny und stützte die immer schwächer werdende Yana ab. »Tun Sie irgend etwas!«

»Ich bin eigentlich Astronom, kein Mediziner ...«

»*Irgendwas!*« Bunnys gequälter Ausruf wurde von Yanas schmerzerfülltem Geköchel unterbrochen.

»Ah, Kodein!« Triumphierend hielt Namid Mendeley eine Flasche hoch; dann aber überschattete der Zweifel seine Miene. »Aber wieviel?«

Marmion streckte die Hand nach der Flasche aus und musterte sie. »Spray!« sagte sie gebieterisch. Als sie auch dieses bekommen hatte, füllte sie die Sprayflasche und besprühte Yanas Kehle mit der Droge. Wie von Zauberhand – so kam es jedenfalls allen in dem kleinen Raum vor – endete der Krampf, und Yana preßte sich erschöpft gegen Bunny.

»Und schauen Sie hier – ein Kräuterbalsam vielleicht?« Mendeley reichte ihn Marmion, die auch dieses Etikett betrachtete.

Sie brach das Siegel, öffnete die Flasche und gab sie an Yana weiter. Diese nahm die dicke Flüssigkeit ein und ließ sie sich durch die Kehle rinnen, wo sie sich beruhigend ausbreitete. Dann versiegelte Yana die Flasche und drückte sie an sich, während ihre Lungen Schwerarbeit leisteten, um den durch den Hustenanfall entstandenen Sauerstoffverlust auszugleichen.

Dinah O'Neill wies mit einem Fingerschnippen auf Marmion, die noch immer die Sprühflasche und das Kodein in der Hand hielt. Marmion gab sie zurück.

»Und?« fragte Marmion die Freibeuterin in vielsagendem Tonfall. »Was nun?«

»Können Sie gehen, Oberst?« fragte Dinah und blickte auf Yana hinunter.

»Wenn ein Spaziergang bedeutet, daß wir diesem Unfug früher ein Ende setzen können, werde ich es tun.«

»Stets die tapfere Obristin«, versetzte Dinah und strahlte sie an. »Ich bewundere Ihre Entschlußkraft und Unbeugsamkeit.«

»Danke«, sagte Yana und atmete matt aus. Der Hustenanfall hatte sie viel Kraft gekostet, doch durfte sie sich nicht anmerken lassen, *wieviel*.

»Gut. Dann wird Megenda, der Erste Maat, Sie zur Kapitänskabine begleiten. Mich rufen andere Pflichten.«

»Und Macci?« fragte Marmion in der Hoffnung auf eine Antwort.

»Also, das wäre doch wohl zu viel verraten, nicht wahr?«

versetzte Dinah in leise tadelndem Tonfall und ging davon. Der Doktor der Astronomie folgte ihr, und schließlich erschien eine noch größere Gestalt in der Lukenöffnung.

Der Erste Maat Megenda war ein riesiger, muskulöser Schwarzer, der wahrscheinlich vor allem deshalb als Pirat-Freibeuter geendet war, weil er dieser Rolle äußerlich so durch und durch zu entsprechen schien. Bei einem seiner Augen handelte es sich um ein Cyberimplantat, was nur um eine Spur weniger grotesk wirkkte als eine Augenklappe. Die Ärmel seines orangefarbenen Einteilers hatte er abgeschnitten; darunter trug er ein gestreiftes Wollhemd, und um den kahlgeschorenen Schädel ein mit Blumenmuster verziertes rotes Kopftuch. Also wirklich, dachte Yana, dankbar jede Ablenkung aufgreifend, der Mann hat entschieden zu viele Piraten-Holos gesehen!

Herrisch bedeutete er ihnen zu folgen, und ein ebenso großer und bedrohlich aussehender Bursche, nur von olivgrüner statt schwarzer Hautfarbe, schloß hinter Diego auf, der ihre Gefängniszelle als letzter verlassen hatte. Yana schaffte einen weiteren Schluck von dem Trinkbalsam, denn schon der bloße Akt des Aufstehens hatte den Hustenreiz wieder zum Leben erweckt. Dann wurden sie durch einen endlosen Gang nach dem nächsten geführt, vorbei an Vorratshallen und Reparaturbuchten, wie auch an Anlagen, die nach Gefechtsstationen und Cyberschlafeinrichtungen aussahen; an einer Lagerbucht nach der nächsten vorüber. Yana hätte schwören können, daß sie an einigen Buchten gleich mehrmals vorbeikamen. Sie gingen und gingen, bis Yana die Füße zu schmerzen begannen und der Husten nicht mehr aufhören wollte, doch ihre Aufseher führten sie unbeeindruckt durch immer weitere Gänge. Augenscheinlich kontrollierte der Kapitän das Geschehen auf dem Schiff zum größten Teil per Fernsteuerung, denn sein Quartier schien in der Tat außerordentlich schwer zu erreichen zu sein. Die meisten Befehle, die nicht über Computer hereinkamen, wurden wahrscheinlich von O'Neill und dem Ersten Maat übermittelt.

Doch verglichen mit dem Kapitän sah der Erste Maat noch ausgesprochen normal aus. Die Kabine, in die Megenda sie nun führte, wirkte höchst theatralisch: die Nachahmung der üppig ausgestatteten Kapitänskajüte eines alten Segelschiffes, mit reichlich kostbaren Tuchen, Hartkopien von Navigationskarten, antiken Kompassen, Sextanten sowie Gegenständen, die im Weltraum kaum zu irgend etwas zu gebrauchen waren; dazu eine Computerkonsole und diverse andere zeitgenössische Apparaturen, die sich hinter offensichtlich echten Holzpaneelen und Fassungen verbargen.

Hinter einem großen geschnitzten Schreibtisch, dessen Platte aus einer riesigen Sternkarte bestand, saß der oder die berüchtigte Onidi Louchard. Yana hatte sich schon öfter gefragt, wie die Piratin wohl aussehen mochte. Sie hatte gehört, daß Louchard eine Frau war. Das aber ließ sich jetzt nicht so ohne weiteres feststellen, denn nach außen hin gab die Kapitänin sich als Aurelianer – eine sechsarmige, nur entfernt humanoide Kreatur mit einem Schlund voller Fangzähne, der sich von Ohr zu Ohr erstreckt hätte, hätte sie Ohren besessen, und einem Sehschlitz, der sich um den gesamten Schädelaufbau wand. Das Ganze war eine Holotarnung. Selbst wenn die wellige Aura nicht zu erkennen gewesen wäre – was aber durchaus der Fall war, wiewohl nur schwach –, hätte kein Aurelianer, nicht einmal ein aurelianischer Pirat (im übrigen eine höchst unwahrscheinliche Betätigung für einen friedlichen Meeresbewohner, dessen Sprache Ähnlichkeiten mit jener der Meeressäugetiere der alten Erde aufwies) etwas mit den Instrumenten und Apparaten in dieser Kajüte anfangen können.

Außerdem sprach dieser aurelianische Trockenpirat ein verdammt gutes Englisch, allerdings durch irgendeinen Verzerrer.

»Ich hätte gar nicht gedacht, daß Sie Humor haben, Louchard«, stieß Yana zwischen zwei Hustenanfällen hervor.

»Genug. Sie werden die Nachrichten aufzeichnen, wie sie auf diesen Blättern stehen. Sie, Madame Algemeine, werden alle Ihre flüssigen Mittel auf die hier vorgeschriebene

Art und Weise transferieren. Darüber hinaus werden Sie ihre Beteiligungen an den aufgelisteten Konzernen zu dem vorgegebenen Preis an den ersten Käufer übertragen, der sich mit Ihrem Makler in Verbindung setzt. Es bedarf keiner weiteren Erwähnung, daß die gesamte Transaktion absolut vertraulich zu handhaben ist, sofern Sie Wert darauf legen, am Leben, bei Bewußtsein, der Sprache fähig und anatomisch vollständig zu bleiben. Diese Transaktionen werden in zeitlich kontrollierten Abschnitten stattfinden, damit alle etwaigen Sicherheitsmaßnahmen Ihrer Leute festgestellt werden. Sollte es zu solchen Maßnahmen kommen, kann ich Ihnen versichern, daß Sie uns dafür büßen werden.

Was nun Sie betrifft, Oberst Maddock, rate ich Ihnen, daß Sie über die hier aufgestellte Forderungsliste hinaus Ihren Mann darum ersuchen, Ihnen etwas von dem berühmten petaybeeanischen Hustensirup zu schicken, der Sie schon einmal geheilt hat. Natürlich unter Übertragung der Patentrechte an die von uns noch zu benennende Partei. Ich muß Sie warnen, daß jedweder Widerstand und jedes Zögern Ihrerseits zu bedauerlichen Konsequenzen für die jungen Leute in Ihrer Begleitung führen wird, wie auch für Sie selbst. Außerdem würde sich dadurch Ihre Aufenthaltsdauer bei uns in die Länge ziehen, was auch insofern ein Problem darstellen dürfte, als wir nicht für Entbindungen ausgerüstet sind. Ich gehe davon aus, daß Sie, meine Damen, bei der Aufzeichnung Ihrer Anweisungen darauf achten werden, ernst und außerordentlich überzeugend zu klingen ... Anfangen!«

## 11.
## KAPITEL

*Kilcoole*

Sean Shongili wurde von Adak geweckt, der durch Johnny Greene soeben die Meldung hereinbekommen hatte, daß in Harrisons Fjord Gestrandete der ersten Shuttlegruppe aufgetaucht waren, darunter auch die Jäger. Sie hatten Erfrierungen erlitten und verlangten, ihre Anwälte anrufen zu dürfen.

Sean war noch immer damit befaßt, als Una Monaghan ihn in Clodaghs Kabine aufspürte und die Straße hinunter zu Yanas Unterkunft zerrte, wo sie auf die Kommunikationseinheit zeigte. Yanas Stimmübertragung war zwar durchsetzt von statischen Störungen, doch die Worte auf dem Bildschirm waren dafür unmißverständlich.

»Sean, wir sind gekidnappt worden – ich, Marmion, Bunny und Diego – und dies hier ist das geforderte Lösegeld«, begann sie an, als seine Knie plötzlich unter ihm nachgaben und er mit dem Hinterteil gegen den Stuhl krachte. »Die werden uns erst freilassen, wenn sämtliche Lösegeldforderungen erfüllt sind.«

»Aber wir haben doch überhaupt keinen Kredit!« setzte Sean zum Protest an.

»Wir befinden uns offensichtlich im Besitz eines sehr wertvollen Planeten ...« Yana fing an zu husten.

»Yana? Ist alles in Ordnung mit dir?«

»Nichts ist in Ordnung mit ihr«, warf eine andere Stimme ein. »Sie hustet viel Blut und ...«

Plötzlich brach die Übertragung ab. Sean starrte auf die Kommunikationskonsole, dann klopfte er dagegen – in der Hoffnung, es sei eine kurze Unterbrechung. Doch nachdem er einige Minuten erfolglos an dem Gerät herumgefummelt hatte, mußte er einsehen, daß es keine kurze Unterbrechung war.

»Und Petaybee ist das Lösegeld?« Aber wie stellten die Kidnapper sich das vor – wie sollte er ihnen einen ganzen *Planeten* übergeben? Einen Planeten, der ihm ja nun ganz bestimmt nicht gehörte!

»Sean?« Una hatte den Kopf in die Tür gesteckt.

»Una! Hol Johnny und stell fest, wie wir den Kontakt zu den Leuten wiederherstellen können, die Yana, unser Baby, Bunny und Diego sowie Madame Algemeine entführt haben!«

»Entführt?« Unas Stimme schwankte plötzlich. »Johnny! Ja, ich hole Johnny. Der wird es schon wissen.«

»Johnny wußte es zwar nicht, doch er stellte immerhin eine Verbindung zur Raumbasis und zu Dr. Whittaker Fiske her. Whit, der sich schnell und tapfer vom Schock der Nachricht erholte, versprach, sich darum zu bemühen, und wenn es das letzte sei, was er täte.

Sean war vollkommen unfähig, sich um mehr als das Allernötigste zu kümmern. Una und die anderen Außenweltler, die zur Unterstützung der Regierung Petaybees allerlei nützliche Tätigkeiten zugewiesen bekommen hatten, machten weiter, so gut sie konnten. Obwohl außer Johnny Greene niemand offiziell erfahren hatte, um was es eigentlich ging, wußte schon kurz darauf ganz Kilcoole, daß Yana, Bunny, Diego und Marmion entführt worden waren.

Nanook kam hereingeschlichen, um sich in eine Ecke zu verkriechen, wo er dann stumm verharrte. Doch die bernsteinfarbenen Augen mit ihrem weichen Blick blieben auf Sean gerichtet. Kurz darauf kam auch Coaxtl (ohne 'Cita) herbei und nahm gegenüber Nanook Platz. Orangefarbene Katzen erschienen kurz in der Tür und verschwanden wieder, während Sean dasaß, gebannt auf die Kommunikationskonsole starrte und versuchte, sie durch die Kraft seines Willens zu aktivieren, damit sie ihm endlich gute Nachrichten übertrüge. Und zwar *ausschließlich* gute Nachrichten!

In seinem Kopf kreiste ein Gedankenkarussell: Yana und ihr ungeborenes Kind waren entführt worden; Bunny, Diego und Marmion ebenfalls. Aber von wem? Aus welchem

Grund? Er hatte nicht das Recht, den Planeten als Sicherheit auszuhändigen! Niemandem! Nur dem Planeten selbst stand es zu, darüber zu bestimmen, was er wollte und was nicht. Vielleicht war aber *das* die Lösung. Am besten überantwortete man das Problem dem Planeten selbst. Doch Sean durfte das Büro nicht verlassen, nicht bevor diese verdammte, unaktivierte Kommunikationseinheit nicht mit irgendwelchen Nachrichten zum Leben erwachte. Würde er Yana jemals lebend wiedersehen? Würden sie sich jemals an ihrem Kind erfreuen? Es kam nicht sehr häufig vor, daß Entführte unbeschadet, lebendig oder bei voller geistiger Gesundheit zurückkehrten. Wer konnte schon sagen, in welchem Zustand Yana und die anderen zurückkommen würden, falls überhaupt? Es könnte ihnen doch alles mögliche zustoßen – Verstümmelungen, nicht nur rein körperlich, sondern vielleicht auch geistiger oder emotionaler Art. Sean hatte Gerüchte über furchtbare Geräte gehört, die den Verstand auslöschten und ganze Persönlichkeiten vernichteten.

Wie hatte Marmion nur eine Entführung zulassen können? Sie hatte doch *versprochen,* daß alle für die ›kurze Zeit‹ in Sicherheit wären, die sie benötigen würden, um das CIS-Kommitee über das Wesen von Petaybee aufzuklären. Sie hatten den ursprünglich vorgesehenen Zeitrahmen schon längst überschritten. Und wozu? Damit nun die Entführer alles an sich reißen konnten? Um den Planeten mit Pharmahändlern, Jägern, religiösen Orden, Waisen, heimatlosen Verwandten und allen erdenklichen Formen menschlichen Treibguts und Auswurfs zu überfluten? Und das, obwohl er über keinerlei Einrichtungen verfügte, mit einem solchen Zustrom fertigzuwerden!

Die Kommunikationseinheit summte, und Sean stürzte sich darauf wie ein hungriger Nerz auf ein brütendes Huhn.

»Tut mir leid, daß ich Ihnen dies mitteilen muß, Sean«, sagte Whittaker Fiske, »aber es hat sich herausgestellt, daß es sich bei den Entführern um Onidi Louchard und ihre Truppe handelt, eine bekannte und äußerst raffinierte Piratin mit einer hervorragend ausgerüsteten Mannschaft und einer Basis, die bisher noch von keiner Ermittlungsbehörde ausgemacht werden konnte. Louchard ist vollkommen skrupellos und verfügt über beachtliche Mittel.«

»Haben die einen Mediziner an Bord?« fragte Sean heftig, noch immer das Geräusch von Yanas Husten im Ohr. Verdammt! Sie hatte sich doch gerade erst von den Folgen des Gasangriffs auf Bremport erholt. Wie hatte es nur geschehen können, daß sie nun schon wieder einer solchen tödlichen Strapaze ausgesetzt wurde?

»Wie bitte?« Die unerwartete Frage verdutzte Whit.

»Yana hustet wieder, und zwar so schlimm, daß man mir damit sogar schon gedroht hat.«

»Wenn die Yana als Geisel verlieren, fehlt ihnen ein Druckmittel ...«

»Verdammt, Whit, was meinen Sie denn *damit*?«

»Damit meine ich, daß die Entführer schon dafür sorgen werden, daß Yana wieder gesund wird, falls sie tatsächlich krank sein sollte! Was denn wohl sonst?«

Sean murmelte etwas vor sich hin, doch Whit fuhr einfach fort: »Der Kommandant von Gal Drei hat eine Großfahndung sowie Schiffsdurchsuchungsaktion in die Wege geleitet. Jedes Fahrzeug wird erfaßt, das die Docks verlassen hat, seit Yana, Marmion und die Kinder vermißt wurden. Die überlassen nichts dem Zufall.« Whit stöhnte auf. »Aber das wird seine Zeit brauchen. Gal Drei ist immerhin eine der verkehrsreichsten Stationen im ganzen Netzverbund der Intergal.

Ich habe auch mit Anacilicat gesprochen, und der ist alles andere als erbaut von dieser PTS-Gruppe. Er wird eine einstweilige Verfügung gegen sie erwirken, um alle weiteren ungenehmigten Planetenflüge zu unterbinden. Ich setze allerdings noch eins drauf. Ich bemühe mich gerade um die Genehmigung, daß Sie einen Vertreter in den Kontrollturm der Raumbasis entsenden können, damit Sie alle etwaigen weiteren Transporte sofort ausmachen, noch bevor die Verfügung rechtskräftig wird. Als erstes müssen wir die Leute mal *finden*.« Whit stieß ein Geräusch aus, mit dem er seinen

Unwillen und Zorn über diese Schwierigkeiten Ausdruck verlieh. »Im Augenblick können wir aber auch wirklich *nichts* von alledem gebrauchen!«

»Deswegen bekommen wir ja auch alles!« versetzte Sean verbittert. »Können Sie vielleicht Johnny entbehren, damit der die Monitore im Auge behält?«

Whittaker schüttelte bedauernd den Kopf. »So gern ich es täte, aber er läßt sich nun einmal woanders sehr viel nützlicher einsetzen, als den ganzen Tag nur auf dem Hintern zu hocken und stundenlang auf einen Beobachtungsschirm zu starren.«

»Ja.«

»Setzen Sie doch Una darauf an, jemanden zu suchen, der dafür in Frage käme.«

Das war eine gute Idee. Una hatte eine ausgesprochene Nase dafür, Leute mit ungewöhnlichen und nützlichen Talenten aufzuspüren. Sean fragte sich nur, weshalb er nicht selbst darauf gekommen war.

»Ich werde Una fragen.«

»Ich halte Sie auf dem laufenden, Sean. Ich werde auch versuchen, in Erfahrung zu bringen, was auf Gal Drei überhaupt los ist.«

»Stellen Sie auch fest, wo Luzon sich aufhält«, warf Sean säuerlich ein.

»Das habe ich bereits. Im Augenblick unterzieht er sich irgendeiner Intensivtherapie in einem Prominentenkurort, um wieder aktiv zu werden.«

»Wieder? Der hat doch niemals aufgehört, aktiv zu sein – jedenfalls nicht, wenn es gegen Petabee ging.«

»Wenn wir das nur nachweisen könnten, Sean!« Whit sagte es heftig, aber auch völlig ohne jede Hoffnung. »Damit würden wir der Intergal einen großen Gefallen tun.«

»Auf mich können Sie sich verlassen.«

Sobald der Kontakt endete, erklärte Sean Una, was genau sie brauchten und weshalb.

»Ich glaube, in meiner ersten Gruppe war jemand, der ein wenig Erfahrung mit der Leitung einer Station gesammelt hat«, meinte Una nach kurzem Überlegen. »Ich hielt es damals wirklich für sehr merkwürdig, daß man uns so fernab von jedem zivilisierten Ort ausgesetzt hatte ...«

Sean brach in Gelächter aus. Una musterte ihn verwundert.

»Sie wärmen mir das Herz, Una! Sie bezeichnen Kilcoole als zivilisiert?«

»Relativ gesehen«, erwiderte sie mit leisem Grinsen, erfreut, daß sie Seans gehetzte Miene ein wenig hatte aufhellen können. In der kurzen Zeit, seit sie für ihn arbeitete, hatte sie ihn bereits schätzen gelernt. Sie hatte ihm dabei geholfen, die unmöglichsten Lasten zu tragen – nicht zuletzt auch diesen kontinuierlichen Zustrom überflüssiger Personen, besonders der merkantilen Typen, die so begierig zu sein schienen, den Planeten seines letzten Reichtums zu berauben. »Man hat uns mitgeteilt, daß die Raumbasis zerstört sei. Deshalb müsse man uns in einiger Entfernung von der nächsten Siedlung aussetzen ...«

»Nur daß die *genaue* Entfernung dabei nicht erwähnt wurde.«

»So ist es. Hätte ich damals gewußt, was ich heute weiß ...« »Erzählen Sie mir doch mal eins, Una: Was hat man Ihnen denn nun *genau* gesagt – und *wer* hat es überhaupt getan?«

Sie hielt inne und ordnete ihre Gedanken. Sean hatte bereits festgestellt, daß das Ordnungschaffen Unas stärkste Seite war.

»Na ja, als erstes gab es da mal die Nachrichten, denen zufolge Petaybee ein intelligenter Planet sei. Also habe ich den Namen auf meinem Terminal markiert, um mir weitere Informationen kommen zu lassen. Denn Sie müssen wissen, daß einige Mitglieder meiner Familie hierher verbracht worden sind. Petaybee ...«, sie gewährte ihm ein leises Lächeln, »... hat plötzlich eine Menge Schlagzeilen gemacht, und genau in diesem Augenblick erschien auch die Anzeige. Darin wurde ein sicherer und schneller Transport zur Planetenoberfläche angeboten.«

»Wann war das?«

»Ungefähr drei Wochen nachdem Petaybee zum erstenmal erwähnt wurde. Ich hatte genug Vielfliegerstunden auf dem Konto, um ohne Schwierigkeiten die Intergal-Station zu erreichen. Und die Kosten für den Transport bis zur Planetenoberfläche waren eigentlich nicht besonders hoch, wenn man alles bedachte. Sie schienen mir sogar ausgesprochen niedrig.«

»Niedrig genug, um Passagiere anzuziehen, wie?«

»Ich denke schon.«

»Okay. Weiter.«

»Als ich auf die Station Intergal kam, wurde mir dort nahegelegt, mir eine Unterkunft im Geschäftsstraßenhotel zu suchen, wo sich alle Passagiere für Petaybee eintragen mußten. Beim Einchecken mußte ich die Frachtkosten berappen, dann wurde mir eine Abflugzeit genannt.«

»Einfach so?«

»Ja.«

»Von wem denn?«

»Vom Hotelbediensteten. Natürlich erhielt ich dafür eine gestempelte Quittung, sonst hätte ich mich bestimmt nicht vom größten Teil meiner Ersparnisse getrennt.«

»Sie wissen nicht zufällig noch die Nummer des Kontos, auf das Sie den Flugpreis überwiesen haben?«

»Doch! BM-20-2334-57.« Sie wiederholte es, damit Sean die Nummer aufschreiben konnte. »Am nächsten Morgen sollte ich mich dann zu einer bestimmten Uhrzeit im Vorraum des Hotels einfinden. Ich muß sagen, daß ich ziemlich überrascht war von der … hm, sagen wir mal, Verschiedenartigkeit meiner Mitpassagiere. Und auch erleichtert darüber, festzustellen, daß auch Leute darunter waren, die ihre petaybeeanischen Verwandten suchten, genau wie ich.«

»Wie sah Ihr Kurier denn aus?«

»Es gab keinen, als ich dort eintraf … ein bißchen vorzeitig, wie ich zugeben muß, weil ich unbedingt pünktlich sein wollte. Manche kleineren Transporte warten ja nicht zu, deshalb sollte man lieber rechtzeitig da sein«, teilte sie Sean auf ihre ernste Weise mit. Er reagierte mit einem Nicken, worauf sie fortfuhr: »Da hing eine ausgedruckte Nachricht am Stand, daß wir uns zum Abflugtor begeben sollten. Wer nicht pünktlich käme, dem würden die Flugkosten nicht zurückerstattet.« Sie hielt inne. »Das einzige, was mich beruhigte, war die Tatsache, daß der Transporter offensichtlich neu war – einer der anderen Passagiere meinte sogar, es sei das allerneuste Modell überhaupt.«

»Hätten Sie auf Ihr Fahrgeld verzichtet, wenn es sich um ein klappriges Gefährt gehandelt hätte?« fragte Sean.

Sie lachte leise. »Nein, ich wollte ja unbedingt hierher. Aber was diese Angelegenheit betrifft, Sean, Simon Furey wäre wohl derjenige, der möglicherweise auf der Raumbasis Wache schieben könnte. Er war es auch, dem auffiel, wie neu der Transporter war.«

»Wo befindet Furey sich jetzt gerade?«

»Das können wir Wild Star fragen. Die gibt zur Zeit im Latchkay-Schuppen Unterricht.«

Wild Star war davon überzeugt, daß ihr Mann gern bereit sein würde, Sean zu helfen. Simon Furey bestätigte dies, als sie ihn schließlich aufgestöbert hatten. In erster Linie war ihm daran gelegen, jenes Burschen habhaft zu werden, der sie mitten im Nirgendwo ausgesetzt hatte. Wäre 'Cita nicht gekommen, wären sie möglicherweise gleich während ihrer ersten Nacht auf dem Planeten erfroren. Zum anderen hatte Simon schlimme Blasen an den Händen – vom Holzhacken, zu dem man ihn in Kilcoole abgestellt hatte.

»Es ist ja nicht so, als würde ich nicht gern auch meinen Beitrag leisten«, sagte er und zeigte ihnen die blutigen Spuren seines Handwerks, »aber ich hätte doch ganz gern ein wenig Gelegenheit, mich etwas langsamer daran zu gewöhnen. Verstehen Sie, was ich meine?«

Er erzählte auch, daß er auf den Schürffahrzeugen, auf denen er die letzten zwanzig Jahre Dienst getan hatte, oft genug Wache hatte schieben müssen, um sich nun für kompetent genug zu halten, zu tun, was Sean verlangte.

»Aber richten Sie den Burschen nicht so zu, daß wir keine vernünftigen Antworten mehr aus ihm herauskriegen, ja?« warf Sean trocken ein.

Das Shuttlefahrzeug würde vermutlich innerhalb der nächsten dreiundzwanzig Stunden seinen wöchentlichen Transport auf Petaybee absolvieren. Es gelang Simon, anhand der Flugbahn des Shuttles zu berechnen, wo es landen würde: im Wald, näher an der Shannonmündung als an Kilcoole. An Bord befand sich allerdings kein Pilot, dem man Vorhaltungen hätte machen oder aus dem man Informationen hätte herausquetschen können. Statt dessen wurde das Fahrzeug von einer technisch hochentwickelten Fernsteuerung nach Petaybee und zurück gelenkt.

Dies stellte Simon Furey fest, als er an den aussteigenden Passagieren vorbei ins Fahrzeug stürmte und versuchte, in die Pilotenkabine zu gelangen. Er führte ein Gerät mit sich, das elektronische Schlösser öffnen konnte, und so gelangte er bis in die vorderste Kabine.

»Hätte ich nur ein bißchen mehr Zeit gehabt, hätte ich die Fernsteuerung so präparieren können, daß der Shuttle nicht mehr gestartet wäre. Aber er wird schon noch wiederkommen, nicht wahr? Ich habe das Kontrollpaneel nicht weiter behandelt und auch das Schloß nicht funktionsuntüchtig gemacht.« Er blickte Sean zustimmungsheischend an.

»Solange die Betreiber dieses Fahrzeugs nicht merken, daß das Schloß manipuliert wurde ... Was brauchen Sie überhaupt, um die Steuerungselemente auszuschalten?«

Simon grinste. »Man braucht dazu nicht besonders viel, wenn man weiß, wie es geht. Ich werde mir mal die Abfallhaufen der Raumbasis vorknöpfen. Die schmeißen dort ja furchtbar viel nützliches Zeug weg.«

»Tatsächlich?« fragten Sean, Seamus und Adak plötzlich im Chor.

»Danke, Simon«, sagte Sean und schlug dem älteren

Mann dankbar auf die Schulter. »Wir nehmen gern jede Ladung in Empfang, die Sie uns zugänglich machen.«

»Alles klar.«

»Und jetzt«, fuhr Sean fort, während in seinem Gesicht die Erheiterung der Sorge wich, »wollen wir mal sehen, wo wir diesen Pilgerhaufen unterbringen!« Denn schon wieder befanden sich in Kutten gehüllte Gestalten unter dem armseligen Häuflein von Passagieren. Clodagh hielt sich noch immer in der Höhle von Kilcoole auf – mit dem ersten Haufen der Steinfreunde, oder wie immer dieser religiöse Kult sich selbst bezeichnen mochte.

Shannonmündung erklärte sich bereit, die sieben Passagiere aufzunehmen, die sich auf der Suche nach ihren Familienangehörigen befanden. Neun der frommen Pilger trugen Fels- und Gesteinsnamen und verlangten, zu ihren Brüdern Schiefer und Granit gebracht zu werden. Also führte Sean sie zurück nach Kilcoole, wo sie sich ihren Brüdern und Schwestern im Geist anschließen sollten. Der Rest der Passagiere bestand aus drei weiteren Jägern und einem Pharmavertreter. Auch die mußten nach Kilcoole gebracht werden, obwohl Sean noch nicht wußte, wo er sie unterbringen könnte. Sollte es Simon tatsächlich gelingen, den Rückflug des Transporters zur Intergal-Station zu unterbinden, wäre dies hier möglicherweise die letzte Gruppe, um die er sich kümmern mußte. Doch in Anbetracht des immer rascher nahenden Winters würde er das ganze Durcheinander möglichst schnell durchstrukturieren müssen. Aber wenigstens lenkte ihn das Problem, wie er diese zusätzlichen Leute innerhalb des ohnehin schon arg strapazierten Ressourcenkreislaufs verteilen sollte, von seinen kummervollen Gedanken an Yana ab.

## 12.
## KAPITEL

*Gal Drei*

Das ›unsichtbare Auge‹, alias Charas Parclete, der aufgetragen worden war, Yana stets dicht auf den Fersen zu bleiben, hatte die Zielperson und deren Begleitung durch das Labyrinth und bis hinunter zu den Frachtdocks verfolgt. Da nicht zu übersehen war, daß die beiden Frauen sich in Begleitung eines mehr als tüchtig wirkenden Manns befanden – einer Person, über die das ›Auge‹ sich möglichst bald eingehender informieren müßte, sollte sie sich noch länger in der Umgebung der Frauen aufhalten –, hielt der Schatten sich bedeckt. Tatsächlich blieben Zielpersonen und Begleitung einen guten Teil der Zeit außer Sichtweite, weil Charas dazu gezwungen war, dafür zu sorgen, daß sie selbst nicht gesehen wurde.

Plötzlich entstand vor ihr Durcheinander, und als die verborgene Bewacherin den Standort wechselte, um einen besseren Überblick zu gewinnen, strich ihr eine Gasschwade übers Gesicht. Würgend und verzweifelt darum bemüht, nicht einzuatmen, während sie gleichzeitig die Lungen wieder leeren wollte, hatte die Bewacherin plötzlich ihre eigenen Sorgen – vor allem, da der Alarm das mit Marmions Signalanlage in Funkverbindung stehende Schläfenknochenimplantat aktivierte, als das Gas kurzzeitige Bewußtlosigkeit herstellte. Charas kämpfte darum, das Bewußtsein wiederzuerlangen, taumelte dabei zwischen den Kisten und Kartons hin und her und erblickte einen am Boden liegenden Körper. Sofort betätigte sie die Signaltaste, um Hilfe herbeizurufen, während sie zugleich auf den Körper zuschoß.

»Warst ja eine große Hilfe als Bewacher.« Charas widerstand der Versuchung, dem bewußtlosen Mann zur Strafe für seine Pflichtvergessenheit auch noch einen Tritt zu verpassen. Es gab jetzt Drängenderes – zum Beispiel, dem leichten Geruch des Gases durch das Labyrinth der Apparaturen und Frachtbuchten zu folgen. Im Augenblick war in den Lade- und Entladebuchten nicht allzuviel los; es wurden nur die dringendsten Aufgaben erledigt. Am gegenüberliegenden Ende des Docks wurde zwar gerade ein Schiff beladen, aber was schützende Menschenmassen betraf, hätte es sich ebensogut auf einem anderen Planeten befinden können. Das Timing war gut gewählt gewesen. Außerdem hatten die Entführer Zugang zu den Verbindungstrakten zwischen den verschiedenen Ladezonen gehabt. Abwechselnd nach Spuren des Gases schnüffelnd und jedesmal aufs neue hustend und würgend, sobald sie etwas davon aufgenommen hatte, setzte das Auge seinen Marsch fort, bis überhaupt nichts mehr zu riechen war. Sie kehrte zurück bis zu jener Stelle, an der noch letzte Duftspuren in der Luft hingen, öffnete das Paneel mit ihrem Spezialschlüssel und trat hinaus in den Werkstatttrakt – der natürlich leer war.

»Ich muß wohl länger ausgeschaltet gewesen sein, als ich dachte«, murmelte sie und verband sich mit dem Sicherheitspaneel im Büro des Kommandanten an Hon. »Hier Charas. Bewußtloser Mann in Sektor 45-Z-2, Cargo 30. Es sieht so aus, als wären Marmion de Revers Algemeine und ihr Gast, Oberst Maddock-Shongili, entführt worden.«

»*Was* haben Sie da gesagt?«

Charas seufzte und wiederholte die Meldung.

»Sind Sie ganz sicher?« Diesmal war es der Kommandant selbst, der sich erkundigte.

»Ja. Halten Sie alle abfliegenden Fahrzeuge auf.«

»Keine Implantatnachricht?«

»Nur oberste Alarmstufe«, erwiderte Charas grimmig.

»Wir leiten sofort alle Absperr- und Durchsuchungsvorgänge ein.«

»Gut. Überprüfen Sie als erstes, was in Bucht 30-47-N angedockt hat.«

Kurze Pause. Dann: »Eine beschädigte Vergnügungsyacht, die zu Reparaturzwecken hierher gebracht wurde, mit einem Loch in der Hülle von der Größe eines Shuttle ...« Es folgten einige ziemlich einfallsreiche Flüche. »Und es wurde auch ein Shuttle registriert, der aus diesem Sektor gestartet ist!«

»Schicken Sie die Korvette vorbei, um mich hier abzuholen.«

»Da es sich nur um einen Shuttle handelt, bin ich einverstanden«, erwiderte der Kommandant.

»Und schicken Sie auch jemanden, um diesen Idioten einzusammeln, der sie begleitet hat.« Charas gab ihm die Koordinaten. »Ich will eine Bandaufzeichnung von seiner Bergung haben. Erste Eindrücke sind oft nicht mit Gold aufzuwiegen. Möglicherweise weiß er irgend etwas, von dem er selbst gar nicht ahnt, daß es uns nützen könnte.«

Charas wartete ungeduldig, bis die Korvette an die Luftschleuse andockte, durch welche die Entführer ihre Opfer abgeschleppt hatten. Inzwischen war nur noch ein ganz schwacher Hauch des Gases wahrzunehmen.

Die Sicherheitskorvette war schnell. Das fliehende Shuttlefahrzeug überraschenderweise allerdings auch.

»Diese Geschwindigkeiten! Ich kann es gar nicht glauben«, meinte der Korvettenkapitän. »Eigentlich müßten alle Mann an Bord bewußtlos sein!«

»Das sind einige auch«, erwiderte Charas grimmig.

Der Shuttle erwies sich im Raum nur annähernd so wendig wie die Korvette und lieferte ihnen eine Verfolgungsjagd durch die Lagergehege, die Gal Drei in einiger Entfernung umkreisten und ebenso zur Lagerung von wiederverwertbarem Müll dienten wie als Kältekammern.

»Gleich haben wir die Penner«, sagte der Korvettenkapitän, als das Shuttlefahrzeug das letzte Hindernis hinter sich gebracht hatte. Er gab dem Steuermann das Signal, den Schub zu verstärken, und schon holte die Korvette das Shuttlefahrzeug rasend schnell ein. »Das müssen frisierte Triebwerke sein. *Sofort anhalten! Bereiten Sie Bordgang vor!«* verkündete er über die Kommunikationskonsole.

Die Korvette hatte ihr Tempo an das des Shuttle angepaßt

und holte immer mehr auf, als das fliehende Fahrzeug plötzlich explodierte. Die Korvette geriet in heftiges Taumeln, und alle nicht angeschnallten Mannschaftsmitglieder wurden umhergeschleudert wie Plastikfiguren. Die Korvette hatte eine Breitseite abbekommen und würde jetzt nur noch von ihren Steuerungsdüsen angetrieben zurückhumpeln müssen. Doch das schlimmste dabei – vielleicht aber war es ja auch das beste – war die Tatsache, daß das Implantat in Charas' Schläfenknochen eben *nicht* das Todesglöcklein jener Person geläutet hatte, von der sie soeben noch geglaubt hatte, daß sie ihren Entführern bald entkommen würde.

»Dieses Shuttlefahrzeug war nur eine Ablenkung«, erklärte Kommandant an Hon, als Charas schließlich in sein Büro kam.

»Und die Absperr- und Durchsuchungsaktion hat auch nichts ergeben?« fragte sie und sackte in dem Sessel zusammen, den an Hon ihr mit einer Geste zugewiesen hatte. Sie war sehr erschöpft, und die Auswirkungen des Gases waren – obwohl sie nur eine ganz geringe Menge davon aufgenommen hatte – immer noch nicht völlig abgeklungen.

»Bisher noch nicht. Aber innerhalb der Stunde, um die es geht, haben schließlich an die dreißig Schiffe Gal Drei verlassen. Sind Sie sicher, daß Marmion de Revers Algemeine überhaupt noch am Leben ist?«

»Ja.« Sie berührte den Schläfenknochen. »Was ist mit diesem Faller?«

»Hm, na ja«, machte der Kommandant. »Macciavelli Sendal-Archer-Klausewitch ...«

»Wie war das?«

Um an Hons Lippen zuckte ein Lächeln, als er den Namen wiederholte. »Vor kurzem zum Geschäftsführer einer Filiale von Rothschild hier auf Gal Drei ernannt. Hauptsächlich Pharmazeutika, aber mit weitreichenden Vollmachten. Ich habe bereits Hintergrundmaterial angefordert – eine etwas gründlichere Studie, mehr, als ursprünglich hier eintraf, als er damals dem Büro auf Gal Drei zugestellt wurde. Aber lassen Sie mich Ihnen mal eben das Bergungsband vorspielen.«

Charas richtete sich auf und bettete ihren erschöpften Körper in dem Schmiegesessel aufs neue. Solche Bänder dienten im allgemeinen dazu, die ordentliche Abwicklung von Bergungsmaßnahmen zu dokumentieren, mehr zum Schutz der Sanitäter als des Opfers. Doch waren sie auch recht hilfreich, um etwaige kleinere Einzelheiten festzuhalten, wenn ein Opfer nicht ganz so bei Sinnen war, wie es sich das wünschen mochte.

Charas verfolgte die Aufzeichnung; dann wandte sie sich mit der Andeutung eines Lächelns zu an Hon um, der mit ungeschminkter Neugier ihre Reaktion beobachtete.

»Merkwürdigerweise glaube ich nicht, daß er so gründlich begast wurde, wie es aussah.«

Charas wußte genau, wie man sich fühlte, wenn man nach einem derartigen Angriff wieder erwachte. Das Band zeigte die Bergungsmannschaft, wie sie sich dem Körper näherte und den gesamten Ablauf der Sauerstoffbeatmung als Gegenmaßnahme vornahm. Der allzu attraktive Mann durchlitt das Würgen, die abrupten, unzusammenhängenden Bewegungen und die Verzerrungen der Zunge, wie sie für die Begasung typisch waren. Die Sanitätsmannschaft verabreichte ein Hypospray, um die Übelkeit zu lindern. Doch irgend etwas an diesen Vorgängen machte stark den Eindruck, daß es sich in Wahrheit nur um Schauspielerei handelte.

»Und die Lungen?«

»Nur minimale Gasspuren – keine volle Ladung. Ganz bestimmt nichts, was ihn so lange bewußtlos hätte halten können. Außerdem hatte er die Lösegeldforderung dabei!«

»Und was ist mit der?« wollte sie wissen.

»Ja, was ist damit?«

»Ich denke, wir sollten diesen ... wie heißt er noch gleich? ...egal, wir sollten ihn beobachten. Ich werde ihn unter Mac führen.«

»Das werden wir auch tun. Hier ist die Forderung!« und der Kommandant überreichte ihr den Zettel so vorsichtig, als würde er damit rechnen, daß er gleich vor ihrem Gesicht explodieren würde.

Als Megenda den Funkkontakt zu Sean so plötzlich unterbrach, hätte Yana am liebsten mit den Fäusten auf den großen Ersten Maat und das monströse Hologramm der Kapitänin Louchard eingedroschen. Beides wäre nur törichte Zeitverschwendung gewesen, und davon abgesehen wurde sie schon wieder von einem Hustenanfall überwältigt.

»Bringen Sie die Frau zu Dr. Mendeley. Sie darf nicht sterben, sonst haben wir nichts mehr in der Hand, um uns den Planeten anzueignen«, knurrte Louchard.

Zusammengekrümmt, wie sie war, schleppte man Yana aus der Kabine, um sie nach einem kurzen Gang durch den Korridor in eine um einiges größere Unterkunft zu stoßen, was ihren Verdacht bestätigte, daß man sie zuvor absichtlich durch sämtliche Ebenen und Gänge des Fahrzeugs geführt hatte, um sie zu verwirren. Entlang drei der Wände verliefen Schlafkojen; in der Mitte stand ein schmaler Tisch mit Bänken, und außerdem waren noch zwei schmale Türen auszumachen, die zu den Sanitäranlagen führten, wie Yana später entdecken sollte. Hinter einer Tür befand sich die Dusche, hinter der anderen der ›Lokus‹. Halb taumelte, halb kroch sie zur nächstgelegenen Koje und legte sich darauf, hustend und keuchend, und begann sich zu fragen, ob von ihren Halsschleimhäuten überhaupt noch etwas übrig sein mochte.

Nur beiläufig bemerkte sie, wie das Paneel aufglitt und sich wieder schloß. Dann legte sich eine kühlende Hand auf ihre Stirn, und sie wurde gedrängt, sich lange genug aufzusetzen, um ›das hier zu trinken‹. Dann preßte jemand einen Becher an ihre Lippen.

Das Getränk war kalt, scharf und beruhigend, und es gelang ihr, den Hustenreflex lange genug zu unterdrücken, um einen kräftigen Schluck zu nehmen.

»Cookie hat mir erlaubt, ihre Vorräte nach den Zutaten zu durchsuchen«, berichtete die wohltönende Stimme des Astronomen Namid Mendeley. »Es enthält, was auch im

Rezept meiner Großmutter vorkam, wie ich mich zu erinnern glaube. Dazu ein wenig Kodein, das bekanntlich den Hustenreiz lindert.«

Yana zögerte. »K-Kodein?« keuchte sie. »Was ist … mit dem … B-Baby?«

Mendeley hob die Augenbrauen und zuckte ein wenig beunruhigt die Schultern. »Ich kann mir eigentlich nicht vorstellen, daß es dem Fötus schon in diesem Stadium schaden könnte; aber ich bin natürlich kein Gynäkologe. Andererseits halte ich es für äußerst wahrscheinlich, daß Sie eine Frühgeburt riskieren, wenn Sie so heftig weiterhusten.«

Yana nickte und hielt nur einen kurzen Augenblick inne, um wieder loszukocheln. Sie japste von der Anstrengung, den Husten lange genug zu unterdrücken, um nicht an dem Getränk zu ersticken. Sie nahm dem Mann den Becher ab und nippte langsam daran; die Flüssigkeit überzog ihre Kehle mit einem Film, und sie schmeckte gar nicht einmal schlecht.

»Es könnte beim Schlucken vielleicht ein bißchen stechen«, warf Namid besorgt ein. »Denn zu den Zutaten gehört auch Pfeffer.«

»Oh.« Yana nippte weiter. Es war ihr völlig gleichgültig, ob das Gebräu Pfeffer enthielt, Molchaugen oder Krötenzehen, solange es nur den Husten beendete. Sie setzte sich ein wenig bequemer hin, gegen ein Ende der Koje gelehnt und ein bißchen zusammengekauert, um nicht mit dem Kopf gegen den oberen Bettrand zu stoßen. »Ich glaube, es wirkt. Danke. Sie sind sehr fürsorglich und nett.«

»Ich bin weder das eine noch das andere, aber ich habe Dinah mitgeteilt, daß ich meine Mitarbeit aufkündige, wenn sie mir nicht erlaubt, Ihnen zu helfen.« Namid lehnte zaghaft an der Tischkante und schaute sich mit tiefem Seufzen in der Kabine um.

»Was ist denn los?« fragte Yana.

Er schnitt eine Grimasse, zuckte die Schultern und spreizte die Hand in einer Geste der Hilflosigkeit. »Nichts Neues«, sagte er mit niedergeschlagener Stimme. »Ehrlich gesagt«, fügte er hinzu, als er sich weiterhin umblickte, »ist das hier ein kleines bißchen besser als mein früheres Quartier.«

»Ach ja?« meinte Yana aufmunternd. Er sah überhaupt nicht wie jemand aus, der sich mit Freibeutern zusammentat, auch wenn es eine so offenkundig sinnliche und beherrschende Person wie Dinah O'Neill sein mochte.

»Ich war mit Dinah O'Neill verheiratet.« Wieder ein Seufzen, das vom Wahnwitz einer solchen Verbindung kündete. »Sie nimmt die Scheidung nicht besonders ernst.«

»Mit anderen Worten, Sie befinden sich dauerhaft an Bord dieses Schiffes?«

Während er die Arme vor der Brust verschränkte, spielte ein leises Zwinkern in seinen Augen und ein wehmütiges Lächeln um seinen Mund. »Wir haben uns unter ganz beträchtlich anderen Umständen kennengelernt. Es war eine stürmische Romanze. Ich war noch nie jemandem wie ihr begegnet. Es war nach meiner Rückkehr von zweijährigen Forschungen, in der ich zwei neue Variablen untersucht hatte, und ...« Er zuckte die Achseln.

»In dieser Verfassung wäre Ihnen wohl jede Frau wie eine Offenbarung vorgekommen, wie?« Yana konnte der Versuchung nicht widerstehen, ihn etwas aufzuziehen. Dann machte sie sich wieder über sein Gebräu her.

»Ganz genau. Und um der Teufelin Gerechtigkeit widerfahren zu lassen – sie war wirklich alles, wovon ich je geträumt hatte. Wir verbrachten sechs herrliche Monate, auch wenn sie geschäftlich immer wieder mal fortmußte.«

»Und dann haben Sie entdeckt, um was für Geschäfte es sich dabei handelt?«

»Ganz zufällig. Natürlich habe ich sofort die Scheidung eingereicht, denn mein Ruf als Wissenschaftler hätte auf dem Spiel gestanden, wenn herausgekommen wäre, daß ich Umgang mit einer solchen ...«

»Unappetitlichen Beschäftigung?«

»Genau. Ich erhielt die offizielle Scheidungsbestätigung. Sie übrigens auch. Nur daß ich nicht damit gerechnet hatte, daß sie zu einem derartigen Schritt greifen würde. Und ehe ich mich versah, befand ich mich an Bord dieses Schiffes, und seitdem bin ich hier. Aber da Sie ja auch hier eingesperrt zu sein scheinen, finde ich es wunderbar, mal wieder intelligente Gesellschaft genießen zu dürfen.«

Sie hörten beide den Lärm draußen im Korridor; dann glitt das Paneel plötzlich auf. Als erste wurde Bunny hineingestoßen; Marmion folgte mit einem etwas würdevolleren Eintritt, während man Diegos schlaffen Leib von der Tür aus auf die Koje gegenüber Yana schleuderte, wobei sein Kopf hart an der Kabinenwand aufschlug. Schnappend schloß sich das Paneel wieder, und Bunny lief mit einem Protestschrei zu Diego hinüber.

»Yana? Ist alles in Ordnung?« fragte Marmion und schritt dabei um den Tisch, um Mendeley nicht berühren zu müssen.

»Dank Namids Gebräu geht es mir schon sehr viel besser«, erwiderte Yana und versuchte Marmion dabei zu vermitteln, daß der Astronom ihr Mitleid und nicht ihren Tadel verdient hatte. »Aber was haben diese Schweinehunde mit dem armen Diego angestellt?«

»Einer der Männer, die uns hierher gebracht haben, wollte Bunny komisch kommen«, erwiderte Marmion zornig. »Sie hat ihm einen Hieb verpaßt. Aber um ihr eine Lektion zu erteilen, hat der Erste Maat einfach Diego zusammengeschlagen.« Sie bebte vor Wut und wandte sich nun mit einem Blick, der selbst Stahl hätte durchbohren können, Namid zu. »Sollen wir über alle diese anderen Würdelosigkeiten hinaus jetzt auch noch jeden Augenblick bespitzelt werden, den wir zusammen sind?«

»Ach, hören Sie auf damit, Marmie«, warf Yana ein. »Er ist genauso ein Gefangener wie wir.«

»Verlangt man für Sie auch ein Lösegeld?« fragte Marmion. Sogleich wurde ihr Verhalten dem Astronomen gegenüber um einiges liebenswürdiger.

»Es gibt niemanden, der für mich zahlen würde«, erwiderte er, doch ohne Mitleid zu erheischen. »Ich habe vergessen, Dinahs Zugriff auf mein Konto sperren zu lassen.«

»Wie geht es Diego?« fragte Yana, an Bunny gewandt, die den Jungen in eine etwas bequemere Lage geschoben hatte.

»Er wird es überleben. Kann man hier Wasser bekommen?« fragte sie und blickte sich um.

Yana deutete auf die schmalen Türen. »Dahinter vielleicht?«

Bunny ging nachsehen, entdeckte ein Handtuch, befeuchtete es aus der Düse über dem winzigen Waschbecken und kehrte zurück, um Diegos Stirn damit abzuwischen.

»Wissen Sie«, begann Mendeley, »ich habe nie begreifen können, warum Dinah sich überhaupt die Mühe gemacht hat, eine förmliche Ehelichung zu durchlaufen. Ich meine, sie hätte ja auch ein vertraglich abgesichertes, zeitlich begrenztes Verhältnis eingehen können. Oder überhaupt keins. Aber sie hat sich wirklich mächtig ins Zeug gelegt, um mich dazu zu kriegen, sie zu heiraten.«

»Tatsächlich?« Marmion war überrascht. »Sie macht mir gar nicht den Eindruck, als wäre sie der Ehetyp.«

»Das habe ich auch gedacht, aber wir haben trotzdem geheiratet. Nicht, daß ich etwas dagegen gehabt hätte ...«

»Sie sind Astronom?« fragte Marmion und musterte ihn um einiges wohlwollender als zuvor. Als er mit einem Nikken antwortete, fuhr sie fort: »Hat sie Sie jemals dazu gebracht, über Ihr Spezialgebiet zu sprechen?«

Röte schoß über Namids fahles Gesicht, und seine Miene wirkte deutlich gequält. »Ständig. Ich fühlte mich ziemlich geschmeichelt, wie Sie sich wahrscheinlich denken können. Warum fragen Sie?«

»Was für ein Gebiet der Astronomie?«

»Was meinen Sie damit?«

»Sonnensystemtypen, Planeten ...«

»Planeten. Ja, sie war fasziniert von der Entstehung der Planeten.«

Marmion, Yana und Bunny wechselten Blicke.

»Und sie schien aufrichtig interessiert«, fügte er verwirrt hinzu.

»Vielleicht *intelligente* Planeten?« fragte Marmion.

Da mußte er lachen. »Also wirklich, Madame Algemeine, Intelligenz in einem Materieball, der aus einer abkühlenden Sonne ausgespien wird? Ach, kommen Sie, ich weiß doch, daß Sie eine intelligente Frau sind.«

»Und intelligent genug, um Intelligenz und Bewußtsein als solches zu erkennen, wenn ich sie sehe, fühle und höre.«

Namid beugte sich zu ihr hinüber. Seine bohrenden grünen Augen fingen ihren Blick auf, als er die Arme von der Brust senkte und sie fest auf die Tischplatte stemmte. Yana konnte fast mit ansehen, wie sein Denken versuchte, mit dem ernsten Tonfall Marmions Schritt zu halten.

»Sie meinen es ernst, wie?«

»Todernst«, erwiderte Marmion mit leichter Schärfe.

»Und Sie wurden entführt wegen eines ...« Immer noch zweifelnd, stockte er. »Wegen eines intelligenten Planeten?«

»Dinah hat in Ihrer Gegenwart doch bestimmt mal den Namen Petaybee fallen lassen, oder?«

»In letzter Zeit sogar ziemlich häufig«, versetzte er stirnrunzelnd. Dann machte er eine kleine warnende Geste mit den Fingern und blickte bedeutungsvoll die Ecken der Kabine an, um sie zu warnen, daß hier wahrscheinlich Wanzen angebracht waren, was Yana ohnehin bereits vermutete. »Aber ich wußte nicht, daß es der Name eines Planeten ist.«

»So ist es aber«, erwiderte Yana. »Planet Terranisierungsform B oder eben PTB.«

»Ich verstehe ...« Wieder hielt er einen Herzschlag lang inne, dann schüttelte er den Kopf. »Nein, ich verstehe nicht.« Er drückte die Finger an die Stirn, als wollte er damit sein Verständnis anregen.

»Ich auch nicht, ehrlich gesagt«, meinte Yana. Langsam gewann sie das Gefühl, daß ihre Kehle der Anstrengung einer Unterhaltung wieder gewachsen sein könnte. Immerhin hatte der Hustenreiz in der letzten paar Minuten deutlich nachgelassen. »Das Lösegeld für mich scheint Petaybee zu sein.«

Marmion und Bunny sahen sie entsetzt an. Namid machte einen verwirrten Eindruck.

»Ich glaube, Marmion, Ihre früheren Kollegen haben einen schlimmen taktischen Fehler begangen, indem sie *andeuteten*«, Yana machte nach Betonung dieses Wortes eine bedeutungsvolle Pause, »... daß Petaybee sagenhafte Reichtümer birgt, die er der Intergal bisher vorenthalten hat. In Wirklichkeit, Namid, hat ein erdähnlicher Planet seines Umfangs und seiner Dichte nur geringfügige mineralische Ressourcen, die noch dazu, wie sich herausstellen dürfte ...«

»... so gut wie unmöglich zu fördern sind, und zwar aufgrund der heftigen Witterungsbedingungen auf der Planetenoberfläche. Er verfügt allerdings über erneuerbare wertvolle Pflanzen, und auf dieser Grundlage können wir vielleicht tatsächlich noch zu einer Vereinbarung mit einer, aber auch nur einer einzigen Pharmafirma gelangen. Aber ein solches Unternehmen ist kein Plünderungsprozeß. Vielmehr wird es erst nach und nach Gewinne abwerfen, und auch erst dann, nachdem der Planet der Intergal die Kosten erstattet hat, die der Firma für die Terranisierung und Wartung entstanden sind. Petaybee verfügt über einen ungreifbaren Reichtum, nicht aber über leicht verkäufliche Wertgegenstände.«

»Und der Planet bestimmt ... irgendwie ... seine eigene Zukunft?« fragte Namid, dem es immer noch schwerfiel, diese Vorstellung zu verdauen.

»Seine Oberfläche hat der Planet ziemlich gut im Griff«, erwiderte Marmion mit breitem Grinsen. »Er wehrt sich gegen den Einsatz von Spreng- und Explosivstoffen, indem er dort Vulkane ausbrechen läßt, wo die Bergarbeiter gern graben wollen. Er verhindert die Nutzung eines flachen Landeplatzes für Raumschiffe, indem er genau in der Mitte der Fläche einen Gesteinhaufen auswirft und alle umstehenden Gebäude zum Einsturz bringt. Er läßt Schnee und Eis entweder vorzeitig auftauen oder beschwört geradezu teuflische Witterungsbedingungen, um seine Ressourcen zu erhalten. Er ist ein beachtlicher Gegner und ein äußerst wünschenswerter Freund.«

»Ich habe mein ganzes Leben auf Petaybee zugebracht«, fügte Bunny hinzu, »und es ist ein gutes Leben.«

»Nur nicht nach jedermanns Geschmack«, ergänzte Yana schmunzelnd. »Aber immerhin, die Luft ist rein und unverschmutzt, der Boden ist fruchtbar genug, um Nahrungsmittel hervorzubringen – wie übrigens auch wunderbare Kräuter und Pflanzen, aus denen sich die wirkungsvollsten Gebräue und Essenzen herstellen lassen. Und wenn es auch ein hartes Leben ist, so ist es doch ein gutes Leben, sofern man den Planeten so nimmt, wie er ist, und er bereit ist, umgekehrt das gleiche zu tun.«

»Es ist der einzige Planet in der ganzen Galaxis, der seinen Bewohnern eine Aufnahmeprüfung abverlangt«, sagte Marmion und mußte ebensosehr über ihren eigenen Witz wie über Namids verdutztes Gesicht kichern.

Diego begann auf der schmalen Koje zu stöhnen und sich zu winden, und sofort war Bunny ganz Aufmerksamkeit.

# 13. KAPITEL

*Kilcoole*

Sean machte die Feststellung, daß er es im wahrsten Sinne des Wortes nicht mehr in seiner Haut aushielt, so sehr setzte ihm die Entführung zu. »Una, ich muß raus«, sagte er. »Schicken Sie Marduk. Der wird mich schon finden. Ich gehe an den Fluß.«

»Wen soll ich schicken? Mar ... Sean! Was ist, wenn es eine weitere Lösegeld ...« Hinter ihm verhallte ihre Stimme.

Er wußte ja, daß sie recht hatte. Eigentlich sollte er im Büro bleiben, für den Fall, daß es neue Entwicklungen gab; für den Fall, daß Yana oder Marmions Leute wieder Kontakt herstellten. Doch die letzten beiden Wochen hatten ihn völlig zermürbt, und nun machte ihm dieser neue Schock den Kopf schwindeln. Er war daran gewöhnt, im Freien zu arbeiten, zusammen mit Tieren, und die langen, wässrigen Korridore des Planeten zu durchschwimmen und aus dem Wasser Kraft und Ruhe zu schöpfen. Dieser viele Papierkram und die Leute von anderen Welten ... Der Versuch festzustellen, was gerecht war, was richtig war, wo sie hinpassen mochten, wo er Duldsamkeit üben und ihren Bedürfnissen entsprechen und wo er einen scharfen Trennstrich ziehen sollte. Er war durchaus davon überzeugt, ein guter Mensch zu sein. Nur daß er eben nicht zu jener *Sorte* guter Menschen gehörte, die derlei unbeschadet ertrugen. Und nun, da die Möglichkeit bestand, daß Yana niemals wiederkehrte, da das, was er tat oder sagte, was er konnte oder nicht konnte, vielleicht über Leben und Tod für sie bestimmte und für Bunny, Diego und Marmion, die so gütig gewesen war, und für die Zukunft, auf die er und Yana sich so gefreut hatten – nein, er mußte fort, mußte nachdenken, mußte sich vom Wasser umspülen lassen.

Sean hatte das Gefühl, als würde es sich bei seiner alternativen Gestalt um einen Wal oder einen Delphin und nicht um eine Robbe handeln. Er schaffte es gerade noch in die Deckung der Wälder, bevor er seine Kleider abwarf und in die Fluten des Flusses sprang. Er genoß das Wogen und Perlen, das beruhigende Dahingleiten im Naß, das sich über seinen Kopf ergoß, während er sich gänzlich verwandelte, vom Menschen zur Robbe, zwanzig Fuß tief in den Tiefen des Flusses.

Für gewöhnlich vollzog er seine Verwandlung immer nur an den Heißwasserquellen oder weiter entfernt von zu Hause, weil seine Transformation bis dahin ein streng gehütetes Geheimnis gewesen war, von dem nur seine allerengsten Freunde und seine Familie gewußt hatten. Doch es war schon einige Male vorgekommen, daß er diesen Fluß hatte entlang schwimmen müssen, und so hatte er es getan. Wie alle Flüsse ergoß auch dieser sich schließlich ins Meer. Und wie die meisten Flüsse Petaybees wurde er unterwegs von verschiedenen heißen Wasserquellen gespeist, die ihn erwärmten. Wild schwamm er ins Meer hinaus und ebenso wild wieder zurück, denn er wollte sich nicht allzu weit entfernen für den Fall, daß Yana ihn brauchte. Doch schon der bloße Anblick des Landes wühlte ihn wieder auf vor Trauer und Sorge, und so tauchte er tiefer und tiefer.

Der vernunftbestimmte Mensch in ihm hieß seine Robbe, vorsichtig zu sein, sich nicht zu verletzen oder in irgendwelche Fallen zu geraten, weil er dann nicht dazu in der Lage wäre, Yana zu helfen, sollte er gebraucht werden; doch sein Robben-Ich schwamm tollkühn und rastlos weiter – und begann, Dinge an den Flußufern und am Flußbett zu bemerken, die ihm vorher nicht aufgefallen waren.

Petaybees jüngste seismische Aktivität hatte den Flußkanal leicht verändert, ebenso die speisenden Quellen: Nun klafften mehrere Unterwasserhöhlen unter den Ufervorsprüngen, und als Sean hineintauchte, sah er, daß sie tief unter die Uferbänke führten. Er schwamm in einen der Tunnel hinein, folgte seinen Kurven und Windungen, bis er feststellte, daß er nicht länger dahinschwamm, sondern sich aus einem Brunnenquell auf den Boden eines weiteren unterirdischen Gangs von Petaybee hievte. Wieder an Land, nahm Sean erneut seine Menschengestalt an, und das Wasser des Flusses perlte von seiner Haut.

Der Schwimmausflug hatte ihm nicht so sehr geholfen, wie er sich erhofft hatte. Nun gesellte sich zu seinen anderen Sorgen auch noch die Sehnsucht, hierzubleiben, sicher vor jeder Störung und davor, für alle und jeden entscheiden zu müssen – und doch mußte er bald wieder fort, für den Fall, daß er gebraucht wurde. Hier würde ihn nicht einmal Marduk finden.

Andererseits brauchte er es, hier zu sein, im Innern des Planeten, eins mit diesem. Das war schon immer seine größte Inspiration und sein größter Trost gewesen – zum Beispiel, als seine Eltern gestorben waren, als seine Schwester Aoifa verschollen ging und auch, als er sich anfänglich unsicher war, ob Yana ihn akzeptieren würde.

»Was soll ich nur tun?« fragte er die Höhlenwände. »Ich nehme an, daß die Menschen sich das früher oder später immer einmal fragen mußten. Verrate ich mein Heim, indem ich es mir von anderen wegnehmen lasse? Oder verrate ich meine Familie, indem ich sie in Gefahr bringe? Ich bringe es nicht über mich, das eine oder das andere zu tun, selbst wenn ich wüßte, wie ich es schaffen sollte. Was sollen wir tun?« Er schmeckte das Salz in dem Wasser, das ihm aus den Haaren troff, und wußte, daß es kein Flußwasser war, auch wenn es jetzt in den Fluß zurückströmte. »Ich brauche Hilfe.«

»Hilfe!« erwiderte das Echo kreischend. *»Hilfe*!«

Es klang wie eine völlig andere Person, nicht wie ein Echo seiner selbst – das Echo der Hochzeit hatte denselben Tonfall gehabt. Trotz seines Schmerzes setzte er sich ein Stück auf, schaute und lauschte. Dann sagte er laut: »Das ist richtig. Wir brauchen Hilfe. *Yana* ist von weiteren Leuten gefangen genommen worden, die dich in Stücke zerreißen wollen. *Yana* braucht Hilfe.«

»Hilf Yana! *Hilf Yana! HILF YANA! YANA! YANA!!«*

*Ihr Name hallte durch die Höhle, bis Sean kurz davor stand, ins Wasser zu springen, um ihm zu entkommen. Da verwandelte das Echo sich plötzlich wieder.*

*»Hilfe!* Hilf uns!« Und mit einem Mal organisierte sich die matte Phosphoreszenz, die in diesen Höhlen immer vorherrschte, zu einer geraden Linie und wurde immer größer.

Für einen Augenblick begaffte Sean einfach nur das Schauspiel. Dieses zielstrebige Echo, diese zielstrebige Gerade aus Phosphoreszenz – nichts von beiden hatte Petaybee schon einmal manifestiert. Aber Petaybee war schließlich noch ein junger Planet, der noch immer damit beschäftigt war, seine eigenen Fähigkeiten zu entdecken, und er war erst kürzlich neuen Anregungen ausgesetzt worden. So wurden seine Reaktionen immer interessanter.

Sean folgte der phosphoreszierenden Spur und versuchte, sie nicht zu verlieren, bis er sich plötzlich im Fluß wiederfand, inmitten eines riesigen Schwarms von Fischen – aller möglichen Arten von Fischen –, die allesamt zielstrebig und entschlossen in dieselbe Richtung schwammen.

*An Bord des Piratenschiffes*

Ein Gefühl von Wärme und Schwingung am Halsansatz weckte Yana aus dem Tiefschlaf. Es schien aus dem kleinen Beutel Erdreich zu stammen, der ihr um den Hals hing, ganz so, als befände sich keine Erde darin, sondern irgendein winziges Tier. Beruhigt ergriff sie den Beutel, und als sie dies tat, erwachte in ihrem Geist das Bild Seans zum Leben, wie er nach ihr rief, so daß ihr eigener Name in ihrem Geist widerhallte – so klar, als würde jemand im Raum sie gerade ansprechen. Die Stimme klang dermaßen verzweifelt, daß Yana sich wünschte, irgendwelchen Trost spenden zu können, doch bevor sie zu irgendeiner Art von Erwiderung ansetzen konnte, verspürte sie wieder jenes Kitzeln, das stets einem Hustenanfall vorausging.

Sie umklammerte den Talisman noch fester, während Petaybee und Sean weiterhin nach ihr riefen – eine Stimme in ihrem Geist, die ihren Namen hervorstieß. Die Katzen sprachen mit anderen Katzen und mit Clodagh, die Hunde mit ihren Herren, und alle sprachen mit dem Planeten. Warum sollte dann die mächtige Stimme eines Planeten nicht dazu in der Lage sein, durch die Weiten des Kosmos zu rufen, wenn es ihm ein Anliegen war? Ein interessanter Gedanke, der nun immer und immer wieder um das Bild taumelte, während das Kitzeln sich auflöste und die Stimme verklang.

Lange Zeit lag Yana wach, nestelte an dem Beutel und fragte sich, ob sie die Wärme und das gewaltige geistige Echo nur geträumt haben mochte. Denn es war außerordentlich beruhigend zu glauben – und sei es nur für einen Augenblick –, daß Petaybee irgendwie auf ihrer seelischen Wellenlänge schwang, so gern Yana es auch gehabt hätte.

Wenn sie in der Vergangenheit geträumt hatte, daß jemand ihren Namen rief, war dem tatsächlich so gewesen; aber das galt eben auch für den Kapitän oder den Ausbildungsunteroffizier oder den Co-Kommandanten. Diesmal aber befand sie sich in den Tiefen eines ungewissen Ortes, wo die einzigen vernehmbaren Geräusche die Unruhe ihrer schlafenden Mitgefangenen verursachte.

Dann wurden sie alle unsanft geweckt, als die Tür zu ihrem Gefängnis aufflog und ein muskulöser Matrose hereingestürzt kam, der ständig drohende Megenda sowie Dinah O'Neill, die alle Kraft ihres zarten Körpers aufzubieten schien, um Megenda im Zaum zu halten. Der aber schlug kräftig mit einem Gegenstand an das Metall des Türrahmens: eine Laserpistole. »Bewegt eure Ärsche, ihr faules Pack nutzloser Hetären!«

Ein Teil Yanas dachte: Ah, ich habe also recht gehabt. Er spielt wirklich den Piraten alten Stils. Wer benutzt heute schon noch das Wort ›Hetäre‹?

Doch er wirkte äußerst entschlossen, und es schien, als wäre Dinah O'Neill im Augenblick das einzige, das zwischen ihnen und seinem Zorn stand. Als die anderen Schläfer erwachten und sich verschreckt und verstört umblickten, stemmte er die Fäuste gegen den Munitionsgürtel um seine Hüften und funkelte sie wütend an.

»Megenda, hör auf! Noch nicht! Wir müssen ihnen eine Chance geben!« rief Dinah O'Neill und zerrte dabei an ihm.

»Ruhig, Frau. Ich sage, daß wir jetzt damit anfangen, sie stückchenweise nach Hause zu schicken.«

Yana blickte Dinah mit hochgezogener Augenbraue an, so, als bedürfte Megenda plötzlich eines Dolmetschers. »Weshalb regt der sich so auf?«

»Bitte, reizen Sie ihn jetzt nicht noch mehr! Der Kapitän hat ihn getadelt, und Megenda ist schrecklich sensibel! Der Kapitän war aber auch wirklich zutiefst ungerecht. – Beruhige dich doch, Megenda! Jeder weiß, daß es nicht deine Schuld ist. Schuld sind bloß diese gefühllosen und hartherzigen Leute in Ihrer Gesellschaft, Madame Algemeine, und auf Ihrem Planeten, Oberst Maddock. Ich muß zugeben, ich bin genauso überrascht wie alle anderen. Ich hätte erwartet, daß jedermann sich mächtig ins Zeug legt, um das Lösegeld zu bezahlen – bei dem großen Vermögen von Madame Algemeine und in Anbetracht der Tatsache, daß Sie gerade den Mitverwalter des Planeten geheiratet haben, Oberst. Ich habe sogar eine kleine Erinnerungsnachricht nachgeschoben. Aber bisher hat man sich nicht einmal zu der Höflichkeit bequemt, uns überhaupt zu antworten, von einer Zahlung ganz zu schweigen. Der Kapitän ist so verärgert, daß es in seiner Gegenwart keiner an Bord des Schiffes mehr aushält. Beruhige dich, Megenda!«

»Ich wußte gar nicht«, hörte Yana sich selbst bemerken, »daß seine Art überhaupt zur Verärgerung fähig ist.«

Megenda fuhr zu ihr herum. Seine Augen funkelten bösartig, und Dinah O'Neill stieß ein leises Quieken hervor, als er sie zusammen mit seinem massigen Arm einfach von der Stelle riß.

»Oberst Maddock, bitte! Die Angelegenheit ist alles andere als komisch«, rief Dinah.

»Das weiß ich auch«, erwiderte Yana völlig nüchtern. »Aber als der gute Kapitän mich aufforderte, den Planeten als Lösegeld für mich zu verlangen, konnte er wohl nicht wissen, daß ich keinerlei Kontrolle über den Planeten habe ...«

»Na, na, da geben Sie sich aber viel zu bescheiden! Uns wurde mitgeteilt, daß Sie – falls Sie es wirklich wollen und falls Sie richtig motiviert sind – zusammen mit Ihrem neuen Bräutigam über die Macht verfügen, seine Mineralien und Erzvorkommen zuzuweisen, wie es Ihnen beliebt ...«

»Ich kann nichts von einer Wesenheit zuweisen, die ich nicht besitze, die mir nicht gehört, die ich nicht beherrsche, der ich nicht befehlen kann«, fauchte Yana zurück. »Außerdem hat niemand die leiseste Ahnung, was es überhaupt zuzuweisen gäbe.«

Megenda kam ein Stück auf sie zu.

»Megenda, laß mich bitte noch mit diesen Leuten reden«,

warf Dinah O'Neill ein. »Sie sind vernünftig und wollen nicht, daß man ihnen weh tut. Ich weiß ja, daß es schon Monate her ist, seit du mal richtig was erlebt hast, aber bitte, sei jetzt geduldig.«

Megenda schnitt eine böse Grimasse und richtete sich ein Stück auf.

Dinah O'Neill fuhr fort: »Ich hoffe nur, Sie begehen nicht den Fehler, unsere Organisation zu unterschätzen, Oberst. Wir haben schon früher Agenten auf Ihrem Planeten gehabt, und wir wissen sehr gut, daß es dort wertvolle Erzvorkommen gibt. Wir haben auch eine ziemlich genaue Vorstellung davon, wie Sie an diese Lagerstätten herankommen. Nichts macht Megenda wütender, als wenn ihn jemand anlügt.«

Yana schüttelte vorsichtig den Kopf, um den Husten nicht zu reizen. Es war alles andere als die passende Gelegenheit, sich nicht richtig ausdrücken zu können. »Falls Sie Satok und all diese anderen Pseudoschamanen meinen sollten – die niemals auch nur genug Erz fördern können, um damit für ihren eigenen Abflug zu bezahlen, ganz zu schweigen von einer Beute der Größenordnung, wie Louchard sie wirklich interessieren würde. Allerdings hatten sie wohl auch weder die Zeit noch die Gelegenheit dazu ...« Dessen war Yana sich vollkommen sicher, da der Tod der Pseudoschamanen zeitlich äußerst passend von den Coobeeren bewirkt worden war. »Der Planet hat einige ungewöhnliche natürliche Verteidigungsmaßnahmen gegen ihre Schürfmethoden entwickelt. Für mich hört es sich eher danach an, als wollte Ihr Kapitän nur versuchen, eine gescheiterte Investition zurückzuholen, weil er ihrer Dienste als illegale Schürfer verlustig gegangen ist. Selbst die Firma mußte ja einsehen, daß es keinen Zweck hat zu versuchen, Petaybee irgend etwas zu entreißen, was der Planet nicht freiwillig hergeben will.«

»Laß mich los, Frau«, sagte Megenda und versuchte, Dinahs winzige beringte Hand abzuschütteln. »Das Weib ist nutzlos. Das können wir genausogut auf den Plankenlauf schicken.«

»Wir haben aber doch gar keine Planken mehr, Megenda!«

»Stimmt, aber der Raum ist auch sehr viel größer als jede armselige Pfütze. Wir können sie in einen Anzug stecken, damit sie noch ein paar Stunden Gelegenheit hat, in der Gegend herumzuschweben und darüber nachzudenken, was sie hätte tun können, um den Kapitän zufriedenzustellen.«

Yanas Argumente waren an Megenda offensichtlich abgeprallt, doch seine Einstellung verstärkte nur ihr Gefühl, daß er nicht der einzige war, der die Natur des Wesens nicht begreifen konnte, mit dem er zu tun hatte. Da selbst die Firma, die Petaybee immerhin entwickelt hatte, ohne gewaltige Überzeugungsarbeit nicht dazu in der Lage gewesen war, die Situation zu erfassen, war Louchard zweifellos genauso verwirrt wie alle anderen, was die Frage betraf, was man einem vollständig bewußten und intelligenten Planeten tatsächlich entreißen konnte oder nicht.

»Spar es dir noch auf, Megenda«, sagte Dinah mit einem leisen Hieb, der dem großen Muskel von Megendas Unterarm nicht das geringste anzuhaben schien. »Du und der Oberst, ihr verhaltet euch beide unvernünftig.«

»Unvernünftig?« fuhr Yana hitzig auf. »Gute Frau, ich bin mir nicht sicher, ob ich das alles hier überleben werde. Ich weiß auch nicht, ob es überhaupt einer von uns überlebt. Ich bin krank. Und ich zögere, dies in Gegenwart Ihres ›sensiblen‹ Ersten Maats zu erwähnen, weil ich ihn nicht auf sadistische Gedanken bringen will, aber ich bin außerdem schwanger. Alle Einwohner Petaybees hatten große Sorgen und Bedenken, mich überhaupt auf diese Mission zu lassen, weil mein Kind, genau wie diese Kinder hier, mit dem Planeten verbunden ist. Durch mich braucht es dieselben Dinge, die uns allen hier fehlen: Frischluft und vernünftiges Essen, nicht diese Knetwürfel, die Sie uns hier auftischen. Ich hätte eigentlich geglaubt, daß ein Pirat von Louchards Kaliber und Einfallsreichtum sich wenigstens einen Replikator leisten könnte, der vernünftige Mahlzeiten herstellen kann – anstelle dieses pulverisierten Staubs!« Yana war es wirklich voll und ganz leid. Sie konnte rein gar nichts tun, und je früher Louchard dies begriff, um so besser. Vielleicht nicht besser für sie, doch war jede Lösung immer noch besser als dieses Eingesperrtsein. »Ich verlange vernünftige Mahlzeiten. Ich verlange Sportgeräte. Ich verlange …«

»Wirst du dir diese Offizierin und ihre Forderungsliste etwa anhören?« höhnte Megenda, und mit einer bösartigen Miene tat er einen weiteren Schritt in die Kabine und hob eine Hand, bereit, sie Yana in den Leib zu schlagen.

Yana zuckte nicht einmal mit der Wimper, als sie beiseite glitt, um den Hieb mit den Unterarmen abzufangen, wobei sie sich gleichzeitig ausbalancierte, um einen Karatetritt zu landen. Kampflos würde sie ihr Baby nicht umbringen lassen!

Auch Marmion war offensichtlich nicht dazu bereit, denn sie baute sich nun entschlossen zwischen Yana und Megendas Faust auf. Yana entspannte sich etwas, blieb aber wachsam.

»Wenn Sie auch nur einen von denen anfassen, werden Sie nicht einmal das bekommen, was ich Ihnen zu geben beschlossen habe«, sagte Marmie mit einer seidigen Stimme, die verheißungsvoll und bedrohlich zugleich klang.

Dinah hieb gegen Megendas Faust, worauf dieser sie senkte, und sagte mit einer noch stärkeren Verärgerung und Berechnung in der Stimme: »Aber Madame Algemeine! Ihre Leute haben auch nicht auf die Lösegeldforderung reagiert.«

Marmion zuckte die Schultern. »Und das werden sie auch nicht«, sagte sie mit einem Lächeln, das knapp an der Selbstzufriedenheit vorbeisteuerte. »Sie bilden sich doch wohl nicht ein, ich würde es zulassen, meine Organisation schutzlos einem derartigen Vorfall preiszugeben?« Mit einem Wedeln ihrer schlanken Hand tat sie das Schiff, die Piraten und ihre ganze Situation verächtlich ab. »Meine Leute haben die Anweisung, Erpressungen zu ignorieren …«

»Auch wenn wir damit anfangen, Sie stückweise zurückzuschicken?« fragte Megenda höhnisch grinsend.

Dinah O'Neills Stimme klang gelassen und professionell, als sie erwiderte: »Natürlich habe ich Kapitän Louchard geraten, daß man Sie unversehrt freilassen sollte. Aber so langsam ärgern diese Verzögerungen ihn doch.«

»Wie schlimm für ihn«, bemerkte Bunny.

Bevor Dinah reagieren konnte, holte Megenda aus und schlug Bunny mit der flachen Hand beiseite, daß sie mit dem Rücken gegen den Kojenrahmen krachte. Mit einem Brüllen sprang Diego auf Megenda zu, doch Namid und Marmion erwischten ihn noch rechtzeitig: Schon hatte der muskulöse Maat seine Laserpistole direkt auf die Stirn des Jungen gerichtet.

»Ach, herrje, die Eingeborenen werden unruhig«, bemerkte Dinah seufzend. »Es tut mir leid, aber ich kann sie nicht mehr zurückhalten ..

»Das ist Blödsinn, Dinah, und das weißt du auch«, warf Namid ein, als würde man ihm die Worte zwischen den Zähnen hervorpressen. »Was ist nur los mit dir? Bist du inzwischen so habgierig geworden, daß du deinen Überlebensinstinkt dabei eingebüßt hast? Du weißt doch verdammt genau, daß diese Männer nichts ohne deine Billigung tun. Also hör auf mit diesem blöden Spiel und sag ihnen, sie sollen davon ablassen, unschuldige Kinder zusammenzuschlagen, sonst werde ich ... sonst werde ich ...«

»Was wirst du, Namid?« fragte sie kalt. »Mich verlassen? Das ist aber eine leere Drohung, Liebling.«

»Es geht hier nicht um uns – es geht um das, was *du* Geschäft nennst«, versetzte Namid, während er sich immer noch abmühte, Diego zurückzuhalten. »Früher hast du dir etwas darauf eingebildet, vernünftigen Argumenten zugänglich zu sein.«

»Na und?« Dinahs Miene war eine Herausforderung an ihn, ihr ein solchen Argument zu liefern.

»Ich hätte dir gleich sagen können, daß Menschen von Marmions gesellschaftlichem Rang stets den strengen Grundsatz verfolgt haben, auf keinerlei Lösegeldforderungen einzugehen. Oder erinnnerst du dich nicht mehr an den

Fall der Bernsteineinhorn? Von denen, die zur Durchsetzung von Lösegeldforderungen festgehalten wurden, sind zwei unter der Folter gestorben, bei der sie ihre eigenen Organisationen angefleht haben, die Vorschriften zu lokkern und sich über die Bürokratie hinwegzusetzen, um sie zu retten. Doch den Organisationen war das von Gesetz wegen streng untersagt. Alles Vermögen war fest und rechtlich bindend angelegt, so daß es sich überhaupt nicht liquidieren ließ. Die Familien haben damals gefleht und alle möglichen persönlichen Versicherungen abgegeben, doch am Schluß sind die beiden Gefangenen gestorben, und es wurde niemals Lösegeld gezahlt. Die anderen haben Selbstmord begangen – wie es scheint, durchaus vorbereitet. Ich vermute, daß Marmion bereit ist, ähnliche …Maßnahmen zu ergreifen, um sicherzustellen, daß niemand von ihrer Gefangennahme oder ihrem Tod profitieren wird.« Als Namid in ihre Richtung blickte, nickte Marmion, ein leises, stolzes Lächeln auf den Lippen.

»Es gibt nicht die geringste Möglichkeit, daß irgendwelche Gelder locker gemacht werden, bevor ich nicht wieder frei bin«, bestätigte Marmion. »Ich bin allerdings bereit, ein … nennen wir es ›Passiergeld‹ für eine sichere Rückkehr zu bezahlen, und ich bin auch durchaus willens, dafür zu sorgen, daß es sich bei diesem ›Reisegeld‹ um eine erkleckliche Summe handelt …« Sie machte eine geschmeidige Geste, mit der sie alle in der Kabine Anwesenden umfaßte, Namid eingeschlossen. »Aber es gibt nicht die geringste Chance, daß meine Leute irgendwelche Mittel liquidieren würden, nur weil sie meine Unterschrift in den Händen halten …« Den nächsten Satz gab sie mit einer so resoluten und zugleich leisen Stimme von sich, wie Yana es bei dieser bemerkenswerten Frau noch nie erlebt hatte. »…selbst wenn ich den Schreibstift beim Unterschreiben mit den Zähnen halten müßte.«

»Verdammter Fiske!« entfuhr es Dinah bei der ersten nicht einstudierten, spontanen Äußerung, die Yana bisher von ihr gehört hatte. »Der Kerl hat behauptet, es wäre eine todsichere Sache.« Irgendwie war Yana nicht besonders überrascht zu erfahren, daß Torkel mit diesem Fiasko zu tun hatte.

»Und ich dachte immer, du wärst zynisch genug, um zu begreifen, daß es keine todsicheren Sachen gibt.« Namid musterte sie sarkastisch. »Was diese Opfer angeht, hast du offensichtlich deine Hausaufgaben nicht gemacht, Dinah. Vielleicht ist es Zeit aufzuhören, wenn du jetzt schon nachlässig wirst.«

»Na, ich wünsche mir durchaus, Sie hätten mir das alles vorher erzählt, bevor ich soviel Zeit darauf vergeudet habe. Das ist es auch gerade, nicht wahr?« fragte sie mit einem verletzten Ausdruck, während sie die Mienen ihrer Gefangenen und ihres ehemaligen Ehemannes musterte. »Sie wollten nur Zeit herausschinden! Ach, tatsächlich! Nur weil Sie in einem legitimen Geschäft tätig sind und nicht in einer ins soziale Abseits gedrängten Branche wie der meinen, glauben Sie anscheinend, daß meine Zeit nicht so wertvoll ist wie Ihre. Ich habe gleich gewußt, daß ich lieber bei Frachtladungen hätte bleiben und meine Aktivitäten nicht auch noch auf Passagiere hätte ausdehen sollen. Aber ...aber auf dieser armseligen Eiswelt gibt es *tatsächlich* Gold«, beharrte sie mit herabhängenden Fäusten. »Es gibt *tatsächlich* Edelsteine dort, Germanium, Gengesit ...«

»Ja, in geringen Mengen«, erwiderte Yana. »Was für Vorkommen hat man Ihnen denn bloß gezeigt?« fügte sie verwundert hinzu.

Dinah O'Neill erwiderte nichts, hielt die Augen aber weiterhin auf Yana gerichtet.

»Sind Sie jemals auf Petaybee gewesen?« fragte Yana.

Ein Augenflackern der Freibeuterin und ein leises Lächeln deuteten an, daß dem so war.

»Im Winter? Oder im Sommer ...was man dort so als Sommer bezeichnet?« fuhr Yana fort.

»Sowohl als auch.«

»Und was haben Sie Kapitän Louchard gemeldet, daß er so versessen darauf ist, diese arme Welt zu plündern?«

Für einen Sekundenbruchteil flackerten O'Neills Augen wieder auf, diesmal von Zweifeln erfüllt.

»Ich bin sicher, Sie haben so etwas schon öfter zu hören bekommen«, begann Yana und atmete tief durch, »aber wenn Sie uns freilassen, werden wir Sie nicht verfolgen.« Sie schaute zu Marmion hinüber, die es mit einem Nicken quittierte. Dinahs Miene wirkte verächtlich; Megenda schien die zynische Erheiterung in Person zu sein. »Ich meine nämlich wirklich, daß man Sie in die Irre geführt hat. Satok konnte das sehr gut ...«

»Der war Petaybeeaner, und er *wußte* ...«

»Der wußte *überhaupt nichts*«, warf Bunny ein, die immer noch mit einer Hand an ihrem Gesicht nestelte, während das Blut aus der Schnittwunde troff, die Megendas Fingerring auf ihrer Wange gezogen hatte. »Der war nicht mehr auf dem Planeten gewesen, seit er bei der Firma angeheuert hatte, und auch die haben ihn verdammt schnell gefeuert. Selbst als er dort aufwuchs, hat er kaum zu etwas getaugt. Der hat immer nur große Reden geschwungen.«

Dinah lächelte, als sie die Augen auf Bunny richtete, fast so, als würde sie sich selbst zu der Standfestigkeit des Mädchens beglückwünschen.

»Sagen Sie Ihrem Kapitän, daß er keinen Schritt weiter kommt, wenn er Yana oder Sean oder mich oder Diego bedroht«, fuhr Bunny gelassen fort. »Wenn er mit Petaybee irgend etwas ausmachen will, dann muß er sich schon nach Petaybee bequemen und die Sache mit dem Planeten besprechen.«

»Die Sache mit dem Planeten besprechen?« Namids Erstaunen war vollkommen. Mit weit aufgesperrtem Mund starrte er von Bunny zu Dinah und wieder zurück.

Dinah warf Bunny einen mitleidigen Blick zu. »Mit dem Planeten reden?«

»Geh und sprich mal mit deinen Verwandten«, sagte Namid, womit er jeden ins Erstaunen versetzte, Dinah eingeschlossen. »Na ja, du hast mir doch immer erzählt, daß einige von deinen Verwandten vor Urzeiten mal nach Petaybee ins Exil geschickt wurden.«

»Das war ein Gerücht, mit dem ich aufgewachsen bin. Und das ich, wie ich hinzufügen möchte, auf dem Firmencomputer überprüft habe«, erwiderte Dinah und zuckte die Achseln. »Ich bin mir allerdings keineswegs sicher, ob ich mich auf deren Aufzeichnungen verlassen kann. Oder überhaupt auf irgend etwas, was den Planeten betrifft.«

»O'Neill? Es gibt O'Neills in Tanana Bay«, bemerkte Bunny und musterte Dinah mit neuem Interesse.

Dinah O'Neill zog sich so schnell zurück, daß das schwere Türpaneel sich bereits wieder zischend geschlossen hatte, als ihnen ihre Absicht klar wurde. Megenda und der Matrose folgten geschmeidig, und schon waren die Gefangenen wieder allein.

»Jetzt hast du es getan«, sagt Diego vorwurfsvoll zu Bunny. »Wir hatten sie schon so weit ...«

»Ich denke, Bunny dürfte es sehr wohl getan haben«, meinte Marmion leise und respektvoll.

»Dinah wird Zeit brauchen, um mit der Tatsache fertigzuwerden, daß sie sich getäuscht hat«, bemerkte Namid nachdenklich. »Aber sie ist hochintelligent und äußerst flexibel. Das muß sie auch sein, um in diesem Geschäft so lange überleben zu können. Meist ist sie auch in der Lage, Louchard zu beeinflussen ...«

»Meinen Sie, Dinah wird versuchen, ihn zu unserer Freilassung zu überreden?« fragte Bunny zaghaft und brach in Tränen aus. Diego schloß sie in die Arme, streichelte ihr das Haar und murmelte ihr leise Trostworte auf spanisch zu.

Marmion befeuchtete das einzige Handtuch, das ihnen in der Kabine zur Verfügung stand, und reichte es ihm, damit er es auf die Schnittwunde an Bunnys Wange legte, als Yana wieder zu husten anfing.

# 14.
# KAPITEL

*Petaybee*

Sean schwamm mit den einseitig ausgerichteten Fischschwärmen, bis sie den See erreichten, wo die Fische allesamt sofort einen silbrigen Strom bildeten, der in eine weitere Unterwasserhöhle floß. Sean folgte ihnen. Als das Wasser zu seicht wurde, kehrten die Fische zurück, und Sean fand sich in einer trockenen Grotte wieder. Als er gerade seine Gestalt verwandelte, sah er, wie das Phosphoreszieren sich einmal mehr zu einer Geraden umstrukturierte, die diesmal landeinwärts zeigte. Sobald er seine Füße wieder ausgebildet hatte, folgte er ihr. Obwohl Sean sein Leben lang die Wasserwege Petaybees durchschwommen hatte, waren ihm diese Höhlengänge neu – zweifellos ein Ergebnis der jüngsten seismischen Aktivität. Die leuchtende Gerade führte ihn auf die Hilferufe zu, die zunächst nur Echos gewesen waren – wie jene, die Sean in der Nähe von Kilcoole vernommen hatte, sich nun aber in die matten Schreie echter Stimmen verwandelten.

Als er um eine Ecke bog und die fünf Jäger erblickte, hätte er ob des Ausdrucks verängstigten Zorns und der Enttäuschung auf ihren Gesichtern beinahe laut losgelacht. Einer von Ihnen – de Peugh, wie er glaubte – hatte sichtlich Zukkungen entwickelt, und sein Haar war von mehr grauen Strähnen durchzogen, als Sean es in Erinnerung hatte. Minkus lallte vor sich hin, und Ersol schaute sich ständig in der Höhle um und ließ den Blick hinauf zur Öffnung schweifen, durch die sie in die Tiefe gestürzt waren, als würde sie ihn gleich verschlingen wollen. Die hölzernen Bögen, Pfeile und Lanzen, die Sinead den Männern anstelle ihrer Hightech-Gewehre ausgehändigt hatte, lagen auf einem kleinen Haufen zusammen – wahrscheinlich, wie Sean vermutete, um ein wärmendes Feuer zu machen. Die einzige Ausnahme bildete Mooneys Dolch, den er gerade in der Faust hielt, als er auf Sean deutete und schrie.

»Du bist schon wieder so eine gottverdammte Halluzination! Hau ab! Niemand läuft bei diesem Wetter mit nacktem Arsch herum.«

»Wir haben nichts für dich, ehrlich«, rief Minkus und wich ihm ängstlich aus. »Wir haben den Hasen in de Peughs Tasche der Katze gegeben. Sonst hätte sie uns aufgefressen. Bitte, bitte tu uns nichts!«

Sean blickte entschuldigend an seiner eigenen menschlichen Gestalt herab. »Ihnen etwas tun? Womit denn? Ich dachte, Sie wollten Hilfe haben.«

»Ja, wollen wir auch, wollen wir auch!« rief Minkus. »Wir sind schon seit Tagen hier unten, seit Wochen, seit Monaten. Es war der abscheulichste Alptraum. Die Wände verschieben sich und verschmelzen; dann gehen kleine Lichter an, und manchmal sehe ich winzige explodierende Vulkane – aber wenn ich dann noch einmal hinschaue, ist nichts mehr da ...«

Sean schüttelte den Kopf. »Sie können sich kaum länger als seit ein paar Stunden hier aufhalten. Wo sind meine Schwester und die anderen?«

»Sie haben uns im Stich gelassen, damit die Raubtiere uns auffressen«, erwiderte Minkus.

»Na ja, es gibt hier auf Petaybee *tatsächlich* ein Sprichwort, das da lautet: An manchen Tagen ißt du den Bären, an anderen Tagen ißt der Bär dich. Aber das sollte man lieber nicht zu wörtlich nehmen. – Sollen wir einen Ausweg für Sie finden?«

»Wir folgen Ihnen den Weg zurück, den Sie gekommen sind«, schlug Mooney vor.

Sean grinste. »Das geht leider nur, wenn Sie die Luft *sehr, sehr* lange anhalten können. Wie sind Sie überhaupt hier heruntergekommen?«

»Gestürzt sind wir!« Ersol zeigte auf das Loch hoch über ihren Köpfen. Jetzt, da jemand eingetroffen war, der sie wahrscheinlich aus der Gefangenschaft würde befreien können, war seine Würde wiederhergestellt. »Wir können von Glück reden, daß wir dabei nicht umgekommen sind. Wir könnten eine Klage wegen ...«

Sean lachte noch lauter. »Eine Klage? Gegen wen? Den Planeten vielleicht? Rechtlich betrachtet, haben Sie sich des Hausfriedensbruchs schuldig gemacht. Denn Sie befinden sich auf Privatbesitz. Auf äußerst privatem Besitz.«

»*Privat ... vat ... vat ... vat ...*«, hallte es von den Wänden.

»Aber wir haben doch eine Jagderlaubnis *beantragt*«, beschwerte Minkus sich schrill.

»Die Ihnen aber nicht erteilt wurde. Und auch nicht erteilt worden wäre. Wie auch immer – folgen Sie mir.«

Sean hatte die gestrichelte Linie entdeckt, die Petaybee zum Leuchten gebracht hatte, um ihn zu führen, und machte sich nun daran, den Rest des unterirdischen Gangs weiterzugehen, der fort von dem See führte.

»He, Mann, wieso haben Sie überhaupt nichts am Leib?« fragte Ersol und gaffte Sean dabei an.

»Ich ... äh, war gerade schwimmen, als ich Ihren Hilferuf hörte«, erklärte Sean.

»Weshalb erfrieren Sie dann nicht?« wollte Minkus wissen. Auch Clotworthy starrte ihrer aller Erretter ungläubig an.

»Ach so«, machte Sean achselzuckend. Er blickte an sich herab, als hätte er seit dem letzten Mal seine Gestalt verwandelt. »Anpassung an Petaybee. Außerdem ist es hier unten gar nicht so kalt. Hier wären Sie auf keinen Fall erfroren.«

»Nein, nur verhungert«, versetzte Mooney und fuhr sich mit der Zunge über die Lippen.

»Auch das nicht«, widersprach Sean. »Aber ich bin sicher, daß wir dort, wo wir hingehen, etwas für Sie zu essen auftreiben werden.«

»Wohin gehen wir denn?«

Die fünf folgten Sean im Gänsemarsch, während er zielstrebig den Gang durchschritt, stets der phosphoreszierenden schmalen Linie nach, die sich unmittelbar vor ihnen zeigte. Petaybee hat in letzter Zeit eine ganze Menge Tricks auf der Pfanne, dachte Sean mit nicht geringem Erstaunen. Neue Gänge, neue Übertragungsformen seiner Anweisungen, und dann auch noch dieses völlig verschrobene und erratische Echo.

»Ich weiß im Augenblick nur eins, daß wir auf dem Weg hinaus sind. Was allerdings dahinter liegt, kann ich nur raten, genau wie Sie«, erwiderte Sean.

»*Raten ... raten ... raten.*«

»Ach herrje, da ist es wieder! Diese Stimme! Einmal hat sie sich so angehört, als würde sie irgendeinen Frauennamen rufen. Hören Sie mal. Was *ist* das bloß?« fragte Mooney mit beinahe überschnappender Stimme. Er kauerte nieder, den Dolch gezückt; in seinen Augen war rundum das Weiße zu erkennen wie bei einem verschreckten Lockenfell.

»Petaybee«, antwortete Sean liebenswürdig, ohne stehen zu bleiben. Die anderen mußten rennen, um mit ihm Schritt zu halten. Er würde wirklich bald eine Methode finden müssen, um im Selkie-Zustand Kleidung mitführen zu können. Denn trotz seiner Behauptung des Gegenteils war die Temperatur hier unten, in diesen Höhlengängen, doch nicht so furchtbar warm.

»Tut er das oft? Ihr Echo wiedergeben?«

»Das war kein Echo.«

»Nicht?« Ersol wurde wieder kleinlaut.

»Wenn es nicht das Echo war«, fragte Minkus mit einem furchtsamen Unterton, »wer spricht denn dann?«

»Das habe ich Ihnen doch schon gesagt – Petaybee.«

»*Petaybee!*«

»Hören Sie mal, Shongili, das war doch ein Echo gerade eben!«

»Tatsächlich?«

»*Petaybee.*«

»O mein Gott!« stieß Ersol hervor, und seine Stimme zitterte furchtbar. »Ich will hier raus!«

»Es kann nicht mehr allzu weit sein. Der Gang wird enger und führt langsam in die Höhe – wir dürften also schon bald an die Oberfläche kommen«, antwortete Sean ermunternd.

Und so war es auch. Sie folgten der Steigung, bis sie an einem Berghang in den kühlen, schneebeladenen Wind hinaustraten. Sean bedurfte seiner gesamten Körperbeherrschung, um nicht am ganzen Leibe loszuzittern.

»He, Shongili, es ist mir egal, was Sie behaupten, aber Ihre Gänsehaut hat gerade eben noch eine zweite Gänsehaut bekommen. Da ...« Ersol warf Sean einen Pullover um die Schultern. »Du hast doch noch eine Reservehose in deinem Rucksack, nicht wahr, Clotworthy? Mooney, du könntest wenigstens ein paar Socken springen lassen.«

Die Männer machten so lange Pause, bis sie Sean notdürftig eingekleidet hatten, dann folgten sie dem Berghang in die Tiefe. Sie gelangten auf eine kleine Anhöhe mit einer Gruppe windzerzauster Büsche, von der sie auf den See hinunter blicken konnten, dessen Ränder nun gefroren waren – der Stelle gegenüber, wo Sean sie verlassen hatte.

»He, ist das nicht Ihre Schwester?« rief Ersol und deutete auf einige Gestalten am Hang.

Irgendwie klang die Bezeichnung ›Ihre Schwester‹ reichlich bösartig. Doch Sean ignorierte den Tonfall; er wußte ja, daß Sinead mitunter etwas schwierig sein konnte, diese Männer aber dringend der einzigen Lektion bedurften, die Sinead ihnen als einzige auf ganz Petaybee erteilen konnte.

Sean legte beide Hände, zu Schalen geformt, an den Mund und stieß den trällernden Ruf aus, den sie stets über längere Strecken zur Verständigung verwendeten. Eine der Gestalten reagierte, indem sie sich aufrichtete und umblickte.

Da rief er: »*Sinead!*«

Der Klang ihres Namens bebte unter ihren Füßen. Dann kündete ein schriller ferner Pfiff vom gegenüberliegenden Seeufer davon, daß Sinead sie nicht nur gehört, sondern auch erblickt hatte.

»Gehen wir.«

»Können wir nicht irgendwo anders hin als ausgerechnet zu der?« fragte Minkus jammervoll.

Sean lachte leise vor sich hin, während er die Männer den

Hang hinunterführte. Irgendwie hatte ihn diese Begegnung auf eine Weise wiederhergestellt, wie nicht einmal das Schwimmen es vermocht hatte. Vielleicht kam ja auch beides zusammen. Daß der Planet zuerst geheilt und dann enthüllt hatte, was Sean tun mußte – den Zustrom organisieren und den Planeten so gut schützen, wie er nur konnte.

An den Zustrom wurde er wieder erinnert, als sie auf halber Strecke nach Kilcoole auf Clodagh stießen, die wie eine Entenmutter die Weißkutten hinter sich herschleppte. Diese brachen jedoch schon bald aus der Formation aus und eilten herbei, um jede Menge Umstände zu machen.

»Ihr armen Männer, wir haben eure Schreie gehört!«

»Wohl kaum«, widersprach Mooney. »*So* laut waren wir auch wieder nicht.«

»Es war furchtbar«, sagte Clotworthy zu Schwester Agate. »Ich zittere immer noch am ganzen Leib.«

»Das ist die Kälte.«

Die Jäger erzählten den anderen Außenweltlern von der Katze, dem Einhorn und ihren Verletzungen.

»Der arme Mr. de Peugh«, bemerkte Bruder Schiefer aufgeregt. »Was fehlt ihm denn bloß?«

Clodagh zuckte die Achseln. »Mir scheint, als hätte er im Streit mit Petaybee den kürzeren gezogen.«

»Mit der Gütigen Urquelle?« fragte Bruder Schiefer. »Die Urquelle soll diesen armen Männern das angetan haben?«

»Nein, bestimmt nicht«, warf Bruder Splitt ein. »Das wäre doch nicht besonders ...na ja, gütig ...oder?«

»Sünde«, entschied Schwester Feuerfels. »Er hat sich gegen den Planeten versündigt, und der hat ihn gestraft.«

»Hören Sie bloß auf damit!« versetzte Clodagh. »Petaybee hat die Sünde überhaupt noch nicht *erfunden*.«

»*Was* haben die getan?« fragte Dr. Matthew Luzon so laut, daß seinem Gesprächspartner am anderen Ende der Funkverbindung die Trommelfelle schmerzten.

»Die Transportgenehmigung der PTS ist widerrufen worden, und das Fahrzeug wurde beschlagnahmt.«

»Das ist doch *unmöglich*!« Wütend stampfte Luzon den Gehstock, auf den er noch immer angewiesen war, in den dicken Teppich. Es waren noch nicht einmal annähernd genügend Leute auf der Oberfläche! Und er hatte auch noch keine ausreichende Anzahl seiner Agenten einschleusen können, um den beabsichtigten Schaden anzurichten. Makem hatte sich seit seiner Landung auch nicht mehr gemeldet, und so hatte Luzon keine Ahnung, ob die Asiatische Esoterische und Exotische Companie überhaupt die Planetenoberfläche erreicht hatte. Die waren doch so wild darauf gewesen, die Einhörner zu erlegen, um sich der Hörner zu bemächtigen, denen man schon seit grauer Vorzeit aphrodisische und heilende Eigenschaften zusprach. Und die Barthaare der orangefarbenen Katzen wollten sie einsammeln; denn von diesen Haaren hatte man ihnen erzählt, sie besäßen ganz ähnliche – und dazu noch lebensverlängernde – Eigenschaften. Er hatte ihm außerdem eine Liste heilender Pflanzen und Flechten überreicht, die zufälligerweise die gesamte bisher erfaßte Vegetation des Planeten umspannte. So wie diese Burschen arbeiteten, ließ sich ein Wald schneller abhauen, zu Zahnstochern zersplittern und abtransportieren, als eins dieser ekelerregenden Katzenviecher mit den Augenlidern hätte klimpern können. Und dann würde der ›erneuerbare Reichtum‹ Petaybees der Geschichte angehören ... Aber dafür mußte er zunächst einmal genügend Leute hinunterbringen!

»Die Fernsteuerung wurde aus dem Cockpit entfernt, und man hat eine von diesen Antriebsaggregatkrallen angebracht, die das Fahrzeug in Stücke zerreißen dürfte, falls jemand einen manuellen Start versuchen sollte. Dieses Schiff sitzt jetzt gründlich am Boden fest.«

»Aber das ist doch eine eindeutig gesetzeswidrige Verletzung der Freien Wirtschaftsrechte! Sämtliche Anträge wurden genehmigt, und ..«

»Die Genehmigung ist soeben widerrufen worden, Luzon. Das Konto wurde gesperrt. Alle Post, Nachrichten und Zahlungsanweisungen auf Namen der PTS gehen zurück an den Absender.« Während Matthew Luzon vor sich hin wütete und sich außerordentlich stark versucht fühlte, die Kommunikationseinheit in den Kamin aus Marmorimitat zu schleudern, versuchte er gleichzeitig, dahinterzukommen, wie es hatte geschehen können, daß die sorgfältig konstruierte und abgesicherte PTS-Operation entdeckt und blockiert worden war. *Wer* steckte dahinter? Es sei denn, dieser vogelhirnige Makem hatte sich unten auf der Planetenoberfläche korrumpieren lassen, und ...

Das Geräusch seines Zimmersummers unterbrach seinen Wutanfall.

»Ja!« Selbst Luzon mußte über die Heftigkeit seiner Antwort staunen, und sofort mäßigte er seinen Ton. »Ja?«

»Torkel Fiske wünscht Sie zu sehen«, sagte die erotische Stimme der Rezeptionistin dieses exklusiven Kurorts.

»Ah, genau der Mann, den ich jetzt brauche.« Matthews Zorn legte sich fast ebenso schnell, wie er aufgeschäumt war. »Herein. Hereinspaziert. Mein lieber Hauptmann Fiske, wie freundlich von Ihnen, dem Genesenden einige Augenblicke Ihrer Zeit zu gewähren.«

Fiske trat ein, weltmännisch gekleidet und lächelnd, mit einer Spur von Selbstzufriedenheit, die dem geübten Auge seines Beobachters nicht entging. In Matthew keimte die Hoffnung auf, sein unerwarteter Besucher würde ihm noch zu mancher Erheiterung verhelfen, und so zögerte er seine Freude hinaus, bis er dafür gesorgt hatte, daß Fiske ein Getränk seiner Wahl erhielt sowie einige der interessantesten Neuigkeiten, wie der Kurort sie seiner distinguierten Klientel zu bieten vermochte.

»Ich bin gekommen, Dr. Luzon, weil ich mir dachte, daß Sie die Nachricht gehört haben könnten«, sagte Fiske mit seinem öligen Lächeln. Er nahm einen weiteren Schluck und gönnte sich eins der kleinen Kanapees.

»Ich fürchte, die Mediziner haben mir untersagt, meinen normalen Aktivitäten nachzugehen, bevor meine Verletzungen gänzlich ausgeheilt sind«, erwiderte Luzon, »deshalb habe ich die allgemeinen Nachrichten nicht weiter verfolgt.

Ein Vorfall braucht ja nur schlimm genug zu sein, dann schafft es irgend jemand schon, die ganze Galaxis zu informieren.« Mit herablassendem Lächeln stellte er seine Erhabenheit über derlei Narreteien zur Schau.

»Dann hatte ich wohl recht. Sie haben tatsächlich noch nichts von der Entführung gehört.«

»Entführung?« Luzon beugte sich zu seinem Gast hinüber; sein Herz hämmerte erwartungsvoll. »Ja, Entführung. Und auch noch aus Gal Drei, wo man doch ein so furchtbar dichtes Sicherheitssystem installiert hat, wie Sie wissen dürften.« Fiske lächelte Luzon an – es war ein Lächeln, mit dem er sich über die Funktionsfehler eines Sicherheitssystems lustig machte, das keine Sicherheit geboten hatte.

»Tatsächlich? Wie beunruhigend!«

»Ja, und es sind auch alle gebührend erstaunt. Ich meine, wer hätte denn geglaubt, daß Marmion de Revers Algemeine in der ganzen Galaxis auch nur *einen* Feind hat.«

»*Die* doch nicht!« Luzon konnte seine Freude kaum beherrschen, obwohl er ein bestürztes Entsetzen vorgaukelte, das Fiskes Grinsen nur noch breiter machte.

»Und ... Sie werden nie erraten, wer mit ihr zusammen noch entführt wurde!«

»Nein, das werde ich wohl nicht. Also sagen Sie es mir.« Luzon hüpfte beinahe schon auf dem Sitz seines elektronischen Bewegungsapparats.

»Oberst Yanaba Maddock-Shongili ...«

»Doch nicht die zähe Frau Oberst?«

»Und ...«

»Nein, nicht noch mehr Opfer! Wie gräßlich!«

»Buneka Rourke und dazu noch der junge Diego Etheridge-Metaxos.«

Luzon ließ den Blick an die Decke fahren. »Es gibt doch noch Gerechtigkeit im Universum. Wahrhaftig, so ist es!« Er neigte den Kopf. Dann spähte er zu dem grinsenden Fiske hinauf. »Wer hat denn diese Schandtat vollbracht?«

»Der berüchtigte Kapitän Onidi Louchard!«

»Oh! Der berühmte ... berüchtigte ... Ich habe ja schon

gehört, daß dieser Pirat gerissen sei, aber ausgerechnet das Sicherheitssystem von Gal Drei ... Da bin ich wirklich sprachlos. Und?«

»Was – und?«

»Hat man die Leichen zurückgegeben?«

»Sie sind mir vielleicht blutrünstig, mein lieber Doktor!« erwiderte Fiske mit tadelndem Blick. »Die Lösegeldforderung wurde festgesetzt ...«

»Für Algemeine?« Luzon schnaubte verächtlich. »Das Geld wird doch nie bezahlt!«

»Was meinen Sie damit?« Besorgt beugte Fiske sich vor.

Mit einem Wedeln der Hand wischte Luzon diese Wahnsinnsvorstellung beiseite. »Mein lieber Fiske, Marmion Algemeine gehört zu den Topfinanziers der ganzen bekannten Galaxis. Die würde sich doch schon aus Prinzip an den Kodex halten, ganz anders als diese Feiglinge an Bord der Bernsteineinhorn.«

»Was für einen Kodex?« wiederholte Fiske, der inzwischen ernsthaft aufgewühlt wirkte.

»Na, der Anti-Erpressungskodex, natürlich. Sie müßten doch eigentlich wissen, daß die wirklich Reichen die schärfsten Gesetze gegen Lösegeldzahlungen haben. Um Massenentführungen und die Begleichung riesiger Lösegeldsummen zu verhindern. Ein kluger Schachzug! Niemand hat den Kodex je wieder auf die Probe gestellt, seit jenem spektakulären und von einem riesigen Medienrummel begleiteten Fehlschlag auf der Bernsteineinhorn vor mehr als hundert Jahren.«

»Aber ... aber ... Louchard ist raffiniert und skrupellos. Er wird schon eine Möglichkeit finden, das alles zu umgehen.«

»Nicht, wenn er töricht genug war, sich ausgerechnet Marmion de Algemeine auszusuchen«, antwortete Luzon und verwarf die Vorstellung mit einem verächtlichen Schnauben. »He, was ist denn los?«

Sein anziehender Gast war unter der Bräune plötzlich aschfahl geworden. »Dann werden Maddock und die Kinder also auch sterben?«

»Natürlich. Die haben doch nichts zu bieten. Es sei denn ...« Matthew rieb sich mit der geschnitzten Jade seines Spazierstockknaufs über die Lippen. Die Kühle der Jade war höchst beruhigend und förderte sein Denkvermögen. »Es sei denn, Louchard läßt sich etwas einfallen, damit Petaybee ihm Konzessionen macht.« Kaum hatte er die Worte ausgesprochen, als Luzon diese Möglichkeit auch schon wieder verwarf – bis er noch einmal Fiske anblickte. »Jetzt sagen Sie bloß, das war Ihr Meisterplan, Fiske?« fragte er abfällig. »Sagen Sie mal – wie sah Louchard eigentlich aus?«

»Ich bin ihm nie begegnet«, erwiderte Fiske mit verhärteter Miene und zerstreutem Ton, wie ein Mann, der äußerst angestrengt an etwas ganz anderes dachte.

»Aber sagten Sie nicht, daß Louchard in den Schmuggel dieser erbärmlichen Erzmengen verwickelt war, die man dem Planeten entrissen hatte?«

Eigentlich wußten beide Männer, daß Fiske nichts dergleichen erwähnt hatte. Louchards Beteiligung war reine Spekulation. Doch würde das immerhin erklären, weshalb der Pirat eingewilligt hatte, dieses armselige Trio zu entführen, nämlich in der Hoffnung, Shongili Konzessionen abzutrotzen, wie sie noch nie jemand von ihm bekommen hatte. Nie wäre Luzon zu glauben bereit gewesen, daß es der Planet selbst hätte sein können; folglich mußte die treibende Kraft hinter all seinen Mißerfolgen auf Petaybee genau jener Mann gewesen sein, der am meisten hätte verlieren können: Sean Shongili.

»Es könnte durchaus sein, daß er irgend etwas tut, um seinen ungeborenen Bastard zu beschützen«, überlegte Luzon laut. »Wo gehen Sie hin, Fiske? Sie haben mir ja vielleicht interessante Neuigkeiten gebracht!« Doch Luzons Worte drangen schon nicht mehr durch die Tür, die Torkel Fiske laut hinter sich zugeschlagen hatte.

Es war ein merklich erheiterter und fröhlicher Luzon, der jetzt damit begann, Zahlen auf seiner Kommunikationskonsole einzutippen.

# 15. KAPITEL

*An Bord des Piratenschiffes*

»Ich möchte ja nicht gern aufdringlich sein oder irgendwelche alten Wunden aufreißen, Namid«, sagte Marmion, nachdem sie alle den letzten Besuch ihrer Entführer durchgegangen waren und sich darüber gestritten hatten, »aber verfügen Sie vielleicht noch über andere wichtige Informationen hinsichtlich Ihrer Ex-Frau, die uns zum Vorteil gereichen könnten?«

Namid deutete in die Ecke ihrer Kabine, wo die Abhöranlage montiert war, wie er glaubte. Dann fuhr er fort und sprach in einem derart hallenden und dramatischen Tonfall, daß den anderen seine Absicht klar wurde: Er wollte dafür Sorge tragen, daß jedes Wort auch ja deutlich aufgezeichnet werden konnte. Marmion kam der Gedanke, daß dieser Mann, dem es schließlich unmöglich gewesen war, mit Dinah direkt zu kommunizieren, die Gelegenheit nutzte, mehr oder weniger öffentlich über sie zu sprechen, um Eindruck bei ihr zu machen.

»Es heißt«, begann er mit einem Seufzen, »daß wir die Menschen, die wir lieben, nie wirklich kennenlernen. Als ich Dinah das erste Mal sah, hatte ich das Gefühl, noch nie im Leben jemandem so nahegestanden zu sein. Sie war nicht nur anziehend, intelligent und an meiner Arbeit interessiert, sie verfügte auch über gewaltigen Antrieb, über sehr viel Leidenschaft, die ich damals falsch verstand, wie ich fürchte. Liebe macht eben blind ... oder so ähnlich. Wir haben uns stundenlang unterhalten. Ich konnte ihr von meiner Arbeit erzählen, während sie in aller Ehrlichkeit über ihre frühen Jahre berichtete – über den Tod ihrer Eltern, als sie noch viel zu jung gewesen war, um allein zu sein; über ihre erste Heirat mit sechzehn, mit einem reichen, skrupellosen Mann, der ihr Anteile an bestimmten Unternehmen hinterließ – eins davon dürfte, wie ich vermute, dieses hier sein. Sie sprach auch ganz offen über ihre anderen Ehen, die meistens Zweckheiraten waren, in der Regel zwecks Beschleunigung einer Reichsbindung. Nur für unsere Ehe galt das eben nicht. Ich glaube, daß es auch auf ihrer Seite Liebe auf den ersten Blick gewesen sein dürfte, jedenfalls zu Anfang.

Sie sehnt sich verzweifelt nach Anschluß, müssen Sie wissen. Ihre Familie gehörte zu jenen, die von der Intergal hochgenommen wurden, als die gerade auf der Erde Kriege und andere unbequeme Dinge aufkaufte, um ihre experimentellen Kolonialplaneten zu besiedeln. Ihr Petaybee gehörte natürlich zu einem der ganz frühen Testplaneten. Da man die ›Kolonisten‹ im Interesse der Zerschlagung politischer Fraktionen verstreute, wurden viele Familien auseinandergerissen und ließen sich an den unterschiedlichsten Orten nieder. Dinahs Ururgroßvater entstammte einer langen Ahnenreihe von Seeleuten. Er hatte beim Paramilitär in Diensten gestanden. Sie scheint zu glauben, daß er irgendeine Art von Patriot gewesen sein muß, aber offenkundig paßte er sich ganz gut an die Raumfahrt an und entwickelte sich zu einem der Top-Kryptographen der Intergal. Irgendwann heiratete er im Zuge seiner Karriere eine weitere Exilantin, die es wie er vorgezogen hatte, innerhalb der Firma weiterzukommen, als auf den Kolonien zu siedeln.

Dinah behauptet, daß der größte Teil ihrer Nachfahren durch die Vetternwirtschaft innerhalb der Intergal am beruflichen Aufstieg gehindert wurde. Aber ich glaube, da ist sie ein bißchen voreingenommen. Jedenfalls wurde keiner von ihnen reich, und als Dinahs Eltern starben, hatte sie es ziemlich schwer, ihren Lebensunterhalt zu bestreiten. Sie hat mir ganz offen erzählt, daß sie anfangs ihr gutes Aussehen dazu einsetzte. Und dann, als sie die richtigen Leute getroffen hatte, bekam sie ihrer Intelligenz wegen Aufträge als Botin, Kurierin und freischaffende Computerhackerin, und in der letztgenannten Sparte war sie gerade tätig, als sie ihrem ersten Mann begegnete. Sie betrachtet die ganze Sache als einen Schutz für Erbschaft und Investitionen, wie ich glaube. Aber ich hatte wirklich nicht die leiseste Vorstellung, daß sie mit Piraterie zu tun hatte, bevor sie mich schließlich an Bord verbrachte.«

»Haben Sie wirklich überhaupt nichts über ihr Geschäft gewußt?« fragte Marmion.

»Doch. Ich wußte, daß sie mit ›Schifferei‹ zu tun hatte, als Frachtoffizierin, und ...«

Diego unterbrach ihn mit einem Schnauben.

»Oder sollte ich vielleicht Zahlmeister sagen«, fügte Namid mit einem Anflug von Humor hinzu, der ihm ein aufrichtiges, warmherziges Lächeln Marmions eintrug. Dann fuhr er fort: »Das erklärte auch ihr Fortsein und den merkwürdigen Dienstplan. Und wie sie sich für meine Arbeit interessierte! Variablen ... welche Sonnensysteme am wahrscheinlichsten erzhaltige Planeten ausspeien würden und ... nun ja, alle praktischen Anwendungsmöglichkeiten der Astronomie. Mir schien das alles so harmlos zu sein, so natürlich.« Enttäuscht zuckte er mit den Schultern. »Und Sie müssen zugeben, daß sie«, er wandte sich Diego zu, »eine äußerst attraktive Person ist.«

»Ha!«

»Und außerordentlich gerissen«, bemerkte Bunny mit einem Anflug leicht säuerlicher Bewunderung. »Diese guter-Kerl-schlechter-Kerl-List, die sie mit Megenda abgezogen hat, ist so alt, daß sie Barthaare hat, noch länger als die von Onkel Seamus.«

»Leider fallen wir trotzdem darauf herein, weil wir nun mal nicht wissen, *wann* genau Dichtung und Wahrheit zusammenfallen«, bemerkte Yana.

»Ach, wie liebend gern ich diesen Megenda doch mal ins *Innere* von Petaybee bekommen würde, und sei es nur für fünf Minuten ...«, versetzte Bunny heftig.

»Wir sollten nicht so rachsüchtig sein. Wir wissen, daß Megenda nur eine Rolle gespielt hat. In seiner dienstfreien Zeit ist er vielleicht sogar ein recht netter Bursche ... abgesehen von seiner bedauerlichen Neigung zum Kindesmißbrauch«, sagte Marmion mit einem Blick auf die Gesichtsverletzung ihrer jungen Freunde.

»›Wenn ein Schurke nicht am Schurken ist, dann wird ein Schurke …‹« Namid sang es in einem so kräftigen Bariton, daß Marmion und die anderen ihn verblüfft musterten. »›… oder seine schurkischen Pläne schmiedet.‹ Gilbert und Sullivans kleine Operetten sind heute immer noch so aktuell wie früher …«

»Fahren Sie fort«, bedrängte ihn Marmion, deren Augen vor Entzücken funkelten.

»›Kann unschuldig' Freude, unschuldig' Freude empfinden er, wie jeder ehrliche Mann.‹«

Marmion lachte und lachte und lachte, während Yana diese ansteckende Heiterkeit ihrerseits belächeln mußte. Sogar Diego grinste.

»Die Melodie gefällt mir«, erwiderte Bunny diplomatisch, doch ihre Verwirrung war offensichtlich.

»Es ist zwar nicht gerade Gesang und Musik wie beim Latchkay«, meinte Diego und entspannte sich zum ersten Mal seit ihrer Gefangennahme. »Aber ich glaube, ich habe davon sogar ein paar Scheiben. Könnte sein, daß Ihnen G und S gefallen?«

»G und S?«

»Später«, erwiderte Diego.

Namid reges Gesicht nahm nun ernste Züge an. »Dinah mochte G und S.« Dann fügte er in einem etwas forscheren Tonfall hinzu: »Aber das hier ist nicht Pen …und sie wurde auch nicht schon als kleines Mädchen darin ausgebildet, so tapfer und mutig sie auch war. Ich glaube, daß da ein Kern der …«

»Einen Augenblick«, unterbrach Bunny und fuhr kerzengerade auf. Beinahe hätte sie sich dabei den Kopf an der Unterseite der oberen Koje gestoßen. Sie fing an zu schnüffeln und hörte überhaupt nicht mehr auf.

»Was ist los?« fragte Diego, und Yana wiederholte es an seiner Stelle.

Wieder zog Bunny prüfend die Luft ein. »Wir atmen keine Luft mehr wie auf Gal Drei.«

»Wirklich nicht?« fragte Yana verdutzt und dachte darüber nach. Die Luft auf dem Shuttle würde während des Andockens aus dem Ventilationssystem der Stadt kommen. Andererseits gab es keinen vernünftigen Grund für die Annahme, daß die Luft an Bord des Piratenschiffes überhaupt jemals Kontakt zur Station hätte bekommen sollen. Oder vielleicht doch? Bunny schien sich sehr sicher zu sein, und ihre Sinnesorgane waren durch die Übung in der petaybeeanischen Wildnis außerordentlich gut entwickelt. Yana schaute zu Bunny hinüber, während sie im Geiste die Folgen durchging, was das Mädchen beobachtet hatte. Außerordentlich interessante Möglichkeiten taten sich da auf. Außerdem war sie offensichtlich nicht die einzige, die so zu denken schien.

»Tatsächlich«, meinte Marmion leise, die Augen von Gedanken umwölkt, und lehnte sich gegen Namid, der ihr beruhigend den Arm um die Schulter legte.

»Tatsächlich, tatsächlich«, sagte Namid. »Und vergessen Sie das Atmen nicht!«

Drei Tage nachdem er mit jenen Jägern nach Kilcoole zurückgekehrt war, die den ersten Shuttle der Intergal gebucht hatten, da PTS nicht mehr im Geschäft war, erhielt Sean eine zweite Mitteilung von den Entführern.

> *Sehr geehrter Dr. Shongili,*
> *nur ungern mache ich den Überbringer schlechter Nachrichten, doch wurde mir die folgende Mitteilung von den Kriminellen zugesandt, die Oberst Maddock-Shongili entführt haben, wie auch Ihre Nichte, den jungen Etheridge-Metaxos sowie Madame Algemeine. Ich vermute, daß die Entführer mich zum Empfänger ihrer Nachrichten auserkoren haben, da ich Geschäftsführer meiner eigenen Firma bin, wie man mich ja auch schon unerklärlicherweise freigelassen hat, um die erste Nachricht zu überbringen. Ich hatte die großartige Gelegenheit und das seltene Vergnügen, Ihre wunderhübsche Gattin kennenzulernen und mich kurz mit ihr zu unterhalten,*

*während sie noch hier auf Gal Drei waren. Sie war – nein, ist eine Dame der ganz besonderen Art und eine fähige und fürsorgliche Offizierin. Die Kinder in ihrer Begleitung waren uns allen eine große Freude. Ich hoffe inständig, daß die Bemühungen der Sicherheitsmannschaft hier auf Gal Drei sowie Ihre eigenen zu einer baldigen Wiedervereinigung führen.*
*Im Namen aller hier auf Gal Drei.*
*»Machiavelli Sendal-Archer-Klausewitch*

*Sehr geehrter Herr Dr. Shongili.*
*Mit großer Bestürzung erfuhren wir von Ihrer Gattin, daß es zu Schwangerschaftskomplikationen kommen könnte, falls sie nicht bald wieder auf Petaybee eintrifft. Sie ist sehr krank und könnte bestimmt noch etwas von jenem petaybeeanischen Hustensirup gebrauchen, der sie schon beim ersten Mal kuriert hat. Außerdem hat der junge Metaxos sich aufgrund seiner Jugend und Unerfahrenheit einige kleine Verletzungen zugezogen. Leider sind wir zur Zeit etwas knapp mit Sanitätsoffizieren, da unser letzter entlassen wurde – bedauerlicherweise durch die Luke ins All –, und zwar wegen Meuterei.*

*Sicher dürften Sie begreifen, daß das Leben Ihrer Familie von Ihrer umgehenden Antwort und Einwilligung in unsere Forderungen abhängt. In Erwartung Ihrer baldigen Nachricht verbleibe ich,*

*hochachtungsvoll*
*Dinah O'Neill, Bevollmächtigte von Kapitän*
*Onidi Louchard an Bord der Pirate Jenny*

Sean blieb nach der Lektüre nichts anderes übrig, als sich zu setzen, als hätte ihn der Schlag getroffen.

»Was ist los, Sean?« fragte Una Monaghan.

'Cita, die zusammen mit einigen anderen Kindern und deren Eltern sowie Wild Star Furey anwesend war, schlang den Arm um ihn und fragte: »Was ist los, Onkel? Geht es um meine Schwester? Was steht denn in dem Brief?«

Er reichte ihr die Nachricht, und 'Cita nahm sie entgegen. Aber leider konnte 'Cita nicht lesen, und so reichte sie das Schreiben an Wild Star weiter, die es ihr aus der Hand nahm und laut vorlas. Als sie schließlich damit fertig war, hatte sich benommenes Schweigen über den Raum ausgebreitet.

»O weh, ich hätte sie wohl lieber erst selbst gelesen«, meinte sie, »bevor ich solche Nachrichten verkünde.«

Sean schüttelte den Kopf. »Das geht jeden an.«

»Hm, ja, aber vor den Kindern – vor allen vor jenen, die gerade aus den anderen Dörfern eingetroffen sind, um zur Schule zu gehen. Das ist zur Begrüßung einfach zuviel von den schlimmen Seiten der Zivilisation, fürchte ich.« Sie blickte weiterhin schuldbewußt drein und warf ihren Schülern und deren Eltern ein nervöses Lächeln zu.

Seit sie in Kilcoole ihren Beruf als Lehrerin ausübte, hatte Sean einige Dinge über Wild Star Furey erfahren. Sie verfügte über mehr als genug Erfahrung mit der schlimmeren Seite der Zivilisation. Ihre Vorfahren waren Indianer gewesen, alle vom selben Stamm, der sich nur sehr langsam zu verändern bereit war und an einem sehr wertvollen Stück terranischen Grundbesitzes festhielt. Wild Stars Vater und seine Vorfahren entstammten dem Geschlecht des Fahrenden Volks in Irland, dessen Mitglieder man schließlich vom Planeten geschafft hatte, weil sie sich weigerten, sich vorschreiben zu lassen, in welcher Gegend und an welchem Ort sie sich niederzulassen hatten.

»Es geht um Petaybee, Wild Star«, sagte Sean. »Und der Planet hat für Zivilisation nun einmal nicht das geringste übrig. Piraten sind übrigens auch nicht gerade für ihr zivilisiertes Verhalten berühmt.«

»Entschuldigen Sie, Doktor«, sagte ein Mann, der erst knapp eine halbe Stunde zuvor in Kilcoole eingetroffen war. John kannte Muktuk Murphy ein wenig. Er stammte aus Tanana Bay. »Könnte die Dame den letzten Abschnitt vielleicht noch einmal vorlesen?«

»Welcher Teil soll das gewesen sein, Muktuk?« fragte Sean.

»Den Frauennamen, kurz vor dem Namen dieses gräßlichen Piraten ...«

»Dinah O'Neill?« fragte Bill.

Muktuk warf der kleinen, rundgesichtigen Frau neben sich einen vielsagenden Blick zu. Die hatte einen schwarzen Lockenkopf und die typischen geschrägten Augen der Eskiren. Ihre Augen tänzelten förmlich vor Aufregung, als sie am Ärmel ihres Mannes zupfte.

»Ganz genau, Dama, danke. Was meinen Sie – wäre es vielleicht möglich, wenn meine Frau und ich eine eigene Nachricht anhängen, falls Sie den Piraten antworten?«

Sean zuckte mit den Schultern. »Was möchten Sie ihnen denn mitteilen?«

»Na ja, im Augenblick läßt sich das noch nicht so genau sagen. Dazu müssen meine Frau und ich erst ein bißen nachdenken.«

»Vielleicht sollte ich Ihnen dann dabei helfen, die Nachricht zu verfassen«, erbot sich Wild Star.

»Oh, das wäre wirklich nett von Ihnen, Dama«, bedankte sich Muktuk.

»Äußerst nett«, bestätigte seine Frau. »Ich bin sicher, daß meine Leute das alles sehr zu würdigen wissen, und wir würden auch gern alle mit unseren Kindern in Ihre Schule kommen, bitte, und vielen Dank auch.«

*An Bord des Piratenschiffes*

Als Dinah O'Neill ins Kapitänsquartier zurückkehrte, fand sie auf ihrer Kommunikationseinheit eine Nachricht von Macci Klausewitch vor. »Dama O'Neill«, sagte seine Stimme, »folgendes ist letzte Nacht als Antwort auf Ihre zweite Lösegeldforderung an die Verwaltung von Petaybee eingetroffen. Meine dumme Assistentin hielt es zunächst nicht für wichtig und hätte es beinahe weggeworfen. Es kommt aus Shongilis Büro, scheint aber in irgendeiner Art Kode verfaßt zu sein, deshalb auch dieser Irrtum. Ich hoffe, es sind gute Nachrichten – sowohl für die Organisation Ihres Kapitäns als auch für meine.«

Im Anhang befand sich keine Stimmaufzeichnung, sondern nur gedruckter Text.

*Verehrte Dama O'Neill vom Piratenschiff,*

*wir haben von Ihnen erfahren, als die Nachricht Ihres Chefs in Dr. Sean Shongilis Büro eintraf. Ihr Name hat sofort unsere Aufmerksamkeit geweckt, und so möchten wir fragen, ob Sie vielleicht mit den O'Neills aus der Grafschaft Galway verwandt sind, die zum Höhepunkt der Wiedervereinigung aus Irland deportiert wurden? Unser Großvater stammte aus diesem Gebiet und jener Epoche, und obwohl er hier auf Petaybee eine große Familie aufzog, vergaß er doch nie seinen Bruder Roy, vor Ort auch bekannt als Handy Red O'Neill. Er kämpfte in der Schlacht an Bord der Rosslare-Fähre und ward nicht mehr gesehen, als das Land, wie man es damals nannte, von den herrschenden Mächten ›evakuiert‹ wurde.*

*Wir haben einige schöne Lieder über die Familie, die Sie vielleicht gern hören würden, und wir wüßten gern, ob Sie auch welche von Ihrer Familienseite her haben und natürlich auch, ob Sie tatsächlich von derselben Familie abstammen wie wir.*

*Wir haben uns gefreut, von Ihnen zu hören, waren aber betrübt zu erfahren, daß Sie für Piraten arbeiten müssen. Falls Sie Nahrung oder einen Wohnort brauchen sollten, würde es uns freuen, wenn Sie hier auf Petaybee mit uns zusammenleben wollten, sofern Sie Ihren Beruf aufgeben können. Und sollten Sie eine Familie haben, würden wir diese ebenfalls gern hier willkommen heißen.*

*Freundliche Grüße.*
*Chumia und Murphy*
*von den Tanana Bay O'Neills*
*auf Petaybee*

*P.S.: Würden Sie vielleicht ein Wort bei Ihrem Chef einlegen und darum bitten, daß Seans Frau und seine Verwandten sowie die nette Dame von der Firma gut behandelt werden? Wir machen uns nämlich alle große Sorgen um sie.*

Dann spulte auf dem Schirm eine zweite Nachricht ab.

*Keine* Person *kann hier irgend etwas in Sachen Lösegeldzahlung unternehmen. SS*

Dinah O'Neill ließ die Nachricht mehrere Male abspulen. Die Sache lief nicht so, wie sie sollte. Ganz und gar nicht. Sie verabscheute es, sich Namids Behauptung zu Herzen nehmen zu sollen: daß sie langsam den Kontakt zur Realität verlor. Dinah selbst bevorzugte dagegen die Andeutung Yanas, daß sie einfach nur schlecht informiert worden war.

Sie dachte über den knappen Satz von Shongili nach – denn wer hätte ›SS‹ sonst sein sollen? ›Nichts, was eine Person tun könnte‹, wie? Na ja, das stimmte zumindest mit Yanas Behauptung überein. Würde der besorgte Gatte einer frischvermählten Braut nicht zu handeln versuchen? Nicht, mußte Dinah zögernd einräumen, wenn er keinerlei Kontrolle über diesen Planeten hatte, diese bewußte, intelligente Welt. Dann wandte sie sich wieder dem Hauptteil der Meldung zu – das war ja alles so naiv und unschuldig. Falls sie ihren Job als Piratin kündigen könnte? Wie raffiniert! Vielleicht Teil von Shongilis List? Nein, die Worte klangen aufrichtig.

Was noch hinzukam – und das hatten die O'Neills von Tanana Bay nun wirklich nicht wissen können – war die Tatsache, daß Dinah *tatsächlich* eine Nachfahrin jenes Rory O'Neill war, von Handy Red O'Neill, der so stolz darauf gewesen war, an der Schlacht auf der Fähre Rosslare teilgenommen zu haben. Das letzte Gefecht der Tugendhaften, so hatte er es bezeichnet. Und er hatte eine lärmende Saga komponiert, die zugleich eine der wenigen Erinnerungen an ihren eigenen rotschöpfigen Vater war: wie er den Refrain zu den vielen Versen dieser Saga brüllte. O ja, diesen O'Neills von Tanana Bay hätte sie durchaus ein Familienlied vorzusingen, und ob!

Abrupt aktivierte sie den Holoschirmschalter, der in einen ihrer Ringe eingelassen war, und drückte auf eine weitere Taste, um Megenda zu rufen.

Megenda meldete sich fast verzögerungslos bei seinem aurelianischen Kapitän. »Ja, Käpt'n Louchard?«

»Es ist Zeit zum Aufbruch. Wir fliegen nach Petaybee, Megenda.«

Der Mann entblößte die abgebrochenen Zähne bei einem Grinsen. »Aye, aye, Käpt'n.«

## 16. KAPITEL

*Kilcoole*

»Sean?« Simon Furey kam ins Haus des Gouverneurs gestürzt.

»Ich habe hier jemanden von ...«Stirnrunzelnd blickte Furey auf die Plastfilmstreifen hinunter. Durch die Statik der kalten Luft aufgeladen, die er mit sich hereinbrachte, versuchten sie, sich um seine handschuhbewehrte Hand zu schlingen. »Nakatira Strukturwürfel?«

»Nie gehört.«

»Ich aber!« meinte Furey beeindruckt.

Sean griff nach dem Film. Sie hatten beide Schwierigkeiten, ihn bis zu dem Punkt abzuspulen, da sich Lieferschein und Begleitschreiben voneinander ablösen und entziffern ließen. »Davon weiß ich überhaupt nichts«, fügte er kopfschüttelnd hinzu, vor allem, als er die fettgedruckten Lettern der KOSTENFREI-Meldung sah, die quer über den Lieferschein gestempelt waren.

Furey wies mit dem Daumen über die Schulter auf den überfüllten Hüttenraum. »Wäre verdammt gut, die Dinger zu haben.«

Sean blickte sich um und schnaubte beim Anblick des Durcheinanders von Regalen voller Schachteln, die jeden verfügbaren freien Raum einnahmen: Schachteln, in denen Una und ihre Helfer das ganze Zeug ablegten, das mit jedem Shuttle hier eintraf, um in dem ohnehin schon überfüllten Gebäude untergebracht zu werden.

In diesem Augenblick trat Adak ein. Auch er wedelte mit einem Plastfilm. »Gerade sind die riesigsten Platten eingetroffen, die du dir denken kannst, Sean. Sie müssen entladen und aufgestellt werden, und ich weiß nicht so recht, wie ich das machen soll.« Adaks Augen waren rund, ja kugelig vor Erstaunen. »Was ist das für ein Zeug?«

»Klimaresistente und atmosphärenregulierte autonome Zusatzeinheiten, komplett mit sämtlichen Einrichtungen, die sich sofort aufstellen lassen, ohne daß der Standort vorher einer besonderen oder umfänglichen Vorbereitung bedarf«, sagte das hagere, rotschöpfige Individuum, das Adak auf den Fersen gefolgt war. »Aber eins muß ich Ihnen sagen, Mann, wir müssen uns jetzt mächtig sputen, sonst verpatzen wir noch den Termin für die nächste Lieferung, und das ist ganz und gar nicht Firmenpolitik! Wir haben nur drei Tage, um die Dinger aufzubauen, und Sie können von Glück sagen, so schnell beliefert zu werden, wenn man bedenkt, welche Lieferzeiten die Kunden für Nakatira Würfel sonst in Kauf nehmen müssen. Also, wo sollen wir die Dinger abstellen?«

»Die?«

Der Rotschopf schnippte mit den Fingern nach dem Film in Seans plotzlich erschlaffter Hand.

»Fünf.« Der Rotschopf reckte vier behandschuhte Finger. Die Handschuhe schienen seine einzige Anpassung an das Wetter Petaybees zu sein, obwohl es sich bei seiner Kleidung um eine jener schönen, leichtgewichtigen Thermo-Ausrüstungen zu handeln schien, wie Clotworthy auch eine von Herold's mitgebracht hatte. Nun schaute der Abgesandte von Nakatira sich um. »Ist das hier das Gouverneursgebäude?« fragte er ungläubig und musterte das Durcheinander. »Wie groß sind diese Würfel denn?« wollte Sean wissen.

Der Rotschopf schnaubte. »Mann, da können Sie sechs von diesen Winzbuden reintun, und es bleibt immer noch genug Platz, um ordentlich damit zu rasseln.«

»Dann möchte ich einen direkt nebenan haben«, sagte Sean mit plötzlicher Entschiedenheit. »Adak, hol ein paar Äxte und ...« Der Rotschopf hob abwehrend die Hand. »Keine Sorge, Kumpel. Oskar O'Neill, der Große O.O., kümmert sich schon um alles. Wie wir immer behaupten – eine Vorbereitung des Aufstellungsplatzes ist kaum erforderlich.«

»Und was würden Sie mit den Bäumen da anfangen?« wollte Adak wissen. Sein Kopf ragte aus dem Parka hervor wie der einer Schildkröte.

»Wenn Sie das Holz brauchen, bewahren wir eben das Holz auf«, erwiderte der Große O.O. freundlich. »Das war der erste, Gouverneur Shongili ...« Und Oskar O'Neill hielt inne, um Seans Anweisungen für die anderen Würfel entgegenzunehmen.

»Wäre eine sehr viel bessere Schule als der Latchkay-Schuppen ...«, schlug Simon Furey vor.

»Ist gemacht!«

»Die Schule soll hier in die Nähe hinkommen?« fragte O.O.

»Gleich die Straße rauf«, erwiderte Sean eifrig und zeigte dabei in die entsprechende Richtung.

»Straße?« fragte O.O. herablassend.

»Straße«, wiederholte Sean streng und überlegte, was er nur mit den anderen anfangen sollte.

»Darf ich mal einen Vorschlag machen, Freund?« fragte O.O., und als Sean nickte, fuhr er fort: »Na ja, ich habe einen guten Teil kostbarer Tageslicht-Aufbauzeit bei dem Versuch vergeudet, Sie zu finden. Ohne Käpt'n Greene und seine Flugmaschine hätte ich Sie wahrscheinlich überhaupt nicht aufgespürt. Der kam zufällig vorbei, als ich den ganzen Krempel gerade mit ›Zurück an Absender‹ markieren wollte. Warum installieren Sie nicht einen Würfel auf Ihrer sogenannten Raumbasis, um den einlaufenden Verkehr zu lenken und ...«, wieder sah er sich um, »...etwas von dem Papierkram hier rauszuschaffen?«

Damit sprach er Sean aus der Seele. Die ganze Situation stellte Shongili vor Rätsel. Aber auch O.O. wußte nichts dazu zu sagen, weshalb diese Lieferung KOSTENFREI erfolgte. Er wußte nur, »was auf den Frachtpapieren steht, Mann«, und ›kostenfrei‹ bedeutete nun mal nichts anderes, daß es nichts kostete, und was hatten sie überhaupt für ein Recht, Entscheidungen der Zentrale in Frage zu stellen? Als die erforderlichen Entscheidungen schließlich gefällt waren, verfügte Sean über einen neuen Büroblock neben der Brautpaarhütte; das staunende Kilcoole besaß eine neue Schule; die Verwaltung von Petaybee hatte ihr eigenes – wenn auch noch leerstehendes – Gebäude am Rand der Raumbasis; dann gab es noch einen provisorischen ›Verfügungsraum‹-Würfel an der Raumbasis, in dem die ungewollten Besucher untergebracht werden sollten, die bereits die viel zu engen örtlichen Behausungen überfüllten; und schließlich sollte Lonciana den vierten Nakatira Strukturwürfel erhalten. Wenn sie schon die Hälfte der Arbeitslast auf sich nahm, indem sie den südlichen Kontinent verwaltete, genau wie Sean den Norden, würde auch sie entsprechende Räumlichkeiten brauchen.

So unverhofft, wie O.O. und seine Leute erschienen waren, verschwanden sie auch wieder.

»Der hat wirklich Wort gehalten, nicht?« bemerkte Una, als sie im frischen Schnee vor dem Würfel stand und der ›Verwaltungsstab‹ seine neue Unterkunft begutachtete. »Seit ihrem Eintreffen sind nur achtundvierzig Stunden vergangen.«

»Das stimmt«, meinte Sean, immer noch von der Geschwindigkeit benommen, in der dies alles zustande gebracht worden war. O.O. und seine Männer hatten nicht einmal eine Pause eingelegt, als der Schnee so stark umherpeitschte, daß man praktisch nicht mehr die Hand vor den Augen sehen konnte – und das trotz der Batterien schwerer Industriescheinwerfer, die man zur Beleuchtung der Nachtbaustelle aufgestellt hatte.

Das Gebäude war im Boden versenkt worden, säuberlich hinter einem Schirm aus Kilcooles Koniferen verborgen, so daß es nicht einmal wie ein Fremdkörper wirkte. Man war einmütig zu der Entscheidung gelangt, die Außenverschalung in einer rindenartigen Farbe zu halten, damit es wenigstens in dieser Hinsicht den anderen Hütten an der Straße glich. Natürlich ragte das obere Stockwerk über die Nachbargebäude hinaus, doch dahinter standen Bäume, die noch größer waren. Im Augenblick stand das Gebäude natürlich noch leer, weil noch niemand die Zeit gefunden hatte, es zu beziehen.

»Was für einen Unterschied ein einziger Tag doch machen kann!« sagte Sean.

Vorsichtig näherte Marduk sich dem neuen Gebäude und stieß ein leises Fauchen aus. Er schritt die Front ab, schnüffelte mal hier und mal dort, nieste meist wegen der chemischen Gerüche, die dem neuerrichteten Bau noch anhafteten, und schlug mit den Tatzen nach den wenigen kleinen Erdhaufen, die vom Bau noch übrig geblieben waren.

»Na ja, es gibt ja wohl keinen Grund, hier draußen herumzustehen, oder?« sagte Sean und nahm die drei Eingangsstufen auf einmal.

*Gal Drei*

»Ich sage es Ihnen doch, Louchards *richtiges* Schiff ist gerade erst gestartet«, beharrte Charas mit Nachdruck gegenüber dem Kommandanten Nal an Hon. Sie trug wieder die Kleidung einer Stationsgöre, doch an ihrem Verhalten war nichts Kindliches, wie sie sich über den Schreibtisch beugte, die Tischkante mit beiden Händen gepackt. Die weißen Knöchel waren ein unübersehbares Zeugnis ihrer festen Überzeugung, als sie fortfuhr: »Deshalb haben sie die Entführungsopfer auch in keinem der gestarteten Schiffe finden können.«

»Ihre Instrumente könnten fehlerhaft sein, Charas«, erwiderte der Kommandant geduldig.

»Fehlerhaft? Beim linken Fußnagel meiner Tante – niemals!« Sie schwang sich vom Schreibtisch fort und begann auf und abzugehen. »Meine Instrumente haben immerhin den ursprünglichen Alarm sowohl von Madame Algemeine als auch der Frau Oberst registriert. Ich bin beiden bis zur Ladebucht 30 gefolgt ...«

»Ja, und im Shuttle auch ...«

»Das stimmt, aber das schien auch das nächstliegende Fluchtfahrzeug zu sein ... Außerdem ging alles so schnell ... Mein Implantat zeigt nur auf gewisse Entfernung Lebenszeichen an.« Charas schüttelte den Kopf – schließlich waren sie alle davon überzeugt gewesen, daß sich die Opfer an Bord des Shuttlefahrzeugs befinden mußten. »Aber das Implantatsignal weist darauf hin, daß Madame Algemeine sich immer noch auf Gal Drei befindet. Den stärksten Repons habe ich in der Ladebucht bekommen, nur daß es dort irgendein Verzerrersystem gibt, welches die Impulse streut, so daß man die Quelle nicht präzise orten kann.« Als der Kommandant sie unterbrechen wollte, hob sie abwehrend die Hand. »Bis vor einer halben Stunde. Die Flugsicherung meldet, daß nur fünf Schiffe in der letzten Stunde – nein, in den letzten Stunden, um genau zu sein – um Starterlaubnis ersucht haben.« Während sie sich verbesserte, wirkte ihr Lächeln grimmig. »Ich habe ja länger gebraucht, um Sie mit dieser Information zu erreichen. Alles übrigens Frachter, die keine sonderlich großen Geschwindigkeiten entwickeln können.«

»Hören Sie, ich will Madame Algemeine genausogern zurückhaben wie Sie, aber ich verfüge nun einmal nur über begrenzte Kräfte, um die Fahndungs- und Durchsuchungsaktion durchzuführen.«

»Madame Algemeine wird natürlich für Ihre Kosten aufkommen. Worauf warten Sie also noch, Kommandant?«

»Auf nichts«, erwiderte er abrupt. Er betätigte den Alarmschalter, erteilte Anweisungen, gab Beschreibung und Kennzeichen der fünf Schiffe durch, die aufzubringen und zu durchsuchen waren.

»Ganz schön raffiniert, das müssen Sie zugeben«, meinte Charas, die sich nun, da er endlich gehandelt hatte, ein wenig entspannte, »auf Gal Drei zu bleiben, während die ersten Fahndungsmaßnahmen liefen. Aber wir wissen schließlich auch, daß Louchard stets die modernste Technik verwendet. Diese Entführung war sorgfältig geplant.«

Charas seufzte und rieb sich das Gesicht; sie hatte durchgearbeitet und nur ab und zu ein kurzes Nickerchen eingelegt, um sich zu erfrischen. Und das, seitdem sie den ersten Alarm empfangen hatte: Durchsuchung der riesigen Ladebucht, Überprüfung sämtlicher Schiffe in der Anlage, und das gleich mehrmals; Bemühungen, genau zu bestimmen, an Bord welches der etwa hundert Schiffe die Entführungsopfer vielleicht gefangen gehalten wurden. Doch obwohl es sich bei ihrem Ortungsgerät um den technisch am höchsten entwickelten Typ handelte, erhielt sie einfach zu viele ›Echos‹, selbst wenn sie es an eine Fahrzeughülle anlegte, um damit auch nur das Zielschiff zu bestimmen. Glücklicherweise hatte ihre Verkleidung sie vor Nachstellungen der Schiffsmannschaften bewahrt: Vor allem Aliens nahmen es schnell übel, wenn sie einen dabei beobachteten, wie man ohne erkennbaren Grund vor ihrem Schiff herumlungerte.

Zu Beginn des Vorfalls hatte sie die Frauen in der Begleitung von Macci Sendal gewußt; deshalb war sie Yana nicht so dicht auf den Fersen geblieben wie sonst. Und deswegen machte sie sich auch Vorwürfe. In den mittleren Jahren, allmählich nachlässig werdend, würde sie ihren Beruf wohl aufgeben müssen, wenn sie nicht an ihren höchsten Effizienzmaßstäben Abstriche machen wollte.

Und so warteten die beiden. Kommandant an Hon versorgte Charas höflich mit einer Mahlzeit und erlaubte ihr, sich in seinem Privatquartier zu duschen, während man frische Kleidung für sie besorgte. Sie war inzwischen arm an Adrenalin geworden, nachdem sie sich tagelang bis an die äußerste Grenze ihrer Leistungskraft getrieben hatte, und so nickte sie beinahe ein, als die ersten Meldungen eintrafen. Das langsamste der fünf Schiffe war aufgebracht worden. Es handelte sich, genau wie angegeben, um eine Getreidetransportdrohne, deren Bauteile sich allesamt in einem ordnungsgemäßen Zustand befanden. Das zweite Schiff hatte nur zwei Frachtgüter geladen, sehr zum Mißmut des Kapitäns, weshalb dieser nicht gerade bester Laune war, wegen eines so vagen Verdachts angehalten zu werden. Auch das dritte Schiff war sauber, ebenso das vierte, nur vom fünften fanden sie lediglich große Trümmerstücke der Außenhülle vor.

»Das Schiff wurde nicht in Stücke gerissen, es wurde von keinem Raumtreibgut getroffen, weder verbrannt noch geschmolzen, noch sonst etwas, Kommandant. Hat fast den Anschein, als wäre die Hülle die reinste Geleefrucht gewesen, die an der Längsachse aufgeplatzt ist.«

An Hon und Charas wechselten verzweifelte Blicke.

»Dieser verdammte Louchard!« Charas fühlte sich so sehr den Tränen nahe, wie seit dem Tag nicht mehr, als sie acht Jahre gewesen und ihre Mutter gestorben war.

»Irgendwelche Rückstände, die sich verfolgen lassen?« fragte an Hon.

»Wir suchen noch danach, Kommandant, aber es ist denkbar, daß die die Strömung nur ausgenutzt haben, um die Trümmerstücke wegtreiben zu lassen, während sie selbst in eine andere Richtung weiterflogen. Und mit Verlaub, eine gründliche Fahndung könnte Wochen dauern. Dann wären wir uns aber immer noch nicht sicher, auf der richtigen Spur zu sein.«

»Kehren Sie zur Basis zurück, Kapitän, und vielen Dank.« Kommandant an Hon warf Charas einen grimmigen Blick zu. »Sie haben doch immer noch Lebenssignale von Madame Algemeine, nicht wahr?«

Charas berührte den Punkt an ihrem Schläfenknochen und nickte bestätigend. Madame Algemeine war die einzige Klientin, für die sie einen derartigen Eingriff in ihre Privatsphäre zuzulassen bereit gewesen wäre. Denn sie war ihr einiges schuldig – ihr Leben und ihre geistige Gesundheit.

»Wir können es auch von Sally Point-Jefferson überprüfem lassen«, schlug sie vor.

Der hochgewachsene, hagere Kommandant wischte die Bemerkung mit einem Lippenzucken beiseite. »Wenn die den Stoß empfangen hätte, hätten Sie es auch getan!« Wenn es zu einem Todesfall kam, erfuhren die auf eine bestimmte Person eingestellten Implantatträger dies als einen unmißverständlichen Stoß.

»Was jetzt? Die Entführer haben nicht vielleicht irgendeine Art letzte Warnung hinterlassen, oder?«

»Nichts als die letzte Nachricht, die M'sser Klausewitch an uns weitergeleitet hat.«

»Klausewitch«, murmelte Charas, und ihr Blick verhakte sich mit dem des Kommandanten. »Merkwürdige Wahl für einen Boten. Und Madame hat persönlich Millard und Sally als Leibwächter abberufen?«

»Hmm.« An Hon quittierte die Launen der Reichen mit einem Achselzucken. Er selbst hätte zwar durchaus Leute abgestellt, um Yana rund um die Uhr zu bewachen, aber wer hätte ausgerechnet in diesem Zeitalter nach dem Fiasko der Bersteineinhorn geglaubt, daß jemand in der gesellschaftlichen Stellung von Madame Algemeine *entführt* werden könnte! Gewiß, es gab zwar gelegentlich Vorfälle unter Akteuren zweiter Garnitur, Händler, Kapitäne, leitende Angestellte, und es gab auch genügend kleine Absahner auf allen großen Stationen wie dieser, um das eine oder andere Kapitalverbrechen und verschiedene ›Unfälle‹ geschehen zu lassen, wie natürlich auch Drohungen von Erpressern, aber nichts von *diesem* Kaliber. »Madame Algemeine hatte irgendwelche wichtigen Termine, auf die sie sich vorbereiten mußte, und sie war zweifellos der Ansicht, daß sie – zumal in Klausewitchs Gesellschaft – bekannt genug sein dürfte, um nicht mit Konfrontationen rechnen zu müssen.«

»Und wer hat die beiden Kinder losgelassen?«

»*Das* ist bereits erledigt«, antwortete der Kommandant mit strenger Stimme. Das ›unsichtbare Auge‹, dessen Aufgabe es gewesen war, die jungen Leute zu beschatten, hatte nicht mitbekommen, wie sie die Apartments der Algemeine verließen. Seine Lizenz war für nichtig erklärt worden, und er suchte jetzt nach jeder nur verfügbaren Gelegenheitsarbeit.

»Dieser Klausewitch«, sagte Charas und kehrte zu diesem Aspekt der ganzen Angelegenheit zurück, der sie nach wie vor piesackte wie ein verletzter Nerv. »Was haben Sie noch über ihn herausbekommen?«

Ich bekam eine Wiederholung der ursprünglichen Unbedenklichkeitserklärung. Die Firma Rothschild hätte ihn gewiß nicht eingestellt, wenn er irgendeinen Anlaß zu Verdächtigungen geboten hätte. Aber ich habe noch einmal eine umfassendere Darstellung verlangt.«

»Er war an diesem Morgen als allererster und in aller Herrgottsfrühe bei Madame Algemeine. Aber mir wurde gesagt, daß er sonst nie vor Mittag aufzustehen pflegt.«

»Das stimmt.«

»Oder hat er einfach nur einen Hang zu schwangeren Frauen?« fragte Charas mit weiblichem Zynismus.

»Es gab einen Fall«, an Hon hielt inne und rieb sich nachdenklich das Kinn, »daß ein Kaufmann von untadeligem Ruf nach einer Betriebsprüfung wegen Unterschlagung verurteilt wurde. Er gab an, in den Bann der Persönlichkeit dieses Louchard geraten zu sein. Es ist immerhin möglich«, räumte an Hon ein. »Wie der Große Detektiv mal bemerkte: Wenn man das Unwahrscheinliche erst einmal ausgeschlossen hat und nur das Unmögliche übrig bleibt, dann ist es auch die Lösung.«

»Sie lassen ihn beobachten?«

»Allerdings – wie auch alle anderen, die auch nur im entferntesten mit dieser Affäre zu tun haben, bis zu und einschließlich unserer Gesellschaftsdame Pleasaunce Ferrari-Emool.«

»Ja, die auch!«

»Man weiß, daß sie manchmal Umgang mit den unwahrscheinlichstenCharakteren pflegt.«

»Hmmm.«

»Gehen Sie ein bißchen schlafen, Charas. In Ihrer derzeitigen Verfassung können Sie ohnehin niemandem nutzen, obwohl ich gestehen muß, daß Sie besser aufgeräumt haben, als ich erwartete.«

Charas brachte ein Grinsen zustande. »Gibt es irgendein Örtchen, wo ich ein paar Runden Schlaf einlegen kann?« fragte sie und stand auf. »Ich möchte nicht allzuweit entfernt sein, falls Sie mich brauchen. Außerdem bin ich mir gar nicht sicher, daß ich es überhaupt noch bis zu meiner Unterkunft schaffen würde.«

Als Madame Algemeine Charas als ihr ›unsichtbares Auge‹ auf Gal Drei importierte, hatte sie die Frau natürlich auch dem Kommandanten an Hon vorgestellt. Charas hatte ihm von Zeit zu Zeit Unterstützung angedeihen lassen, wenn ihre Hauptklientin sich nicht auf der Station befand, und so hegte er großen Respekt für ihre Fähigkeiten, trotz ihrer derzeitigen Situation. Er führte sie persönlich zu einer der Kabinen, die für unerwarteten Besuch reserviert waren, und sie legte sich sofort auf die Seite, die Beine bequem ausgestreckt – und schon kündete ihr Atemrhythmus von Tiefschlaf. Der Kommandant aktivierte die Bordsprechanlage und ging.

Eigentlich hätte er inzwischen Material über Klausewitch erhalten müssen; es war ihm unverständlich, weshalb das so lange dauerte. Ihrer besonderen Bewohner wegen hatte die Station Gal Drei Prioritätsstatus bis zur Stufe ›streng geheim‹. Klausewitch dürfte wohl kaum höher anzusiedeln sein.

# 17. KAPITEL

*An Bord des Piratenschiffes*

»Da!« rief Diego. »Jetzt spüre ich die Schwingungen. Ihr denn nicht?« Er sagte es mit einem leicht vorwurfsvollen Unterton.

»Ja, ich spüre es tatsächlich auch«, sagte Yana, die Finger über das Schott gespreizt.

»Und die Luft hat sich auch ganz eindeutig verändert«, bemerkte Marmion schnüffelnd. »Mir ist noch nie bewußt gewesen, wie unterschiedlich Luft riechen kann.«

»Das würden Sie schon merken, wenn Sie an einem Ort leben, wo die Luft noch sauber ist«, meinte Bunny ein wenig herablassend, »und dann plötzlich diesen Mist atmen müssen. Oh, an Bord Ihres Fahrzeugs war die Luft schon in Ordnung, aber an manchen Stellen auf Gal Drei war sie ... na ja, regelrecht stinkig. Wie das Zeug, das zu Hause über der Raumbasis hängt.« Als sie ›zu Hause‹ sagte, hörte jeder das Heimweh heraus. Doch Bunny riß sich zusammen, zog die schlechte Luft ein und machte resolut weiter.

»Wir kommen schon nach Petaybee zurück, *gatita,* das weiß ich genau«, sagte Diego tröstend.

»Ha!« machte Yana. »Wer weiß, vielleicht halten wir ja gerade schon darauf zu.« Fragend blickte sie Namid an.

Der unterstrich mit einem Achselzucken seine Hilflosigkeit. »Man weiß von Louchard, daß er raffiniert ist, aber selten direkt vorgeht. Er liebt die Jagd, pirscht sich an sein Opfer an und schlägt unverhofft zu.«

»Wie, entführt er öfter Leute?« fragte Marmion erschreckt, und zum erstenmal ließ Furcht ihre Miene sich verfärben.

»Nicht daß ich wüßte«, antwortete Namid so beruhigend, wie Diego zu Bunny gesprochen hatte. »Na, machen Sie sich mal keine Sorgen, Madame ...«

»Ich dachte, wir wären inzwischen per du, Namid«, erwiderte Marmion und betonte seinen Namen.

»Danke. Schön, dann laß es mich mal wiederholen. Nein, Louchard ist eigentlich auf unbelebte Fracht spezialisiert, weshalb ich ja auch so überrascht bin, daß er sich plötzlich mit Entführungen abgibt.«

»Mit Fracht, die vor Gericht nicht aussagen kann, stimmt's?« warf Yana zynisch ein.

»Ganz genau. Und die, nachdem sie erst einmal verkauft wurde, schwer zurückzuverfolgen ist, weil es sich häufig um Rohmaterial handelt, das später in vollkommen andere Güter verwandelt wird.«

»Sagen Sie mir mal eins«, meinte Yana mit einem plötzlichen Anflug von Heiterkeit. »Stiehlt Louchard dann diese Güter und verkauft sie weiter?«

Namids Miene und Augen glänzten vor Erheiterung, als er antwortete. »Ich bin leider noch nicht lange genug bei dieser fröhlichen Bande von Freigeistern, um das beobachtet zu haben.« Dann wurde er wieder nüchtern. »Ich kann nur Schlußfolgerungen aus dem ziehen, was Dinah mir erzählt hat. Außerdem hatte ich ja nicht die geringste Ahnung, daß sie im allgemeinen *gestohlene* Güter beförderte.« Er seufzte unglücklich, und so war nun Marmion ihrerseits an der Reihe, ihn zu trösten.

»Aber Sie stimmen mir doch jetzt zu, daß wir inzwischen eine ganz andere Luft atmen, oder?« behauptete Bunny.

»Allerdings«, erwiderte Marmion, und die anderen bekräftigten es nickend. »Wirklich raffiniert von Ihnen, das zu bemerken, Bunny. Obwohl – weshalb das Piratenschiff so lange auf Gal Drei *verharrte* ...«

»Das läßt sich ja nun am leichtesten erraten«, versetzte Bunny ungeduldig. »Wer würde schon *auf* der Station nach uns suchen?«

»Guter Einwand«, räumte Marmion großmütig ein. »Dieser Piratenkapitän ist wirklich ein raffinierter Mann.«

»Ich frage mich, ob er vielleicht eine Waise ist«, überlegte Namid in dem vergeblichen Versuch, sich ein bißchen aufzuheitern.

»Eine Waise?« stieß Bunny überrascht hervor. Sie war selbst den größten Teil ihres Lebens eine Waise gewesen und hatte dies nie als sonderlich einfach empfunden. Beinahe wäre ihr Namids Antwort entgangen, weil dieser Gedanke sie daran erinnerte, daß 'Cita, sollte der Pirat sie alle umbringen, dann wieder ganz auf sich gestellt sein und jenes winzige bißchen Selbstvertrauen einbüßen würde, das sie aus dem Wissen hatte ziehen können, Bunnys Schwester und eine Rourke zu sein.

»Ja, eine Waise«, fuhr Namid forsch fort. »Was dem Bild von dem Piraten noch mehr entsprechen würde, das ich vorhin erwähnte.«

Bunny verscheuchte die trübsinnigen Gedanken und lauschte eine Weile, während Namid sie alle mit der Melodie und dem Text von *Die Piraten von Penzance* unterhielt und ihnen die Zeit bis zur nächsten Mahlzeit so angenehm vertrieb, wie es unter diesen Umständen möglich war.

»Das hier soll ›Frühling‹ sein?« fragte Zing Chi, der Hauptbevollmächtigte der Asiatischen Esoterischen und Exotischen Companie, als er den Blick über das karge breite Tal schweifen ließ, das schlammig von der Schmelze war, und doch von Insektenleben und erblühender Flora geradezu wimmelte. Er war durch und durch angewidert von diesem Anblick und hatte schon wieder abreisen wollen, als sie es gerade bis nach Petaybee Süd geschafft hatten. Der Transportdienst, den er für sich und seine Mannschaft gebucht hatte, hatte seine Tätigkeit eingestellt, und die eingezahlten Gelder waren zurückerstattet worden. Doch diese Rückerstattung hatte kaum gereicht, um sich mit Bestechungsgeldern auf dem Planeten vorzukämpfen, noch dazu auf diesen vergleichsweise unbefriedigenden Landeplatz. Zwar gab es am Südpol Petaybees auch einige der aufgelisteten Botanika, doch der Dokumentation zufolge war es die nördliche Halbkugel, wo regelrechte Kräuterreichtümer zu finden waren – wie auch jene ungreifbaren Qualitäten in

Sachen Einhörner und Katzenbarthaare, für die seine Firma ihren ältesten Kunden wahre Unsummen würde abknöpfen können.

Zing Chi war einer der besten Feldoperateure. Er besaß die Fähigkeit, geradezu in Windeseile hektarweise Pflanzen abzuernten, und das mit Stumpf und Stiel. Einiges von der Vegetation hier sah vertraut aus. Es sollte sich um Pflanzen handeln, die man während der Anfangsterranisierung nach Petaybee gebracht hatte, damit sie sich an die Verhältnisse auf dieser neuen Welt anpassen konnten. Doch in unmittelbarer Nähe handelte es sich lediglich um Oberflächenwuchs, der verhindern sollte, daß das Erdreich fortgeweht wurde.

Man hatte ihn nicht vorgewarnt, daß seine gesamte Mannschaft die Ernte zu Fuß würde bewerkstelligen müssen. Bisher hatten sie keine Dörfer zu Gesicht bekommen, keine Städte, keine Stellen, wo man Transportmittel hätte mieten können. Allmählich keimte in Zing Chi die Furcht, daß es überhaupt keine Fahrzeuge zu mieten gab.

Zum Glück waren seine Leute gut zu Fuß, und so gingen sie auch vor, sammelnd, schälend und säuberlich alles katalogisierend, was auch nur im entferntesten dem aufgelisteten Material glich, selbst wenn es sich um Pflanzen handelte, die auch anderswo vorkamen.

Nach fünf Tagen hatten sie einen Streifen von etwa fünfzehn Meilen Länge und einer halben Meile Breite brachgelegt. Nur mit knapper Mühe konnten sie sich von den wenigen Tieren ernähren, derer sie habhaft wurden, denn zu dieser Jahreszeit gab es keinerlei Beeren oder Nüsse mehr. Zing Chis Mannschaft bestand aus hundertfünfzig Leuten, und sie brauchten viel Nahrung.

Eines Tages kam der Sohn eines seiner Vorarbeiter, Lu Han, zu ihm. In den Armen hielt er etwas, das einem gefleckten Löwenjungen glich.

»Welche Barthaare brauchen wir, Chef?« fragte er Zing Chi. »Der kleine Bursche wird noch einige davon brauchen, um Gleichgewichtssinn und Orientierung zu behalten.

Aber ich denke, es wird ihm nichts ausmachen, wenn wir ihm ein paar abnehmen. Es ist ein braves Tier.«

»Tu, was man dir sagt, dann braucht das Tier überhaupt keine Barthaare mehr. Wir haben nicht genug zu essen. Töte es, nimm ihm die Barthaare ab und häute es. Der Rest kommt in den Suppentopf. Unsere Kunden haben zwar erklärt, daß sie ausschließlich Barthaare von orangefarbenen Katzen wollen, aber da sie nicht einmal genug zu wissen scheinen, um uns zu den Pflanzen und Tieren zu führen, die wir erlegen und ernten sollen, gehe ich davon aus, daß sie die Barthaare von Orangenkatzen von denen dieses Katzenjungen nicht unterscheiden können. Für uns bleibt die Ausbeute dieselbe.«

»Aber, Chef ...«

»Tu, was ich dir sage!«

Der Junge nickte, und das Tierchen, das zu spüren schien, daß die Entscheidung gegen es ausgefallen war, begann in seinen Armen zu zappeln.

## 18. KAPITEL

'Cita erwischte Johnny Greene, als er gerade zu einem Flug nach Süden in seinen Hubschrauber stieg, um O.O. und seinen Männern dabei zu helfen, Loncie Ondelacys Würfel aufzustellen. Coaxtl tapste hinterher. Die Katze hielt nicht viel von Flugmaschinen.

*Vögel sind zum Fressen da,* protestierte die Katze. *In ihnen zu reiten gibt einem das Gefühl, als wäre man ein Junges im Schnabel eines Raubvogels, das an seine Küken verfüttert werden soll. Dieses Gefühl behagt einem nicht.*

»Hör auf zu jammern«, widersprach 'Cita. »Es wird dir gefallen, wieder im Süden zu sein. Hallo, Kapitän Johnny!«

»'Cita! Wie geht es dir und deiner prächtigen pelzigen

Freundin denn heute morgen?« fragte der Pilot und grinste auf sie herab.

»Mir geht's sehr viel besser, als es mir eigentlich zusteht, aber ich mache mir Sorgen um meine Schwester, um Tante Yana und um Diego. Aber die hier« – sie zeigte auf Coaxtl – »sehnt sich wieder nach ihren alten Höhlen. Vor einer Woche hat sie gesagt, daß alles in Ordnung sei. Aber plötzlich knurrte sie im Schlaf und redet nur davon, nach Hause zurückzukehren. Ich habe gehört, daß du eins von diesen großen Häusern zu Loncie und Pablo bringen willst, und hatte gehofft, wir dürften dich uns als Last zumuten. Ich möchte Carmelita und Isabella gern zeigen, was ich in der Schule gelernt habe.«

»Was meint denn dein Onkel dazu?«

»Der hat nichts dagegen. Er sagt, daß du ja jetzt regelmäßig fliegst und uns vielleicht in ein, zwei Tagen zurückbringen könntest, damit wir Loncie nicht allzu lange belästigen müssen?«

»Klar, wenn Sean das in Ordnung findet. Ich weiß, daß Loncie und Pablo und die Kinder froh sein werden, dich mal wieder zu sehen. Die werden Bauklötze staunen, wie rund du in den paar Monaten geworden bist!«

All das mußte hinausgebrüllt werden, um die großen Motoren des Hubschraubers zu übertönen, doch schließlich machte 'Cita es sich im Hinterteil bequem, während Coaxtl sich zu ihren Füßen grollend zu einem dichten Knäuel drehte.

'Cita genoß die Reise. Es machte ihr Spaß zu beobachten, wie O. O'Neills spezieller Düsenkran die großen Kisten in die Luft hob und mit ihnen davonflog, wie sie an ihm herabbaumelten, einfach so, damit das Gewicht das Luftfahrzeug nicht aus dem Gleichgewicht brachte. Johnnys Hubschrauber übernahm außer 'Cita und Coaxtl auch noch leichte Fracht – noch mehr Verwaltungspapierkram, von Una Monaghan gebündelt und an Loncie Ondelacy adressiert.

'Cita genoß es, als sie schließlich übers Meer flogen und sie feststellen konnte, daß das Eis an der Nordküste sich bereits zu verdicken begann. Wale und Robben tanzten im Schatten des Luftfahrzeugs, und Delphine machten Luftsprünge, als wollten sie die herabbaumelnde Fracht kurz mit ihren Nasen anstupsen, bevor sie wieder ins Wasser tauchten.

Nach und nach verwandelte sich die graugrüne Farbe des Wassers in ein helleres Jadegrün, schließlich über Graublau bis ins Leuchtendblaue der Gletscherschlucht, um dann wieder blaugrün und beinahe limonenfarben zu werden. Die Luft war von Dampf durchwölkt, und unter ihnen kochte und zischte das Wasser. Weit ab zur Rechten ragte eine kleine Insel aus dem Wasser; wahrscheinlich war sie keine Meile breit, und doch schien sie beim Hinschauen immer größer zu werden. Teile davon waren bereits grün umrandet. Dahinter erstreckten sich ähnliche Inseln, und 'Cita fragte sich, wie lange es wohl dauern würde, bis sie einander berührten und zusammen eine einzige große Insel bildeten.

Coaxtl schlief und schien sich keinerlei Gedanken zu machen. Sie knurrte und fauchte aber manchmal, während ihre Pfoten sich krümmten und wieder streckten. 'Cita hätte gern gewußt, wovon die Katze träumte, doch Coaxtl sprach nur dann in ihrem Kopf zu ihr, wenn sie es wollte – 'Cita war noch immer zu dumm und nicht feinfühlig genug, um die Gedanken der großen Katze lesen zu können.

Dann hatten sie den Dampf und die Inseln hinter sich gebracht und hielten weiter auf das von Eisbergen durchsetzte Wasser nahe der Südküste zu. Dort begann gerade die Tauperiode, so, wie im Norden der Winter anfing, und riesige Wasserfontänen schossen in die Luft, als die Eisberge sich aus dem Packeis lösten und kalbten. 'Cita sah einen weißen Bären, der von einer Eisscholle zur nächsten sprang und versuchte, das Ufer zu erreichen. Die Bären waren sehr hungrig und fraßen auch Menschen; trotzdem hoffte 'Cita, daß er es schaffen würde. Er strengte sich so sehr an!

Sie hielten nicht einmal in Portage, um aufzutanken, sondern flogen gleich nach Sierra Padre weiter, wo Loncie und Pablo mit ihrer Familie lebten. Doch als sie über die breite

Ebene zwischen Flüssen und Gebirgszügen flogen, bekamen sie etwas Seltsames zu Gesicht. Der Boden war meilenweit um sie herum völlig kahl, als hätte irgendein Tier ihn gründlich abgegrast. Dort waren viele Leute zu sehen, die irgend etwas ernteten, was nach Unkraut aussah. 'Cita konnte keinen Sinn darin erkennen.

Johnny flog tiefer und sauste spielerisch auf die Leute zu, aber er tat es wohl auch aus Neugier. Die Fremden waren vielleicht wie die Jäger und die seltsamen Leute in den weißen Kutten und die ernsten Geschäftsleute, die sie zu sehen bekommen hatte.

Was immer sie sein mochten, Coaxtl gefielen sie jedenfalls nicht. Ohne die leiseste Vorwarnung sprang die Katze auf und warf sich gegen die Ausstiegsluke.

»Coaxtl, nicht! Wir fliegen ganz hoch! Du würdest in den Tod stürzen.«

Coaxtl kratzte lange Streifen in den Stahl der Luke und fauchte dabei. *Man will hinaus. Sofort.*

'Cita lief auf die Katze zu, schlang die Arme um sie und wurde mit ans Fenster geschleppt. Als der Hubschrauber sich rechts schräglegte, sah 'Cita plötzlich in das Gesicht eines Jungen, nur wenige Jahre älter als sie selbst, mit Zügen, die sie irgendwie an Pablo erinnerten. Er hatte irgend etwas festgehalten; seine Arme waren noch immer danach ausgestreckt. Dieses Etwas hatte eine Spur durch das unberührte Unterholz gezogen, wie 'Cita sehen konnte.

Coaxtls Kratzen ließ an Heftigkeit nach, als Johnny zweimal um das Gelände flog, was den Flugkran der Firma Nakatira gründlich durcheinanderbrachte, der erst verunsichert schweben blieb, um dann langsam seinen Weiterflug fortzusetzen, wartend, bis Johnny seinen Erkundigungsflug beendet hatte. Die Leute am Boden blickten auf. Sie waren nicht besonders wintergerecht gekleidet.

Als sie die Leute schließlich hinter sich gelassen hatten, stieß Coaxtl ein gewaltiges Seufzen aus und sprang auf den Sitz, den 'Cita zuvor eingenommen hatte. 'Cita ließ sich zwischen den beiden herabhängenden riesigen Pfoten der

Katze zu Boden plumpsen und kraulte das dichte weiße Fell am Bauch ihrer Freundin.

Den Rest des Flugs sprach Coaxtl nicht mit ihr, obwohl sie gelegentlich zufrieden knurrte, während 'Cita sie streichelte. 'Cita hätte gern etwas gesagt, doch das Dröhnen der Düsenantriebe war zu laut, und außerdem hätte sie ohnehin nichts zu sagen gewußt.

Kaum war der Hubschrauber gelandet und die Ausstiegsluke geöffnet worden, als Coaxtl auch schon hinausschoß und verschwand.

»Warte!« rief 'Cita ihr nach.

*Das Heim ist in Not,* teilte Coaxtls Stimme ihr mit. *Hole Hilfe.*

Johnny sprang aus dem Hubschrauber und half 'Cita beim Aussteigen. »Sieht so aus, als hätte deine Freundin eine dringende Verabredung.«

»Sie sagt, das Heim braucht Hilfe«, teilte 'Cita ihm mit.

»Ja«, erwiderte Johnny. »Das sehe ich selbst. Mach dir keine Sorgen, 'Cita. Sobald wir mit Loncie und Pablo ein paar Worte gewechselt haben und O.O. seinen Würfel aufgebaut hat, verschwinden wir von hier. Ich denke, wir sollten den jüngsten Gästen unseres Planeten die Aufwartung machen und sie fragen, was, zum Teufel, sie hier vorhaben. Ich habe da so eine gewisse Ahnung, daß wir auch Coaxtl dort wiederfinden.«

»Du bist sehr klug, Kapitän Johnny. Ganz bestimmt wird Coaxtl dort hingehen. Denn sie war dagegen, daß diese Leute sich hier aufhalten.« 'Cita deutete auf die langgezogenen Kratzspuren an der stählernen Lukentür.

Johnny stöhnte. »Dürfte nicht ganz einfach werden, das der Firma zu erklären.«

Dafür brauchten sie Loncie und Pablo nichts zu erklären, nachdem sie ihnen erst einmal den Rodungsstreifen geschildert hatten, den die Neuankömmlinge verursachten. Loncie trug O.O. auf, den Würfel hinter dem Haus aufzubauen; dann rannte sie, dicht gefolgt von ihrem Mann, aus der Tür, während dieser ihre Mäntel schnappte und mehrere Nachbarn zusammenrief. Allesamt drängten sie sich in den Hubschrauber und schoben 'Cita beiseite, um vor ihr einzusteigen.

'Cita wußte, daß es Erwachsene waren, viel klüger und stärker als sie. Und sie wußte, daß es böse und ungehorsam gewesen wäre, sich vorzudrängen, um an Bord zu kommen. Aber schließlich war Coaxtl doch *ihre* Freundin und sprach mit keinem der anderen!

So streckte sie das Kinn vor, senkte die Augenbrauen und versuchte, gleichzeitig abwehrend und unsichtbar auszusehen. Dann aber spürte sie, wie ein Händepaar sie über die Köpfe der am Boden sitzenden Erwachsenen hob, und schließlich wurde sie auf Loncies Schoß gezerrt.

»Du kommst doch mit uns, nicht, Pobrecita?«

»*Si*«, antwortete 'Cita. »Das tue ich.«

»*Bueno*«, sagte Loncie und schlug ihr auf den Rücken.

Der Hubschrauber setzte auf, und die Luken wurden geöffnet. Die Insassen strömten ins Freie. Es waren nicht viel, verglichen mit den Leuten am Boden. Nur sieben Passagiere, dazu 'Cita und Johnny.

Die Neuankömmlinge hielten sich vorsichtig aus der Reichweite der Rotorblätter, bis Johnny sie abgestellt hatte. Dann drängten sie sich vor, an der Spitze ein gutaussehender Mann mit goldener Haut, schwarzem Haar und dunklen, schläfrig wirkenden Augen. Alle Leute hatten irgend etwas in der Hand, was 'Cita nicht genau erkennen konnte.

»Sláinte«, sagte Johnny. »Diese Dame ist Lonciana Ondelacy, die Gebietsverwalterin des südlichen Kontinents. Das hier ist ihr Mann, Pablo Ghompas, und die anderen könnte man wohl als den Landrat bezeichnen.«

Der Mann machte eine leise Verneigung in Richtung von Pablo und Loncie. »Wie freundlich von Ihnen, uns zu begrüßen.«

Loncie legte den Kopf leicht schräg und fragte vorsichtig: »Was führt Sie hierher, Señor?«

»Eine Mission der Barmherzigkeit, Madame. Mein Name ist Zing Chi. Ich bin von der Asiatischen Esoterischen und

Exotischen Companie. Wir sind geschickt worden, um bestimmte Substanzen zu sammeln, die den Kranken Heilung bringen und die Verwüstungen des Alterns lindern. Viele dieser Pflanzen gibt es nur hier. Aber wir hatten keine Transportmöglichkeiten, bis Sie hier eintrafen. Wir konnten uns nicht einmal nach dem Weg erkundigen. Können Sie uns helfen?«

'Cita mochte das Lächeln des Mannes nicht und versteckte sich hinter Loncies breitem Rücken.

»Es wird uns eine Freude sein, ehrenwerter Gast«, sagte Pablo, bevor irgend jemand ein Wort von sich geben konnte. »Sofern Sie uns nur mitteilen, was Sie denn genau suchen.«

Zing Chi griff in die Tasche und holte eine Liste hervor. Pablo nahm sie entgegen und reichte sie Loncie, die lesen konnte, weil sie einst im Firmendienst gestanden hatte.

»Was ist das denn?« fragte Loncie, und in ihrer Stimme wallte Zorn auf. »Die Barthaare orangefarbener Katzen? Einhornhörner?«

»Ach, du liebe Güte«, warf Pablo ein, bevor Loncie Gelegenheit fand, ihnen mitzuteilen, was sie von dieser Liste hielt. »Was hat das alles zu bedeuten, meine Herren? Wozu, um alles in der Welt, wollen Sie solche Dinge haben?«

»Das Horn des Einhorns ist weithin als Aphrodisiakum und als Mittel gegen Vergiftungen bekannt, edler Herr«, antwortete Zing Chi mit einer Verneinung. »Äußerst wertvoll. Von den Barthaaren der orangefarbenen Katzen heißt es, daß sie die Jugend verlängern und gute Gesundheit bescheren.«

Pablo schüttelte den Kopf. »Hier aber nicht, fürchte ich. Da hat jemand Ihren Informanten aber ordentlich getäuscht.«

»Ist das wahr?«

»Ach, du meine Güte, ja! Die Einhornhörner, die man auf Petaybee findet, taugen überhaupt nicht als Aphrodisiakum.«

»Wirklich nicht?« erkundigte Zing Chi sich höflich.

»Man hat Sie getäuscht«, wiederholte Pablo. »Das ist ganz

verständlich, mein Herr, da Ihre Information offensichtlich nicht von jemandem stammen konnte, der einmal das wertlose Horn eines nördlichen Lockenfells im Winter gesammelt hat. Die Hörner taugen dazu, das Eis zu durchstoßen, wozu das Lockenhorn sie auch verwendet. Aber zu sonst sind sie nichts nutze.«

»Sind Sie da ganz sicher?« fragte Zing Chi betont höflich.

Pablo seufzte und ließ den Kopf hängen. »Sie können meine Frau ja mal fragen.«

Loncie schüttelte traurig den Kopf. »Es stimmt. Wir haben uns von Kapitän Greene hinfliegen lassen, um das Horn eines Lockenfells zu holen. Das Tier war in einer Lawine ums Leben gekommen. Pablo wollte sich mit dem Horn von einer Krankheit kurieren, aber leider ... hat es nichts genützt. Genaugenommen hat überhaupt nichts etwas genützt, bis er schließlich die Polarbärenhoden gegessen hat.«

»Polarbärenhoden?« wiederholten einige der Männer staunend.

»Ah, *si*«, sagte Pablo. »Als ich mich wieder erholt hatte, war ich *muy macho*, auf eine Weise, wie es nur die Polarbärenhoden von Petaybee bei einem Mann zu bewirken vermögen, der schon jeden Wunsch verloren hatte, zu ...« Pablo machte etwas, das im allgemeinen als unanständige oder anzügliche Geste galt.

»Dann werde ich das der Liste hinzufügen, mein Herr«, meinte Zing Chi.

»Natürlich gibt es für sämtliche Heilmittel Petaybees sowohl ein Geheimnis beim Sammeln als auch eins beim Mischen ... wenn Sie verstehen, was ich meine«, ergänzte Pablo.

»Und was sind das für Geheimnisse, gütiger Herr?« erkundigte sich Zing Chi.

»Würde ich es Ihnen verraten, wären es ja wohl keine Geheimnisse mehr, oder?«

»Wir sind bereit, besonderen ... Informanten ... großzügige Zuwendungen für Forschungsinformationen zukommen zu lassen«, sagte Zing Chi.

»Ach, hast du gehört, Pablo?« fragte Johnny. »Die wollen uns großzügig entlohnen. Dann könnte ich meine Hubschrauberluke reparieren lassen, und du und Loncie, ihr könntet eure Hacienda frisch isolieren.«

»Ich weiß nicht so recht, Kapitän Johnny«, meinte Pablo kopfschüttelnd. »Wenn man das Geheimnis erst einmal verkauft hat, ist es kein Geheimnis mehr. Außerdem ist es sehr gefährlich.«

Loncie ergriff ihren Mann am Arm. »Wir könnten auch neue Schlafzimmer für unsere vierzehn jüngsten Kinder bauen, *corazón*«, sagte sie.

'Cita musterte sie verwundert. Loncie und Pablo hatten doch nur Carmelita und Isabella!

»Das stimmt«, meinte Pablo. »Also gut. Aber ich muß vorausschicken, daß man auf Petaybee die Hoden des Polarbären immer nur dann holt, wenn es gar nicht mehr anders geht, so wie in meinem Fall. Das Geheimnis besteht nämlich darin ...« Er bedeutete dem Mann, vorzutreten, und flüsterte ihm ziemlich laut ins Ohr: »Der Polarbär muß nämlich noch leben, wenn man ihm die Hoden abnimmt. Man schleicht sich hinter den Bären und bindet ganz schnell einen Faden um seine Hoden. Dann muß man ihm so lange folgen, bis sie ihm abfallen.«

»Warum kann man den Bären nicht einfach töten und ihm die Hoden abnehmen?« fragte Zing Chi, ohne zu flüstern.

Johnny gab vor, schockiert zu sein. »Hast du ihm das denn nicht erzählt, Pablo? Na ja, da der Bär jetzt schon aus dem Sack ist, sollten Sie es auch erfahren. Als mein Urgroßvater nach Petaybee kam, brauchte er ebenfalls Bärenhoden. Aber er hatte es ziemlich eilig und hat den Bären einfach getötet. So hat er zwar bekommen, was er wollte, aber er konnte das Mittel nur einmal benutzen, dann ist er im Bett gestorben. Es war ein sehr schöner Tod.«

»Und haben wir die richtigen Zutaten für die Jugendlichkeit?«

Johnny warf einen Seitenblick auf die Liste und feixte. »Katzenbarthaare? Welcher Witzbold hat Ihnen überhaupt diese Liste zusammengestellt? Nein, Kumpel, Katzenbarthaare nützen höchstens dem Tierchen etwas, das sie die meiste Zeit trägt. Nein, für dauerhafte Jugend und Gesundheit benutzt man oben im Norden Coobeerendornen. Und dieses Geheimnis verrate ich Ihnen kostenlos. Man muß nämlich die am besten geschützten Beeren pflücken, direkt in der Mitte des Gestrüpps, wenn man die besten Ergebnisse erzielen will.«

»Danke«, sagte Zing Chi mit einer Verneigung, streckte die Hand aus und deutete mit dem darin befindlichen Gegenstand auf Johnny. »Was Sie hier in meiner Hand sehen, wie auch in den Händen meiner Arbeiter, ist ein Laserernter, der einen Menschen ebenso leicht zerteilen kann wie einen Baum. Mit Hilfe dieser Instrumente werden wir Ihrem Rat gern folgen und die von Ihnen vorgeschlagenen Posten besorgen, wie auch die anderen, nach denen wir Ausschau halten. Zunächst einmal brauchen wir aber einen Transport zur Quelle all dieser Dinge. Den werden Sie uns nun zur Verfügung stellen, während die Mitglieder des Landrats, wie Sie ihn nennen, als Gäste meiner Firma hier bleiben werden.«

## 19. KAPITEL

*An Bord der* Pirate Jenny

»Wir haben angehalten«, sagte Bunny und fuhr auf ihrer Kojenkante kerzengerade auf. Sie hatte sich gegen das Schott gelehnt und Diego dabei beobachtet, wie er den Text des Liedes niederschrieb. Einige der Wörter, die Diego verwendete, etwa ›Generalmajor‹, waren Bunny neu, doch es war schon eine Hilfe, ihm dabei zuzusehen, wie er sie aufschrieb. Bunny konnte die Silben erst einmal wiederholen, wie Diego es ihr beigebracht hatte. Später, wenn sie draußen auf den Gängen einen Spaziergang machen durften – Louchards jüngste Lockerungen ihrer Haftbestimmungen –, würde er ihr die richtige Aussprache beibringen. Manchmal klangen Wörter nicht so, wie sie aussahen, was das Lesen nur noch anstrengender machte. Bunny hatte sich bitter darüber beklagt, daß Wörter so aussehen müßten, wie sie sich anhörten.

»Was soll das heißen, wir haben angehalten?« fragte Diego und legte die Hand flach gegen die Metallwand. »Ich spüre aber noch die Schwingungen.«

»Ja, aber sie haben sich verändert«, versetzte Bunny.

»Schön, und über wieviel Raumflugerfahrung verfügst du?«

»Über genug!«

»Kinder«, warf Marmion in ihrem vernünftigsten Wir-wollen-uns-doch-nicht-wegen-irgendwelcher-Kleinigkeiten-in-die-Haare-kriegen-Ton ein.

Den hatte sie in letzter Zeit reichlich einsetzen müssen, je unerträglicher das Eingesperrtsein geworden war. Selbst das Erlernen von *Die Piraten von Penzance* und der anderen Operetten von Gilbert und Sullivan, die Namid kannte, verlor allmählich seinen Reiz. Am Anfang hatte es allerdings großen Spaß gemacht; es war unterhaltsam und fesselnd gewesen. Marmion besaß eine wunderschöne Sopranstimme und war dadurch in den Genuß gekommen, die Rolle der Mabel übernehmen zu dürfen, während Yana mit ihrem Kontraalt eine überzeugende Ruth abgegeben hatte, Diego einen anständigen Frederic und schließlich Bunny – unterstützt und gedämpft durch Namid – den Chor und alle anderen Rollen übernahm. Bunny gefiel der Piratenchor am besten, und sie lernte auch die Rolle des Piratenkapitäns – weil der ein Waisenkind war, wie sie am Ende der Vorführung zu ihrer Freude entdeckte. Und über dem Studium der Musik und der Texte war so manche Stunde verstrichen.

»Hör mal, Diego, du magst vielleicht auf einer Hightech-Station großgeworden sein«, meinte Bunny und ignorierte Marmions friedensstiftende Versuche, »aber Zeichen und Spuren kannst du überhaupt nicht lesen. Ich *mußte* es aber lernen, sonst wäre ich in Lawinen und Schneegestöber und allen anderen möglichen Gefahren ums Leben gekommen.«

»Alles planetar!«

»Na ja, ein Schiff ist doch auch wie ein kleiner Planet, oder nicht? Und die Schwingungen haben sich soeben verändert! Mit der Luft habe ich doch auch recht gehabt, oder? Warum sollte ich mich da bei den Schwingungen täuschen?«

»Es könnte durchaus sein, daß sie recht hat«, warf Namid mit einem hilflosen Lächeln ein. »Die *Jenny* ist ein sehr schnelles Schiff, und es ist schon drei Tage her, daß die Luftquelle sich verändert hat. Das würde auch ungefähr der Reisezeit von Gal Drei nach Petaybee entsprechen, nicht wahr, Marmion?«

»Ja, das stimmt«, sagte Marmion und stieß die Luft aus. Das hier war etwas anderes als ein verbaler Schlagabtausch im Salon und so intensiv wie jeder Übernahme- oder Fusionskampf, und sie mußte die Feststellung machen, daß ihre Toleranz und ihr Verständnis bis aufs äußerste beansprucht wurden. Ohne Namids Anwesenheit und seine Ablenkungstaktiken wäre es zu reichlich fiesen Zänkereien gekommen, davon war sie überzeugt, und das einzig und allein dieser erzwungenen Nähe wegen. Selbst bei den umstrittensten ihrer Finanzoperationen hatte Marmion stets die Möglichkeit gehabt, den Ort des Geschehens zu verlassen und sich ein wenig abzukühlen. Sie mochte Bunny und Diego sehr, und sie empfand große Zuneigung zu Yana, die sich wacker hielt. Und die komplizierte Persönlichkeit des Astronomen, der so viele verschiedene Interessen und Wissensgebiete zu haben schien, faszinierte sie keineswegs nur beiläufig: Noch nie war sie jemandem begegnet, dessen Geschmack so umfassend und so hochentwickelt gewesen war. Vielleicht hatte sie sich ein wenig zu lange in der dünnen Luft ihrer gesellschaftlichen Sphäre bewegt. Man konnte sich auch überspezialisieren. Ihre Zeit auf Petaybee hatte diese Tür ein Stück geöffnet, und die derzeitige Erfahrung offenbarte ihr ein riesiges Panorama, von dessen Existenz sie nichts geahnt hatte – das Panorama und die Gewichtungen erzwungenen Nichtstuns.

Dinah O'Neill hatte es *tatsächlich* geschafft, ihnen zu mehr Privilegien zu verhelfen, zu besserer Nahrung und zu einem täglichen Ausflug durch die Gänge, um sich die Füße zu vertreten. Eines Nachts hatten Marmion und Namid die Köpfe zusammengesteckt und darüber gesprochen, wie groß das Schiff wohl sein mochte. Namid befand sich zwar schon etwas länger auf der *Jenny* als Marmion, mußte aber einräumen, daß er sich im allgemeinen eher für Entfernungen interessierte, die man in Lichtjahren maß, als für seine unmittelbare Umgebung. Trotzdem war auch er der Meinung, daß sie sich beim ersten Mal, als man sie zu Louchard gebracht hatte, auf einem größeren Schiff als der *Jenny* befunden haben mußten. Bunny, die die verschiedenen Arten von Schneevorkommen in einem Gebiet von drei Meilen Gesamtfläche präzise voneinander unterscheiden und schildern konnte, war auch dazu in der Lage, die scheinbar identischen Gänge mit demselben Auge für Einzelheiten zu beschreiben. So befand sich beispielsweise das Kapitänsquartier der *Jenny* neben der Mannschaftsunterkunft, nur durch einen Korridor davon getrennt, während die nach oben und unten führenden Gänge darauf hinwiesen, daß die *Jenny* mit einem größeren Fahrzeug verbunden war.

»Um uns absichtlich zu verwirren, was Größe und Typ des Fahrzeugs betrifft«, hatte Marmion gesagt.

»Zwei Schiffe also«, hatte Namid geantwortet und sich dabei den Bart gekrault.

»Es muß so sein«, hatte Marmion bestätigt.

Diego und Bunny hatten den anderen von dem ersten Shuttle erzählt, der sie ursprünglich zur Ladebucht 30 gelockt hatte, eine Eskapade, die in ihrer Entführung geendet war. Die beiden hatten sich wortreich entschuldigt und sich sehr zerknirscht gegeben – durchsetzt mit den unvermeidlichen ›Wenns‹: wenn sie doch nur nicht neugierig gewesen wären; wenn sie doch nicht allein davongeschlichen wären; wenn sie Marmion und Yana doch nicht die Mühe bereitet hätten, ihnen nachzufolgen ...

Das führte sie zur nächsten Frage: Welche Rolle spielte Machiavelli Sendal-Archer-Klausewitch bei alledem? Abgesehen davon, daß man ihn als Botenjungen zur Überbringung der Lösegeldforderung der Piraten eingesetzt hatte.

»Ples Ferrari-Emool weiß möglicherweise mehr über ihn«, hatte Marmion gesagt, »aber ich nicht. Er war der frisch ernannte Generaldirektor einer Filiale von Rothschild und mußte daher zweifellos durch eine ausgiebige Sicherheitsüberprüfung gelaufen sein, um eine solche Stellung zu erlangen. Ich meine, wie hätte er die Piraten auch davon in Kenntnis setzten sollen, daß wir uns in der Ladebucht 30 befanden? Ich wüßte nur zu gern, wo Charas sich eigentlich befunden hat, als das passierte.«

»Charas?« wiederholte Namid.

»Egal, Namid«, erwiderte Marmion, lächelte und wechselte schnell das Thema. »Und weshalb hat Kommandant an Hon uns noch nicht aufgespürt? Die Sicherheitsvorkehrungen und -geräte auf Gal Drei sollen doch eigentlich das Neuste vom Neusten sein.«

Darüber hatte Marmion sich nun schon mehr als einmal aufgeregt. Namid seufzte lautlos. »Das werden wir alles noch erfahren, sobald das hier vorüber ist, meine Liebe.« und er tätschelte ihre nervösen Hände.

Seine Berührung beruhigte sie tatsächlich, und Marmion nahm schließlich auch die Tatsache hin, daß es nutzlos war, die Ereignisse Revue passieren zu lassen, die sie in diese Sackgasse geführt hatten. Da war es besser, an die Zukunft zu denken und Meditation zu üben. Namid hatte ein paar neue Tips zu Techniken besinnlicher Betrachtung beigesteuert. Alle hatten sie erlernt – teils, um bei geistiger Gesundheit zu bleiben, teils, um die schwere Zeit der Gefangenschaft und Tatenlosigkeit zu überbrücken.

Ist die Zeit des Nichtstuns vorbei, fragte sich Marmion,

falls die Schwingungen des Schiffes sich tatsächlich verändert haben sollten?

»Na ja, die Antriebsaggregate laufen aber eindeutig noch«, meinte Diego, beide Hände aufs Schott gelegt. Tatsächlich versuchten nun alle, die Veränderung genau zu bestimmen.

»Wir könnten ja im Orbit sein«, meinte Yana, und ihre Hand griff verstohlen nach dem Beutel mit petaybeeanischer Erde.

Bunny und Diego taten es ihr gleich. Marmion hatte am Tag ihrer Entführung den kleinen Beutel nicht bei sich gehabt, bezweifelte aber ohnehin, daß der Planet sich allzu viel daraus machen würde, was mit ihr geschah. Sie war einzig und allein für sich selbst verantwortlich.

Bunny musterte Yana. Dann zuckte sie gemeinsam mit der Offizierin die Schultern.

»Keine Veränderung, wie?« fragte Bunny mit schiefem Grinsen.

Yana schüttelte den Kopf. »Möglicherweise befinden wir uns nicht im Orbit um Petaybee.« Ihre Stimme hatte einen Unterton von Depression und Pessimismus.

»Wo denn sonst?« wollte Diego wissen. »Es ist doch schließlich der Planet, den sie plündern will, nicht wahr?«

»Ich hatte eigentlich gehofft, daß sie begreifen würde, wie sinnlos dieser Versuch wäre«, versetzte Yana in verbittertem Tonfall.

Sie war jetzt schon über vier Wochen von Sean getrennt – ein ganzer Monat in der Entwicklung ihres Kindes. Inzwischen konnte sie den Klumpen in ihrem Bauch spüren, wie er leicht aus der ehedem flachen, muskelweichen Ebene ragte. Körperlich fühlte sie sich besser als zu Anfang ihrer Gefangenschaft, doch die seelische Belastung der Unsicherheit begann sich nun zu steigern – und die Anspannung des Eingepferchtseins. Natürlich brachten die langen Reisen an Bord von Truppentransportern auch ihre Einschränkungen mit sich, aber hier und jetzt war es etwas völlig anderes – und sie verabscheute es zutiefst. Sie versuchte, dem Streß nicht nachzugeben, weil sie fürchtete, daß es den Fötus auf irgendeine abstruse Weise schädigen könnte. In vielen ihrer Alpträume ging es um eine Schädigung ihres geborenen oder ungeborenen Kindes, das zu einer Art Monster geworden war. Sie erschauerte.

In diesem Augenblick öffnete sich das Paneel, und vor ihnen stand der Zweite Offizier, nicht annähernd so wild und heftig wie Megenda, aber auf eine schleimige Weise fast ebenso abstoßend.

»Zeit für einen Spaziergang«, sagte er und wies sie mit schroffer Geste an, ihm zu folgen und die dargebotene Gelegenheit zu nutzen, sich ein wenig zu bewegen.

*Auf der Raumbasis*

Adak tat Dienst im Raumbasis-Würfel. Simon Furey hatte ein Schild gemalt, das sie über den Eingang genagelt hatten:

WILLKOMMEN AUF PETAYBEE!
AMT FÜR EINWANDERUNG UND INFORMATION!

Nachdem die PTS ihren Betrieb aufgegeben hatte, waren die einzigen Raumfahrzeuge, die den inzwischen zwar wieder flachen, aber ein wenig löchrigen und zerborstenen Landeplatz noch nutzten, die der Station Intergal. Sie waren größtenteils damit beschäftigt, Gerät und Ausrüstungsmaterial vom Planeten zu schaffen. Am Ende des Feldes türmten sich die Trümmer aus herausgerissenen Wänden, Fußböden und Dächern und markierten den Friedhof der alten Anlage, die zu Schaden gekommen war, als Petaybee seine Gesteinspyramide ausgeworfen hatte, um damit gegen die Ausbeutung durch die Intergal zu protestieren. Adak und einige andere Bewohner von Kilcoole behielten ein wachsames Auge auf diese Abfälle, von denen die meisten sich reparieren und wiederverwerten ließen, sobald die Führung der Intergal sich endlich zurückgezogen und sie zur Ausbeute freigegeben hatte.

Mit Hilfe der diskreten Anzapfeinrichtung, die Simon Furey in das Kommunikationsnetz der Intergal hatte einschmuggeln können, war Adak imstande, das Kommen und Gehen auf der Station genau zu verfolgen. Deshalb wußte er stets, wann Schiffe – mit möglichen ›Invasoren‹ – wahrscheinlich landen würden. Dies ließ ihm viel freie Zeit, in der er die Haufen durchstöbern konnte, und das war ihm auch lieb so. Obwohl die Schneedecke dicht genug war, um mit den Hunden durch den Wald zu laufen, war der Fluß doch erst mit einer dünnen Eiskruste bedeckt, die nicht stark genug war, um von den Schnokeln als Straße benutzt zu werden. Das wirklich schwere Wetter stand ihnen erst noch bevor, doch er hoffte inständig, daß die Intergal möglichst bald verschwinden würde, damit sie endlich an die Arbeit gehen konnten. Bei so vielen Leuten, die nun hereinströmten, ohne eine Bleibe zu haben, würden sie sich noch über jede Unterkunft freuen, die sich zusammenzimmern ließ.

Vor kurzem war ein kleines Fahrzeug auf der Raumbasis gelandet, doch Adak hatte keine Passagiere aussteigen sehen, nur die Mannschaft, die jetzt Vorräte ablud, welche keinen Schaden davontragen würden, wenn sie draußen im Schnee auf dem Plastbeton gelagert wurden. Doch nun kamen zwei Leute an die Ausstiegsluke: eine schlanke kleine Frau mit rotem Haar, das über den Ohren und am Scheitel silbrige, luchsähnliche Büschel aufwies und nun leicht vom Schnee besprenkelt war, sowie ein großer Bursche, der nach einem altgedienten Raumfahrer aussah.

»Hallo?« Dinah O'Neill setzte ihr raffiniertestes Lächeln auf, als sie den fellbekleideten kleinen Mann mit dem runden Gesicht erblickte, der sie mit vor Erstaunen aufgesperrtem Mund musterte. »Kann man hier vielleicht erfahren, wie man nach Tanana Bay kommt?«

»Einen anderen Ort gibt es hier nicht. Was wollen Sie überhaupt in Tanana Bay? Es schneit, und wir haben Schneesturmwarnung«, erwiderte der kleine Mann. »Aber so weh es mir tut, dies zugeben zu müssen – ich bin hier der Ortsbürokrat, gleich nach dem Gouverneur. Adak O'Connor, mehr oder weniger der Einwanderungsbeamte, zu Ihren Diensten, gnädige Frau. Was kann ich für Sie tun?«

»Ich glaube, daß ein paar Verwandte von mir hier an einem Ort namens Tanana Bay leben könnten«, sagte Dinah O'Neill und ließ dem Lächeln eine bekümmerte Miene folgen. »Ich wollte mal nachsehen, ob wir wirklich verwandt sind und ob ich vielleicht mein Heim in ihrer Nähe aufschlagen kann. Denn der Rest meiner Familie ist ausgestorben und ich wüßte nicht, wo ich sonst hin sollte.«

»Da muß es Ihnen aber ganz schön schlecht gehen, daß Sie nach Petaybee gekommen sind.«

»Blut ist dicker als Wasser. Selbst gefrorenes Wasser«, fügte sie hinzu und deutete auf den Schneefall. Insgeheim fragte Dinah sich dabei, wie der Planet sich das allerneueste Modell der Nakatira Strukturwürfel leisten konnte, wo seine Volkswirtschaft angeblich doch so unbedeutend war. Trotzdem, der alte Mann hatte sofort geantwortet, und Dinah hielt ihn nicht für durchtrieben. Normalerweise versuchte man doch, Leute auf einen Planeten zu locken und nicht, sie abzuschrecken. Vielleicht war das hier aber auch eine Ausnahme – möglicherweise wollten die ihren ganzen Reichtum für sich behalten. »Eigentlich hätte ich bis vor kurzem nicht mal im Traum daran gedacht, jemals hierher zu kommen. Aber ich bin einem Mann begegnet, der davon erzählte, wie er als Mitglied eines Untersuchungsausschusses einen sogenannten intelligenten Planeten unter die Lupe genommen hatte, der zu einem nicht unbeträchtlichen Teil von Leuten besiedelt worden war, die aus der Zeit des irischen Wiedervereinigungskrieges stammten, und zwar aus derselben Gegend wie meine Familie. Im Zuge seiner Arbeit hatte dieser Mann einige Leute kennengelernt, die mir ähnlich waren, wie er sagte, und denselben Nachnamen trugen. Deshalb habe ich beschlossen, der Sache nachzugehen.«

»Und was ist mit Ihnen, mein Herr?« Adak O'Connor

wandte sich an Megenda, der während des bisherigen Gesprächs gelangweilt im Hintergrund gestanden hatte. »Ich nehme doch an, daß Sie und die Dame gemeinsam hier sind? Haben Sie denn auch Verwandte hier? Vielleicht unter den Andenleuten auf dem südlichen Kontinent?«

Megenda warf einen heftigen Blick auf Dinah, die sofort für ihn einsprang. »Das ist ein alter Familiendiener. Ich kann ihn zwar nicht mehr bezahlen, konnte ihn aber auch nicht davon überzeugen, mich zu verlassen. Er hat eine äußerst beschützende Art.«

»Das ist ja wirklich nett von Ihnen, mein Herr, sich so um die Dame zu kümmern«, meinte Adak O'Connor anerkennend. Megenda nickte und blickte finster drein.

»Also dann«, warf Dinah fröhlich ein. »Wo bekomme ich eine Transportmöglichkeit nach Tanana Bay? Hier vielleicht?«

»Hier?« Adak O'Connor mußte dröhnend lachen; dann nahm sein Gesicht wieder einen nüchterneren Ausdruck an. »Na ja, schlechte Nachrichten kann man genausogut auch hier in Empfang nehmen. Im Augenblick sind sämtliche Lockenfelle mit diesen Jägern beschäftigt, die hier wie die Sommeridioten scharenweise eingefallen sind. Die Hundemannschaften sind die nächsten zwei Wochen ausgebucht.«

»Was ist denn mit Shuttles? Es müßte doch ...« Mit ausladender Geste wies sie in Richtung Raumhafen.

»Dama, ich weiß ja nicht, wo Sie herkommen, aber auf diesem ganzen Planeten gibt es nur einen einzigen Hubschrauber, und der ist ausgeliehen und ohnehin längst überfällig. Andere Lufttransporte gibt es hier nicht, seit die Intergal alles wieder zurückgenommen hat, was sie hier im Einsatz hatte.«

»Wirklich? Dabei hatte ich gehört, daß es auf diesem Planeten jede Menge geschäftliche Möglichkeiten geben sollte.«

O'Connor schnaubte und schob dabei Papiere hin und her.

»Wer hat Ihnen das denn erzählt? Ich will mich ja nicht einmischen, Dama, aber da muß irgend jemand Sie gehörig an der Nase herumgeführt haben.«

Dinah winkte unbestimmt ab. »Ich erinnere mich nicht mehr an seinen Namen. Ich war so fasziniert von dem, was er erzählt hat. Er sagte, er sei mit einem Hauptmann Fiske hier gewesen.«

»Ha!« O'Connors Augenbrauen kletterten in Richtung seines sich zurückziehenden Haaransatzes. »Hauptmann Fiske hat das Wohl Petaybees nicht gerade zu seiner Sache gemacht. Sie sollten besser aufpassen, woher Sie Ihre Informationen beziehen. Dama. Aber nur weil Fiske ein Lockenfellarsch ist, heißt das noch lange nicht, daß Sie hier nicht willkommen sind. Verstehen Sie etwas vom Hochseefischen?«

»Nicht viel«, gestand Dinah, »aber ich lerne gern dazu.«

Adak schnaubte wieder. »Das ist keine große Sache. Man muß nur schnelle Finger haben und gut im Ausnehmen sein. Aber für Fischfang sind Sie mir doch ein bißchen zierlich geraten.«

»Und mehr ist in Tanana Bay nicht los?«

»Viel mehr gibt es da oben nicht.«

»Trotzdem möchte ich gern hin«, erklärte Dinah. »Es sei denn, natürlich, daß meine Informationen falsch waren. Wo kann ich hier die städtischen Behörden erreichen und mich nach meinen Verwandten erkundigen?«

»Das geht nur in Tanana Bay. Sie haben doch eine Kommunikationseinheit ...«

»Ach, die! Die teilt mir nur mit, wann Raumfahrzeuge kommen. Ansonsten hat die zu nirgendwo Verbindung. Nicht mal zu Kilcoole.«

»Kilcoole?« Dinah stockte. »Der Name kommt mir bekannt vor.«

»Nach Kilcoole könnten Sie wohl noch kommen. Das Schnokel wird bald wieder seine reguläre Tour fahren. Es muß Post und anderen Kram zum Gouverneur bringen.«

»Gouverneur?« fragte Dinah unschuldig, als hätte sie dem Mann nicht schon seit Tagen Lösegeldforderungen zukommen lassen.

»Ja. Er heißt Sean Shongili.« Dem kleinen Mann schwellte vor Stolz die Brust. »Der hat sogar einen Würfel wie diesen hier.«

»Ach?«

»Mußte er«, fuhr Adak mit breitem Grinsen fort. »Yanas Kabine – sie ist jetzt übrigens Oberst – war so vollgestopft mit Papierkram, daß man Sean kaum noch dazwischen finden konnte.«

»Tatsächlich?«

»Ja. Und dieser O. O'Neill ...« Er musterte sie ein wenig zu eindringlich, als daß es ihr noch behaglich war – doch Einwanderungsoffizier hin, Einwanderungsoffizier her, es schien ihr nicht denkbar, daß ein einziger Mann alles über alle Leute auf dem Planeten wissen konnte. »Sie sind wohl nicht zufällig auch eine O'Neill, oder? Bin noch nie welchen begegnet, und plötzlich kommen sie überall aus dem Gestrüpp hervor.«

Dinah ließ sich ihr Erstaunen nicht anmerken. Sie hatte dem kleinen Mann ganz absichtlich nicht ihren Namen genannt.

»O. O'Neill?« Außerdem konnte sie außerordentlich verständnislos dreinblicken.

»Oscar O'Neill, von der Firma Nakatira Strukturwürfel?«

»Nie gehört. Weshalb, sagten Sie, war er hier?« Im stillen fragte sich Dinah, ob die Nakatira-Würfel wohl auf diese Weise auf diesen armseligsten aller Planeten gelangt sein mochten.

»Der hat die vier Würfel gebracht, die man uns geschickt hat.«

»Wollen Sie damit etwa sagen, daß diese Würfel – es sind übrigens äußerst kostspielige Artikel, falls Sie das noch nicht gewußt haben – Ihnen einfach ... gestiftet wurden?«

»Und ob. Wir hätten sie uns ja nicht leisten können. Als unabhängiger Planet sind wir noch neu im Geschäft. – Sagen Sie mal, können Sie vielleicht lesen und schreiben?«

»Ja«, antwortete Dinah und fügte im Geiste hinzu: Kann das nicht jeder? – als ihr gerade noch klar wurde, daß dieser Mann wohl beides nicht beherrschte.

»Lehrerin?« Adak beugte sich begeistert vor. »Wir haben eine in Kilcoole – Wild Star Furey. Die macht das wirklich ausnehmend gut. Zwei von unseren Kindern haben schon die Lesefibel durch, die sie erst vor vier Wochen bekommen haben.«

»So, dann sind Sie also ein junger, aufstrebender, unabhängiger Planet. Viel Tourismus?«

»Tourismus? Ach so, Sie meinen die Jäger? Nein, wir wissen auch nicht so recht, wie die von uns erfahren haben.« Es war offenkundig, daß Adak dies nicht billigte. »Die verstehen nichts vom Jagen auf Petaybee. Und was noch schlimmer ist, sie verlaufen sich ständig und wissen nicht, wie man mit Petaybee sprechen muß, um zu erfahren, wo man gerade ist.«

»Mit Petaybee sprechen?«

»Na ja, einige von ihnen sind inzwischen ganz gut im Rennen. Aber jetzt, wo alles mit Sack und Pack hier ist, werden wir sie nicht mehr los. Die und die Drogisten ...«

»Was suchen denn Drogisten ...«

»Ach, Sie kennen doch die Sorte, Dama. Hohe Tiere von den Pharmafirmen. Die glauben, sie brauchten lediglich ein paar Pflanzen auszugraben oder Blätter abzurupfen, das Zeug in einen Tiegel zu tun und dann haufenweise Geld zu scheffeln«, höhnte Adak. »Die müssen ganz schön umlernen, und bei den meisten geht das verdammt langsam. Außerdem essen sie ziemlich viel.«

»Und das ist schlecht?«

»Na ja, wir können von Glück sagen, daß wir dieses Jahr eine gute Ernte hatten. Ein langer Frühling, ein langer Sommer. War wirklich eine Rekordernte. Wir hätten ziemliche Überschüsse, hätten diese vielen Leute uns nicht plötzlich überfallen. Opport-uh-nißten nennt Sean die. Kein Zweifel, daß die *unsere* Opportunitäten ganz schön klein kriegen.«

»Vielleicht sollten wir nach Kilcoole?« schlug Dinah vor.

Adak musterte kritisch ihren Raumschiffanzug und die elegante Jacke. »Hm, diese Klamotten sind bestenfalls für das Schnokel geeignet, Dama. Aber leider wird eine unserer

Fahrerinnen gerade außerhalb des Planeten von Piraten festgehalten. Tut mir leid, wenn es Ihnen Umstände macht. Sie können sich da hinten hinsetzen.« Er deutete auf die grob gehauenen Bänke an der Wand. »Wird nicht lange dauern. Ungefähr zwei Stunden, bis diese Burschen uns den Müllberg angeliefert haben, der diesmal zu Sean muß.«

Dinah und Megenda schauten sich kurz an, nahmen aber gehorsam Platz. Von außen mochte es zwar den Anschein haben, als sei der Würfel fensterlos, tatsächlich aber umgab ihn ein Streifen aus Panorama-Plastglas, das von einer Seite durchsichtig war, so daß sie einen guten Ausblick auf die Aktivitäten am Raumfahrzeug im leisen Schneefall hatten.

»Kapitän Louchard wird es aber nicht mögen, daß wir hier herumsitzen und warten«, murmelte Megenda Dinah zu.

»Ich weiß. Aber das läßt sich nun mal nicht ändern«, erwiderte sie und schlug die schlanken Beine übereinander. Während des Wartens hatte sie viel Zeit zum Nachdenken. Wenigstens war es im Gebäude halbwegs warm. Und der Schnee würde schon bald das kleine Shuttlefahrzeug verbergen, mit dem sie und Megenda hier eingetroffen waren. Dinah nestelte an dem Finder in ihrer Tasche, mit dem sie das Fahrzeug orten konnte, gleich, wieviel Schnee es bedekken mochte.

Adak O'Connor hatte sich von ihnen abgewandt und saß nun vor seinem Funkgerät. »... das Muktuk geschrieben hat«, sagte er gerade. »Alles klar, Una.«

Dinah war zu lange Piratin gewesen, als daß sie es sonderlich schätzte, wenn jemand gerade per Funk kommunizierte und sie sich in einem Raum ohne Fluchtmöglichkeit befand. Also schlenderte sie wieder zu O'Connors Schreibtisch zurück, so, als wäre ihr langweilig, und nahm auf der Kante Platz.

»Sagen Sie mal, Adak, ich bin schrecklich neugierig, was dieses Tanana Bay betrifft. Wo liegt das überhaupt? Ich habe mich auch schon gefragt, ob es nicht vielleicht eine Karte von diesem Planeten gibt oder so etwas. Ich kann mir einfach nicht vorstellen, daß es hier *überall* arktisch ist.«

»Ist es aber, Dama. Dr. Fiske sagt, das liegt daran, daß wir nur Kontinente an den Polen haben und nichts in der Mitte – jedenfalls bisher noch nichts. Der Gouverneur sagt, daß der Planet zur Zeit daran arbeitet, Mittelstücke zu entwikkeln. Aber das wird eine Weile dauern. Was Landkarten angeht …« Er griff in die Mittelschublade seines Schreibtisches und holte ein vielfach gefaltetes Blatt Papier mit einem zweifarbigen Foto darauf hervor. »Viele gibt es nicht, aber Dr. Fiske hat uns diese Karte gegeben und gezeigt, wo Kilcoole liegt. Ich kann Ihnen auch zeigen, wo sich die anderen Orte befinden, falls Sie etwas Zeit haben.«

Sie lächelte honigsüß. »Nach allem, was Sie mir erzählen, dürfte ich noch eine ganze Menge Zeit übrig haben. Also, wo liegt es?«

»Ungefähr … na ja, zuerst einmal müssen wir Savoy finden und Harrisons Fjord, und die sind …«

»Aber ich will doch nach Tanana Bay.«

»So einfach ist das nicht, Dama. Man braucht erst ein paar Bezugspunkte, und …«

Plötzlich legte sich ein Schatten über den Schreibtisch, als Megenda sich so bedrohlich davor aufrichtete, wie nur er es vermochte. »Hör auf mit der Versilberungstaktik. Gib uns die Koordinaten.«

Sean kam gerade mit einem Stapel Akten aus dem Würfel von Kilcoole geflitzt, als Una ihm Adaks Nachricht übermittelte.

»Er sagt, die Dame, der Muktuk und Chumia geschrieben haben, ist hier und sucht nach ihren Verwandten, Sean«, teilte Una ihm mit. »Sie ist eine typische O'Neill, wie aus dem Ei gepellt, sagt Adak. Er wird versuchen, sie aufzuhalten.«

»Sind Muktuk und Chumia noch in der Stadt?«

»Nein. Sie sind gleich wieder nach Hause zurückgekehrt, nachdem sie die Nachricht hinterlassen haben.«

»Schicken Sie einen Suchtrupp hinter ihnen her. Falls ihr

sie nicht findet, schickt Sinead auf Skiern los. Sie ist die Schnellste im ganzen Dorf. Verdammt, ohne die Firma hier müssen wir noch irgendeine Art von Polizeitruppe auf die Beine stellen.«

»Wie wäre es denn mit Madame Algemeines Organisation?«

»Gute Idee. Sagen Sie Whit, er soll eine Nachricht an Gal Drei absetzen. Aber es soll niemand anrücken, bevor wir nicht Yana und die anderen in Sicherheit wissen.«

»Wo gehen Sie hin?«

»Schwimmen«, erwiderte er knapp.

Una schüttelte den Kopf, als sie beobachtete, wie er sich die Fellweste und das Hemd vom Leib riß, während er in Richtung Fluß lief. Andere Leute vermummten sich, um bei diesem Wetter ins Freie zu gehen, Sean dagegen zog sich aus. Una mochte diese Leute; sie mochte sie wirklich, aber sie bezweifelte, daß sie sie jemals verstehen würde.

Selbst in seiner Robbengestalt, in der er so schnell schwamm, wie seine Flossen es ihm ermöglichten, traf Sean zu spät an der Raumbasis ein. Adak lag am Boden des Würfels, eine große, sich verfärbende Beule am Kopf. »Der große Kerl hat mich geschlagen«, sagte er. »Die Dame war aber ganz nett. Sie wollten eine Karte nach Tanana Bay.«

»Ach ja? Dann wissen wir wenigstens, wohin sie wollen.«

»Stimmt. Aber ich glaube nicht, daß wir selbst noch rechtzeitig dorthin kommen können.«

»Ich schon«, sagte Sean grimmig.

Glücklicherweise strömte der Fluß dicht am Würfel vorbei, und Sean jagte aus der Tür wieder ins Freie, immer noch splitternackt, sprang ins Wasser und verschwand in den Fluten. Zaghaft befingerte Adak seine Beule. »Muß ihn wohl aus dem Bett geholt haben«, murmelte er. »Hätte ihm doch wenigstens eine Hose leihen können, wenn er nur lange genug geblieben wäre …«

Megenda saß bereits an den Kontrollinstrumenten des Shuttle, und Dinah O'Neill stand gerade im Begriff einzusteigen, als eine Bewegung am Fluß sie innehalten ließ. Schließlich war sie ja auch hier, um diesen Planeten und seine Besonderheiten auszukundschaften.

Was ihre Aufmerksamkeit erregt hatte, war das Aufplatzen des Eises, das Schäumen des Wassers, schließlich die meterhohe Fontäne, als eine große, silbrige Robbe ans Ufer sprang. Sie wollte sich schon abwenden, als die Robbe sich in einen wohlgebauten nackten Mann verwandelte – eine ihrer liebsten Touristenattraktionen.

Der Mann rannte in den Würfel, und Dinah mußte lächeln.

»Kommen Sie?« grunzte Megenda.

»Gleich«, antwortete sie, und ihr Warten wurde belohnt. Ein paar Minuten später wurde die Tür des Würfels aufgerissen, und der nackte Mann rannte hervor, sprang wieder ins Wasser und verschwand unter dem Eis.

Dinah sah Adak O'Connor im Türrahmen stehen. Er kratzte sich am Kopf und wirkte ein wenig verdutzt, ansonsten aber nicht weiter mitgenommen. Das Aussehen seines Besuchers jedenfalls schien ihn nicht sonderlich zu überraschen. Vielleicht bist du ja *tatsächlich* ein bißchen einfallslos gewesen, was deine Einschätzung der Möglichkeiten dieses Planeten betrifft, sagte sich Dinah.

## 20. KAPITEL

*Auf dem südlichen Kontinent*

Ach, herrje, dachte Johnny, jetzt kommen Entführungen wieder in Mode! Das ist doch lächerlich. »Und wie viele Leute«, fragte er laut, »glauben Sie, kann ich in meinen Hubschrauber quetschen?«

Zing Chi lächelte in freundlicher Bösartigkeit. »Sie werden weitere Maschinen anfordern.«

Loncie mußte schnauben, Pablo platzte laut los vor Lachen, und Johnny grinste nur.

»Mann, was Sie hier sehen, ist der einzige übriggebliebene Hubschrauber auf dieser und allen anderen Halbkugeln Petaybees. Und ich verfüge auch nur über begrenzte Treibstoffmengen im Tank. Also hören Sie endlich auf, mit dem Ding herumzufuchteln, als würde es die Sache für Sie besser machen.«

'Cita bemerkte, daß es langsam dunkel wurde, während sie dastanden und sprachen; es wurde immer schwieriger, die Männer zu erkennen.

*Junges, bist du in Sicherheit?* Coaxtls grollende geistige Stimme wirkte wie eine warme Decke auf sie.

»Ja«, antwortete sie und schaute sich automatisch auf der Suche nach ihrer Freundin um.

Am Außenrand des Rings bewaffneter Arbeiter konnte sie schwach den schattigen Umriß des Jungen ausmachen, den sie zuvor aus dem Hubschrauber gesehen hatte. Neben ihm leuchtete ein Augenpaar. 'Cita wußte, daß es Coaxtl war. Dann erblickte sie das nächste Augenpaar, ein wenig tiefer, und den Umriß eines Paares kleinerer, buschiger Ohren. Neben Coaxtl war noch ein Augenpaar auszumachen, und dann, aus der Dunkelheit herbeikommend, noch eins und noch eins.

Sie wollte Kapitän Johnny gerade am Ärmel zupfen, um ihm mitzuteilen, was sie da sah, als jemand einen Schrei ausstieß; dann fielen plötzlich mehrere Leute in den Schreckensruf ein.

»Ruhe!« schrie Zing Chi. »Ruhe, ihr Stoffel! Was ist denn los mit euch?« Er schritt in die Menge und verpaßte dem erstbesten Schreienden eine Ohrfeige. Doch als er gerade die Hand hob, um mit dem nächsten, einem großen Mann, das gleiche zu tun, kippte Zing Chis Kopf plötzlich nach hinten, als sein Blick immer höher und höher schweifte – in das zähnebleckende Antlitz eines aufrechtstehenden Polarbären.

Die Menge verdichtete sich immer weiter, als die hundert und mehr Arbeiter zum Hubschrauber zurückwichen, während der Kreis aus petaybeeanischen Schneelöwen und Polarbären, Wolfskatzen und Wölfen und anderen großen Tieren langsam vorrückte.

Zing Chi wich zurück, bis er gegen Johnny stieß. Johnny hatte die Gelegenheit genutzt, seine eigene Kurzwaffe zu zücken, und warf nun 'Cita einen fragenden Blick zu.

Im selben Augenblick ertönte Coaxtls Stimme in ihrem Kopf: *Niemand wird dir ein Haar krümmen, Junges. Aber diese hier sind eine Plage für das Heim, und wir sind gekommen, um dafür zu sorgen, daß sie nicht weiter gehen.*

'Cita zog Johnnys Schulter zu sich herunter und flüsterte ihm diese Information ins Ohr.

Johnny hielt Zing Chi mit der Waffe gedeckt und sagte: »Wenn Ihre Jätgeräte brennen sollten, würde ich vorschlagen, ein Feuer zu errichten. Diese Wesen mögen Feuer nicht besonders.«

»Ich schätze, die schlechte Nachricht willst du ihnen wohl lieber nicht mitteilen, was, Kapitän Johnny?« fragte Pablo.

»Welche schlechte Nachricht?« wollte Zing Chi wissen.

»Bisher haben wir Ihnen ja nur erzählt, was die Menschen auf diesem Planeten für Heilmittel herstellen. Die Tiere haben ihre eigenen. Wenn ein Polarbär sich beispielsweise längere Zeit nicht mehr gepaart hat ...«

*An Bord des Piratenschiffes*

Yana lag auf ihrer Koje und hörte zu, wie Namid Diego und Bunny eine Lektion in Astronomie erteilte. Bunny saugte alles auf, was Namid zu sagen hatte, während Diego sich als Hilfslehrer aufspielte. Marmie schlief.

Die Luke ihres überfüllten Quartiers öffnete sich, und Dinah O'Neill steckte den Kopf hinein. »Yana, können wir uns mal unterhalten?«

»Worüber?« fragte Yana vorsichtig.

Dinah lächelte lieblich. »Nur so von Mädchen zu Mädchen. Ich dachte, Sie hätten vielleicht Interesse. Ich war unten auf dem Planeten. Ich glaube, ich habe Ihren Mann gesehen.«

Yana war so schnell auf den Beinen und zur Luke gehuscht, daß sie Dinah beinahe umgeworfen hätte.

»Was hat Sean gesagt?« fragte sie und packte die kleinere Frau am Arm. »Wie, um alles in der Welt, konnte er auf Ihre Forderungen eingehen?« Seans Loyalität gegenüber Petaybee war mit Sicherheit noch um einiges größer als seine Liebe zu ihr und ihrem gemeinsamen, ungeborenen Kind.

Dinah gewährte Yana ein geheimnisvolles, kätzisches Lächeln. »*Unterhalten* habe ich mich nicht gerade mit ihm.«

»Aber Sie haben ihn gesehen?«

»Ein gutaussehender Bursche, der sich in eine Robbe verwandelte?«

Wie hatte sie Seans Geheimnis erfahren? Na ja, seit der Hochzeit war es ja nicht besonders streng gehütet. Yana nickte. »Das muß Sean sein.«

»Ja, den habe ich gesehen – eine ganze Menge von ihm sogar. Wie macht er das nur?«

Dinah war zur Abwechslung mal nicht in Begleitung von Megenda oder anderen Schlägertypen. Yana spielte mit dem Gedanken, sie zu überwältigen, doch ihre Neugier, was Dinah auf Petaybee gesehen haben mochte, gebot ihr, abzuwarten. Und selbst wenn sie Dinah in ihre Gewalt brachte – was dann? Wie sollte sie es mit dem Rest der Piraten aufnehmen? Sie könnte Dinah zwar als Geisel nehmen, doch Piraten wie Louchard waren nicht gerade für ihre unverbrüchliche Treue gegenüber ihren Kumpanen bekannt.

Dinah führte Yana in eine winzige Kabine, die einen Schreibtisch und ein Doppelbett aufwies. Yana hob eine Augenbraue.

»Ich wußte nicht, daß Namid es so ernst mit der Scheidung meinte, als ich ihn an Bord brachte. Ich dachte, ich bekäme ihn noch dazu, es sich zu überlegen. Was haben Sie denn geglaubt? Daß ich mich abwechselnd mit der Mannschaft vergnüge?«

Yana sagte nichts, ließ die Augenbraue aber oben.

»Sie haben es tatsächlich, nicht wahr?« Dinah wirkte amüsiert, doch ihre Frage hatte einen scharfen Unterton.

»Was Sie im Bett machen, geht mich nichts an, und ich glaube auch nicht, daß Sie deswegen mit mir reden wollten. Wo drückt der Schuh?«

»Also, Yana ...«

»Ich ziehe Oberst Maddock-Shongili vor, falls Sie nichts dagegen haben.«

»Herrje, es gibt doch keinen Grund, so steif zu sein! Sie sind jetzt Mitverwalterin des Planeten. Das macht Sie zu einer Politikerin. Ich bin Freibeuterin. Sie sehen also – wir haben eine Menge gemeinsam.«

»Wenn Sie mich nur hierher gebracht haben, um mich zu beleidigen, möchte ich lieber in meine hübsche, schnuckelige Zelle zurück.«

»Sie machen es mir wirklich nicht leicht«, bemerkte Dinah.

»Ach, das tut mir aber furchtbar leid! Ich war mir nicht bewußt, daß dies meine Aufgabe sein soll.«

»Ich dachte, sie wollten auf Ihren Planeten zurückkehren. Ich versuche Ihnen doch gerade zu erklären, daß es eine Möglichkeit geben könnte, daß es aber nicht einfach sein dürfte.«

»Louchard zur Einwilligung zu bewegen?«

»Ob Sie mir glauben oder nicht – der Kapitän wird sich leichter überzeugen lassen als die Mannschaft. Wenn es nach Megenda gegangen wäre, hätten wir sie alle ins All geschmissen. Sie machen sich ja keine Vorstellungen, mit welchen Personalproblemen man zu kämpfen hat, wenn man Leute braucht, die zwar hart und grob genug sind, um diese Arbeit zu erledigen, aber dafür immer noch beherrscht. Kann ein richtiger Alptraum sein.«

»Ich bin sicher, daß Sie mich nicht hierhergebeten haben, um mir zu erzählen, wie schwer es heutzutage ist, gutes Personal zu finden. Würden Sie jetzt endlich zur Sache kommen, verdammt noch mal?«

Dinah ließ von ihrer vertraulichen Art ab und wurde ganz Geschäftsfrau. »Das Thema, Oberst Maddock-Shongili, ist, daß ich unter bestimmten Umständen meinen Einfluß geltend machen könnte, um Sie auf den Planeten zurückzubringen. Zu diesen Bedingungen gehört, daß Sie persönlich für meine Sicherheit und die meiner Mannschaft garantieren, sobald – und falls – wir Sie freilassen.«

»Ich werde wohl kaum etwas unternehmen können, um dieser Garantie zur Gültigkeit zu verhelfen, solange ich nicht in Freiheit bin«, versetzte Yana ätzend. »Was noch?«

»Ich habe geschäftlich in einem Ort namens Tanana Bay zu tun. Ich besitze eine Karte, die sehr zu wünschen übrig läßt ...«

»Wie haben Sie die denn bekommen? Sean hat Sie ihnen bestimmt nicht einfach so überreicht!«

»Nein. Ein raffinierter alter Hund namens Adak hat mich darauf hingewiesen.«

»Adak ist Bunnys Onkel. Sie haben ihm doch wohl nicht weh getan?«

Dinah zuckte die Schultern. »Megenda mußte ihm einen Liebesknuff verpassen. Aber als ich ihn zuletzt sah, stand er in der Tür eines Nakatirawürfels, der als Einwanderungsbüro zu dienen scheint. Er war ganz wach und aufmerksam und schaute gerade zu, wie der nackte Hintern Ihres Ehegatten im Fluß verschwand. Es geht ihm gut, aber die Karte ist einfach zu unscharf – keine Straßen, keine Städte, keine Namen. Wir brauchen einen Führer zu der Siedlung, und außerdem will ich in eine von diesen – wie heißen sie noch gleich? Kommunikationshöhlen?«

»Würden Sie nicht vielleicht die Höhle in McGees Paß bevorzugen oder in Savoy, um die Früchte Ihrer früheren Bemühungen zu begutachten?«

»Nach dem, was Satok und seinen Begleitern passiert ist? Nein, danke. Hören Sie, das tragen Sie mir doch wohl nicht auch noch nach ...«

»Meinetwegen brauchen Sie sich keine Sorgen zu machen, Kumpel«, bemerkte Yana spöttisch.

»Na schön, dann muß ich mir eben Sorgen darüber machen, was es sein kann, das Petaybee angeblich ... ungewöhnlich macht – jedenfalls ungewöhnlich genug, daß ein Mensch tun kann, was Ihr Mann da getan hat. Gestaltwandlung, meine ich. Ich hoffe jedenfalls, daß es mir Satoks Operation nicht verübelt, was immer dafür verantwortlich sein mag. Ich wußte von der ganzen Angelegenheit nur soviel, daß die Männer ein bestimmtes Erz an einen bestimmten Ort lieferten und daß sie irgendeine Technik entwickelt hatten, bei der es um Steinversiegelung ging, die es ihnen ermöglichte, dort Bodenausbeute zu betreiben, wo die Firma versagt hatte.«

Yana beugte sich zu ihr hinüber und sagte so ernst, wie sie nur konnte: »Dinah, selbst wenn ich jeden Zoll Boden von Tanana Bay absuchen müßte, um einen geeigneten Ort für Sie zu finden, würde ich es tun, und zwar nur, damit ich zusehen kann, wie Sie diese Geschichte dem Planeten erzählen und zu hören bekommen, welche Antwort er Ihnen gibt. Aber was werden Sie Louchard erzählen, wenn der Planet sich weigert, Ihren Forderungen zu entsprechen?«

»Mir wird schon etwas einfallen«, erwiderte Dinah. »Aber jetzt, denke ich, wird es Zeit, daß wir alle in den Shuttle steigen und Sie nach Hause bringen, meinen Sie nicht?«

»Und was ist mit Bunny, Diego, Marmion und Namid? Bunny wäre wahrscheinlich am besten geeignet, Sie zu führen.«

»Aber sie würde mir sonst nicht allzuviel nützen. Marmion ist eigentlich zu einer ziemlichen Belastung geworden, so bezaubernd ihre Gesellschaft auch gewesen ist. Hätte sie sich nicht erboten, eine Transportgebühr zu entrichten – ich fürchte, der Chef hätte etwas Drastisches unternommen, um die Gefahr zu ... äh, eliminieren. Aber Gebühr bleibt Gebühr, und da würde ich sie wirklich viel lieber auf Ihrem schnuckeligen kleinen Planeten absetzen, als sie an ihrer Haustür auf Gal Drei abzuliefern, wo alle ihre Freunde und Angestellten mich nur zu gern begrüßen würden, davon bin ich überzeugt. Und ich denke, ich sollte mich wohl auch so langsam damit abfinden, daß es zwischen Namid und mir endgültig aus ist. Petaybee ist für diesen geschmacklosen Mistkerl genausogut wie jeder andere Ort.« Sie seufzte schwer. »Also schön. Dann sollen Sie ausnahmsweise mal Ihren Willen bekommen. So! Erledigt! Fühlen Sie sich jetzt nicht auch besser, nachdem wir uns ausgesprochen haben? Also, ich ganz bestimmt!«

Kaum öffnete sich die Luke, als Bunny die Luft witterte und mit einem tiefen, befriedigten Seufzer sagte: »Zu Hause.«

Im rosa und mandarinenfarbenen Zwielicht fiel der Schnee und vergoldete die schwere Schneedecke rötlich – eine glitzernde Schicht, die sich bis zu den in der Ferne winzig erscheinenden Bergen erstreckte.

»Sehr schön, Süße«, fauchte Dinah O'Neill, »aber daß das Ihr Zuhause ist, wußte ich bereits. Wo befinden wir uns genau?«

Megenda wollte gerade hinter Dinah aussteigen, doch kaum hatte er den Fuß auf den schmalen Laufsteg gestellt, als das Heck des Shuttle an die vier Fuß tief im Boden versank und das Kinn des großen Piraten gegen die Lukenkante krachte.

Bunny schnitt eine Grimasse. »Senklöcher. Kommt vom Permaeis, müssen Sie wissen.«

Megendas Fuß war zwischen dem Rand des Lochs und dem Shuttle eingekeilt. Die beiden anderen Piraten blieben im Shuttle zurück, der immer tiefer im Wasser versank.

»Das verdammte Loch füllt sich mit Wasser«, brüllte Megenda. Er hatte die Worte kaum ausgesprochen, als die Luke sich abrupt schloß.

»Hoppla«, sagte Yana und beobachtete, wie Shuttle und Pirat immer tiefer versanken. »Ich glaube, das ist doch kein Senkloch, Bunny. Vermutlich sind wir auf einer Eisschicht gelandet, und die ist unter dem Gewicht des Shuttle eingebrochen.« Und ins Loch hinunter rief sie: »Ich hoffe, Sie können schwimmen, Megenda.«

Dinah trat an den Lochrand, um dem Ersten Maat zu helfen, doch unter ihren Füßen gab das Eis nach. Hätte Namid sie nicht geistesgegenwärtig gepackt, wäre auch sie in das schwarze, gefrierende Wasser gestürzt. Während das Loch sich ausbreitete, tastete Megenda die Außenhülle des Shuttle ab, bis es ihm gelang, einen der Sicherheitshaken zu packen, so daß sein schwerer Körper nun von einer einzigen Hand herabbaumelte.

»Helfen Sie ihm!« sagte Dinah und griff nach ihrer Laserpistole. Doch die war verschwunden – Namid hatte sie ihr aus dem Gürtel gezogen, als er sie vor dem Sturz ins Loch rettete. »Verdammt!« Verzweifelt ballte sie die Hände zu Fäusten.

»Weshalb sollte ich ihm helfen?« wollte Diego wissen.

»Sie haben freies Geleit garantiert«, wollte Dinah Yana erinnern.

»Aber nicht gegen Naturkatastrophen«, widersprach Yana. »Für mich ist der Kerl kein Verlust«.

»Auf *meinem* Planeten ist er immer noch ein Mensch in Not«, warf Bunny ein, die sich inzwischen auf den Bauch gelegt hatte und sich anschickte, dem Maat zu helfen. »Diego, Namid, meine Füße festhalten!«

Marmion zögerte nur einen Augenblick; dann ergänzte sie die Kette, indem die Diegos Knöchel packte.

»Also gut«, meinte Yana und wollte sich gerade auf den Boden legen, doch da schob Namid sie beiseite und packte an ihrer Stelle Marmions Knöchel.

»Sie müssen an Ihr Kind denken, Oberst«, sagte er zu ihr.

»Hier, Megenda! Nehmen Sie meine Hände«, rief Bunny dem Piraten zu. »Wir können Sie rausziehen. Aber dazu müssen Sie erst den Shuttle loslassen. Schwingen Sie hier herüber.«

Megenda ließ den Shuttle los und packte Bunnys Arme so schnell, daß sie vor Schmerz laut aufschrie. Dann ergriff er ihr langes Haar und zog sich zur Hälfte aus dem gefrierenden Wasser.

Das Eis krachte bedrohlich unter seiner neuen Last, und

der Rand löste sich so abrupt, daß Bunny nun kopfunter in der Öffnung hing und in das finstere Wasser hinabstarrte, während der Pirat über ihre Beine auf Diego schwang, dessen Griff um Bunnys Knöchel abglitt, als sie in die Schräglage rutschte.

Als Megenda sich schließlich aufs sichere Land gestemmt hatte, verpaßte Yana ihm mit Dinahs Laserpistole einen Kinnhaken.

»Runter von diesen Kindern, Sie Esel!« befahl sie. Er sackte seitwärts zusammen und ließ Diegos Arme fahren. Dinah und Yana krochen auf den Knien nach vorn, um das Mädchen aus dem Loch zu hieven.

Keuchend und japsend brach Yana im Schnee zusammen, während Diego und Bunny ihre eigenen Schürfungen und Zerrungen verarzteten, die der große Pirat ihnen zugefügt hatte.

Dinah kroch vor und spähte über den Rand des Lochs; dann musterte sie die bedenkliche Schräglage des Shuttles.

»Sie können wahrscheinlich nicht einfach durchstarten, um rauszukommen, oder?« fragte Yana.

Dinah schüttelte den Kopf. »Ein Teil des Landegestells ist unter dem Eis verhakt. Sie sind aus dem Gleichgewicht geraten.«

»Na ja, wenigstens scheint das Fahrzeug schwimmtauglich zu sein.«

Bunny sagte: »Yana, wir müssen weg von hier. Ich spüre schon, wie die Temperatur sinkt, und diese Ausrüstung taugt höchstens bis minus 75 Grad.«

»Wie – wird es so früh schon so kalt?« fragte Dinah entsetzt.

Bunny nickte. »Ich schätze, ich käme schon durch, aber ihr anderen wohl kaum, wenn wir nicht schnellstmöglich einen Unterschlupf finden.«

»Hast du eine Ahnung, wo die Stadt ist, Bunny?« fragte Yana.

»Falls wir direkt in der Bucht niedergegangen sein sollten, müßte sie eigentlich dort drüben liegen«, antwortete Bunny und zeigte auf etwas, das für Yana nicht anders aussah als der restliche schneebedeckte Boden. »Tut mir leid. Ich komme normalerweise mit dem Hundeschlitten den Weg entlang und muß hier nicht vorbei. Ich kenne hier keine Landschaftsmerkmale, bis auf die Berge. Also müssen wir erst einmal darauf zuhalten, bis ich mich orientieren kann. Außerdem müssen wir uns bewegen, sonst werdet ihr alle noch erfrieren.«

»Richtig«, bestätigte Yana. »Wie steht es mit dem Versammlungsort? Weißt du vielleicht, wo wir den von hier aus finden?«

Bunny schüttelte den Kopf. »Der ist irgendwo in Stadtnähe, mehr weiß ich auch nicht. Als die mit dem Latchkay an der Reihe waren, war ich krank und konnte nicht kommen.«

»Also gut«, entschied Yana, »dann raus hier. Auf die Beine«, befahl sie und stieß Megenda mit der Fußspitze an, worauf dieser zwar stöhnte, sich aber sonst nicht rührte.

»Sie hätten ihn nicht so hart schlagen dürfen«, warf Dinah ein.

»Ich hätte ihn ertrinken lassen sollen«, erwiderte Yana. »Außerdem wird er als erster erfrieren, naß wie er ist. Also los, Namid, Diego – ihr seid kräftig! Ziehen wir ihn auf die Beine, und dann nichts wie weg hier.«

*Gal Drei*

Dr. Matthew Luzon fühlte sich schließlich außerordentlich beschwingt, als er aus dem Shuttle stieg und über dem Gang zurück in sein Hauptbüro auf Gal Drei schritt. Seine gewissenhafte Befolgung der physiotherapeutischen Übungen, eine sorgfältige Diät und strenge Selbstdisziplin hatten seine Leistungskraft wieder soweit hergestellt, wie er es für einen Mann in seiner Position für notwendig erachtete.

Er hatte Bewerber für die Stellen geprüft, die durch das Ausscheiden seiner hochbezahlten und angeblich loyalen Assistenten frei geworden waren, die ihn auf der katastrophalen Petaybee-Expedition begleitet hatten. Die Bewerber, die die erste Sicherheitsprüfung bestanden hatten, erwarteten ihn nun im Büro. Er wollte die vielen Aufgaben, die er nun zu erledigen hatte, mit frischem Mut angehen und sein Augenmerk auf größere und bessere Projekte richten.

Wie eine undurchdringliche Phalanx kam aus dem Wartesaal eine Menschenmenge auf ihn zu. Stirnrunzelnd wies er sie mit einer Geste an, beiseite zu treten, um ihm Platz zu machen. Doch dann sah er den Anlaß für diesen Volksauflauf: Ein Invalidenfahrzeug neuesten Typs befand sich in der Mitte der Menge. Sein Insasse wandte sich mal nach links, mal nach rechts und gab unentwegt Anweisungen, die pflichtschuldig aufgezeichnet wurden. Zu Matthews großer Überraschung handelte es sich bei dem Mann in dem Stuhl um keinen anderen als Farringer Ball, Generalsekretär der Intergal – ausgerechnet der Mann, den er von allen in der Galaxis am wenigsten zu sehen wünschte; der Mann, dessen Wankelmut dazu geführt hatte, daß der erbärmliche Planet als intelligentes und autonomes Wesen eingestuft wurde, was Luzons sorgfältig ausgeheckte diesbezügliche Zukunftspläne allesamt zunichte gemacht hatte.

»Aber Farringer!« sagte Luzon mit seiner fröhlichsten Stimme, der er jedoch zusätzlich einen Unterton von Sorge und Mitgefühl verlieh. »Was ist Ihnen denn passiert?«

»Luzon?« Farringers Stimme war ein einziges gehauchtes Krächzen, und Luzon war ehrlich schockiert über die Verfassung des Mannes. Der Stuhl enthielt offensichtlich lebenserhaltende Systeme. Inzwischen war Luzon nahe genug herangetreten, um die Schläuche zu sehen, die vom Körper des Mannes zu einer Maschine unter dem Sitz des Stuhls führten. »Von Ihren Verletzungen erholt?«

»Und ob. Und ich wünschte, Ihnen wäre dieses Glück auch zuteil geworden. Was hat Sie denn in diesen furchtbaren Zustand gebracht?« Luzon war entzückt darüber, daß es doch noch Gerechtigkeit gab! Sie sind wohl unterwegs nach Petaybee? Wegen einer dieser Wunderkuren?« Luzon lächelte gnädig.

»Nach Petaybee?« Farringer Balls Rasseln fuhr eine Oktave höher, und er musterte Luzon erstaunt. »Was soll ich denn ausgerechnet dort?«

»Ja, haben Sie denn gar nicht davon gehört? Seit der Verwaltungsrat so hochherzig entschieden hat, daß die Intergal sich zurückziehen und dem Planeten Terranisierungsform B seine Autonomie gewähren sollte, versuchen doch sämtliche Pharmafirmen der Galaxis, sich die Exklusivrechte für die Behandlungsmethoden zu sichern, die es nur dort gibt.« Das war teilweise richtig, denn es befanden sich tatsächlich Vertreter der Pharmafirmen auf dem Planeten, obwohl sie nach Luzons Informationen allesamt bisher keinerlei Berichte über den Erfolg ihrer Mission zurückgesandt hatten.

»Was für Behandlungsmethoden?« fauchte Ball, und die Hälfte der ihn umgebenden Menge blickte Luzon antwortheischend an.

Da wurde Luzon erst bewußt, daß der Generalsekretär in erster Linie von dem unterschiedlichsten medizinischen Personal umringt war.

»Ach, ich dachte, Sie hätten davon gehört. Sie sind doch sonst immer auf dem laufenden, was Medizin betrifft.« Luzon konnte es sich erlauben, ein wenig herablassend zu sein: Die Zerstörung seiner Gesundheit war Balls wirklicher Lohn. »Irgend etwas an der reinen Luft und der organisch angebauten Nahrung auf Petaybee, ganz zu schweigen von dem ganzen Ambiente, scheint den Menschen von Grund auf zu verändern!«

»Tatsächlich?« Ball schnaufte. »Wie denn?« Mißtrauisch blickte er zu Luzon hinauf, der sich offensichtlich der robustesten Gesundheit erfreute. »Sie haben sich nur die Beine gebrochen ...« Sein Tonfall legte nahe, daß die Heilung gebrochener Beine nichts Besonderes war.

»Das stimmt.« Luzon beugte sich verschwörerisch vor. »Aber ich *brauchte* ja auch nicht die besonderen Heilverfahren, die nur Petaybee zu Verfügung stehen. Wir hätten diesen Planeten nicht aufgeben sollen, wissen Sie. Sie würden vor Gesundheit nur so strotzen, hätten Sie die dortige Kur über sich ergehen lassen.«

»Die dortige Kur? Was für eine Kur?«

»Ich kenne leider nicht sämtliche Einzelheiten«, antwortete Luzon. Er wußte, daß er Ball jetzt genau dort hatte, wo er ihn haben wollte. »Aber nun, da die Intergal keine Rechte mehr auf den Planeten genießt, haben seine Verwalter – sofern man solche Neulinge überhaupt so bezeichnen darf«, fügte er hinzu und erlaubte sich einen verächtlichen Unterton, »natürlich sofort ein Monopol aus der Taufe gehoben. Ich finde, daß man solche natürlichen Segnungen nicht kommerzialisieren darf, und ganz bestimmt sollte man nicht die wenigen, die man für eine solche Kur auserwählt, auf eine derart schmale Kategorie beschränken ...«

»Was für eine Kategorie? Was für ein Monopol? Was für natürliche Segnungen?« Balls Erregtheit verschlimmerte sein Schnaufen noch, und er begann zu husten: ein trockenes, hartes, schabendes Geräusch, trotz der Tatsache, daß er gleichzeitig Speichel um sich versprühte.

Luzon tat einen diskreten Schritt zur Seite. »Nun, ich bin zwar nicht auf dem neuesten Stand, was die jüngsten Entwicklungen angeht, aber erstaunlich sind sie schon. Wirklich erstaunlich. Es wundert mich eigentlich, daß keiner Ihrer medizinischen Berater Ihnen die Petaybeekur empfohlen hat. Würde einen völlig neuen Menschen aus Ihnen machen, da bin ich mir sicher.« Der gierige Ausdruck in Balls Augen bestätigte Luzon, daß seine kleine Intrige den gewünschten Erfolg gezeitigt hatte. »Ich wünsche von Herzen, daß es Ihnen bald besser geht, Farrie. Nett, daß wir uns mal getroffen haben. Muß jetzt weiter.«

Kaum hatte er die Menschenmenge hinter sich zurückgelassen, als Luzon sich ein selbstzufriedenes Kichern gönnte. Das Transportunternehmen, das mit seiner Unterstützung so viele Leute auf Petaybee hatte befördern sollen, wie es nur ging, mochte zwar abrupt gebremst worden sein, aber es gab ja schließlich noch andere Möglichkeiten, den Planeten zu überladen und zu beweisen, daß er nicht für sich selbst und/oder seine Bewohner sorgen konnte, ganz zu schweigen von Besuchern. Dann würde die CIS einschreiten und an dem derzeitigen Arrangement Veränderungen vornehmen müssen. Planeten konnten und sollten sich nun einmal nicht selbst verwalten, jedenfalls nicht in einer gut organisierten intergalaktischen Zivilisation. Die Bürger dieser Galaxis hatten das Recht, alle geschäftlichen Unternehmungen zu verfolgen, wo diese nur möglich waren. Außerdem waren den Bürgern bestimmte Grundrechte garantiert – Grundrechte, die Petaybee schon durch seine bloße Existenz bedrohte.

Und dann war da noch die Angelegenheit mit Marmion de Revers Algemeine. Luzon hatte in den Nachrichtenmedien nichts von der Entführung vernommen. Und in dieser Situation war ein ›Nichts‹ die beste erdenkliche Nachricht. Die war also erledigt – für immer.

Wann wollte er sich noch mit Torkel Fiske treffen? Mit einem Tippen seiner Fingerspitzen ließ er die Termine auf seinem Armbandmonitor erscheinen. Ach ja, heute abend. Sehr gut. Sie würden sich viel zu sagen haben. Möglicherweise war Petaybee als Welt doch noch nicht ganz verloren.

## 21. KAPITEL

*Tanana Bay*

Muktuk und Chumia waren schon seit zehn Tagen wieder zu Hause, als Sinead auf Skiern eintraf. Eingehüllt in warme Decken und an dem heißen Tee nippend, den Chumia ihr gebraut hatte, überbrachte sie soeben ihre Nachricht, als einer der Männer von der Meereswacht meldete, daß sich eine äußerst seltsam aussehende Robbe gerade vom Packeis an Land bewegt hatte.

»Sean!« rief Sinead. Sie warf ihre Decken ab, zog ihren vom Schnee immer noch feuchten Mantel wieder an und stürmte aus der Tür, dicht gefolgt von den anderen.

»Sean?« fragte Chumia staunend. »Dein Bruder Sean?«

»Holt Kleider!« rief Sinead über die Schulter Muktuk zu, aber da hatte Chumia ihm bereits Muktuks Latchkay-Schneehosen und den Parka in die Arme gedrückt.

»Nicht zu fassen, wenn das nicht der Gouverneur selbst ist!« sagte Muktuk, als er sah, wie Sean forschen Schrittes auf sie zukam, gutgelaunt, zielstrebig und splitternackt.

»Niemand hat etwas davon gesagt, daß hier festliche Kleidung gefordert wäre«, meinte Sean grinsend.

»Schwesterchen, schön, dich zu sehen. Hast du ihnen erzählt, was los ist?«

»Sie hat erzählt, daß vielleicht diese Piraten-Verwandte von uns zu Besuch kommen will«, berichtete Muktuk.

»Das stimmt«, bestätigte Sean und streifte die Schneehose an. »Und da wollen wir doch für einen besonders warmherzigen Empfang sorgen, nicht wahr? Wir müssen so viele Leute wie möglich mit allem bewaffnen, was sie zur Verfügung haben.«

»Wir haben ihr gesagt, wenn sie ihren Job verliert, soll sie kommen«, meinte Muktuk zögernd. »Sie mit einem bewaffneten Mob zu begrüßen finde ich eigentlich nicht besonders gastfreundlich.«

»Nicht mit einem Mob, mit einer Bürgerwehr«, widersprach Sean. »Sie und einer ihrer Gefolgsleute haben Adak O'Connor eins übergebraten und die Luftkarte gestohlen, die Whittaker Fiske uns gab, damit sie den Weg herfinden. Ich glaube kaum, daß sie kommt, um sich hier niederzulassen, Muktuk. Ich hoffe vielmehr, daß sie bereit ist, wegen Yana, Bunny und den anderen zu verhandeln. Und ich nehme an, daß sie mit eigener Eskorte anrückt, deshalb brauchen wir auch eine.«

»Du hast recht, Chef.«

Sean drängte danach, den Empfang durchzuorganisieren, doch Chumia beharrte darauf, daß er erst etwas essen und sich ordentlich abtrocknen müsse. Währenddessen könne er ihnen immer noch erzählen, was ihm vorschwebe.

»Wir sollten nicht voreilig sein und dem armen Mädchen etwas antun, wenn sie in Wirklichkeit vielleicht die Hosen gestrichen voll hat«, meinte Chumia. »Vielleicht hat ihr Boß sie ja dazu gezwungen, Adak zu schlagen. Vielleicht war der andere Mann ja sogar ihr Boß, und sie versucht noch, von ihm freizukommen.«

»Habt ihr irgendwelche Anzeichen eines Shuttles gesehen? Oder Fremde, die sich zu Fuß nähern?«

Letzteres quittierte Muktuk mit einem Schnauben, ersteres mit einem Kopfschütteln.

»Na ja, wie dem auch sei«, meinte Sean. »Ich muß jedenfalls den Versammlungsort aufsuchen.«

»Klar doch, Chef. Chumia, pack du die eine Kante des Teppichs, dann nehme ich die hier.« Und gemeinsam zogen die O'Neills den dicken Teppich mit seinem grüngoldenen Treppenmuster beiseite und legten eine Falltür frei, die sich auf abgenutzte Stufen öffnete, welche in die Permafrost-Höhle führten, an die Sean sich vom vorvorletzten Latchkay her erinnerte. Als er das erste Mal zu einem Latchkay nach Tanana Bay gekommen war und gesehen hatte, wie drei ganze Dörfer in der winzigen Hütte der O'Neills verschwanden, hatte er Bauklötze gestaunt, bis er schließlich gesehen hatte, wie die Leute durch die Falltür nach unten stiegen.

Nun tat er mit Sinead das gleiche. Die Treppen waren in den Stein und das Eis gehauen. Chumia hielt eine Lampe für sie hoch, während die Familienkatze voranhuschte, so daß sie beinahe darüber gestolpert wären. »Dort unten wird es dunkel sein«, meinte Chumia.

Doch dem war nicht so. Eine ganze Wand der Eingangshöhle glühte phosphoreszierend, ganz ähnlich, wie Sean es in der Höhle unter dem Fluß gesehen hatte.

»Meine Güte, schau dir das an!« Chumia schnalzte, während die Katze sich an der Wand rieb und dann ausstreckte, um mit den Pfoten den unteren Teil der Leuchtmuster zu berühren. »Jetzt hältst du mich wahrscheinlich für eine furchtbare Hausfrau, Chef, daß ich den Versammlungsort so verschimmeln lasse. Das hat er noch nie getan. Hätte auch nicht geglaubt, daß er das kann, schließlich ist Permafrost ja aus Eis.«

»Noch nie getan? Dann stammt das hier also nicht vom letzten Latchkay?«

»Nein. Bestimmt nicht. Was haben denn diese Zappellinien zu bedeuten?«

»Sieht mir aus wie Wellen«, meinte Sinead, die sie gerade eindringlich musterte. »Hier und dort.«

»*Wellen* ...«, wiederholte die Höhle.

Die Katze zirpte, als versuchte auch sie, ›Wellen‹ zu sagen.

»So ist es auch«, sagte Sean und zeigte auf den Kamm. »Das hier muß die Stelle sein, an der wir uns gerade befinden – in der Nähe dieser Wellen, und dieser Kreis stellt den Rest des Nordens dar ... dann noch weitere Wellen draußen und die äußeren Kreise ...«

»*Wellen, Kreeeiiiisseee* ...«

»Was ist denn mit den Linien, die hier in Kreisen enden?« Sinead ignorierte das Echo und zeigte auf die spiralförmige Gestalt ein Stück links von der Mitte der Linien. »Und hier? Diese hier liegt ganz deutlich unterhalb der Wellen. Was sollen die wohl bedeuten?«

»Krisenherd?« fragte Sean. »Wie schon einmal?«

Diesmal wiederholte das Echo sich nicht. »Bedeuten Krisenherde wie schon einmal«, sagte es unmißverständlich.

Die Katze machte einen Satz, als hätte jemand sie mit Wasser übergossen, und schoß die Stufen hinauf ins Haus zurück. Sie konnten die Katzentür noch deutlich klappern hören, während sie ihre Untersuchung an der Skizze fortsetzten.

Dinah O'Neill war nicht gerade glücklich darüber, ihr Shuttlefahrzeug gestrandet auf dem Eis zurückzulassen wie eine Art monströses Seegetier.

»Es ist doch wasserdicht, oder?« fragte Bunny sie und

zuckte die Schultern, als Dinah dies einräumen mußte. »Selbst wenn es in Wasser stürzen sollte, wird es denen da drin schon nichts ausmachen, oder?«

»Absaufen?« fragte Dinah entsetzt.

»Na ja, eigentlich nicht«, beruhigte Bunny sie. Der eine oder andere hätte vielleicht den Eindruck gewinnen können, daß sie Dinah O'Neill nur aufzog, doch in Wirklichkeit dachte sie lediglich laut vor sich hin. »Außerdem wird dieses Loch schon bald wieder zufrieren, sobald es dunkel wird, dann ist das Shuttlefahrzeug in Sicherheit. Eingefroren, natürlich, aber in Sicherheit. Und da wir gerade vom Erfrieren sprechen, wir sollten uns besser auf den Weg machen. Yana, ich gehe voraus, kundschaften. Sorg dafür, daß die anderen in Bewegung bleiben, ja?«

Yana salutierte. »Aye, aye, gnädige Frau. Wir bleiben dir dicht auf den Fersen.«

Was Bunny freilich nicht sagte – ebensowenig wie Yana oder Diego es erwähnten –, war ihnen nur zu offensichtlich: Die Sonne stand bereits im Westen, und sie hatten nicht mehr allzuviel Tageslicht zu Verfügung, um an einen Ort zu gelangen, an dem sie nicht erfrieren würden. Bunny hielt in forschem Tempo ungefähr auf Tanana Bay zu. Sie hätte es zwar vorgezogen, direkt über die zugefrorene Wasserzunge auf den Hauptweg zuzuhalten, doch hätte dies Zeit gekostet, und davon hatten sie im Augenblick nicht besonders viel. Also hielt sie statt dessen auf die nächstgelegene Anhöhe zu. Vielleicht würde sie dort einen guten Blick über das Land haben, um ihren Kurs zu korrigieren. Außerdem war sie sich der Tatsache bewußt – auch ohne es zu erwähnen –, daß ihr winziger Beutel mit Erdreich sich wie eine Miniaturwärmflasche benahm und sie mit seiner Hitze warmhielt.

Menschen waren ja so uneinsichtig und *langsam*. Punjab verstand manchmal nicht, wie der Planet es mit ihnen aushielt. Es genügte nicht einmal, ihnen ein großes Bild zu malen.

Diese Angelegenheiten auf der anderen Seite des Wassers würde man wohl offensichtlich delegieren müssen – wenn die Menschen zu begriffsstutzig waren, müßten es vielleicht Vögel oder Walrösser ihnen erklären. Das war jedenfalls keine Aufgabe für Katzen. Dieser einfache Job hier dagegen sehr wohl.

Zufrieden spürte Punjab, wie der Schnee mit jeder warmen Berührung seiner stark bepelzten Pfote zu Eis gefror, während das Heim mit seinen auserwählten Boten zusammenarbeitete, mit den Füßen des Planeten, wie Punjabs Art sich selbst bezeichnete. Zuversichtlich trabte er weiter, seiner Beute entgegen.

Bunny sehnte sich inständig nach ihren Schneeschuhen, als sie sich einen Weg durch die zwei Fuß hohen Verwehungen bahnte und bei jedem Schritt bis zu den Knien versank. Dabei preßte sie absichtlich so viel Schnee zusammen, wie sie nur konnte, doch es war ein beschwerliches Fortkommen. Nach kurzer Zeit kehrte sie zu den anderen zurück, um sie aufzumuntern und nachzusehen, ob sie ihnen helfen konnte.

Megenda zitterte so sehr, daß er nur noch vor sich hin stolperte. Bunny überlegte, ob sie ihm ihre Jacke geben sollte, da sie die Kälte besser ertrug als er. Doch ihre Jacke war nicht annähernd groß genug, als daß sie ihm etwas hätte nutzen können. Die der anderen ebenfalls nicht. Und der Beutel, der es so hervorragend verstand, sie warmzuhalten, würde dem Ersten Maat auch keine Hilfe sein.

Als sie die erste Baumgruppe erreichten, dachte Bunny daran, ein Feuer zu machen, an dem Megenda sich hätte trocknen können, doch das würde zuviel von dem wenigen Tageslicht in Anspruch nehmen, das ihnen noch blieb.

Bunny mußte Megenda ihre Anerkennung dafür zollen, daß er durchhielt, obwohl er unentwegt am ganzen Leib zitterte. Doch es war Dinah O'Neill, die es am schwersten hatte. Mit ihren ziemlich kurzen Beinen mußte sie einen Satz nach dem anderen machen, um Schritt zu halten. Doch auch sie kämpfte entschlossen weiter, hüpfte und hopste und blieb nie weiter als einen Schritt zurück.

Auch Diego begann allmählich zu schnaufen. Die Spaziergänge an Bord des Piratenschiffes waren kein echter Ersatz für sportliche Betätigung gewesen. Er murrte und war offensichtlich verärgert darüber, daß Bunny die Strapazen nicht so zuzusetzen schienen wie ihm.

Aber Bunny wußte auch, daß sie weder Diego noch den anderen dadurch helfen würde, indem sie langsamer wurde. Sie stapfte wieder den Pfad hinauf, den sie gebahnt hatte; dann machte sie sich erneut daran, sich mühsam durch den Schnee zu wühlen. Es war Schwerarbeit, und sie war schon bald so erschöpft, daß sie am liebsten losgeweint hätte. Aber die Tränen würden ja doch nur gefrieren und ihr Leid noch schlimmer machen. Wäre das nicht absurd, der Gewalt der Piraten entkommen zu sein, um endlich nach Hause zurückzukehren – nur um dann zu erfrieren, bevor man entdeckt würde? In Anbetracht des Neuschnees schien es durchaus denkbar, daß Hilfe zwar ganz nahe war, daß sie es aber erst erfahren würde, nachdem man ihre gefrorene Leiche entdeckt hatte. Und die Leichen der anderen. So etwas war schließlich schon mehr als einmal vorgekommen.

»Hallooo, ist da wer?« rief sie in die dichter werdende Dunkelheit hinaus. »Sláinte! Ich bin es, Bunny! Ist irgend jemand da? Hallooo! Kommt und holt mich!«

Und dann passierte etwas, das gar nicht hätte möglich sein dürfen. Schließlich war sie ja hier draußen im Freien, nicht in einer Höhle oder einem Tal – dennoch nahm ein Echo ihre Stimme auf, wie schon vor einigen Wochen, als Phon Tho zu Besuch weilte, und genau wie bei Yana und Seans Hochzeit.

*»HALLOOO, ICH BIN ES, ICH, ICH, ICH, ICH …«*, sagte die Stimme.

Und verschmolz dann mit einer etwas leiseren: »MIAU, MIAU, miau!« Das Miauen einer Katze, die sich unentwegt beklagte.

Bunny erwiderte den Ruf; sie war froh, die Katze zu vernehmen. Bedeutete das vielleicht, daß Clodagh ihnen folgte? Aber nein, die Katze war allein, als sie nun zur Rechten erschien, zunächst nur ein kleines orangefarbenes Flämmchen, das sie ungeduldig ermahnte, sich zu beeilen. Als Bunny zu den anderen zurückkehrte, setzte die Katze sich ans Ende des Weges, den Bunny gebahnt hatte, und wartete auf sie.

»Wir sind gerettet!« sagte Yana. »Eine Katze hat uns gefunden!«

»Gut«, meinte Megenda. »Wie kocht man die?«

»Überhaupt nicht«, erwiderte Diego. »Man folgt ihnen.«

»Von Schnitzeljagden habe ich ja schon gehört, aber das hier ist einfach lächerlich«, versetzte Dinah. Bunny wandte ihnen den Rücken zu und kehrte zum Ende ihres Pfads zurück. Kaum hatte sie die Katze erblickt, als das Tier auch schon weiterhuschte, die Rute tief führend, um die empfindlichsten Teile zu schützen, wobei sie über den Schnee strich. Mühsam folgten die Gefährten dem Tier im Gänsemarsch.

Einige Mitglieder der Gruppe liebäugelten bereits mit dem Gedanken, vielleicht doch besser mal eine Ruhepause einzulegen, obwohl inzwischen die Nacht angebrochen war und es von Minute zu Minute kälter wurde, kalt bis in die Knochen, so daß sie schon zu taub geworden waren, um den Schmerz überhaupt noch zu spüren. Nur die leuchtenden Augen der Katze führten sie, wenn das Tier hin und wieder stehenblieb und ungeduldig zu ihnen zurückblickte. Begriffen die denn nicht, daß das Abendessen wartete und ein Nickerchen dazu?

Bunnys Beine hatten schon vor längerer Zeit das Gefühl verloren, obwohl sie nach wie vor mechanisch den Schnee durchpflügte, während die anderen ihr folgten. Als sie schließlich die Hütten erblickten, warf die Katze Bunny einen letzten Blick zu und huschte davon, um in der kleinen Stadt zu verschwinden.

Der willkommene Anblick der Hütten gab ihnen allen noch einmal frischen Auftrieb. Es war ihnen auch eine Hilfe, daß der Schnee in der unmittelbaren Umgebung der Siedlung bereits zu Wegen festgetrampelt war; so folgten sie nun einem dieser Wege vergleichsweise unbeschwert bis zur äußeren Hütte.

Die stand leer, obwohl Rauch aus dem Kamin aufstieg. Dankbar drängten die Gefährten sich hinein, um sich am Feuer aufzuwärmen. Als Megenda am liebsten in den Kamin gekrochen wäre, riß Bunny ihn zurück, damit er sich nicht verbrannte; statt dessen zog sie einen Fellbezug von der nächsten Koje und warf ihn um seine Schultern. Er zitterte am ganzen Leib. In dem Kessel über der Feuerstelle dampfte Suppe, und so füllte Bunny ihm einen Becher, den er kaum zwischen den Händen halten konnte, ohne den Inhalt zu verspritzen.

»Weiß nicht, wieviel wir von anderer Leute Abendessen nehmen können, ohne daß die dann selbst hungern müssen«, sagte Bunny, als sie Dinah O'Neills hoffnungsvolle Miene sah. Auch die Piratin hatte sich dicht an die Feuerstelle gedrängt. Bunny war richtig stolz darauf, daß weder Diego noch Yana das Feuer zu brauchen schienen. Es genügte schon, nicht mehr draußen in der Kälte zu sein. »Niemand hätte etwas dagegen, daß Megenda einen Becher Suppe ißt, damit dieses Zittern aufhört. Wärmt euch mal alle auf, während ich die Leute suchen gehe.« Sie nahm einen Parka vom Haken hinter der Tür. Draußen würde die Temperatur gerade so jäh in die Tiefe stürzen wie ein Stein von einer Anhöhe.

In Tanana Bay gab es nicht halb so viele Hütten wie in Kilcoole, doch hatte Bunny schon mehrere weitere leerstehende Häuser hinter sich gebracht, als sie schließlich zu den Murphys kam, wo die Katze neben dem Feuer saß und sich den Schnee aus den Pfoten leckte. Sie hob den Kopf und musterte Bunny kurz; dann setzte sie ihre Reinigung fort. Bunny erblickte die geöffnete Falltür und das offene Loch im

Boden. Als sie sich über die Öffnung beugte, vernahm sie jede Menge aufgeregter Stimmen.

»Hallo, da unten!«

Sie erhielt nicht sofort Antwort; wahrscheinlich lag es daran, daß alle so laut durcheinanderredeten. Nachdem Bunny einen Augenblick abgewartet hatte, stieg sie nach unten. Noch nie hatte sie einen so hell erleuchteten Versammlungsort gesehen.

Womit sie allerdings nicht gerechnet hatte, war der Anblick der Männer und Frauen, die mit allen möglichen selbstgebauten Waffen ausgerüstet waren: Äxte, Stöcke, Netze und Heugabeln, dazu die üblichen Bögen, Lanzen und Messer.

»Was ist hier los?« rief Bunny und berührte den erstbesten Mann am Arm.

»Schön, daß du kommen konntest«, erwiderte der, ohne ihr mehr als einen knappen Seitenblick zu gönnen. »Auf Tanana Bay kommen große Schwierigkeiten zu. Da brauchen wir jeden, der dabei helfen kann, sie zurückzutreiben.«

»Wen zurückhalten?« Bunny empfand einen eisigen Angststoß. Was war nur geschehen, seit sie den Planeten verlassen hatten? War die Intergal etwa wortbrüchig geworden?

»Dieser Pirat! Louchard!« erklärte ein anderer und beugte sich dabei um den ersten Mann herum, um ebenfalls seinen Senf dazuzugeben.

»He, du kommst aber nicht von hier!«

»Nein, ich bin aus Kilcoole, aber ...«

»*Buneka*!« sagte die Stimme.

»Buneka?« Dieser Ruf entsprang Seans Kehle.

Bunny war so überrascht, die Stimme zu hören, wie sie ausgerechnet ihren eigenen Namen aussprach, daß sie überhaupt nicht mehr reagierte, bis Sean sie schließlich in die Arme geschlossen hatte und herumwirbelte, lachend und weinend zugleich.

»Du bist frei! Alles in Ordnung?« Und er betastete sie von

oben bis unten, um sich davon zu überzeugen, daß sie es tatsächlich war. In seinen Augen waren Freude und Angst zugleich zu erkennen. Dann schaute er an ihr vorbei. »Yana?«

»Der geht es auch gut, Sean, wirklich, ganz prima.«

Sinead bahnte sich einen Weg durch die Menge und umarmte Bunny ebenso herzlich, wie Sean es getan hatte; dann erkundigte sie sich ebenfalls nach Yana.

»Seid mal alle still!« sagte Sean mit lauter Stimme. Alle Leute am Versammlungsort wollten genau wissen, wer diese neue Frau war, die so unverhofft die Stimme erkannt hatte. Deshalb dauerte es noch einige Minuten, bis Bunny alles erklärt und deutlich gemacht hatte, daß der Pirat sich selbst nicht auf Petaybee befand, sondern nur sein erster Maat und Dinah O'Neill. Anschließend mußte sie Muktuk und Chumia erst einmal beruhigen, die sich vor Staunen und Freude darüber, daß ihre Verwandte nun hier in Tanana Bay war, kaum noch einkriegen konnten. Und schon erhob sich die Streitfrage, ob sie Dinah überhaupt willkommen heißen durften, wenn sie keine guten Nachrichten über Louchard und seine Entführungsopfer mitbrachte.

»Einen Augenblick Ruhe, wenn ich bitten darf«, sagte Sean mit lauter, gebieterischer Stimme. Alle gehorchten sofort, während er den Kopf neigte, um zu überlegen, was als nächstes zu tun sei. Jedermann versuchte, sich mucksmäuschenstill zu verhalten.

»Also«, begann Sean, die Situation zusammenzufassen, »dann seid jetzt ihr alle freigelassen worden und in Sicherheit?«

»Dank der Katze da oben«, erwiderte Bunny. »Ich weiß nicht, wie die uns gefunden hat – wahrscheinlich war sie gerade auf Jagd und hat mich rufen hören.«

Sean und die anderen wechselten betretene Blicke. »Wir hatten zwar eine Landkarte«, räumte er ein und wies mit dem Daumen auf die immer noch leuchtende Höhlenwand hinter sich. »Aber die Katze hat sie wenigstens genutzt, während wir anderen noch damit beschäftigt waren, eine

Streitmacht zusammenzustellen, um uns gegen die Piraten zu verteidigen.«

»Die beiden anderen, die schon hier sind, wärmen sich gerade in der Nähe auf. Zwei weitere sind gewissermaßen auf Eis gelegt, ungefähr dort, wo die Karte sie auch nachweist.« Sie zeigte auf die langsam verblassende Spirale und die Gerade, die sich nun beide auflösten, weil die mikroskopischen Tiere, die gemeinsam die Phosphoreszenzspuren hergestellt hatten, die Karte jetzt verließen, um sich wichtigeren Angelegenheiten zu widmen. Chumia war emsig damit beschäftigt, die Karte auf ihren Handrücken zu übertragen. Der Kartenabschnitt, auf dem sich die Wellenlinien kreuzten, blieb jedoch genauso hell und klar umrissen wie vorhin, als Bunny eingetroffen war.

»Yana hat Dinah überredet, Louchard dazu zu bringen, auch Marmie und Namid freizulassen, weil sie Angst davor haben, Marmie nach Gal Drei zurückzubringen, und weil sie für sie ohnehin kein Lösegeld bekommen.«

»Moment, Moment! Wer ist denn dieser Namid?« wollte Sinead wissen.

»Ein Astronom, den Louchard ebenfalls an Bord gefangenhält.« Bunny erwähnte Namids Scheidung von Dinah erst einmal nicht, weil dies jetzt ohnehin nichts zur Sache tat. »Wir sind im Shuttle der *Jenny* hergekommen, nur daß der blöde Kerl direkt auf dem Eisrand landen mußte. Deshalb dürften die auch bald vom Eis in die Bucht rutschen. Als sie Sean entsetzt die Luft einziehen hörte, fügte sie hastig hinzu: »Oh, Yana, Diego und ich haben es zwar an Land geschafft, genau wie Dinah O'Neill und der Erste Maat, aber es sind immer noch Mannschaftsmitglieder an Bord eingesperrt, die im Augenblick nirgendwo hinkönnen.«

»Und hier können sie auch nirgendwo hin, wir sind sowieso schon überfüllt«, versetzte Sinead säuerlich.

Also redete alles wieder durcheinander, bis Sean, der auf dem Weg zu Yana bereits die halbe Treppe hinaufgestürmt war, plötzlich stehenblieb und beschwichtigend die Hände hob.

»Also gut, Leute, jetzt beruhigt euch mal. Wenn das Schiff fluguntauglich ist, haben wir keinen Grund zur Sorge. Dann müssen wir uns nur um zwei von diesen Leuten kümmern, und ich denke, das bekommen wir schon hin – Muktuk, Chumia, Sinead und ich. Kehrt nach Hause zurück, zum Abendessen. Und vielen Dank für eure Bereitschaft, die Stellung zu halten. Solche Unterstützung weiß ich sehr wohl zu würdigen.«

Dann stürmte Sean, gefolgt von Bunny, Sinead und den beiden Murphys, weiter hinauf, wobei er immer zwei Stufen auf einmal nahm.

»Wo, hast du gesagt, hast du sie verstaut, Bunny?« fragte Sean, als sie endlich draußen ankamen.

»In der ersten Hütte, die ich erreicht habe.« Bunny zeigte darauf. »Megenda hat so schlimm gezittert, daß er sich unbedingt aufwärmen mußte.«

»Ach, bei den Sirgituks«, bemerkte Chumia lächelnd. »Die haben bestimmt nichts dagegen. Sie sind immer noch unten. Soll ich sie bitten, hierzubleiben, in unserem Haus, bis wir alles geregelt haben?«

»Ach ja, bitte, Chumia«, antwortete Sean mit dankbarem Lächeln, hielt aber zugleich ohne Pause auf das Gebäude zu, wo Yana ihn erwartete.

Er hatte schon mindestens zehn Schritte Vorsprung vor Bunny und Muktuk, als er endlich die Tür erreichte und in die Hütte stürmte. Bunny sprintete ihm nach und hörte noch, wie eine äußerst überraschte Yana Seans Namen rief. Als Bunny die Hütte der Sirgituks betrat, fand sie Sean und Yana vor, wie sie einander in den Armen lagen, Wange an Wange gepreßt, die Augen geschlossen; sie wiegten sich hin und her und sagten keinen Ton. Yanas Gesicht war feucht von Tränen. Dinah O'Neill musterte Sean von oben bis unten, als wäre sie erfolglos auf der Suche nach irgend etwas, wobei ihr Grinsen allerdings eher etwas von einem Feixen an sich hatte. Megenda zitterte noch immer, wenn auch nicht mehr ganz so heftig, seit er eine warme Suppe im Magen hatte. Yana und Diego hatten sich während Bunnys Abwesenheit der Piratenkleider und ihrer eigenen entledigt und sich statt dessen der Ersatzwäsche und Decken der Sirgituks bedient. Auf dem Herd kochte ein Kessel.

»Dinah O'Neill, das sind Muktuk Murphy O'Neill und Chumia O'Neill, Ihre Verwandten. Und der Mann am Feuer ist der Erste Maat Megenda von der *Jenny*«, stellte Bunny sie vor.

»Sei gegrüßt, Blutsverwandte«, sagte Muktuk. »Obwohl ich glaube, daß wir uns erst mal ausgiebig unterhalten sollten, bevor hier irgend jemand bereit sein dürfte, dich richtig willkommen zu heißen. So, dann wollen wir uns erst einmal um diesen Burschen kümmern. Was meinst du Sinead? Ein Schlückchen von dem Saft, vielleicht?«

Sinead war Muktuk in die Hütte gefolgt und musterte gerade Dinah O'Neill, allerdings mit einer alles andere als gütigen Miene. Wenigstens hatte sie sich schon ein bißchen entkrampft, nachdem sie sich davon überzeugen konnte, daß es Yana immerhin gut genug ging, um sich an Sean zu klammern, und so richtete sie ihre Aufmerksamkeit nun auf den zitternden Megenda.

»Habt ihr etwas von Clodaghs Saft da?«

Muktuk nickte. »Halte immer ein wenig davon bereit, seit damals, als er meinen Bruder wieder zum Leben erweckt hat, nachdem er mitten im Winter in ein Angelloch gestürzt war.«

Er wühlte in einer der Hängeschubladen im Kücheneck des Hauses und zerrte eine große braune Flasche hervor. Die hielt er gegen das Licht und schüttelte sie leicht, um die Menge zu prüfen. Zufrieden holte er dann ein Glas herunter, goß genau zwei Fingerbreit ein und reichte es schließlich an Megenda weiter.

»Damit das Zittern aufhört, bevor Ihre Gelenke sich noch ablösen.«

Es war nicht zu übersehen, daß Megenda in seiner derzeitigen Verfassung buchstäblich *alles* zu sich genommen hätte, was seine Erfrierung zu lindern versprach. Er packte die beiden Enden des Fellteppichs mit einer großen Hand und kippte den Inhalt des Glases in einem Zug hinunter.

Muktuk beobachtete ihn dabei, und Megenda erwiderte seinen Blick geradeheraus, zunächst noch ein wenig oberflächlich, bis seine Eingeweide schließlich Bekanntschaft mit dem Saft machten. Dann allerdings traten ihm die Augen hervor, als würden sie jeden Moment aus dem Kopf platzen, und er keuchte und stieß die Luft so heftig aus, daß selbst Bunny auf der gegenüberliegenden Seite des Zimmers zurückzuckte, als der Atemstoß sie erreichte.

Dinah O'Neill fragte wütend: »Was haben Sie ihm da gegeben?«

»Genau dasselbe, was Clodagh ihm gegeben hätte, wenn sie hiergewesen wäre«, antwortete Bunny hämisch. »Schauen Sie nur zu. Das wird ihm schon die Zitterei vertreiben. Genauso, als hätte er eine glühende Eisenstange verschluckt.«

Megenda, der den Mund immer noch weit aufgesperrt hatte, atmete ebenso tief ein, wie er gerade die Luft ausgestoßen hatte, füllte seine Lungen, schüttelte den Kopf und blieb schließlich kerzengerade und ohne jedes Schütteln vor dem Feuer stehen.

»Was war da drin?« fragte er mit einer Reibeisenstimme und ließ dabei das Fell von seinen Schultern gleiten. Seine Beobachter konnten nun die Schweißperlen auf seiner Stirn erkennen. So nahe er vorhin auch am Feuer gestanden hatte – die Wärme hatte doch nicht genügt, um ihn zum Schwitzen zu bringen.

Sean mußte grinsen. »Clodagh Senungatuk braut das Zeug für die Hundeschlittenführer, falls sie mal unterwegs im Eis einbrechen und naß werden. Hab' es selbst schon einige Male gut gebrauchen können.«

»Zum Beispiel, wenn Sie nach einer ordentlichen Schwimmpartie aus dem Wasser gestiegen sind?« fragte Dinah O'Neill mit einem seltsamen Lächeln auf den Lippen, während sie Sean mit schräggelegtem Kopf musterte.

Er blickte sie lange und unverblümt an. Dann lächelte er zurück. »Bei solchen Gelegenheiten brauche ich das nicht. Dann bin ich nämlich in meinem Element.« Er zeigte zum Tisch hinüber, zog einen der Stühle hervor und ließ Yana darauf Platz nehmen. Die ganze Zeit hatte er ihre Hand nicht losgelassen, und er hielt sie auch während des nun folgenden Gesprächs unentwegt fest.

»Behält das Zeug seine Hammerwirkung lange?« fragte Dinah und betrachtete respektvoll die Flasche, während sie sich setzte. Als Sean nickte, fragte sie weiter: »Ist das eins von diesen Dingen, die Petaybee wie keine zweite Kultur zustandebringt?«

»Wir haben bestimmte Medikamente entwickelt, die in dieser Art von Klima sehr wirkungsvoll sind, ja. Und das hier ist auch eins davon. Ich bezweifle allerdings, daß es beispielsweise auf einem tropischen Planeten von besonders hohem Nutzen wäre, deshalb dürfte der allgemeine Bedarf eher klein sein.«

»Aber doch etwas, für das es woanders keinen Vergleich gibt, falls man es brauchen sollte?« fuhr Dinah fort.

Sean neigte den Kopf. »Genau wie der Sirup, der meine Frau vom Husten geheilt hat.« Er warf Yana einen so liebevollen Blick zu, daß Dinah O'Neill unwillkürlich blinzeln mußte. »Wie geht es dir jetzt eigentlich, Liebes?«

»Seit ich wieder in petaybeeanischer Luft bin, Sean, habe ich nicht einmal mehr köcheln müssen«, erwiderte Yana und drückte seine Finger.

»Nein, tatsächlich nicht.« Dinah O'Neill blinzelte erneut; dann runzelte sie die Stirn, bevor sie schließlich leicht den Kopf schüttelte. »Nein, diese Hustenanfälle haben Sie aber auch nicht gespielt.«

»Ganz bestimmt nicht«, bestätigte Yana. »Aber den Planeten werde ich bestimmt nie wieder verlassen!« Und diesmal fuhr ihre freie Hand an den Beutel, der um ihren Hals hing. »Egal, aus *welchem* Grund. Egal, wie verdammt wichtig es sein sollte.«

»Nicht, daß Sean dich noch einmal gehen ließe«, warf Bunny ein.

»Also, Dama, und was sollen wir jetzt tun?« fragte Sean, an Dinah O'Neill gewandt. »Sind Sie tatsächlich gekommen, um Schutz vor Ihrem Piratenkapitän zu suchen?«

»Genaugenommen«, nun brach wieder das berühmte O'Neill-Lächeln auf Dinahs straffem Gesicht aus, »bin ich als Unterhändlerin für Kapitän Louchard gekommen, um festzustellen, welche ... hm, sagen wir mal: örtliche Reichtümer dazu verwendet werden können, ihn für seine Unkosten zu entschädigen.«

»Für seine *Unkosten entschädigen*?« fragte Diego aufgebracht.

»Ja, natürlich. Er muß doch schließlich irgendeinen Gewinn aus einer Unternehmung schlagen, die auf einer ungenauen Beratung basierte, wie sich nun herausgestellt hat.«

»Würde die Bergung des beinahe abgesoffenen Shuttles nicht genügen?« fragte Sean, und ein Lächeln spielte um seine Lippen.

»Ach, du liebe Güte, nein! Das Shuttlefahrzeug kann entweder aus eigener Kraft untergehen, oder die *Jenny* holt es mit einem Traktorstrahl heraus«, versetzte Dinah O'Neill flapsig. »Nein, der Kapitän hat schließlich eine beträchtliche Menge Zeit und Energie investiert. Dazu kommen Kost und Logis ...«

»Kost und Logis!« entfuhr es Diego.

»Immerhin haben Sie schließlich am Speiseplan des Kapitäns teilgehabt ...«

»Das bezweifle ich aber«, murrte Yana.

»Na ja, jedenfalls an *meinem*«, berichtigte Dinah sich. »Und frisches Obst und gutes Fleisch ...«

»Das gab es aber erst, nachdem wir mit Hungerstreik gedroht haben!« erwiderte Diego gereizt.

»Wie auch immer«, verwarf Dinah seine Beschwerde. »Zeit und Mühe, dazu auch noch Vorräte – das alles bedeutet, daß eine Gegenleistung erbracht werden muß, daß eine

Kompensation stattfindet, sonst wird der Kapitän es dem Planeten heimzahlen, fürchte ich.«

»Was will er denn tun?« fragte Diego ätzend. »Ihn verklagen?«

»Kapitän Louchard macht keine Fehler«, sagte Megenda drohend.

»Ach, herrje«, warf Dinah O'Neill ein und tat bestürzt; dann beugte sie sich verschwörerisch über den Tisch zu Sean und Yana hinüber. »Der Erste Maat wird nicht besonders leicht zu zügeln sein ... nach allem, was er durchmachen mußte.«

»Der sollte lieber dankbar sein, daß wir uns die Mühe gemacht haben, seine Haut zu retten«, versetzte Bunny heftig. »Denn das werde ich bestimmt kein zweites Mal tun!«

»Sie werden die Feststellung machen, Dama, daß Ihnen keiner Ihrer Gefangenen ein Lösegeld einbringt.«

»Da bin ich mir nicht so sicher«, widersprach Dinah zukkersüß. »Sie haben ja bereits den eindeutigen Beweis dafür erbracht, daß es auf diesem Planeten Produkte gibt, mit denen man Leben retten kann«.

»Der Saft ist nützlich, das stimmt, aber machen wir uns doch nichts vor: Wie vielen Erfrierungsopfern sind Sie im Zuge Ihrer Tätigkeit schon begegnet?« fragte Sean. »Und wenn es auch nicht allzu viel kostet, den Saft zu produzieren – eine gute Gewinnspanne kann man damit nicht erzielen.«

»Ah, aber es gibt ja vielleicht auch noch ein paar andere Dinge, mit denen Sie für Ihr Lösegeld aufkommen könnten ... beispielsweise Ihre Schwimmtechnik, wenn ich es mal so nennen darf.« Sean warf den Kopf zurück und lachte laut. »Die ist vererbt, Dama, und es gäbe auch nicht allzu viele Leute, die die damit verbundenen Nachteile in Kauf nehmen würden.«

»Zum Beispiel, bei minus vierzig Grad Celsius splitternackt herumzulaufen?«

»Ganz genau.«

»Ich denke, ich muß wohl doch mal mit den herrschenden Kräften auf diesem Planeten Rücksprache halten. Seien Sie mir nicht böse, aber Sie vertreten hier schließlich nicht die letzte und endgültige Autorität. Jedenfalls wurde mir das versichert.« Dinah hatte wieder den Kopf schräggelegt und musterte Sean. Dann wandte sie sich abrupt an Bunny: »Sie haben mir versprochen, mich zu einem der Versammlungsorte auf diesem Planeten zu führen. Tun wir das doch am besten jetzt gleich.« Sie stand auf, und Megenda tat es ihr gleich.

»Ich werde meine Blutsverwandte hinführen«, warf Muktuk ein und legte Sean die Hand auf die Schulter, um ihm zu bedeuten, daß er bei Yana sitzenbleiben solle.

Dinah warf Bunny und Diego einen strengen Blick zu und wies mit dem Zeigefinger auf sie. Megenda tat den halben Schritt, der erforderlich war, um sich bedrohlich vor ihnen aufzubauen. Bunny zuckte die Schultern, und Diego machte eine finstere Miene; dann aber erhoben sich beide von der Bank. Sinead tat das gleiche, wobei sie Megenda im Auge behielt, während sie wie beiläufig unentwegt den Griff ihres Häutungsmessers streichelte.

»Versäumen Sie nicht, genauestens zuzuhören, Dama«, warf Sean noch ein; dann wandte er seine Aufmerksamkeit von der Gruppe ab, die sich nun auf den Weg zum Versammlungsort machte.

»Gehen wir und bringen wir die Sache hinter uns!« knurrte Megenda und scheuchte alle vor sich her. An der Tür blieb er noch einmal stehen, blickte über die Schulter zu der Flasche zurück, die immer noch gut sichtbar auf der Arbeitsplatte stand, und schüttelte schließlich stumm den Kopf.

# 22. KAPITEL

*Raumbasis, Petaybeeanische Einwanderungseinrichtung (PEE)*

Adak O'Connor wünschte sich nichts sehnlicher, als seinen geschundenen, schmerzenden Schädel zurück zu seiner Hütte in Kilcoole schleppen zu können, um dort das allgemeinere Universum und dessen Probleme gründlich zu vergessen. Er war ein liebenswürdiger Mann von schlichtem Geschmack, weil er nie in die Lage gekommen war, *mehr* zu haben oder zu erwarten. Sein früheres Leben als Kilcooles Laufbursche und Spediteur hatte er stets genossen; ebenso die Schnokel in Schuß zu halten und immer genau zu wissen, wann die Raumschiffe eintrafen.

Bis zum heutigen Morgen hatte er es auch durchaus genossen, oberster Einwanderungsbeamter und offizielles Begrüßungskomitee zu sein; jetzt freilich, nachdem ihm erst jemand eins übergebraten hatte und er nun auch noch vor dieser neuen Situation stand, fühlte er sich reichlich überfordert. Er war der Sache einfach nicht gewachsen. Ebensowenig wie den unsäglichen Forderungen dieses letzten Trupps von Neuankömmlingen. So etwas hatte er ja in seinem ganzen Leben noch nicht gehört! Obwohl sich Sinead und Clodagh, wie man so hörte, in letzter Zeit auch mit einigen reichlich komischen Leuten hatten abplagen müssen.

»Wollen Sie etwa behaupten, daß es auf diesem ganzen Planeten keinerlei Krankenhauseinrichtungen gibt?« wiederholte die empörte Person zum xten Mal.

»Wenn ich es Ihnen doch sage! Wenn jemand krank ist, bleibt er einfach zu Hause«, erwiderte Adak.

Er warf einen giftigen Blick auf den ›Patienten‹, der im übrigen auch besser zu Hause geblieben wäre, statt hier frech gottweißwelche seltene Krankheit auf Petaybee einzuschleppen.

Kurz nach ihrer Ankunft war ein großer orangefarbener

Kater hereinspaziert, um sich neben den ungewöhnlichen Sessel des Kranken zu setzen und sich zu putzen. Dann war er dem Mann auf den Schoß gesprungen, hatte ihn beschnüffelt, die Lippe angewidert hochgezogen und war davongehopst, um sich schließlich aus der Tür zu stehlen.

Adak vermutete, daß der Kater Clodagh jetzt mitteilen würde, daß es hier jemanden gab, der krank war und ziemlich schlecht roch. Was ihn selbst betraf, so konnte er nur inständig hoffen, daß Clodagh sich beeilen würde. Er war mit seinem Latein ziemlich am Ende. Und schließlich war Clodagh ja auch die Heilerin – obwohl er sich absolut sicher war, daß sie den Erwartungen dieser vornehmen, hochnäsigen Herrschaften bestimmt nicht entsprechen würde.

Der bemerkenswerte Sessel *schwebt* doch glatt, verdammich, über dem Boden des Würfels, wie Adak ihn auch über den Schnee hatte schweben sehen! Und über den Schlamm! Und über alles andere, was die Leute heutzutage zur Verfügung hatten, um sich auf der Raumbasis zu bewegen! Und der Patient – dieser VIP namens Farringer Ball, dessen Helfer zu glauben schienen, daß selbst Adak O'Connor ihn kennen müsse – war durch Schläuche mit dem Sessel verbunden.

»Oder«, fuhr Adak fort, »man ruft den örtlichen Heiler, sofern man nicht in Kilcoole lebt, oder Clodagh Senungatuk, falls man es doch tut – und genau das habe ich übrigens getan, nur daß Clodagh ihre Zeit brauchen wird, um hierher zu kommen.«

»Wissen Sie denn überhaupt nicht, daß bei medizinischen Notfällen der Zeitfaktor eine entscheidende Rolle spielen kann?«

»Natürlich, aber er blutet ja nicht, und atmen tut er auch noch. Das sind doch ermutigende Zeichen«, versetzte Adak. »Außerdem hat er ja Sie alle, um sicherzustellen, daß er auch weiterhin nicht blutet und schön weiteratmet. Also setzen Sie sich bitte dort hin, bis Clodagh endlich eingetroffen ist«.

Der Mann in seinem wunderschönen geschneiderten Reiseaufzug musterte die spartanische Ausstattung des Raumes, und als er Adak wieder das Gesicht zuwandte, wirkte seine Miene säuerlich und herablassend zugleich. »Es gibt hier doch bestimmt einen Aufenthaltsraum für Transportpassagiere ...«

»Genau dort befinden Sie sich gerade«, unterbrach Adak ihn brüsk. Das war eigentlich gar nicht seine Art, aber langsam war er diesen verrückten Worttanz leid, als müßte der Name, wenn man ihn nur aussprach, sofort alles herbeizaubern, was der Sprecher haben wollte – und das schien in diesem Fall die allerteuerste Zimmerflucht in einem Privatkrankenhaus zu sein, dazu die erfolgreichsten und allwissendsten Ärzte, die dem Patienten zu sofortiger Genesung verhelfen würden. »Ich hab' es Ihnen doch schon erklärt: Die Intergal hat hier alles rausgeholt, das Lazarett eingeschlossen, als sie den Planeten wieder sich selbst überließ. Tatsächlich besitzen wir Petaybeeaner jetzt aber viel mehr als je zuvor.« Stolz wies Adak auf den Würfel. Der war nicht nur sauber und warm, sondern sogar größer als die vier größten Hütten von Kilcoole zusammengenommen.

»Nun nehmen Sie mal Platz, und warten Sie es ab!« Adak wühlte in den vor ihm liegenden Papieren und erweckte dadurch recht erfolgreich den Eindruck, nach irgend etwas zu suchen. Dann nahm er das Funkgerät und kehrte dem Medico den Rücken zu, als würde es sich um ein Privatgespräch handeln. Endlich hatte der Bursche kapiert und wandte sich wieder vom Schalter ab.

»Thavian, haben Sie ihm denn überhaupt nicht gesagt, wer ich bin?« schnaufte der alte Mann in dem Sessel und hieb mit einer Hand, deren Haut reichlich mit Leberflecken gesprenkelt war, auf die Armlehne.

Adak schoß ihm einen verstohlenen Blick zu. Der Bursche sah nicht besonders gut in Form aus. Völlig eingefallen. Wenn der erwarten sollte, daß Petaybee ihn wiederherstellte, egal, was ihm zugestoßen sein mochte, dann verlangte er wahre Wunder. Soviel stand fest. Und soweit Adak darüber informiert war, konnte man für Wunder nicht bezahlen – die fanden immer nur dann statt, wenn sie es selbst für richtig hielten. Wie der große, riesige Berg, den Petaybee mitten auf der Landebahn ausgeworfen hatte ... um ihn sechs Wochen später wieder zu verschlingen.

In Adak stieg Unruhe auf, als er endlich zu seiner großen Freude ein Katzentrio erblickte, das draußen durch den Schnee sprang, gefolgt vom wuchtigen Umriß der in Felle gehüllten Clodagh. Als er den Blick von ihr zu diesen makellos gekleideten Medizinern schweifen ließ – selbst der Patient trug feinste Tuche und war in verblüffend bunte Pelze gehüllt, wie kein Tier auf Petaybee sie jemals hervorbrachte –, wurde Adak sich traurig des gewaltigen Unterschieds zwischen Petaybeeanern und ihren Besuchern bewußt, was Stil und Aussehen anging. Allerdings waren diese prächtigen Kleider nicht so warm und so hervorragend für Petaybee geeignet wie seine und Clodaghs praktische und noch dazu einheimische Bekleidung. Außerdem war es ihm regelrecht zuwider, Clodagh ausgerechnet mit diesem Problem zu behelligen, nachdem sie doch schon mehr als genug mit dieser Steinherde gestraft war, die immer größer zu werden schien, genau wie manche Felder immer wieder Steine wachsen ließen, gleich, wie oft man sie davon befreite.

»Sláinte, Adak, was ist los?« fragte Clodagh, während sie die Tür aufwarf und einen Stoß kalter Luft hereinließ, der für Adaks Nase erfrischend sauber roch. Da erst wurde ihm klar, daß in dem Würfel ein muffiger Gestank herrschte, zweifellos verursacht durch den Patienten und all die seltsamen Flaschen und Röhren in seinem Schwebesessel.

»Ich bin Dr. Thavian von Clough«, erklärte der Anführer der Gruppe und musterte Clodagh abschätzig. »Mein Patient ist der Generalsekretär Farringer Ball.« Mit einer eleganten Handbewegung stellte er den Patienten vor. »Uns wurde von einer *zuverlässigen* Quelle mitgeteilt, daß dieser Planet über ungewöhnliche Therapiemöglichkeiten verfügt, die meinem Patienten dabei behilflich sein könnten, seine volle Gesundheit wieder zu erlangen.«

Clodagh kauerte nieder, bis ihr Gesicht auf derselben Höhe wie Balls war. »Sláinte, Farringer«, sagte sie leise.

»Auf dem Kommunikationsmonitor sahen Sie aber besser aus. Was fehlt Ihnen denn?«

Ball schnaufte und blickte Clodagh unter zusammengezogenen Augenbrauen an. »Das sollten doch wohl eigentlich *Sie* herausfinden, junge Frau!«

Er wirkte bestürzt, als Clodagh mit einem Lachen reagierte, das nicht nur äußerst jugendlich wirkte, sondern auch noch wunderschön klang.

»Danke für das ›jung‹«, sagte sie und tätschelte ihm kumpelhaft die Hand.

»Das war nicht als Kompliment gemeint,« erwiderte der Doktor von Clough steif, wobei er Clodagh immer noch ziemlich angewidert musterte.

Clodagh zuckte unbekümmert mit den Schultern. Bevor jemand aus dem Medizinerstab sich einmischen konnte, hatte sie die Finger schon auf Balls Handgelenk gelegt. Sie beugte sich vor, um ihm geradeheraus ins gezeichnete, traurige Gesicht zu blicken, und schnalzte kopfschüttelnd vor sich hin. Mit den Fingerspitzen kniff sie in eine Hautfalte an seinem Arm und beobachtete ihren Tonus.

»Sie sind aber wirklich müde, wie?« fragte sie.

»Der Generalsekretär leidet unter einem ernsten PVS-Leiden ...«

Sie nickte. »*Echt* müde.« Und als sie sich aufrichtete, fügte sie hinzu: »Er sollte eine Weile hierbleiben.«

»Das hat Luzon auch gemeint. Obwohl er nicht gesagt hat, warum«, schnaufte Ball.

»Der?« Clodagh schnaubte verächtlich. »Das zeigt doch nur mal wieder, daß jeder ab und zu auch mal etwas richtig machen kann. Ich glaube allerdings nicht, daß Luzon das unbedingt wollte. Trotzdem – dann geht der Witz eben auf seine Kosten, geschieht ihm recht. Wie sind Sie überhaupt alle hergekommen? Whit Fiske hat uns doch gesagt, daß die PTS am Boden festsitzt.«

»Der Generalsekretär verfügt natürlich über eine Privatyacht für die erforderlichen Dienstreisen, die er zu tätigen ...«

»Auf der Raumbasis? Jetzt?«

»Natürlich.«

»Gut, dann können Sie ja alle an Bord wohnen. Ich denke, daß ich für Mister Ball schon noch ein Plätzchen finden werde ...«

»Aber ... aber dieses ... Individuum hat gesagt, daß Sie über keinerlei Krankenhauseinrichtungen verfügen.« Von Clough warf Adak einen vorwurfsvollen Blick zu.

»Brauchen wir auch gar nicht. Bisher haben die Leute allesamt feststellen können, daß der Planet ziemlich gesund ist – gutes Essen, gute Luft, und niemand muß mehr tun, als er verkraftet. Kranke können sich ausruhen, wenn sie müssen, und sich frei bewegen, wie sie es brauchen. Das alles und ein Schuß Stärkungsmittel, und schon scheint alles Nötige beisammen zu sein. Man könnte sagen, daß der ganze Planet eine einzige Krankenhauseinrichtung ist, und darin ist er so erfolgreich, daß alle bei ziemlich guter Gesundheit bleiben. Deshalb fällt es niemandem auf«, sagte Clodagh schleppend, als würde sie gleichzeitig ihre Wortwahl einer ständigen Begutachtung unterziehen. »Ich habe zwar noch nie darüber nachgedacht, aber jetzt, da ich es tue, muß ich feststellen, daß es so stimmt.« Sie machte eine ausladende Geste, die den ganzen Planeten außerhalb des Würfels umfaßte. »Wir haben hier alles, was der Leib eines Menschen braucht, um gesund zu bleiben oder es wieder zu werden.«

Von Cloughs Augen fielen ihm vor Empörung fast aus dem Kopf.

»Eins will ich Ihnen allerdings sagen, Farringer, Sie haben sich ganz schön lange Zeit gelassen mit dem Kommen! Aber ich denke, wir kriegen Sie trotzdem wieder hin.« Sie musterte den Apparat mit einem Blick, der dem von Cloughs an Mißtrauen in nichts nachstand. »Aber jetzt, ganz zu Anfang, müssen wir uns eben mit dem behelfen, was wir haben.« Sie wies auf den Würfel. »Wir organisieren uns ja inzwischen schon – langsam, aber sicher.«

»So? Wo kann denn der Generalsektretär dann hin?«

»Die Schule in Kilcoole braucht im Augenblick noch nicht

alle Räume in ihrem Würfel«, antwortete sie. »Wir sind ein bißchen knapp an Plätzen für die Leute, seit Dr. Luzon« – Clodagh machte eine Pause, um kurz zu grinsen – »so freundlich war, uns zu so vielen unverhofften Gästen zu verhelfen. Aber wir werden schon etwas für Farringer finden, da es ihm so schlecht geht. Wenn Sie helfen wollen, Doktor: Die Männer könnten noch ein paar kräftige Hände gebrauchen, um noch weitere Häuser zu bauen. Es sei denn, Sie sähen eine Möglichkeit, für die Leute noch einige von diesen Dingern hier«, sie wies wieder auf den Würfel, »zu besorgen, vor allem jetzt, da bald die Schneesturmzeit beginnt.«

»Schneesturmzeit?« Von Clough fielen fast die Augen aus dem Kopf, als er sah, was gerade vor dem Fenster vorbeitrieb: so dichter und beängstigender Schneefall, wie er nur in dieser Jahreszeit vorkommen konnte.

Clodagh blickte ihn mit schräggelegtem Kopf an und lächelte dabei wunderschön. »Da diese Behausungen ja wahrscheinlich eher dem entsprechen dürften, was Farringer gewöhnt ist, könnten Sie den Würfelfabrikanten doch vielleicht bitten, ihm noch einen davon zu schicken. Bis dahin fangen wir schon mal mit der Kur an.« Die niederen Chargen tauschten leises mißbilligendes Gemurmel aus, während von Clough bei einem Anfall erneuter Empörung beinahe explodierte.

»Aber ... *wir* kümmern uns doch schließlich um den Generalsekretär ...«

»Nun stellen Sie sich mal nicht so an!« entfuhr es Clodagh. »Sie können ja seine Raumyacht benutzen, um ihn jederzeit zu besuchen, wann immer Sie wollen.«

Farringer Ball versuchte, einen Komentar zu geben, wurde dabei aber von einem Hustenanfall überwältigt. Die diskreten Zeiger der Meßgeräte im Rücken seines Invalidensessels begannen wie wild zu hüpfen.

Clodagh zog eine Flasche aus einer ihrer geräumigen Taschen, entkorkte sie und holte schließlich noch einen geschnitzten Holzlöffel hervor. Bevor seine medizinischen Berater protestieren konnten, hatte Clodagh dem Generalsekretär bereits eine Dosis in den Mund bugsiert. Er schluckte. Sofort legte sich der Husten wieder, und Ball bekundete mit einem matten Winken seine Dankbarkeit.

»Ist dies das Mittel, das auch Oberst Maddock eingenommen hat?« fragte Ball, als er wieder richtig atmen konnte. Er hatte plötzlich etwas von einem Schuljungen, der seine Großmutter nach Märchentieren befragte.

Clodagh nickte. »Nicht zu schlagen, das Zeug!«

Nachdem er seinen Stolz offensichtlich heruntergeschluckt hatte, vollführte von Clough die leise Andeutung einer höflichen Verneigung in Richtung Clodagh und streckte die Hand nach der Flasche aus.

»Woraus besteht dieses Präparat, wenn ich fragen darf?«

Clodagh zuckte wieder die Schultern. »Aus diesem und jenem«, erwiderte sie vage. »Wichtig ist nur, daß es ziemlich schnell wirkt. Langfristige Erfolge brauchen allerdings etwas mehr Zeit.«

Von Clough entkorkte die Flasche und schnüffelte zaghaft daran, nahm augenklimpernd die Aromastoffe zur Kenntnis, die seine Nüstern umschmeichelten. Dann musterte er Ball, der sich noch immer von seinem Hustenanfall erholte, wobei seine Atmung von Augenblick zu Augenblick weniger abgehackt ging.

»Erstaunlich. Wirklich bemerkenswert.« Er reichte die Flasche an eine seiner niederen Chargen weiter.

»Das versuchen wir Ihnen doch schon die ganze Zeit zu erklären«, sagte Clodagh, als würde sie mit einem Kind sprechen, das sich soeben verbrannt hatte. »Petaybee ist für die meisten Leute gut. Hier wird kaum jemand krank. Wenn Sie Gesundheit haben wollen, ist es ja wohl ein Gebot der Vernunft, sich zu diesem Zweck an einen gesunden Ort zu begeben.« Ihre Überzeugung und Klarheit im Angesicht von so viel Überheblichkeit und allgemeinem Schwachsinn löste bei Adak den Impuls aus, ihr kräftig zu applaudieren.

»Sauber!« sagte er, ob sich nun jemand für seine Meinung interessieren mochte oder nicht.

## 23.
## KAPITEL

»Neva Marie? Sieht so aus, als hätten wir uns da ganz schön tief in eine verdammte Situation hineingeritten.« Johnny Greene sprach gelassen und beruhigend genug, um alle wilden Tiere zu besänftigen, die ihn gerade umkreisten. »Wir stecken bis zu unserem Kollektivarsch in Planetenfrevlern, Polarbären und Pumas, um es mal so auszudrücken ... Wie viele was? ... Ach, Planetenfrevler? Hm, zweihundert, vielleicht ein paar weniger ... Nein, tut mir leid, aber die Polarbären und Pumas werde ich für euch jetzt nicht auch noch zählen. Sagen wir einfach, es sind mehr als genug, ja? ... Meine Position ist ungefähr ... hmmm ... einhundertfünfzig Meilen südsüdwestlich von Bogota, ziemlich genau mitten im Nirgendwo. Es ist flach, es ist dunkel, und ich, Mr. und Mrs. Ondelacy, der Stadtrat und die kleine 'Cita Rourke sind zuerst von diesen Planetenfrevlern umzingelt worden. Dann wurde unsere Stellung plötzlich auf irgendeine merkwürdige Weise von den Polarbären und den Pumas und den anderen hier versammelten Arten gestärkt. Es ist dunkel. Es ist kalt. Wir wollen hier raus, und zwar *muy pronto* ... Das weiß ich selbst, daß ich das einzige Flügeltier weit und breit fahre, aber wir brauchen nun mal Hilfe, und zwar schnell. Ist mir egal, wie. Es sind hier viel zu viele, um sie alle rauszuholen. Außerdem verfüge ich nicht über genügend Sprit, um einen Fährbetrieb zwischen hier und Bogota einzurichten. Andererseits hege ich aber den ... äh, Verdacht, daß diese Planetenfrevler es ganz und gar nicht schätzen würden, wenn ich versuchen sollte, ohne sie abzuhauen. Außerdem, weiß der Teufel, was sie den Polarbären noch antun würden ...

Tja, nun, *ich* weiß auch nicht, was Sie tun sollen, Süße. Rufen Sie Adak an, er soll Sean verständigen. Vielleicht hat er ja eine tolle Idee. Falls Oskar O'Neill den Planeten noch nicht verlassen haben sollte, könnte er uns vielleicht ein wenig unter die Arme greifen ... Rufen Sie Louis' Kinder an und sagen Sie ihnen, sie sollen eine Hundeschlittenmiliz vorbeischicken. Aber Beeilung! Während ich hier quassle, mustert mich so ein Polarbär gerade furchtbar lustvoll, und dabei wollte ich mich doch für Sie aufheben. Also gut, Ende des Funkspruchs, Liebste. Sie fehlen mir *wirklich.*«

Die Hundeschlitten waren beladen und die Gespanne angeschirrt und abmarschbereit, als Liam Maloney hereingeschlittert kam, begleitet von Dinah, der Leithündin seiner verstorbenen Mutter, und Nanook, der geselligsten von Seans großen Katzen. Die gute Schlittenhündin, die sie nun einmal war, sprang Dinah sofort an Diego hoch und begann, sein Gesicht mit einer Zunge abzulecken, die furchtbar streng nach Fisch roch, Diego rief sie mehrere Male beim Namen und warf dabei Blicke zu Dinah O'Neill hinüber, um ihre Reaktion zu beobachten, doch die ließ sich nichts anmerken.

»Nett von dir, zu kommen, Liam«, meinte Sinead mit einem Hauch von Sarkasmus. »Ein bißchen spät zwar, aber trotzdem willkommen.«

»Ich bin aufgehalten worden«, sagte er, schob die Kapuze des Parka zurück und fuhr sich mit den Wollhandschuhen durch das Eis, das sich in Haarschopf und Bart gebildet hatte. »Nanook hatte unterwegs einen Fellsträubanfall und ließ uns eine ganze Weile nicht weiterfahren. Ich habe nicht aus ihm herausbekommen, was los war, aber als er sich schließlich wieder zum Weitermarsch entschlossen hatte, da hat er uns beinahe gleich abgehängt.«

Sean kauerte nieder und streckte die Arme aus. »Was ist denn los, Nanook?«

»Erzählen Sie mir jetzt nicht, daß dieses Tier auch noch redet«, warf Dinah O'Neill ein.

»Haben Sie irgend etwas an sprechenden Katzen auszusetzen?« wollte Diego wissen, während er der Hündin Dinah die Ohren kraulte.

»Überhaupt nichts. Nachdem, was das liebe süße Kätzchen für uns getan hat, bin ich eine bekennende Katzenliebhaberin geworden, vor allem, was petaybeeanische Katzen betrifft. Ich vermute mal, daß ein Export wohl nicht in Frage kommen dürfte, wie?«

Sean hob den Blick. »Hier ist erst mal eine Zusammenfassung. Coaxtl sendet an Nanook, daß ihr Junges – ich nehme an, sie meint damit 'Cita – in Gefahr durch böse Menschen schwebt. Sie ist mitgeflogen, um Loncie zu besuchen, als Johnny und O.O. den letzten Würfel nach Bogota brachten.« Besorgt streichelte er Nanook. »Wenn es mich auch freut, daß der Planet sein Kommunikationsnetz mittlerweile über den ganzen Globus ausweitet, habe ich doch nicht die geringste Ahnung, was wir tun könnten, um 'Cita zu helfen.«

Chumia sagte: »Dann war das wohl die andere leuchtende Stelle auf der Karte am Versammlungsort, wie? Das sollten die Wellen und die Kreise also bedeuten – daß es im Süden noch weiteren Ärger gibt. Du hast recht, Sean, ich habe auch noch nie erlebt, daß der Planet uns schon mal mitgeteilt hätte, was *da unten* los ist.«

Muktuk schüttelte den Kopf. »Meine Hunde würden mich zwar überall hinbringen, aber im Winter den Ozean zu durchschwimmen, das ist nicht gerade ihre Stärke.«

»Ich würde ihn ja selbst durchschwimmen«, warf Sean ein. »Aber das mentale Bild, das ich empfange, zeigt mir einen Ort tief im Binnenland, fernab von allen Wasserwegen. Ich kann mir gar nicht vorstellen, wie die Bären sich so weit vom Packeis entfernen konnten.«

»Bären?« fragte Bunny. »*Polar*bären? 'Cita ist dort unten von Polarbären umzingelt? Onkel Sean, wir müssen sie unbedingt retten!«

Sean gewährte ihr ein leises, wehmütiges Lächeln. »Komisch, das hat sie auch gesagt, als sie erfuhr, daß ihr von Piraten entführt worden wart. Aber das habt ihr ja auch ganz gut überstanden.«

»Was mich betrifft, ziehe ich petaybeeanische Polarbären allemal den Piraten vor, *gatita*«, sagte Diego zu Bunny und löste einen Arm vom Hals des Hundes, um ihre Hand zu ergreifen. »Die müssen sich wenigstens vor dem Planeten verantworten, während unser Dinah-Winzling nur ihren Louchard hat.«

Dinah O'Neill hob eine Augenbraue. »Vielleicht. Ich habe allerdings auch das Kommando über einen Raumshuttle, den ich Ihnen zur Verfügung stellen könnte, um diese kleine Mißlichkeit aus der Welt zu schaffen. Sofern der Shuttle vorher befreit werden kann, heißt das.«

Sofort wurde die Rettungsexpedition zusammengestellt und mit großer Eile in Bewegung gesetzt. Sean, Yana und Bunny waren überall zugleich und organisierten das Vorgehen. Der Schnee war noch nicht zu dicht gefallen, um Bunnys Spur im Dunkel nicht zurückverfolgen zu können, und die Hundeschlitten verbreiterten die Fährte noch. Zwar waren die Nächte im nördlichen Tanana Bay noch länger als in Kilcoole, doch Führer und Hunde waren an Nachtmärsche gewöhnt. Fünfzehn Schlitten verließen das Dorf, beladen mit Seilen, Ketten, Fischernetzen, Winden und allem möglichen, das bei der Bergung des Shuttle nützlich werden könnte. Dinah die Vierbeinerin und Nanook trabten hinterher. Dinah die Zweibeinerin begleitete als Statthalterin des Piraten die Rettungsmannschaft. Megenda allerdings hatten sie in der Versammlungshöhle eingesperrt, um ihn unschädlich zu machen und ihm Gelegenheit zu geben, sich von den Erfrierungen und der Lungenentzündung zu erholen, denen er nur um Haaresbreite entronnen war.

»Nicht zu dicht ran«, rief Bunny den Schlitten zu, als sie sich dem Loch im Eis näherten, in dem der Shuttle trieb. »Er ist schon unter meinem Gewicht allein eingebrochen.«

»Weg freimachen! Alles von der Bahn!« rief Muktuk Murphys Stimme von hinten. »Komme jetzt durch!«

Hinter sich führte er eine Lockenfellstute, gefolgt von drei der wilden Lockenhengste, von denen jeder ein ungeheuer wirkungsvoll aussehendes Horn trug.

»Wo hast du die denn aufgetrieben, Muktuk?« wollte Sean wissen. »Das sind ja richtige Prachtexemplare.«

»Gehören zur Herde von Tanana Bay«, erklärte Muktuk stolz und klatschte liebevoll auf den schweren Hals der neben ihm gehenden Stute. »Ich habe ihr gesagt, wir hätten eine Aufgabe für die Klügsten, da hat sie die Auswahl selbst getroffen. Die können in dieser Jahreszeit noch etwas mehr für uns tun, als sich bloß darüber zu zanken, wer nun welche Jungstute bekommt. Nicht, daß jetzt Paarungszeit wäre. Die ist erst im Frühling«, fügte er grinsend hinzu.

»Hmmm«, machte Dinah O'Neill halblaut, daß Yana sie gerade noch verstehen konnte. »Die ziehen ja eine ganz schöne Nummer ab. Wußte gar nicht, daß Tiere sich so aufführen können. Geben an wie Kadetten, die gerade ihren Pilotenschein gemacht haben.«

Yana gewährte ihr ein rätselhaftes Lächeln. Das Aufbäumen, Buckeln und Verbeißen der drei Männchen faszinierte sie ebenso wie Dinah. Die Schlitten mit ihren schwanzwedelnden, heulenden Hunden fächerten seitlich des Pfads auseinander und weiteten ihren Kreis um das Loch, während Muktuk seine Stute geradeaus weiterführte.

»Warum benutzen die nicht einfach Eissägen?« fragte Diego.

Bunny antwortete hinter vorgehaltener Hand: »Erstens, weil ich glaube, daß Vetter Muktuk vor Base Dinah ein bißchen angeben will. Und zweitens, weil es heißt, daß die Lokkenhörner das Eis so genau einschätzen können, daß sie selbst während der Schmelze Haschmich auf dem Packeis spielen können, ohne einzubrechen.«

»Faszinierend!« meinte Dinah, die Zweibeinerin.

Yana war erheitert und entsetzt zugleich, als sie diese lachende Touristin beobachtete, die bei ihrer Enführung mitgeholfen hatte und dabeigestanden hatte, als Megenda sowohl Diego als auch Bunny schlug, und die auch, dem Bericht der Kinder zufolge, an der Ermordung der Reparaturmannschaft auf Gal Drei teilgenommen hatte. Wenn es nach Yana gehen sollte, würde Dinah O'Neill sofort nach Bergung des Shuttles und der Mannschaft zusammen mit Megenda auf Eis gelegt. Kein Gedanke an ein ›freies Geleit‹.

Auf Petaybee gab es keinerlei Recht und Ordnung, die über das hinausgingen, was den meisten Leuten einigermaßen einleuchtete, während Gal Drei überreichlich damit gesegnet war.

Dinah O'Neill lachte gerade wieder. »Schau sich einer diese Kreaturen an! Ich habe noch nie ein Einhorn gesehen, Muktuk. Stimmt es, daß die nur Jungfrauen mögen?«

Muktuk schnaubte in gutgelaunter Abfälligkeit über ihre Unwissenheit. »Lockenfelle sind keine richtigen Einhörner. Die besteigen alles und jeden. Unsere Sedna hier ist die Mutter dieser drei Hengste, und da sie die Leitstute der Herde von Tanana Bay ist, gehorchen sie ihr ganz gut.«

Für Yana hatte es zunächst den Anschein, als wäre die Aktivität der lockenfelligen Einhörner hektisch, triebgebunden und von keiner anderen Zielstrebigkeit getragen als dem Wunsch, jeden erstbesten Eisklumpen zu durchbohren, der ihnen in den Weg kam. Erstaunlich war jedoch, daß sich nun die Erfolge ihrer scheinbar völlig unorganisierten Anstrengungen abzuzeichnen begannen. Sie hatten eine Art Spiel daraus gemacht, angespornt von Sedna, die von einem zum anderen ging, wie ein Vorarbeiter, so daß jedes Muskelbeben eine Herausforderung darstellte, es besser zu machen; jedes Stoßen und Schneiden des Horns wurde von einem verächtlichen Schnauben begleitet, das den Bemühungen der anderen galt; jedes Aufstampfen des Hufs durchbrach einen frisch abgelösten Eisblock, der daraufhin von der Hülle des eingekesselten Shuttlefahrzeugs abprallte und ins dunkle Wasser glitt.

Es dauerte keine Stunde, während Dinah, Diego und Yana eingemummt auf dem Schlitten saßen und zusahen, bis das Shuttlefahrzeug endlich vom Eis befreit war. Mit wackligen Bewegungen sprang es aus seiner Falle. Dann zündete die Mannschaft die Triebwerke und landete das Fahrzeug außerhalb des Eises neben dem letzten Hundeschlitten.

Falls sich jemals eine Shuttleluke zaghaft geöffnet hatte, dann diese. Dinah O'Neill stand schon bereit, um ihre Mannschaft in Empfang zu nehmen.

»Steigen Sie aus, meine Herren! Werfen Sie Ihre Waffen hinaus. Ich fürchte, wir sind von Leuten mit überlegener Feuerkraft umzingelt.«

Das war natürlich eine leichte Verzerrung der Tatsachen, obwohl es stimmte, daß Dinah gerade die Zielscheibe für ihre eigene Laserpistole abgab. Schließlich wurde das Beschriebene doch noch wahr, als die Mannschaft ihre Handfeuerwaffen aus dem Fahrzeug geworfen hatte und mitansahen mußte, wie die Petybeeaner diese entschlossen gegen sie richteten und damit ihre Harpunen, gespannten Bögen, Jagdmesser und die beiden einfachen ballistischen Feuerwaffen ergänzten. Nachdem die Mannschaft in Verwahrung genommen worden war, wollte Dinah die Rampe besteigen, doch da wurde ihr einer Arm von Muktuk, der andere von Yana gepackt.

»Ich würde nicht einmal im Traum daran denken, Sie von Ihrer Mannschaft oder Ihrer neugewonnenen Familie zu trennen, wo Sie doch gerade erst hier angekommen sind, Dama«, meinte Yana zuckersüß. »Fahrzeuge dieser Shuttleklasse habe ich schon durch die ganze Galaxis gesteuert. Ich bin sicher, Sean und ich kommen schon damit zurecht. Gesellen Sie sich mal ruhig zu den anderen.«

»Ach, verdammt! Da bin ich wohl wieder reingelegt worden«, murrte Dinah. »Also gut. Wie Sie wollen. Muktuk, Chumia, Sie haben mir versprochen, mir die Familiengeschichte zu erzählen, und ich hätte da auch einiges, womit ich mich revanchieren könnte. Sollen wir vielleicht in Ihr wunderhübsches Heim zurückkehren und uns ein wenig auftauen?«

»Coaxtl sagt, daß ein Sturm naht, Kapitän Johnny«, sagte 'Cita. »Sie sagt, wenn alle mir folgen, immer nur einer auf einmal, führt sie uns an einen warmen, sicheren Ort.«

Zing Chi blickte verächtlich auf sie herab. »Jetzt ist keine Zeit für närrisches Geplapper! Sie scheinen Ihren Kindern soviel durchgehen zu lassen, daß die sich nicht einmal genieren, Erwachsene zu unterbrechen, die gerade eine ernste Krise wie diese zu meistern versuchen.«

'Cita konnte sich nicht beherrschen – jetzt stach sie einfach der Hafer.

»Die lassen ihren Kindern überhaupt nichts durchgehen! Ich muß es schließlich wissen. Ich bin häufig genug geschlagen worden; ich hatte es auch oft genug verdient. Aber die Worte, die ich gerade gesprochen habe, waren die Worte Coaxtls, und Coaxtl läßt sich von *niemandem* schlagen. Außerdem hätte Kapitän Johnny auch keine solche Krise zu meistern, hätten *Sie* sie nicht verursacht! Ich mag vielleicht unwürdig und nur ein Kind sein, aber Sie sind ein böser, habgieriger Mann und außerdem sehr unhöflich, daß Sie einfach ins Heim eindringen und sich Dinge nehmen, ohne vorher zu fragen!«

Zing Chi spie angewidert aus. »Ich bitte um Verzeihung, Kapitän. Ich wußte nicht, daß dieses Kind geistesgestört ist.«

Doch Kapitän Johnny warf ihm den gleichen Blick zu, mit dem Zing Chi zuvor 'Cita gemustert hatte, und fragte sie: »Weiß Coaxtl, ob ich gefahrlos fliegen kann?«

'Cita fragte nach und gab die Antwort bekannt: »Sie sagt, es wird kräftige Winde geben und viel Schnee, und alles wird weiß sein. Wir müssen ihr jetzt sofort folgen, um den sicheren Ort zu erreichen.«

»Mit anderen Worten, Fliegen entfällt. Loncie, Pablo, habt ihr gehört? Was meint ihr dazu?« fragte Johnny.

»Folge nur deiner Löwin, *muchacha*«, sagte Loncie anerkennend zu 'Cita. »Wir werden dir ebenfalls folgen.«

»Wir nicht«, erklärte Zing Chi. »Glauben Sie etwa, ich lasse mir von Ihnen weismachen, Tiere könnten sprechen? Daß Tiere Dinge wissen könnten, die Menschen nicht wissen? Vor allem, was Flugbedingungen angeht? Das ist doch nur ein Trick, um uns voneinander zu trennen, damit wir leichter Beute werden. Das funktioniert aber nicht mit Zing Chi. Diese Tiere warten nur darauf, daß wir uns trennen, dann können sie uns einzeln um so leichter schnappen.«

'Cita hatte mehr als genug von diesem unhöflichen, gierigen Mann. Sie schob sich durch die Menge zu Coaxtl hinüber, die sich mühelos vom Außenring der Tiere eine Bahn zu dem Menschenauflauf freigemacht hatte. Hinter ihr hörte 'Cita Johnny sagen: »O nein, Zing Chi. Was Polarbären angeht, sehen die größere Gruppen als Vorspeise vor. Aber wie Sie möchten. Ich folge jedenfalls der Katze, und«, fügte er hinzu und hob die Stimme, um den Wind zu übertönen, »wenn von euch anderen jemand rechtzeitig aus der Kälte in Sicherheit kommen möchte, bevor der große Sturm einsetzt, dann folgt uns, immer einer nach dem anderen!«

*Beeilung, Jungs, der Ort ist fern und die Zeit kurz,* sagte Coaxtl.

'Cita spürte die warme Weichheit einer anderen, kleineren Katze, die um ihre Beine strich und sich ihr um die Fußknöchel wand; dann auch das Prickeln von Krallen auf ihrer Wade. Als sie hinunterblickte, sah sie in die goldenen Knopfaugen eines Löwenjungen.

Hinter ihr sagte eine Stimme: »Es will mit dir gehen. Ich übrigens auch. Es ist mir gleich, was die anderen tun.«

'Cita sah nach hinten und erblickte den Jungen, den sie bereits aus dem Hubschrauber beobachtet hatte. Er beugte sich vor, um das Junge zu streicheln. 'Cita nickte, und Coaxtl führte sie zurück durch die Menge zum Hubschrauber, wo Johnny, Loncie, Pablo und die anderen aus Bogota ihr und dem Jungen in einer Reihe folgten. Zing Chi brüllte gerade auf seine Leute ein, daß alles nur eine Falle sei. Doch es war ja nicht so, als hätten sie eine andere Wahl gehabt, denn der Kreis der Tiere schloß sich nun immer enger um die Menschen und trieb sie wie durch einen Trichter dazu, sich 'Citas Gruppe anzuschließen.

Als Coaxtl den Außenrand der Menschengruppe erreicht hatte, schritt sie weiter, gefolgt von 'Cita, und marschierte mit großer Unbekümmertheit zwischen zwei Reihen von Tieren hindurch, deren Atem ziemlich übel stank, während die weißen Zähne blitzten und die Augen funkelten.

# 24.
# KAPITEL

Yana ließ den Shuttlepiloten – durch einen zuckersüßen Befehl dazu ermuntert, den sie Dinah der Zweibeinigen entlockt hatte – mit ihr zusammen die Checkliste durchgehen, um sich zu vergewissern, daß ihr an Bord dieses nicht ganz der gängigen Bauweise entsprechenden Fahrzeugs keine bösen Überraschungen blühten.

Dann machten sich Marmion, Namid, Bunny, Diego und die Dorfbewohner zusammen mit ihren Gefangenen auf den Rückmarsch nach Tanana Bay. Muktuk schlug vor, daß Marmion und Namid auf Lockenfellen reiten sollten, was Marmion entzückte, Dinah O'Neill dagegen zu einem Proteststurm bewegte.

»Ich sehe nicht ein, weshalb ich nicht auch eins dieser wunderschönen Geschöpfe reiten sollte«, rief sie in einem koketten Appell an ihren neuen Verwandten. »Muktuk, mein Lieber, Sie haben doch gesagt, daß das keine von diesen mythischen, nur auf Jungfrauen fixierten Einhörner wären, und ich bin schließlich wirklich eine recht gute Reiterin.«

»Das glaube ich dir gern, werte Base«, warf Chumia mit entschiedener Stimme ein, bevor ihr Mann sich betören ließ. »Aber da du leider in schlechte Gesellschaft geraten bist, von der man ja weiß, daß sie etwas arg freizügig mit dem Besitz anderer Leute umgeht, würden wir dich gern erst ein wenig näher kennenlernen, bevor wir dir eins unserer Lockenfelle anvertrauen.«

Dinah sperrte den Mund erst auf, dann klappte sie ihn verblüfft wieder zu, und schließlich ließ sie sich auf einem der Schlitten in Felle einpacken. Immerhin erholte sie sich ausreichend von dieser Demütigung, um sich zu einem übertriebenen Nörgeln zu versteigen, daß ein schlichter Hundeschlitten doch nun wirklich kein Vergleich mit dem Ritt auf einem Einhorn sei.

An Bord des Shuttlefahrzeugs überprüfte Yana mit Hilfe der Funkanlage den Intergal-Satelliten. In Bogota würde es noch sechs Stunden lang Nacht sein, doch nicht nur das – der ganze südliche Kontinent wurde gerade von einem gewaltigen Schneesturm heimgesucht, der jeden Flug unratsam scheinen ließ.

»Ich könnte es versuchen«, meinte sie. »Ich möchte 'Cita wirklich nicht in der Patsche sitzen lassen.«

Sean überlegte kurz; dann schüttelte er entschieden den Kopf. »Nein. Johnny ist da, und der Hubschrauber, und Coaxtl wird nicht zulassen, daß 'Cita etwas zustößt. Wenn die beiden nicht für sie sorgen können, dürften wir ihnen auch keine allzu große Hilfe sein, vor allem nicht in Anbetracht der Tatsache, daß du halberfroren bist und kurz vor dem Umfallen stehst.«

Also gingen sie statt dessen an Bord des Shuttlefahrzeugs zu Bett und wärmten einander glückselig, um auf einen geeigneteren Zeitpunkt zu warten, ihre Reise anzutreten. Sie schliefen nicht sofort ein, denn für ein jungvermähltes Paar war die Trennung doch recht lang gewesen. Nanook, der darauf bestanden hatte, sie zu begleiten, verzog sich diskret in die Nachbarkabine.

Als sie erwachten, warf Yana wieder einen Blick auf die Kommunikationseinheit und ließ sich von der Station Intergal die Wetterlage durchgeben. Obwohl sie nun bei Tageslicht landen würden, war das Wetter doch um keinen Deut besser geworden; dennoch beschlossen sie, keine weiteren Verzögerungen zu riskieren. Schließlich besaßen sie ja die Landkarte, die Petaybee ihnen selbst zur Verfügung gestellt hatte und auf der sämtliche Krisenherde verzeichnet waren; außerdem kannte Sean die Koordinaten von Bogota. In einem Shuttlefahrzeug dieser Klasse dauerte die Reise natürlich nicht besonders lange, doch verlor ihr Ziel sich optisch in den wirbelnden Massen eines erstklassigen Spätfrühlingsschneesturms.

»Ich bin eine gute Pilotin«, beharrte Yana zu Sean, während sie mit den Instrumenten kämpfte. Die Winde zargten an dem stabilen, raumtauglichen Shuttle. »Aber letztes Mal, als ich hier gewesen bin, war ich zu beschäftigt, um besonders genau auf meine Umgebung zu achten. Wonach soll ich eigentlich Ausschau halten?«

»Nach einer Anhäufung von Bauwerken ...«

»Die ich in diesem weißen Strudel natürlich nicht ausmachen kann.« Yanas Stimme hatte einen etwas scharfen Unterton, weil sie sich nur zu genau ihrer Beschränktheit bewußt war. Ein Shuttlefahrzeug bei klarer Sicht zu steuern war eine Sache, selbst wenn man eigentlich nicht so genau wußte, wonach man Ausschau halten sollte. Ein Blindflug über unbekanntes Gebiet dagegen, noch dazu bei diesen Witterungsbedingungen und ohne Landungsleitstrahl, war etwas völlig anderes.

»Setz uns einfach irgendwo ab. Nanook wird das Gebiet auskundschaften«, schlug Sean verständnisvoll vor.

»Wird der denn wissen, wo wir sind?«

»Er wird Verbindung zu Coaxtl halten. Und wenn Coaxtl vielleicht auch nicht wissen mag, wo wir sind, wird sie doch wenigstens wissen, wo *sie selbst* ist, und dann kann sie Nanook Anweisungen erteilen – in ... äh, kätzischer Begrifflichkeit, wie ich annehme.«

»Die du dann wiederum in Koordinaten übersetzen wirst, denen ich folgen kann, wie?« Yana schüttelte zweifelnd den Kopf und ließ den Blick von der weißen Masse draußen vor der Sichtscheibe zurück zu Nanook schweifen.

Sean gewährte ihr eins seiner etwas trägen, geheimnisvollen Lächeln. »Unter solchen Bedingungen funktioniert er immer am besten.«

Das Shuttlefahrzeug ging noch ein kleines Stück tiefer; dann setzte es schließlich im Schnee auf. Nanook war bereits zur Ausgangsschleuse gesprungen. Mit einem anmutigen Satz verließ er das Fahrzeug und war fast im selben Augenblick auch schon aus dem Sichtfeld verschwunden. Nur der aufstiebende Schnee bezeugte die Richtung, in die er davonlief.

Yana blickte zu Sean zurück. »Und was tun wir jetzt?«

Sean grinste. »Abwarten.«

Nach etwas Holzhacken und Garderobenwechsel hatten die Leute von Tanana Bay schließlich genug warme Kleider aufgetrieben, um Dinah, Megenda und die beiden jüngst aus dem Shuttle befreiten Piraten warm genug einzukleiden. Denn die Kleidung der Gäste war nur für die klimagesteuerte Atmosphäre an Bord eines Raumschiffs oder Shuttles geeignet. Als sie Dinah half, spürte Marmion ein schweres Rechteck unter Dinahs leichter Jacke, und mit einer Fingerfertigkeit, die selbst der Vertreterin eines gesellschaftlich weitaus weniger angesehenen Berufs noch zur Ehre gereicht hätte, holte sie das Gerät aus seinem Halfter. Dann bugsierte sie Dinah und die Mannschaft forsch die Stufen zum Versammlungsort hinunter – in dem sicheren Wissen, daß sie von hier nicht würden entkommen können. Ebensowenig würde Dinah Zeit finden, überhaupt zu erkennen, daß sie ihres Geräts beraubt worden war, worum es sich dabei auch handeln mochte.

»Damit sollten die eigentlich fürs erste entschärft sein«, meinte Muktuk, als er den Teppich über die Falltür warf.

»Und zweifellos ihre Grundeinstellung ändern«, ergänzte Sinead mit großer Befriedigung. »Wenn schon so viele verschiedene Typen herkommen, um zu sehen, was Petaybee ihnen zu bieten hat, sollten wir denen in Zukunft vielleicht immer erst mal zur Begrüßung Gelegenheit bieten, eine Verbindung zum Planeten herzustellen.«

»Ich hoffe«, sagte Marmion zu Namid, als der Tisch wieder zurechtgerückt wurde, »daß es Dinah eine Hilfe sein wird. Sie ist nicht durch und durch schlecht. Sie hat sich jedenfalls große Mühe gegeben, um bei Kapitän Louchard Erleichterungen für uns auszuhandeln.«

Namid lächelte schiefmäulig. »Sie hat durchaus ihre Vorzüge.«

Dann holte Marmion den Gegenstand hervor, den sie Dinah abgenommen hatte. »Ein bißchen zu schwer für eine Kommunikationseinheit, findest du nicht auch, Namid?«

Er musterte das Gerät eindringlich, dann preßte es es plötzlich gegen ihre Hände, damit sie es wieder in die Tasche zurückschob. »Später, Marmion. Später«, murmelte er drängend, um schließlich die anderen Leute breit anzulächeln, die sich nun im Raum drängten.

Es dauerte eine Weile, bis feststand, wer in dem kleinen Dorf Tanana Bay wo unterkommen würde. Und nachdem schließlich alle einen Becher Suppe zum ›Warmhalten in der Nacht‹ bekommen hatten, gingen Bunny und Diego mit einer Familie fort, Liam und Sinead mit einer anderen, während Marmion und Namid die Hütte der Sirgituks zugewiesen bekamen, weil alle einhellig der Meinung waren, daß wenigstens die gute Dama Algemeine das bißchen Privatsphäre verdient habe, das Tanana Bay anzubieten hatte.

Nachdem sie sich häuslich eingerichtet hatten, mit frischen Fellen für die Betten versorgt worden waren und das Feuer mit neuem Brennstoff für die kalte Nacht gespeist war, ließ man Marmion und Namid endlich allein. Namid sprang ans Fenster, um sich davon zu überzeugen, daß ihre Gastgeber sich auch tatsächlich alle auf ihre jeweiligen Behausungen verteilten. Dann nickte er mit erleichtertem Seufzen Marmion zu, worauf diese das schwere Gerät auf den Tisch legte.

»Weshalb bist du so in Panik geraten, Namid?«

»Ich glaube, das ist eine tragbare Holoeinheit«, erwiderte er. Er beugte sich darüber, betrachtete den Gegenstand aus allen möglichen Winkeln und berührte die Steuerungseinheit vorsichtig mit der Fingerspitze. »Ich kann mir eigentlich nicht vorstellen, wozu ...«

Doch seine Fingerspitze war wohl nicht vorsichtig genug gewesen, denn ohne es zu wollen, aktivierte er das Display. Plötzlich entstand um den Tisch herum das Abbild des Kapitäns Onidi Louchard und verfestigte sich. Die Kreatur stand einfach nur unbeweglich da, während Marmion und Namid einander fassungslos anstarrten.

»Und *das* hatte Dinah bei sich?« brachte Namid schließlich hervor.

»Dinah!«

Zaghaft nahm Namid die Sendeeinheit auf, und plötzlich

wurde er selbst von dem Holobild des Kapitäns Louchard umhüllt.

»Hast du Töne!« rief Marmion entzückt und entsetzt zugleich. »Diese Frau hat uns doch glatt alle reingelegt! Wenn ich nur daran denke, welche *Spiele* sie als Dinah mit uns gespielt hat, während sie die ganze Zeit doch gleichzeitig Louchard persönlich war ...« Die Stimme versagte ihr.

»Ganz zu schweigen davon, wie sie ihre Mannschaft manipuliert hat«, antwortete Namid-Louchard in einem tiefen Baß und fremdartigen Tonfall. »Wirklich kein Wunder, daß niemand den berüchtigten Kapitän Louchard jemals zu Gesicht bekommen hat«.

Marmion lachte – ja, es war ein regelrechtes Kichern, und sie mußte sich setzen, um ihre Erheiterung auszukosten. »Also wirklich, Namid! Das hätte ich nie gedacht. Sie ist eine perfekte Schauspielerin.«

»Unter anderem«, fügte Namid in strengerem Ton hinzu; dann schaltete er das Display ab und legte das Gerät wieder auf den Tisch ... »Sie hat diese Maskierung zwar nie in meiner Gegenwart getragen, andererseits brauchte sie ihrem Ehemann gegenüber ja auch nie den Louchard zu spielen.«

»Es sei denn, du hättest dich als Ehefrauenprügler erwiesen.«

»Och, das ist ihr auch schon mal passiert. Ich habe die Narben gesehen«, erwiderte Namid ernst. Er seufzte und stach mit dem Finger nach dem Gerät; dann machte er eine wegwerfende Handbewegung. »Und was fangen wir nun mit unserer Entdeckung an?«

Darüber hatte Marmion offensichtlich auch schon nachgedacht. Sie tippte mit einem Finger an ihre Wange. »Das wird einiges an angestrengter Denkarbeit brauchen, und ich bin plötzlich viel zu müde, um das heute nacht noch anzugehen.« Wehmütig schaute sie zum Bett hinüber. » Und wag bloß nicht vorzuschlagen, daß du den Fußboden nimmst, Namid«, fügte sie entschlossen hinzu, doch ihr Lächeln wirkte dabei fast zaghaft.

»Ich wollte eigentlich den Gentleman spielen, Marmion«, erwiderte Namid, und Mund und Augen lächelten dabei.

Gentle, ja, Mann, auch, aber ...« Sie sprach das letzte Wort so gedehnt aus, daß Namid keiner Einladung mehr bedurfte, um beides zu sein, und das auch noch in der richtigen Reihenfolge.

Man konnte nur wachen und abwarten, manchmal schlafen, während die Menschen es sich bequem machten. Man hatte sie durch die heulenden Winde sicher hierher gebracht, durch Schneetreiben, die wie Schwärme eisiger Insekten waren und einem in Augen, Ohren und Nase stachen. Trotz der Wachsamkeit der anderen waren einige ihren zögernden Bewachern entschlüpft, um fortzuwandern, zu erfrieren und zu sterben. Diese würde man erst wiederfinden, wenn der Schnee abgetaut war.

Coaxtl und das Junge ruhten. Auch der Herr des Metallvogels ruhte, ebenso die Höhlenbewohner von Bogota. Im Heim gab die heiße Quelle blubbernd ihre Wärme frei. Draußen bedeckten die Schneemassen die Welt mit einem weißen Meer, das von Augenblick zu Augenblick immer tiefer wurde. Am Höhleneingang buckelten die Bären wie lebende Schneewehen, von der Wärme der inneren Höhle abgewandt. Die anderen Fleckenleoparden, die Schneelöwen, die weißen Tiger, die Luchse und Katzen warteten ebenfalls im Höhleninnern auf das Abklingen des Sturms und zwangen die Menschen dadurch tief in die innersten Kammern des Heims.

Manche, wie der junge Mann mit dem Löwenjungen, bestaunten in unverhohlenem Entzücken das Heim, vernahmen seinen Gesang im Blut, schauten seine Farben in den eigenen Augen, vibrierten in seinen Rhythmen. Das Junge aber und seine Schar lächelten in ihrem wohlverdienten Schlaf.

Aber die anderen! Der Lärm, den sie veranstalteten, während sie wild um sich droschen, war so schrill und aufdring lich, daß man schließlich dazu gezwungen war, die Pfoten auf die Ohren zu pressen, um überhaupt etwas Ruhe zu finden.

Namid schlüpfte sanft aus Marmions Bett, gab noch etwas Holz in den Ofen und brachte das Feuer im Kamin nach mehreren vergeblichen Anläufen wieder zum Flackern. Dann legte er seine geborgte warme Kleidung an, die lange Unterwäsche, die schweren Wollsocken, die Wollhose, das Hemd, die mit Schafleder gefütterten Stiefel (mit Biberöl imprägniert und wasserundurchlässig gemacht), Halstuch, Hut, Winterhandschuhe und Parka. In seine Parkatasche ließ er die Holoscheibe gleiten. Schließlich öffnete er mit einem ausgiebig letzten Blick auf seine schlafende Geliebte die Tür und trat in die pastellfarbene petaybeeanische Morgendämmerung hinaus.

Knirschend stampfte er den breiten Pfad entlang, der die Behausungen von Tanana Bay mit der Hütte der O'Neills verband, und schlüpfte durch die unversperrte Tür. Er hatte eigentlich gehofft, seinen Auftrag unbemerkt erledigen zu können, mußte nun aber feststellen, daß der junge Diego Metaxos in einem Schlafsack lag, das Ohr gegen die Falltür gepreßt.

Der Junge erwachte von dem kalten Luftzug, den Namid mit sich brachte. »Guten Morgen«, sagte er mit klarer, hellwacher Stimme.

Namid nickte. Er war nicht zu Gesprächen aufgelegt.

»Sie sind ja früh auf«, bemerkte Diego.

»Ich muß mit Dinah sprechen.«

»Ich glaube nicht, daß die mit Ihnen wird reden können«, meinte Diego.

»Wieso nicht? Was ist ihr denn passiert?«

Diego zuckte die Achseln. »Ich weiß es nicht. Aber wenn ich mir überlege, wie der Kontakt mit dem Planeten meinem Vater anfangs zugesetzt hat, vermute ich mal, daß es ihr nicht besonders gutgehen dürfte. Das ist bis spät in die Nacht hinein so gegangen.«

»Was soll das heißen – ›es ist gegangen‹? Hat irgend etwas sie verletzt?«

»Vermutlich nicht schlimmer, als sie andere verletzt hat. Aber für Leute mit einer bestimmten Mentalität kann der Erstkontakt mit dem Planeten verheerend sein. Das könnte Ihnen auch passieren.«

»Aber Ihnen ist es nicht so ergangen?«

»Nein. Für mich war es immer wunderschön. Ich bin einfach nur dagelegen und habe an ein Lied gedacht, das ich schreiben würde, über alles, was geschehen war. Ich schätze, für mich dürfte es wohl keine Gefahr mehr darstellen, hinunterzugehen, aber was Sie betrifft, bin ich mir nicht so sicher.«

»Ich werde es riskieren. Aber ... nehmen Sie es bitte nicht persönlich, ich würde lieber allein gehen.«

»Es wäre leichter für Sie, wenn einer von uns dabei wäre.« Der Junge strahlte die Andeutung maskuliner Herausforderung aus.

»Sie sind doch auch nicht hier gebürtig und haben es trotzdem gut überstanden.«

»Ja, aber ich bin auch noch jung.«

»Wenn Sie mich entschuldigen möchten, aber ich will es doch lieber allein versuchen. So festgefahren ist mein Denken nun auch wieder nicht.«

Diego zuckte die Schultern. »Wie Sie wollen. Aber ich werde in ein paar Minuten sowieso hinuntergehen. Es ist schon lange her, seit ich mich das letzte Mal mit Petaybee unterhalten habe. Ich mag zwar kein Einheimischer sein, aber das fehlt mir trotzdem.«

Er gab den Weg frei, und Namid stieg die Treppe hinab, ohne die kleine orangefarbene Katze zu bemerken, die im letzten Augenblick noch durch die Falltür schoß und vor ihm die Stufen hinunterjagte.

Als Bunny erwachte, hielt sie im zweiten Schlafsack auf dem Fußboden ihres Gasthauses nach Diego Ausschau. Er war verschwunden. Ihre Gastgeber gaben leise Schnarchgeräusche von sich.

Das war gut, denn eigentlich wollte sie jetzt, am Morgen, noch nicht mit Diego sprechen, sie wollte viel lieber versuchen, ungestört ein paar Worte mit Marmion zu wechseln. Diego würde das möglicherweise nicht verstehen. Als Vorwand hätte sie ihm erklärt, daß sie Marmie beim Schüren des Feuers und bei der Zubereitung ihres Frühstücks helfen wollte.

Sie zog sich schnell an und verließ die Hütte, schloß erst die Innentür, damit der Kälteschwall die Familie nicht störte, dann die äußere Eingangstür vor der eisigen Diele, wo man die Schneeschuhe, die Skier, zusätzliches Hundegeschirr und anderes Werkzeug aufbewahrte.

Sie klopfte leise an die Tür der Sirgituks, und eine ziemlich verträumte Stimme antwortete: »Ja?«

Marmie sah weniger gefaßt, dafür aber sehr viel glücklicher aus, als Bunny sie je erlebt hatte. Sie trug die Kitteljacke, in der man sie gefangengenommen hatte, als Kleid über langer Unterwäsche und Wollsocken. Sie saß gerade am Tisch der Sirgituks und nippte an einem dampfenden Becher. Ihre Miene wirkte, gelinde gesagt, verträumt.

»Ich dachte, Sie können vielleicht Hilfe brauchen, um den Kessel aufzusetzen«, sagte Bunny.

»Überhaupt nicht. Falls Sie sich daran erinnern möger ich bin eine ziemlich gute Köchin, und dieser Herd ist auch nicht viel anders als der in der Jagdhütte meines Großvaters auf Banff Zwei, wo ich als Kind manchmal meine Ferien verbracht habe.«

»Das muß schön sein, so leben zu können, wie man gerade möchte«, meinte Bunny und streifte ihre Handschuhe ab.

»Ja, ist es auch. Was ist los, Buneka, Liebes? Sie hören sich ziemlich traurig an, und das ertrage ich einfach nicht, wenn ich mich selbst gerade so gut fühle. Trinken Sie einen Becher von diesem wunderschönen Beerentee und erzählen Sie mir alles; dann wollen wir mal sehen, ob wir es irgendwie hingebogen bekommen.«

»Danke«, erwiderte Bunny mit leisem Lächeln. »Der Tee ist eine feine Sache, aber ansonsten befürchte ich, daß Sie mir kaum werden helfen können.«

Nachdem sie sich entkleidet hatte, schenkte sie Tee ein, setzte sich hin und wärmte die Hände an dem Becher, während sie beobachtete, wie der Dampf zwischen ihr und Marmie emporstieg. Marmie konnte einem das Gefühl vermitteln, daß man der wichtigste Mensch auf der Welt sei, wenn sie mit einem sprach. Bunny wünschte sich, sie könnte auch so sein.

»Ich möchte nicht, daß Sie mich falsch verstehen, Dama, ich liebe Petaybee nämlich sehr. Ich möchte niemals irgendwo anders leben – jedenfalls nicht auf Dauer.« Marmie nickte aufmunternd, denn die Worte kamen nur gequält hervor. »Aber ich habe ziemlich viel nachgedacht. Wissen Sie, ich habe nie gewußt, was es dort draußen alles gibt. Alles, was wir je zu sehen bekommen haben, war die Raumbasis, und dort war es ziemlich ungastlich. Und viele von den Rekruten, die den Planeten verließen, kehrten nie wieder zurück – und falls doch, mochten sie manchmal nicht einmal darüber singen. Ich hätte nicht im Traum geglaubt, daß es so etwas wie Gal Drei oder wie die Stationen und Planeten geben könnte, von denen Charmion mir Holos gezeigt hat.«

Marmie lächelte. »›Wie wollt ihr sie auf ihren Bauernhöfen halten, wenn sie erst einmal Paris gesehen haben?‹«

»Wie bitte?«

»Ach, nur ein altes Lied. Es bedeutet: Wenn man erst einmal etwas vom Universum gesehen hat, kann es einem passieren, daß man auf den Geschmack kommt. Ist es das, was Ihnen Sorge bereitet?«

»Teilweise. Ich vermute, es würde mir wahrscheinlich nicht so viel ausmachen, wenn ich wüßte, daß ich tatsächlich auch woanders hin *könnte*, wenn ich nur wollte. Obwohl das eigentlich auch nicht so richtig stimmt. Ach, wissen Sie, da draußen gibt es einfach so viel zu *lernen*! Ich habe Dinge gesehen, die wir vielleicht für Petaybee nutzen könnten, ohne irgendwelchen Schaden damit anzurichten, wenn es nur jemanden gäbe, der wüßte, wie das gehen soll. Aber hier vor Ort kann ich nichts darüber in Erfahrung bringen. Ich habe immer ein Gespür für Technik gehabt, wissen Sie, und Diego hat mir einige Geräte gezeigt, von denen ich sicher bin, daß sie beispielsweise großartig dazu geeignet wären, uns bei der Wartung der Schnokel zu unterstützen. Ich weiß es selbst nicht. Wahrscheinlich drücke ich mich nicht besonders geschickt aus. Es ist nur das Wissen, daß ich es bis zu einem bestimmten Zeitpunkt getan haben muß, weil ich sonst nicht mehr dazu in der Lage sein werde …«

Marmie legte eine Hand auf Bunnys. »Wir alle verabscheuen unsere Grenzen, Liebes. Tatsächlich beginnen Sie ja mit Ihrer Ausbildung auch etwas später als die meisten. Es gibt keinen Grund, weshalb Sie nicht hier vor Ort ein Fernstudium anfangen sollten. Wenn Sie dann feststellen, daß Sie *unbedingt* den Planeten verlassen müssen, um Ihre Neugier zu befriedigen, können Sie diese Option immer noch wahrnehmen – das wird mit Sicherheit noch vor Erreichen des zwanzigsten Lebensjahrs sein. Jedenfalls so ungefähr. Außerdem können Sie jederzeit zurückkommen, wann immer Sie möchten.

Petaybeeanische Soldaten tun das ja schließlich auch. Es ist eben nur so, daß Sie das schon *jetzt* entscheiden müssen und nicht erst warten können, bis Sie … na, sagen wir mal, vierzig sind.«

Bunny grinste. Alles schien plötzlich so offensichtlich und naheliegend, doch war ihr Gedanke so neu gewesen, daß sie die wirklich wichtigen Faktoren noch gar nicht bedacht hatte.

»Außerdem wird es mir ein Vergnügen sein, Ihnen eine geeignete Studieneinheit und alle Hartkopiebücher zur Verfügung zu stellen, die Sie sich wünschen. Zu meinen Erbschaften gehören auch diverse Bibliotheken. Und falls Sie dann bereit sein sollten, den Planeten zu verlassen, könnten Sie das als Pilotstudentin des Außerplanetaren Zivilen Studienprogramms Petaybee tun.«

»Ich wußte ja gar nicht, daß es so etwas gibt!«

»Das liegt daran, daß ich gerade erst beschlossen habe, dieses Programm zu sponsern.«

Bunny beugte sich über den Tisch und umarmte sie. »Sie sind wirklich Spitze, Marmie!«

»Danke, gleichfalls. Sagen Sie mal, haben Sie zufällig Namid gesehen?«

»Nein. Diego auch nicht. Aber ich bin ja auch sofort nach dem Aufstehen hergekommen.«

»Dann werde ich mich wohl auch mal anziehen, damit wir die beiden suchen gehen können, was meinen Sie?«

Wenn Dinah O'Neill alias der furchterregende Kapitän Onidi Louchard vorher gewußt hätte, was ihr noch bevorstand, hätte sie sich unter Aufbietung sämtlicher Kampfkünste, die sie seit ihrer Zeit als schutzlose Jugendliche gemeistert hatte, gegen das Eingesperrtwerden gewehrt. Zwar hörte sie Megenda wirres Zeug murmeln, als man sie die Leiter hinunterbugsierte, und sie bemerkte auch die seltsame indirekte Beleuchtung, wagte sich aber dennoch unbekümmert immer weiter in die Höhle hinein, stets der Wärme entgegen, die ihr ins Gesicht schlug. Ihr einziger Gedanke war, daß dieses Gefängnis wenigstens um einiges wärmer und dadurch auch gemütlicher war als die Hütte, die sie soeben verlassen hatte. Dies war auch der Augenblick, als sie feststellte, daß der Holo-Transponder fehlte. Nicht, daß sie sich Sorgen darüber zu machen brauchte, daß die Petaybeeaner das Gerät ungewollt aktivieren könnten. Doch Namid würde schon erkennen, um was es sich dabei handelte. Dinah hätte die Sache überprüfen müssen und machte sich nun Vorwürfe wegen dieser Nachlässigkeit. Kapitän Louchard, sagte sie sich grinsend, wird das nächste

Mal, wenn du dir diese Maske überstreifst, einige äußerst unfreundliche Worte dazu sagen.

Dann stieß sie mit den beiden Mannschaften Dott und Framer auf Megenda, der, in Embryohaltung zusammengekauert, auf dem Höhlenboden lag, genau dort, wo die Höhle sich zu einer ziemlich großen Kammer öffnete, die mit ihren Pastelltönen und scheckigen Wänden eine merkwürdige Schönheit ausstrahlte. Dieser Schönheit haftete allerdings etwas Fremdartiges, Desorientierendes an: Die Farbflecken waberten, und die Schatten änderten sich ständig auf beunruhigende Weise. Aber Wände hätten doch eigentlich starr und stabil sein müssen, und das galt im allgemeinen auch für ihre Färbung.

»Was ist los mit ihm, Dinah?« fragte Dott und preßte mit einem Zeh gegen Megenda, um ihn auf den Rücken zu drehen, damit sie das Gesicht des Ersten Maats erkennen konnte. Er war ein ziemlich phantasieloser Bursche, gut geeignet für nervtötende oder monotone Alltagsarbeiten, kräftig und von fraglosem Gehorsam, froh, Befehle zu erhalten, denen er folgen konnte, was er dann auch wortgetreu tat. »Ich dachte, du hättest gesagt, ihm wäre bloß kalt.«

»Das gefällt mir gar nicht«, meinte Framer und wich einen Schritt von Megendas starrem Leib zurück, als fürchtete er, sich anzustecken.

»Warm genug ist er jedenfalls jetzt«, meinte Dott, ergriff Megendas Hand und versuchte, sie ihm vom Gesicht zu reißen.

»He, wie kommt der Nebel in eine Höhle?« fragte Framer und deutete auf die Schwaden, die sich nun aus dem Boden zu heben begannen.

»Diese Höhlen sollen ganz besondere Orte sein«, erwiderte Dinah so gefaßt, wie sie nur konnte, doch der aufsteigende Dampf besaß ein Aroma, das an nichts erinnerte, dem sie jemals begegnet war. Trotz des warmen Parkas, mit dem man sie ausgerüstet hatte, entwickelte sie plötzlich eine Gänsehaut. »Ich wüßte gern, was hier los ist«, sagte sie und machte auf dem Absatz kehrt, an alles gewandt, was diese ungewöhnlichen Effekte bewirken mochte. Sie hätte schwören können, daß es keinerlei Nebel, keinerlei Duft und auch keine schillernden Wandfarben und -muster gab, als sie vorhin die Höhle betreten hatte. Sie blickte sich um und sah, daß der Nebel immer dichter wurde und den Blick auf die Wände verwehrte.

»*Hier los ist*?« Es war eine ganz klare Frage, keine rhetorische Floskel, und die Stimme, die diese Worte aussprach, war kein Echo der ihren.

»Dinah?« Die Stimme des phantasielosen Dott bebte. »Wie kommen wir hier raus?«

»*Kein Weg hier raus.*«

»Du meine Güte, wer redet denn da?« Wirr blickte Framer um sich. »Wer spricht da?«

Dinah hätte ihn gern mit der Erklärung beruhigt, daß die Petaybeeaner ihnen nur einen Streich spielten, um sie zu erschrecken, doch sie wußte mit absoluter Gewißheit – wenn ihr auch nicht klar war, woher –, daß die Stimme in keinerlei Hinsicht menschlichen Ursprungs war. Sie durchdrang ihren Körper bis ins Mark.

»*Zuhören*?« befahl sie.

»Ich höre schon zu, ich höre schon zu«, stammelte Framer, sank auf die Knie und führte die Hände zusammen, bis es – wahrscheinlich zum erstenmal in seinem Leben – den Anschein hatte, als wollte er beten.

Dott setzte sich einfach nur hin, hart und ruckartig, und fuhr sich mit der Zunge über die Lippen. Er hielt den Kopf zwar aufrecht, rollte dafür aber mit den Augen, als wagte er es nicht, den oder das anzublicken, was da gerade zu ihnen sprach.

Megenda begann noch wirrer vor sich hin zu stammeln, kringelte sich mal wieder in die Fötusstellung und fuhr mal wieder daraus hervor, so, als wären Gliedmaßen und Rumpf an unsichtbaren Fäden befestigt.

Zum erstenmal in ihrem erwachsenen Leben – seit jener Zeit, als sie eine Waffe auf einen Mann richtete, der ihr eine sadistische Behandlung angedroht hatte – erfuhr Dinah

O'Neill, was Furcht war. Sie zwang sich, stehenzubleiben, die Fäuste seitlich am Körper geballt, während der Nebel aufstieg und sich um ihre Knie legte. Er war inzwischen so dicht geworden, daß sie nicht einmal mehr ihre Stiefel ausmachen konnte. Er umschlang sie – eine feuchte, durchdringende Decke –, fuhr schnell an ihrem Körper hoch, bis er auch das Gesicht bedeckt hatte und sie nichts mehr sehen konnte. Und die Geräusche schienen aus dem sie umhüllenden Dampf zu entspringen; es war ein Geräusch, das ihr bis auf die Knochen durch die Haut ging; ein Geräusch, das sie warm durchflutete und sich mit immer dunkler werdenden Farben füllte, bis sie ihren eigenen Protestschrei vernahm, mit dem sie sich gegen dieses Eindringen wehrte. Um sie herum waren weitere Schreie zu vernehmen; mit beinahe übermenschlicher Willensanstrengung biß sie sich auf die Lippen, entschlossen, daß sie – anders als ihre Mannschaft – nicht um Gnade betteln würde. Doch mit ihrer Entschlossenheit war es vorüber, als sie den harten Stoß von Gestein gegen Gesicht und Körper spürte, während sie zu Boden fiel. Dann wimmerte und weinte sie, ganz das einsame, verwirrte, gequälte fünfjährige Mädchen, das von sämtlichen Erwachsenen verlassen und im Stich gelassen worden war, die bis zu diesem Augenblick über sein Leben bestimmt hatten.

»Hat der Planet gesprochen?« flüsterte der Junge 'Cita zu, während seine Hände unruhig durch das Fell des Löwenjungen fuhren, als wäre diese Bewegung sein einziger Schutz.

In gewissem Sinne hatte das Tätscheln des Löwenjungen, wie 'Cita Yo Chang sehr viel später erklären sollte, ihn *tatsächlich* beschützt, so, wie er selbst das Junge so tapfer beschützt hatte, als Zing Chi ihm gefährlich wurde.

»Ja, an diesen Orten spricht Petaybee«, erklärte 'Cita mit einer äußerst erwachsenen Stimme.

»Und hält er diesen Ort auch für uns warm?« fragte Yo Chang, weil er es einfach wissen mußte. Obwohl dieses

Mädchen nicht viel älter war als er selbst, fand er doch, daß sie beachtliche Autorität ausgestrahlt und ganz bestimmt Tapferkeit bewiesen hatte, als sie das Spalier der riesigen Tiere entlangmarschiert war.

»Das Heim ist immer warm.«

»Wie kommt das? Draußen an der Oberfläche war es doch so kalt. Warum ist es dann hier unten warm? Ich habe gespürt, wie meine Ohren sich an den Luftdruck angepaßt haben; deshalb weiß ich, daß wir in der Tiefe sind.« Er deutete auf den Boden, auf dem sie gemeinsam saßen.

»Das Heim beschützt uns, sagt Coaxtl. Es sorgt für uns ... *wenn*«, 'Cita machte eine Pause, damit Yo Chang begriff, wie wichtig ihr die nächste Aussage war, »... wir auch für das Heim sorgen.«

»Für die da sorgt es aber nicht«, meint Yo Chang, rollte mit den Augen und wies zur einen Seite hinüber, wo die Raubbauern sich in Qualen wanden und in furchtbarem Schmerz aufkreischten.

»Ich weiß«, erwiderte 'Cita nüchtern. »Ich habe unter Leuten gelebt, die es immer nur als das Große Ungeheuer bezeichneten und es schrecklich fürchteten. Denn es kann grausam zu jenen sein, die ohne Achtung nehmen und keinen Dank entbieten, wie der Heulende Hirte zum Beispiel. Deshalb hat er sich von diesen Höhlen ferngehalten und uns gelehrt, sie zu fürchten. Aber ich bin ungehorsam und selbstsüchtig, und als ich von der Herde davonlief, weil sie mir etwas wegnehmen wollten, was ich aus Stolz freiwillig nicht hergegeben hatte, begegnete ich Coaxtl, die das Große Ungeheuer als ›Heim‹ bezeichnete. Ich beschloß, lieber wie das Große Ungeheuer zu sein als wie der Heulende Hirte, wenn ich könnte. Auch das Heim ist stolz; es gehorcht niemandem, und es hadert, wenn ihm etwas gegen seinen Willen genommen wird.« 'Cita tätschelte die Hand des Jungen. »Deine Leute haben das Heim erzürnt, und so ist es zum Großen Ungeheuer geworden. Sie«, mit einem Wedeln der Hand wies sie auf die sich windenden Leiber; sie mußte schreien, um ihren Lärm zu übertönen, »müssen erst ler nen, wie es sich anfühlt, wenn einem die Haut vom Leib geschnitten und gezogen, zerfetzt und gegraben, ausgestochen und zerrissen und zerstückelt wird.«

Um das Gesagte zu unterstreichen – und aus einer reichhaltigen Erfahrung mit solchen Qualen schöpfend –, packte 'Cita eine Hautfalte von Yo Changs Hals und drehte und zwickte sie so fest, wie sie nur konnte.

»He, laß das!« Yo Chang kroch zur Seite davon und rieb sich den Hals.

»Ich hab' nur vorgemacht, wie der Planet sich fühlt. Du hast schließlich auch geschnitten und gezogen, mußt du wissen, und du hattest sehr großes Glück, daß Petaybee gesehen hat, wie du das Junge gerettet hast.«

Yo Chang warf ihr einen säuerlichen, mürrischen Blick zu, wobei er sich immer noch die empfindliche Kneifstelle rieb. »Du hättest es trotzdem nicht so fest zu machen brauchen.«

»Das habe ich getan, weil wir auf diese Weise lernen, wie der Planet sich fühlt«, erwiderte sie. »Du hast sehr viel mehr Glück als die!«

Das Geschrei und Geheule ließ langsam nach.

»Die sind doch wohl nicht tot, oder?« fragte Yo Chang mit größter Bestürzung.

»Ich glaube nicht«, erwiderte 'Cita, obwohl sie sich nicht sicher war. »Warum?«

»Mein … mein …. Vater ist kein schlechter Mensch«, sagte Yo Chang, und seine runden Gesichtszüge nahmen einen flehenden Ausdruck an. »Wir alle sind dazu gezwungen, hart zu arbeiten, nämlich für jene, die uns Lohn schikken, damit wir Pflanzen ernten. Wenn wir nicht hart arbeiten – und wenn mein Vater nicht dafür sorgt, daß seine Mannschaft es auch tut –, erfüllen wir die Planvorgabe nicht, und dann bekommen wir auch nicht die Lebensmittelrationen, die nur fleißige Arbeiter verdient haben.«

Keiner der beiden hätte die Vorstellung verstanden, mit Creditscheinen bezahlt zu werden, denn beide hatten schon viel zu oft lange und hart arbeiten müssen, um sich auch nur den Bauch vollzuschlagen.

»Es ist schwer«, stimmte 'Cita zu und nickte dabei anerkennend, »genug zu essen zu bekommen. Seit Coaxtl mich gefunden hat, bekomme ich so viel zu essen, daß ich schon bald so dick sein werde wie Clodagh.« Sie strich sich mit großer Befriedigung den Bauch. »Jetzt ernähren mich alle: Coaxtl, Clodagh, meine Schwester, meine Tanten und Onkel und Vettern zu Hause. Sie sind sehr gerecht, was die Verteilung des Essens auf dem Teller angeht.«

Sie unterstrich das Gesagte durch nochmaliges Nicken. Doch die Erinnerung an das Essen, das sie mit Sinead und Sean und Bunny geteilt hatte, machte 'Cita zugleich deutlich, daß es schon eine ganze Weile her war, seit sie das letzte Mal etwas zu sich genommen hatte. Außerdem fragte sie sich, ob der Hilferuf wohl irgend jemanden erreicht haben mochte. Natürlich, berichtigte sie sich selbst hastig, war Petaybee zu ihrer Rettung herbeigeeilt. Er hatte sie mit ausreichend Schutz und Wasser versorgt, obwohl man vorsichtig sein mußte und nicht *zu viel* Wasser trinken durfte, weil man sonst leicht eine Magenkolik bekam, was die Eingeweide auf höchst unangenehme Weise durcheinander brachte.

Coaxtl stieß ein leises Schnarchen aus, und Yo Chang beugte sich zu 'Cita hinüber. »Tut er ...«

»Coaxtl ist eine weibliche Persönlichkeit«, schnitt 'Cita ihm das Wort ab.

»Spricht sie wirklich mit dir?«

»Nicht in *lauten* Wörtern, wie du und ich sie verwenden«, erklärte 'Cita, »aber ich verstehe genau, was sie mir sagt.«

Yo Chang blickte auf das schlafende Löwenjunge in seinen Armen hinunter. »Wenn ich also den Namen ... gehört habe, dann hat das Junge mir *gesagt*, wie es heißt?«

»Höchstwahrscheinlich«, antwortete 'Cita, die es genoß, die Expertin spielen zu dürfen.

Das Stöhnen und Schluchzen war inzwischen zu einem leisen Murmeln abgeklungen, so daß 'Cita zu dem Schluß gelangte, daß es ihr jetzt möglich sein müßte, zu schlafen.

»Kann sein, daß wir noch eine ganze Weile hier bleiben

müssen«, sagte sie zu Yo Chang, während sie sich an Coaxtls langen, warmen Leib schmiegte. »Du solltest dich ausruhen.«

»Kann ich mal nachsehen, ob es meinem Vater gut geht?« fragte Yo Chang zaghaft.

»Es würde mich nicht wundern, wenn er sich jetzt furchtbar leid täte«, meinte 'Cita und ließ sich zu Boden sinken. »Manchmal, sagt meine Tante Sinead, schlagen Menschen im Schmerz um sich und dreschen auf jeden ein, nur damit es dem auch weh tut.«

Yo Chang schluckte zwar, lud das schlafende Löwenjunge aber schließlich doch resolut bei 'Cita ab, um sich auf den Weg zu den Leidenden zu machen, die gerade ihre Strafe erhielten. 'Cita war beinahe schon eingeschlafen, als sie Yo Chang zurückkommen hörte. Mühsam unterdrückte er sein Schluchzen.

»Wie geht es deinem Vater?«

»Er lebt noch, sieht aber aus wie ein Großvater. Er scheint mich nicht mehr zu kennen.«

Verlegen klopfte 'Cita ihm auf die Schulter, zog ihn zu sich herab und legte den dünnen Arm um ihn, damit er zwischen ihr und Coaxtl und dem Löwenjungen Montl zum Liegen kam. Sie brauchte ihm nicht erst zu sagen, daß das Leben manchmal sehr hart war.

Namid empfand einen Anflug von ängstlicher Sorge. Auch wenn Dinah eine Disziplinierung, ja, sogar eine Gefängnishaft wegen ihrer Entführung verdient haben mochte, wünschte er ihr doch nichts *Böses*. Außerdem mußte er unbedingt mehr Klarheit über ihre Aktivitäten mit oder ohne Holo von Kapitän Onidi Louchard bekommen. Vielleicht hatte Megenda sich ja in Wirklichkeit für Louchard ausgegeben, obwohl der Erste Maat Namid nie als ein Mensch erschienen war, der über ausreichende Raffinesse und Intelligenz verfügte, um die Piratenstreiche auszuhekken, die Louchard einen Namen eingetragen hatten, der in der ganzen Galaxie gefürchtet war.

Falls Dinah ihm irgendlwelche mildernden Umstände nennen könnte – abgesehen von dem, was er bereits über ihre tragische Kindheit und ihre schlechte Behandlung wußte –, könnte er vielleicht zu einer Einigung mit ihr kommen. Sie war schließlich eine so liebevolle und fürsorgliche Ehefrau gewesen: fröhlich, manchmal sogar ausgelassen, und oft regelrecht kindisch in ihrer Begeisterung während ihrer Ehe. Es schien ihm unvorstellbar, daß sie zugleich eine skrupellose und korrupte Verbrecherin gewesen sein sollte. Vielleicht handelte es sich bei ihr ja um eine Persönlichkeitsspaltung; sollte die sich nachweisen lassen, würde es zu einer Verringerung des Strafmaßes führen. Schon der bloße Gedanke an Dinah, wie sie in einem Raumsarg lag und das Ende des Luftvorrats erwartete, erfüllte ihn mit Entsetzen. Er war entschlossen, irgendeine Lösung für sie zu finden, einen Ausweg. Marmion war ein gütiger und verständnisvoller Mensch. Vielleicht würde sie ihre eigene Strafanzeige gegen Dinah fallen lassen – sofern sie nur von Umständen erfuhr, die die Untat in einem etwas günstigeren Licht darstellten.

Schließlich hatte Dinah ja nicht selbst den Abzug betätigt, der anderen das Leben auslöschte. Sicher, ihre Mannschaft hatte gemordet, doch als er erstmals herausbekommen hatte, für wen sie angeblich arbeitete, hatte sie ihm versichert, daß die Piraten unter strenger Order standen, stets nur dann auf andere zu schießen, wenn sie selbst unter Beschuß gerieten. Natürlich nahm man sie *rechtlich zulässig* unter Beschuß, weil sie Verbrecherisches versuchten, so daß sie kein Recht auf Notwehr geltend machen konnten. Ach, du liebes Weltraumfeuer, dachte Namid, ich ergehe mich hier in Spitzfindigkeiten wie ein moderner Gilbert und Sullivan.

Er tat einen tiefen Atemzug und öffnete schließlich die Innentür zur Versammlungshöhle. Warmer Nebel umhüllte alles, so daß er sich fühlte, als wäre er in ein Dampfbad geraten. Sofort verspürte er auch eine starke Präsenz, die nichts mit Dinah oder ihrer Mannschaft zu tun hatte. Nun, immerhin hatten ihm geistig völlig gesunde und intelligente Leute ja bereits versichert, daß der Planet zweifellos eine eigene Persönlichkeit besaß.

»Guten Morgen«, sagte er und kam sich dabei doch eine Spur töricht vor. Aber wenn der Planet ihn tatsächlich verstehen sollte, würde er auch ganz normale Höflichkeiten zu schätzen wissen. »Und es ist tatsächlich Morgen, und ich vermute, du hast in letzter Zeit ziemlich viel zu tun gehabt. Trotzdem würde ich gern ein paar Worte mit dir wechseln.«

*»Paar Worte.«*

War das nun als Erlaubnis zu verstehen? Oder als Beschränkung? Namid war sich nicht sicher.

»Ehrlich gesagt, ist es mit einigen Worten vielleicht gar nicht getan«, fuhr er lächelnd fort. »Ich habe so viele Fragen, die ich gern stellen würde.«

*»Viele Fragen.«*

Wieder wußte Namid nicht so recht, ob er die Antwort als Erlaubnis oder Grenzsetzung verstehen sollte. Doch war es seinem ungeschulten Ohr so vorgekommen, als hätte der Sprecher sich über seine Anmaßung ein wenig amüsiert.

»Wie mir erzählt wurde, kommunizierst du oder, genauer, trittst in eine Kommunikationsphase ein mit ... wie soll ich das ausdrücken? Mit Bittstellern? Nein, das hört sich zu religiös an. Kommunizierenden? Ja, ich glaube, das ist wohl das Beste. Also, gleich mal als erstes gefragt – kann ich irgend etwas tun, um dir jetzt gerade zu helfen? Vielleicht die Leute hinausbefördern, die die Nacht hier unten zugebracht haben? Ich kann sie im Nebel zwar nicht erkennen, aber ...«

Namid hatte sich – nicht gerade verstohlen, aber doch ziemlich langsam – weiter in die Höhle vorgetastet. Doch bevor er auch nur einen weiteren Schritt tun konnte, wurde der Nebel plötzlich in die entlegenste Ecke der Höhle zurückgesaugt und verschwand, worauf Namid für mehrere Augenblicke fassungslos das sanfte Spiel von Licht und Farbe auf den Wandoberflächen der Höhle betrachtete.

»Du siehst wirklich sehr beeindruckend aus, weißt du das?« meinte er mit gedämpfter Stimme. Die wabernden Farben der Wände erwiesen sich als schillernder Abglanz komplizierter Mischungsverhältnisse und Wellenmuster. Namid hegte den Verdacht, daß er wohl Stunden damit zubringen könnte, die Muster zu verfolgen, die sich immer tiefer und tiefer ins Innere der Höhle hineinzogen. Der Boden war jetzt eben, während er kurz zuvor noch leicht abschüssig gewirkt hatte. »Bin ich hier jetzt am eigentlichen Versammlungsort?«

»*Hier!*«

»Aha. Also dann«, meinte Namid. »Ich bin nämlich Astronom, mußt du wissen. Ich habe mein Leben damit zugebracht, die Anomalien von Sternenmaterie zu beobachten, unter besonderer Berücksichtigung der Variablen. Verstehst du überhaupt, wovon ich da rede?«

»*Rede.*«

»Sehr gern, obwohl ich nicht für Vorlesungen ausgebildet bin. Trotzdem, sich mit einem Planeten zu unterhalten, dem Satelliten eines ziemlich ... äh ...« nicht ›gewöhnlich‹, sagte sich Namid; denn er wollte Petaybee schließlich nicht verletzen, »... eines ziemlich mustergültigen Beispiels einer Sonne vom Typ G ... na ja, das ist schon eine außergewöhnliche Erfahrung, falls du verstehst, was ich meine.«

»*Verstehe, was du meinst. Rede.*«

»Ich habe schon viele Sterne gesehen – Konstanten, Zwerge, Variable, Binäre Systeme, alles, was astronomisch erfaßt und kategorisiert wurde. Aber mit einem Planeten zu sprechen, das ist doch höchst ungewöhnlich.«

Namid, der sich bewußt wurde, daß seine Nervosität ihn um einiges fahriger und geschwätziger machte als sonst, vermeinte, ein flüsterndes Lachen zu hören.

»*Ungewöhnlicher Planet.*«

Diese Schlagfertigkeit quittierte Namid mit einem

Lachen. »Du hast richtig Humor, nicht wahr? Ich glaube, wir werden sehr gut miteinander auskommen.«

*»Sehr gut. Rede.«*

In diesem Augenblick unterbrach ein leises Stöhnen, das schließlich in ein herzzerreißendes Schluchzen mündete, jedes weitere Gespräch. Das Stöhnen war ganz in der Nähe ertönt, und Namid, der ein sehr mitfühlendes Wesen hatte, sah sich gezwungen, der Sache nachzugehen. Direkt hinter einer Biegung des Gangs erblickte er die Gestalt von Dinah, die um einiges kleiner wirkte und sogar, als er sie in seinen Armen umgedreht hatte, ein beinahe völlig verschrumpeltes Gesicht besaß. Ihr Haar war schlohweiß geworden. Sie atmete regelmäßig, und wenn ihr Puls auch langsam ging, so war er doch kräftig genug, daß Namid nicht beunruhigt war. All die Fragen, vor denen er beinahe übergequollen war und die er Petaybee hatte stellen wollen – ob der Planet mit seinem Primärkörper sprechen konnte? Mit seinen Schwesterplaneten? Mit seinen Monden? Und wenn, dann *wie*? – waren plötzlich wie verraucht, genau wie all die Fragen, die er Dinah hatte stellen wollen. Es war nicht zu übersehen, daß sie sich in keiner Verfassung befand, irgendwelche Fragen zu beantworten – nicht einmal die nach ihrem eigenen Namen.

Ein kehliges ›Eh‹ ließ ihn seine Erkundung ein Stück tiefer den Gang hinunter fortsetzen. Dort fand er drei weitere Gestalten vor, alle eng in der Embryohaltung zusammengekauert und umgeben vom Gestank nach Exkrementen und Erbrochenem, so daß Namid heilfroh war, in seiner Hast, Dinah zu suchen, noch nichts zu sich genommen zu haben.

Megenda und die beiden anderen Mannschaften waren von der Gerechtigkeit Petaybees überwältigt worden. Andererseits hatte Namid das Gefühl, daß dies bei Dinah nicht der Fall gewesen war. Er trug sie die Treppe hinauf und klopfte gegen die Falltür, um wieder in die Hütte eingelassen zu werden. Im Raum drängten sich Marmion, Bunny, Diego und die Murphys.

»Ach, du liebe Güte, was ist denn mit ihr passiert?« fragte

Marmion und griff mit mitfühlenden Händen nach Namids schlaffem Bündel.

Muktuk nahm sie Namid ab und trug sie auf das Bett, das er sich mit Chumia teilte. »*Petaybee* ist ihr passiert«, antwortete er im resignierten Tonfall eines Menschen, der die Gerechtigkeit hinzunehmen gelernt hatte, gleich, ob sie gerechtermaßen oder in ungerechtfertigter Weise ausgeteilt wurde.

»Ich habe einen tragbaren Holoprojektor gefunden, der ein Abbild des Piraten hervorbringt, von dem wir alle glaubten, es sei Louchard«, teilte Marmion ihm mit. »Er befand sich in Dinahs Tasche. *Sie* war die ganze Zeit Louchard.«

Muktuk strich Dinah das ergraute Haar aus der Stirn, und Chumia nahm sie bei der Hand.

»Armes Ding«, meinte Muktuk. »Aber wir Nachkommen von Handy Red haben ja alle eine wilde Ader.«

»Schirr die Hunde an, Muktuk«, warf Chumia ein. »Das hier übersteigt meine Fähigkeiten. Um so etwas kümmert sich am besten Clodagh in Kilcoole.«

Namid wandte sich von ihnen ab und verließ die Hütte. Er war zwar immer noch innerlich aufgewühlt, doch spendete ihm das Wissen Trost, daß Dinah nun vielleicht nicht gerade das bekommen würde, was sie verdient hatte, wohl aber das, was sie die ganze Zeit gebraucht hatte.

## 25.
## KAPITEL

Irgendwann mitten im Schneesturm kratzte Nanook an der Shuttleluke, bis Yana sie weit genug öffnete, um ihn mit einem Hopser über die Verwehung, die sie versperrte, ins Innere des Fahrzeugs springen zu lassen, so daß er dumpf auf dem Deck aufkam. In seinem Fell und den Pfoten schien er die halbe Natur mit hereingeschleppt zu haben. Doch

Sean vermeldete gute Nachricht, während er die Katze trokkenrieb.

»Coaxtl sagt, das Junge und alle anderen sind in Sicherheit. Nanook kann uns nach dem Sturm hinführen.«

Und das tat Nanook auch. Sie setzten das Shuttle auf, was die dicht an dicht schlafenden Polarbären weckte, die sich daraufhin voneinander lösten, sich erhoben und ohne jeden weiteren Blick zurück davontapsten. Yana und Sean stiegen aus und wollten gerade auf den inzwischen von keinem Bären mehr versperrten Höhleneingang zugehen, als Nanook ihnen den Weg versperrte, lauthals knurrte und schließlich voranging.

Yana hatte eine Laserlaterne mitgebracht. Die brannte hell genug, um ihr einen Blick auf die bunteste Schar petaybeeanischen Wildlebens zu gewähren, das sie jemals dicht hinter dem Höhleneingang zusammengerollt, – gekauert, liegend, sitzend, stehend, sich putzend, gähnend und schlafend erblickt hatte.

Nanook knurrte warnend, doch bevor sie einen weiteren Schritt tun konnten, kam Coaxtl bereits gähnend auf sie zugelaufen. Die anderen Katzen ignorierten die Menschen einfach.

'Cita folgte ihrer Familie auf dem Fuß und rannte auf Sean zu, um ihn zu umarmen. »Habt ihr etwas zu essen mitgebracht?«

Ihr folgten Loncie Ondelacy und Pablo Chompas sowie die ganze Gemeinde. »Yana, Sean, schön, daß ihr gekommen seid. Aber es gibt Todesopfer, und wir müssen alle etwas essen.«

Yana stapfte tiefer in die Höhle hinein und musterte die verkrümmten, murmelnden Leute, die überall auf dem Boden lagen. »Ich bin auch froh, daß wir gekommen sind. Aber was sollen wir jetzt tun?«

»Was für ein Fahrzeug haben Sie denn dabei?« fragte Johnny Greene. Yana sagte es ihm. »Nicht groß genug«, entschied er. »Wir brauchen richtige Transportmittel. Können wir Hilfe von der Intergal bekommen?«

Sean schüttelte den Kopf. »Die rühren nicht mal den kleinen Finger, wegen unserer ›Treulosigkeit‹. Statt dessen laden sie jedes Problem, das sie auftreiben können, wie Müll auf dem Antlitz dieser Welt ab und sehen zu, wie wir darin ertrinken.«

»Na ja, ich verstehe schon, daß sie diesen Haufen da nicht zurückhaben wollen«, meinte Johnny und wies mit dem Daumen auf das, was von den Leuten am Boden noch am Leben war. »Aber es ist schließlich nur menschlich, daß wir versuchen, irgend etwas für sie zu tun. Gibt es denn überhaupt keine Möglichkeit?«

»Nichts, was wir von hier aus erledigen könnten«, versetzte Yana. »Wir sind gekommen, weil Coaxtl uns rief und weil wir dachten, daß sie und 'Cita in Gefahr sind.«

Johnny schüttelte den Kopf. »Jetzt nicht mehr. Die da allerdings ...«

Loncie Ondelacy sagte: »Na ja, diesmal nehme ich es der Intergal nicht einmal übel. Wenn wir schon nicht wollen, daß die uns regieren, können wir auch nicht von ihnen erwarten, daß sie jedesmal springen, sobald wir rufen. Und egal, ob die dieses Problem hier zu verantworten haben oder nicht, ich denke, wir müssen uns noch auf weitere einstellen. Wenn wir wirklich autonom sein wollen, müssen wir eine Möglichkeit entwickeln, unsere Probleme selbst zu lösen. Yana, Sean – warum fliegen Sie Johnny nicht zu seinem eigenen Vogel zurück, zusammen mit ein paar Ratsmitgliedern? Die könnten ihm dabei helfen, das Fahrzeug wieder freizuschaufeln und nach Bogota zu fliegen, um Lebensmittel, Decken und Medikamente zu beschaffen. Und um eine Evakuierung per Hundeschlitten zu organisieren, obwohl es besser wäre, man würde diese Leute in ihrer jetzigen Verfassung ausfliegen. 'Cita sollten Sie auch mitnehmen.«

Doch 'Cita schüttelte den Kopf. Ihre Stimme klang zwar piepsig, doch ihre Augen leuchteten vor Erregung. Seltsam, daß Kinder so auf Krisen reagieren, dachte Yana – vor allem auf die Krisen anderer. »Auch wenn ich eine große Belastung bin und ständig im Weg herumstehen mag, brauchen wir doch Coaxtl, um Nanook auf dem laufenden zu halten und den anderen Tieren klarzumachen, daß diese hier«, sie wies auf die geschundenen Leiber, die sie überall umgaben, »keine leichte Beute sind. Da Coaxtl mir schon die Ehre erweist, zu mir zu sprechen, sollte ich hierbleiben, um Mitteilungen zwischen ihr und meinem Ältesten und Höherstehenden weiterzuleiten.«

Sean nickte. »Dann kommst du eben mit Johnny, wenn er wieder nach Norden zurückkehrt. Ich bin sicher, du wirst Loncie und Coaxtl eine große Hilfe sein.«

Dann transportierten sie Johnny und fünf der Ratsmitglieder zurück zum Hubschrauber. Der weiche Neuschnee hatte sich hoch um ihn aufgetürmt; deshalb brauchten sie eine Weile, um ihn wieder freizugraben. Als die Gleitkufen schließlich befreit und Johnny und die anderen in der Luft waren, kehrten Sean und Yana zur Höhle zurück und brachten sechs der schlimmsten Fälle unter den illegalen Erntebauern nach Tanana Bay, darunter Zing Chi und den Vater von Yo Chang.

Gerade, als sie landeten, wurden die Hunde angeschirrt. Die Tiere stießen ein heftiges Geheul aus, als das Shuttlefahrzeug aufsetzte. Dann kam das ganze Dorf herbeigeeilt, um nachzusehen.

Zurück bei den O'Neills, konnten Yana und Sean sich selbst vom Zustand Dinahs und der anderen Piraten überzeugen, die man aus der Versammlungshöhle geschafft und gründlich gesäubert hatte, bevor sie ins Shuttlefahrzeug verfrachtet wurden.

Als Sean Dinah erblickte, sagte er: »Vielleicht sollten wir uns das noch mal überlegen ... ich meine, ob wir es wirklich dem Planeten überlassen sollten, sein eigenes Recht zu sprechen. Es ist zwar durchaus gerecht, aber die Versorgung der Opfer überfordert uns. Es ist ja schon schlimm genug, daß Leute verstümmelt werden oder sterben müssen, nur weil wir nicht über die Technik verfügen, ihnen zu helfen. Aber wenn wir die besitzen, nur eben *nicht genug davon*, bricht es einem förmlich das Herz.«

»So ist es«, stimmte Muktuk zu. »Selbst wenn es um solche Leute wie die da geht.«

»Die meisten Sorgen mache ich mir um Dinah«, warf Yana ein.

»Das wird sich vielleicht ändern, wenn Sie erst erfahren, was wir bei ihr gefunden haben«, versetzte Marmion ätzend. »Namid, möchtest du die Ehre haben?«

Er nestelte in seiner Tasche; dann verschwand er plötzlich, und an seine Stelle trat das häßliche Aureliergesicht von Onidi Louchard. »Ich bin Pirat Louchard«, sagte eine Stimme, die der des Piratenkapitäns beinahe vollkommen glich. »Wer seid ihr und was wollt ihr von mir?«

Yana, Bunny und Diego zuckten zusammen und wichen vor dem Piratenbild zurück.

Muktuk mußte lachen. »Soll das heißen, dieses kleine Mädchen hat nur so getan, als hätte dieses Ding all die wilden Piraten in seine Gewalt gebracht? Ach, Sean, werter Herr Gouverneur, du mußt sie unbedingt retten. Das mußt du wirklich. Die ist tatsächlich durch und durch eine O'Neill, soviel ist sicher!«

»Du würdest bestimmt anders über sie denken, wärst du mit ihr auf dem Piratenschiff gewesen«, sagte Bunny wütend zu ihm.

»Wir tun ja unser Bestes, um sie zu retten, Muktuk«, erwiderte Sean. »Wenn du einen unserer jetzigen Passagiere übernehmen könntest, damit wir Platz für sie haben ...«

»Wir könnten auch per Hundeschlitten fahren«, warf Diego ein. »Es wird schön sein, sich mal wieder wie ein Teil Petaybees fühlen zu können, nicht wahr, Bun?«

»Ganz bestimmt«, antwortete Bunny. »Außerdem muß ich etwas Wichtiges mit dir besprechen.«

Bei diesen Worten schien Diego ein tiefes Unbehagen zu überkommen, daß er es schon bedauerte, sich angeboten zu haben. Marmion und Namid entschieden sich für das Shuttlefahrzeug.

Als sie endlich unterwegs waren und Adak eine Funkmeldung gesandt hatten, damit er Clodagh verständigte, daß sie es mit einer ernsten Anzahl von Opfern zu tun bekommen hatten, verhielt Yana sich ungewöhnlich still und, wie Sean dachte, ziemlich traurig.

»Was ist denn los, Alannah?«

Sie gewährte ihm ein schmerzerfülltes Lächeln. »Seit ich das Holo gesehen habe, habe ich einen Plan. Ich wünschte mir fast, ich hätte ihn nicht, aber so ist es nun mal.«

»Was für einen Plan?«

»Um die Piraten dingfest zu machen – und Luzon und Torkel Fiske dazu. Damit Petaybee sie ein für allemal vom Hals hat.«

Hört sich eigentlich recht gut an. Wo ist der Haken?«

»Zu dem Plan würde gehören, sich das Holo zu schnappen, mit diesem Shuttle zum Piratenschiff zurückzukehren und sich als Louchard auszugeben. Da ich die einzige Shuttlepilotin bin, die dazu qualifiziert ist, würde es aber auch bedeuten, daß ich Petaybee schon wieder verlassen müßte. Und schon der bloße Gedanke macht mir zu schaffen. Trotzdem ...«

»Warum müßtest du zum Piratenschiff zurück?«

»Um es zurück nach Gal Drei zu bringen, wo man es zusammen mit seiner Mannschaft in Gewahrsam nehmen kann. In der Zwischenzeit würde ich als Louchard Fiske und Luzon konfrontieren und hundertprozentig sichergehen, daß wir hinterher belastendes Aufzeichnungsmaterial über das Komplott in der Hand halten, den sie zusammen ausgeheckt haben.«

»Dieses Risiko darfst du nicht eingehen, Yana. Vor allem nicht in deinem Zustand.« Seans Stimme klang strenger, als er es beabsichtigt hatte.

»Ich sehe keine andere Wahl – nicht, wenn wir die Piraten endlich unschädlich machen und Luzon und Fiske ein für allemal daran hindern wollen, sich hier ständig einzumischen.«

»Es ist ein guter Plan«, warf Marmion ein. »Ausgezeichnet

sogar. Wir müssen ihn unbedingt in die Tat umzusetzen. Allerdings ... darf ich auch einen kleinen Vorschlag dazu machen?«

Schwester Feuerfels war gerade bei den orangefarbenen Katzen und den verkommenen Jägern, de Peugh und Minkus, als Adak in Clodaghs Hütte kam, die sie in eine provisorische Klinik und Apotheke verwandelt hatte.

»Sean und Yana bringen jede Menge Leute, die oben in Tanana Bay und drüben in Bogota petaybeed wurden«, meldete Adak. »Die sind in einem ziemlich schlimmen Zustand, wie Yana sagt. Sie meint, einige von ihnen werden kaum überleben, obwohl sie vermutet, daß die Leute nicht schlimmer dran sind als Frank Metaxos, als er hierherkam.«

»Ach, du liebe Güte. Clodagh ist mit Mr. Ball unterwegs, fürchte ich. Sie hat ihn zur Therapie zu den Quellen mitgenommen«, erwiderte sie. Doch kaum hatte sie die Worte ausgesprochen, als zwei der orangefarbenen Mitglieder des Klinikpersonals aus der Tür stürzten, die Adak leicht angelehnt hatte: Clodagh war also unterwegs.

Der Shuttle landete gerade, als Clodagh mit Ball in seinem Rollstuhl eintraf, der in dem Korb von Liam Maloneys Hundeschlitten festgeschnallt saß. Dr. von Clough fuhr auf Skiern nebenher. Er wirkte sehr müde. Die Brüder Schiefer und Quarz folgten einer angewidert dreinblickenden orangefarbenen Katze, die über ihr mangelndes Können empört zu sein schien. Schwester Agate strich sich hastig ihre Kutte zurecht, damit sie wieder ihre übliche Länge bekam. Während Ball seine Therapie in den Heißwasserquellen absolvierte, hatte sie sich im Innern der Höhle mit Aidan Yulipilik angeregt in die therapeutischen Anwendungsmöglichkeiten von Petaybees leicht berauschendem Getränk vertieft. Doch das Getränk war offensichtlich nicht das einzige Berauschende geblieben. Schwester Agate hatte einen ziemlich roten Kopf von all der Aufmerksamkeit, die der bezaubernde Aidan ihr zuteil hatte werden lassen, der Trommeln herstellte, Schneeschuhe, Hundegeschirre und Skier – für das ganze Dorf und viele andere Gegenden von Petaybee. Außerdem besaß er zwinkernde blaue Schlitzaugen und einen Körperbau, um den ihn so mancher Zwanzigjährige hätte beneiden können.

Was man von den armen Leuten, die Sean und Namid aus dem Shuttle getragen oder beim Ausstieg gestützt hatten, leider nicht behaupten konnte. Die meisten sahen aus wie Fälle für die Geriatrie, reichlich erstaunt und zutiefst verbittert.

»Bei dir zu Hause ist nicht mehr genügend Platz, Clodagh«, hatte Sean gemeint. »Ach, das ist übrigens Namid Mendeley, ein Freund von Marmion. Wir werden fürs erste die Versammlungshalle benutzen; und den Schulwürfel brauchen wir auch. Es gibt immer noch Piraten, die aus Bogota evakuiert werden müssen. Diesmal haben wir nur die schlimmsten Fälle mitgebracht.«

Eine der armen Seelen war eine kleine Frau, die früher vielleicht hübsch gewesen sein mochte. Jetzt hatte sie schlohweißes Haar und eingesunkene Wangen. Es war eine mitleiderregende Kreatur, die häufig stöhnte und Schreie ausstieß. Vier der Männer waren schon gestorben, bevor die Behandlung hatte einsetzen können. Clodagh sagte, daß man sie hätte retten können, wären sie früher eingetroffen; aber der Planet habe es offensichtlich anders gewollt.

Schwester Feuerfels war der ziemlich ketzerische Gedanke gekommen, daß der Planet vielleicht etwas anderes gewollt hätte, wären ihm nur andere Möglichkeiten bekannt gewesen – beispielsweise schnellerer Transport und leichterer Zugang zu intravenösen Flüssigkeiten, wie überhaupt zu verschiedenen medizinischen Grundausstattungen. Clodaghs Medikamente wirkten zwar Wunder, sobald die Patienten erst einmal das kritische Stadium hinter sich hatten, doch schneller Transport, eine Quelle nicht ganz so spiritueller Energie und eine brauchbare Kanalisation hätten eine Menge dazu beitragen können, viele Notsituationen zu lindern.

Außerdem war da noch all die geothermische Energie, die der Planet im Überfluß besaß. Eigentlich eine Schande und eine ziemliche Vergeudung. Doch wer war sie schon, sich ein solches Urteil anzumaßen?

Die nächsten achtundvierzig Stunden, während derer der Shuttle ständig zwischen Kilcoole und dem Süden pendelte, bis er schließlich wegen Treibstoffmangels am Boden festsaß, verbrachte sie in etwas weniger bescheidener Stimmung. Das Fahrzeug hatte mittlerweile Patienten aus dem Süden herangeschafft und Johnny Greene mit Treibstoff versorgt, damit er bei der Luftbrücke ebenfalls Unterstützung leisten konnte. Doch obwohl alle Mann in Kilcoole halfen, trotz des vielen Wassertragens, Holzhackens, Wasserkochens, Erhitzens von Eisen, Entzündens von Lampen und Kerzen, Forttragens und Entsorgens von Abfällen, Wechselns und Waschens der Bettwäsche – zumal das meiste davon überhaupt nicht nach Bettwäsche aussah, sondern aus Wolle oder Fell oder irgendwelchen Schlafsäcken bestand und sich nicht leicht waschen ließ –, war sie zum Schluß völlig erschöpft.

Tatsächlich brauchte sie unter diesem schlimmen Bedingungen zusammen mit Agate, Schiefer, Quarz, Clodagh und Dr. von Clough – der nicht müde wurde, sich über die Arbeitsbedingungen zu beklagen – drei volle Tage ohne Schlaf, um wenigstens zwei Drittel der Patienten zu retten. Der Mann, der im Süden Vorarbeiter der Mannschaft gewesen war, war gestorben, ebenso der Vater eines verloren wirkenden Jungen, der in das Fell einer jungen Wildkatze weinte, während die kleine 'Cita ihm den Rücken tätschelte.

Die Frau aus Tanana Bay überlebte, ebenso der große schwarze Mann, wenn auch nur knapp, doch die beiden anderen starben. Clodagh meinte, daß sie und die anderen Überlebenden noch eine lange Durststrecke vor sich hätten.

Der Chefingenieur an Bord der *Jenny* war schon seit Tagen unruhig geworden. Zwar konnte er das Schiff durchaus einigermaßen führen, doch wenn alle höheren Offiziere einfach verschwanden, ohne auch nur Bescheid zu sagen, na ja – was sollte man davon halten? In der Regel gab Fräulein Dinah die Befehle des Kapitäns weiter, oder auch Megenda; und wenn auch der nicht zur Verfügung stand, übernahm der Zweite Maat Dott diese Aufgabe. Aber die waren ja alle nicht mehr da. Natürlich war der Chefingenieur davon ausgegangen, daß wenigstens der Kapitän an Bord geblieben war und Fräulein Dinah zusammen mit Dott und Framer an Land geschickt hatte. Doch als er persönlich die Unterkunft des Kapitäns überprüft hatte und die Entdeckung machen mußte, daß sie leer war, ja, daß sich Louchard nirgendwo an Bord befand, hatten die Jungs sich über den Haimakai-Rum hergemacht und sich sinnlos besoffen. Anschließend hatte keiner auch nur den Versuch unternommen, die Schweinerei wieder wegzuräumen, trotz der Ermahnungen des Chefingenieurs, daß die Hölle los sein würde, wenn der Kapitän erst einmal zurückgekehrt war.

Und nun stand die Stunde der Abrechnung bevor. Vor sich, auf der Kommunikationskonsole, erblickte er den Kapitän.

»Gut, Sie zu sehen, Kapitän! Wir dachten, Sie wären bei uns an Bord, bis wir festgestellt haben, daß dem gar nicht so war.«

»Sehr scharfsinnig beobachtet«, ertönte die gurgelnd-fremdartige Stimme des Kapitäns aus seinem Tintenfischkopf mit dem seltsamen Augenkanal, der diesen kreisförmig umgab. Der Grund, weshalb er meist Fräulein Dinah vorschob, war wohl der, daß es schlecht für die Moral gewesen wäre, hätte man zuviel vom Kapitän zu Gesicht bekommen – so lautete jedenfalls die allgemeine Meinung. »Aber ich bin offensichtlich nicht an Bord, denn ich befinde mich hier auf dem Shuttle. Unsere Mission ist beendet. Doch da ist immer noch die Sache mit dem Lösegeld für diese Algemeine.«

»Framer hat erzählt, daß so hochstehende Leute kein Lösegeld bezahlen.«

»Framer hat zuviel geredet. Er hat die Konsequenzen für

seine Indiskretion bereits zu spüren bekommen. Selbst Würdenträger haben Familien, die nicht wünschen, mitansehen zu müssen, daß man sie … festhält – oder ihnen irgendwelche … Unbequemlichkeiten zumutet. Davon abgesehen gab es auch noch außenstehende Parteien, die ein Interesse an dieser Festnahme hatten. Leiten Sie die folgenden Meldungen an diese Kodes weiter und bereiten Sie ein Andockmanöver an den folgenden Koordinaten vor.«

»Aye, aye, Kapitän! Und ich möchte hinzufügen, daß es eine Freude sein wird, Sie wieder an Bord zu haben.«

Torkel Fiske bewirtete gerade Gäste in seiner Suite an Bord der Raumyacht seines Vaters, als der Anrufer auf dem Privatkanal eintraf, der eigentlich für ihn und seinen Vater reserviert war. Er brauchte nur einen Blick auf den Anrufer zu werfen, um festzustellen, daß der Funkspruch nicht von seinem Vater stammte. Schnell schloß er die Luke, damit sein Gast seinen Anrufer nicht aus Versehen zu Gesicht bekam. Die Kreatur auf dem Schirm war abscheulich. Nicht, daß Torkel noch nie Aurelianer gesehen hätte; das hatte er sehr wohl – ohne sie allerdings zu mögen. Aber damals hatten sie sich wenigstens an den angemessenen Orten aufgehalten und sich nicht in seine Privatsphäre gedrängt.

»Ja?« fragte er. »Das ist ein privater Kanal. Wie haben Sie Zugang dazu bekommen? Sie verletzen damit das intergalaktische Kommunikations- und Handelsgesetz …«

»Fiske, Sie hinterhältige Made von einer Dumpfbirne! Sie haben mich reingelegt.«

»Wer sind Sie? Ich glaube nicht, daß ich schon das Vergnügen hatte«, erwiderte Torkel in seinem steifesten militärischen Tonfall.

»Hier spricht Louchard, Onidi Louchard. Schon mal gehört?«

Kein Wunder, daß der Pirat Dinah O'Neill vorgeschickt hatte, um für ihn die Verhandlungen zu führen! Dinah war ein sehr viel angenehmerer Anblick und außerdem um einiges diskreter. Sie wäre zu klug gewesen, um zu versuchen, Klienten ausgerechnet bei sich zu Hause zu kontaktieren. Das war eine einseitige Verletzung professioneller Etikette, und Fiske hatte nicht die Absicht, sie unwidersprochen hinzunehmen.

»Nicht hier, ganz bestimmt nicht. Ich beende jetzt diese Über …«

»Das. Würde. Ich. Nicht. Tun«, versetzte der Aurelianer, und plötzlich fiel Torkel ein, daß der Pirat berüchtigt dafür war, über eine hocheffiziente Schar von Attentätern zu verfügen, die jene zu eliminieren pflegten, die allzu lautstark ihr Unbehagen über Arrangements im Stile Louchard kundtaten. »Jetzt hören Sie mir mal zu, Fiske. Als Sie mir vorschlugen, diese Frau Algemeine zu entführen, haben Sie ganz versäumt, mich auf die Vereinbarung der Hochgestellten hinzuweisen. Sie haben genau gewußt, daß Leute dieser Klasse keinerlei Lösegeldzahlungen tätigen.«

»Ihre Unterhändlerin«, erwiderte Torkel, und es gelang ihm tatsächlich ein höhnisches Feixen, »hätte davon wissen müssen. Immerhin handelt es sich dabei um eine ziemlich alte Vereinbarung. Also ist es ihr Fehler und nicht meiner! Ich beende jetzt das Gespräch.«

»Nein, das werden Sie nicht! Sie legen doch bestimmt keinen Wert auf einen Besuch meiner Liquidierungsspezialisten, oder? Den werden Sie aber bekommen, wenn Sie nicht schleunigst zusehen, daß wir für unsere Mühen in diesem Fall entschädigt werden.«

»Entschädigung ist doch wohl Ihr Geschäft und nicht meins. Weshalb sollte ich für ihre Rückkehr bezahlen?«

Der Pirat tat etwas außerordentlich Ungewöhnliches mit Kopf, Augen und Tentakeln, daß sich Torkel schon beim bloßen Anblick der Magen umdrehte, und das Geräusch, das die Kreatur nun von sich gab, war sogar noch gräßlicher. Ob das Aurelier-Gelächter war? Dann sagte Louchard: »Außerdem ist da noch die Angelegenheit Oberst Maddock-Shongili. Sie sagt …«

»Es ist mir gleich, was sie sagt. Mir wurde mitgeteilt, daß

Sie kompetent seien. Das war offentsichtlich eine Fehlinformation. Wenn Sie Ihr Lösegeld nicht bekommen, bringen Sie von mir aus beide um. Wären Sie tatsächlich so professionell, wie es immer heißt, brauchten wir dieses Gespräch nicht zu führen. Ende.«

Mit großer Befriedigung schaltete Fiske die Kommunikationskonsole aus. Er hatte das Gefühl, als Sieger aus diesem Streit hervorgegangen zu sein. Als Sieger über diese Yanaba Maddock! Und es gab nichts, das ihn mit ihrem Ableben hätte in Verbindung bringen können.

Matthew Luzon erhielt den Anruf des Aurelianers, als er gerade damit beschäftigt war, bei der Erleuchtung des Volks von Potala behilflich zu sein. Vor der Generalüberholung der Firma waren diese Leute so verschwenderisch gewesen, es zuzulassen, daß siebzig Prozent ihrer Gesamtbevölkerung als zölibatäre Geistliche dienten. Potala hatte eine Theokratie errichtet, bis die Firma dem ein Ende setzte und den kleinen Planeten daran erinnerte, daß die zwar glauben mochten, das Töten von Tieren sei unrecht und manche Orte seien heiliger als andere, daß der Planet tatsächlich aber in jeder Hinsicht und ausschließlich Eigentum der Intergal war. Glücklicherweise hatte Potala bisher keine Anzeichen erkennen lassen, sich persönlich auf die Seite seiner Bewohner zu schlagen, auch wenn deren Religion in manchen Punkten etwas anderes behauptete.

Matthew war gerade emsig damit beschäftigt, diese Behauptungen umzuinterpretieren, als seine Kommunikationseinheit um seine Aufmerksamkeit buhlte, noch dazu auf dem Prioritätskanal der Firma. Ein furchtbares aurelianisches Gesicht mit wabernden Tentakeln füllte den Schirm aus.

»Luzon, Sie haben sich in Geschäfte eingemischt, die uns als Teil unserer Abmachung mit Ihnen und Fiske allein hätten vorbehalten bleiben sollen.«

»Und wer sind Sie, Bruder?« fragte Luzon.

»Ich bin Louchard, Kapitän der *Pirate Jenny.* Ich habe gewisse lebende Fracht an Bord genommen, deren Besitz mir ein Anrecht darauf übertragen sollte, die Güter einer Welt namens Petaybee auszubeuten, eines ehemaligen Betriebs der Intergal.«

»Aha. Und wie geht es der guten Oberst Maddock?«

Louchard hielt inne und gönnte sich ein tiefes, gehässiges Glucksen. »Deren Tage sind gezählt, genau wie Sie wünschten. Was nun Ihre Geschäftspartner von der Asiatischen Esoterischen und Exotischen Company betrifft – sind Sie sich eigentlich darüber im klaren, daß diese Leute große Gebiete ihrer Ressourcen beraubt haben, die eigentlich für Maddocks Lösegeld hätten verwendet werden sollen? Wirklich, Dr. Luzon, das haben Sie alles andere als geschickt eingefädelt. Tz, tz. Ich bin überhaupt nicht erbaut davon zu erfahren, daß Sie andere Firmen und Individuen dazu verleitet haben, dort einzurücken, wo mir doch eigentlich ein Monopol auf derlei Rohstoffe zugesichert worden war, so armselig und ungenügend sie auch zu sein scheinen.« Tadelnd wackelte Louchard mit seinen Seitententakeln. »So geht man nicht mit Kapitän Louchard um, das darf ich Ihnen versichern.«

»Mein lieber Kapitän, ich habe nichts dergleichen angedeutet. Wenn ich recht informiert bin, haben Sie Ihre Abmachungen mit Kapitän Fiske getroffen. Alle etwaigen Streitigkeiten darüber, was Ihnen versprochen wurde und was Sie tatsächlich erhielten, sollten Sie wohl eher mit ihm beilegen.«

»Sie werden die Sache nicht noch weiter komplizieren, Luzon! Ich habe bereits mit Fiske gesprochen. Er sagt, Sie hätten ihn dazu angehalten, sich meiner Dienste zu versichern, damit ich Oberst Maddock und Madame Algemeine ... beherberge, wobei Sie sowohl ihn als auch mich getäuscht haben, was deren tatsächlichen Lösegeldwert betrifft, und zwar nur, um eine persönliche Rechnung mit ihnen zu begleichen.«

»Das bestreite ich. Trotz der physischen und beruflichen

Schäden, die beide Damen mir zugefügt haben, hegte ich nie irgendwelche persönliche Abneigung gegen sie. Ich habe lediglich ziemlich unorthodoxe Kontakte dazu genutzt, eine Situation zuzuspitzen, in der die Firma zu voreilig ihre Rechtsansprüche aufgegeben hat, wie ich meine. Sie verstehen, geschätzter Kapitän – der Erntetrupp der Asiatischen Esoterischen und Exotischen Company, der Shuttledienst und die anderen Früchte meiner Öffentlichkeitsarbeit für Terraform B haben nur dazu gedient, meine Aktivitäten für den Fall abzusichern, daß Sie scheitern sollten. Und gescheitert *sind* Sie ja offensichtlich.«

»Bei mir heißt so etwas Verrat, Luzon. Ich werde mich meiner Passagiere entledigen müssen.«

Keine Einmischung mehr durch Algemeine? Keine selbstgerechte Yanaba Maddock mehr? Matthew konnte sein Lächeln nicht verhehlen, als er antwortete: »Sie müssen tun, was Sie für richtig halten, Kapitän.«

Yana beendete die Übertragung, indem sie die Kommunikationseinheit des Shuttle abschaltete, ebenso das Holobild von Louchard. Sean hatte sich zusammen mit den anderen Zeugen außerhalb des Gesichtsfelds des Monitors aufgestellt und trat nun vor. Er legte Yana eine Hand auf die Schulter; dann beugte er sich zu ihr hinab, um sie sanft auf die Wange zu küssen. Marmion Algemeine und Farringer Ball, letzterer gerade erst dem Schwebesessel entkommen, blickten sehr grimmig drein. Selbst Dr. von Clough wirkte äußerst bestürzt.

Whittaker Fiske, den Johnny Greene von der Station Intergal herbeigerufen hatte, um die Übertragung mitzubekommen, war zutiefst erschüttert. Clodagh, die sich in dem raumsparenden Sessel des Shuttles nicht sonderlich behaglich fühlte, saß zwischen Whit und Farringer Ball. Sie reichte Whit ein quadratisches Stück Stoff, worauf dieser sich die Augen wischte und die Nase putzte, bevor er mit erstickter Stimme sprach.

»Ich wußte ja schon, daß Torkel sich da in etwas Schlimmes hineingesteuert hat, was Petaybee anbelangt, und daß er auch einen Groll gegen Yana hegt. Aber nie hätte ich so etwas von ihm geglaubt, wenn ich es nicht mit eigenen Ohren gehört hätte.« Mit gequältem Blick sah er zu Clodagh hinüber. »Ich wünschte, der Planet hätte mit ihm das gleiche gemacht, was er mit den Piraten und Metaxos tat, bevor er sich zu so etwas hätte herablassen können. Kontakt mit einem Piraten aufzunehmen, um Sie alle entführen zu lassen!« Whittaker schüttelte den Kopf, unfähig, den Opfern in die Augen zu blicken, während er mit einem Winken auf den leeren Kommunikationsmonitor wies.

Clodagh tätschelte ihm die Hand. »Dein Sohn ist schon seit Jahren ein erwachsener Mann, Whit. Kinder kann man nur aufziehen, aber nicht in Zwangsjacken stecken. Und was seine Erstbegegnung mit Petaybee anbelangt, haben Sean und ich euch damals beide abgeschirmt, weil wir nicht wollten, daß es euch so ergeht wie den anderen. Das war wohl verkehrt von uns; aber wir wußten schließlich, daß ihr Außenweltler seid und nicht versteht, um was es geht. Wir wollten euch zu einem möglichst schonenden Gespräch verhelfen, damit ihr versteht, wie es anders sein könnte. Wir wollten nicht, daß du oder er dabei draufgeht. Richtig wäre allerdings gewesen, wir hätten ihn Petaybee überlassen.«

»Ja, das stimmt wohl«, meinte Whit. »Obwohl das eigentlich meine Sache gewesen wäre. Ich hätte Torkel schon nach einigen seiner früheren Eskapaden zurückpfeifen müssen. Wäre er damit schon nicht durchgekommen, hätte er sich nie an etwas von dieser Größenordnung gewagt. Aber ich fand, daß der Junge doch einen guten Kern hatte. Ich hätte nie geglaubt ...«

Er seufzte resigniert, seiner üblichen Streitbarkeit beraubt.

Die anderen schwiegen einen Augenblick; dann klopfte jemand an die geöffnete Luke, und Adak erschien mit Faber Nike.

»Hier ist der Herr, den Sie erwartet haben, Fräulein Marmion. Er ist gekommen, um Sie nach Hause zu bringen.« Adak schaute an dem stattlichen Nike hoch und war es offensichtlich zufrieden, daß dieser Mann seiner Aufgabe gewachsen sein dürfte.

»Wenn Sie mich entschuldigen würden?« sagte Marmion zu den anderen. Bereitwillig überließ Yana ihren Pilotensessel Faber. »Ich muß Vorkehrungen treffen, damit der CIS-Gerichtshof nach Petaybee verlegt wird. Außerdem habe ich die Aufzeichnung von belastendem Beweismaterial abzuliefern. Faber, das Louchard-Holo und bestimmte Vertreter von Recht und Ordnung haben noch eine Verabredung mit einem Piratenschiff vor sich. Ach, können Sie übrigens noch ein raumtaugliches Schiff gebrauchen?« Mit einem mehr als spitzbübischen Lächeln blickte sie in die Runde.

»Was soll das heißen?« fragte Yana, unsicher, ob Marmion wirklich dazu fähig war, ein solches Husarenstück zu vollbringen.

»Nun ja, die *Jenny* wird natürlich beschlagnahmt, aber ich könnte mir vorstellen, daß die zuständigen Behörden es als gerechten Ausgleich für all die Umstände, die Unbequemlichkeiten, die Nötigung und die Demütigungen einer widerrechtlichen Freiheitsberaubung an petaybeeanischen Bürgern betrachten würden, wenn man ihnen das Raumschiff überließe.«

»Sie sind doch auch entführt worden«, warf Yana ein, während Sean vor sich hingluckste.

»Ja, gewiß, aber ich besitze schließlich mein eigenes Schiff, und Petaybee könnte sicher von einer eigenen Marine profitieren.«

»Ein Shuttle und ein Raumfahrzeug?« meinte Sean grinsend. »Da könnten wir ja glatt ins Transportgeschäft einsteigen ...« Als er Clodaghs empörtes Schnauben vernahm, hob er beschwichtigend die Hand und fügte hinzu: »Natürlich werden wir auf eine strenge Durchsetzung unserer Einwanderungsbestimmungen achten – um die unerwünschten Elemente daran zu hindern, auf unserem heimatlichen Boden zu landen.«

»Eine außerordentlich vernünftige und ehrbare Umwidmung eines Piratenschiffs«, sagte Namid, der die ganze Zeit still hinter Marmion gesessen hatte. Nun stand er auf und reichte ihr die Hand. »Komm bald wieder.«

Sie warf ihm einen sehnsüchtigen Blick zu und gewährte ihm ein anzügliches Lächeln. »Oh, das werde ich. Das werde ich ganz bestimmt.« Dann schmunzelte sie Yana und Sean an. »Aber das Schiff werde ich wohl schon früher zurückschicken, sobald ich es den zuständigen Stellen abgeschwatzt habe.«

»Was soll das heißen?« fuhr Dr. Matthew Luzon die drei Beamten herrisch an, als diese sich in seinem Hauptbüro auf Potala vorgestellt hatten. »Verhaftet? Ich? Wegen welchen Vergehens, wenn ich fragen darf?«

»Falsche Aussage, widerrechtliches Erteilen einer Transportlizenz, Beihilfe zum Menschenraub ...«

»Ach, hören Sie doch auf!« Matthew wollte die Anklage mit einer wegwerfenden Bewegung beiseite wischen. »Das ist doch völlig absurd und empörend!« Da bemerkte er seinen neuen Chefassistenten, der ihm irgend etwas mitteilen wollte. »Was ist los, Dawtrey?«

»Chef, die Sache ist bereits durch unsere Rechtsabteilung gelaufen. Die Festnahme ist *tatsächlich* rechtens und läßt sich in keiner Weise anfechten.«

»Lächerlich!«

»Dr. Matthew Luzon, Sie werden uns auf das Gericht begleiten, das diesen Haftbefehl aufgrund der Anklage erlassen hat, und zwar sofort und ohne Umstände«, sagte der leitende Beamte der Delegation in einem so pompösen Tonfall, daß Luzon laut loslachen mußte.

»Das werden wir erst mal sehen«, drohte er und betätigte einen Schalter, um seinen Sicherheitsstab herbeizurufen.

»Chef! Chef! Dr. Luzon!« Sein Chefassistent pumpte mit der Hand die Luft wie ein Schuljunge, der dringend austreten mußte. »Die Angelegenheit wurde bereits überprüft, bevor wir zuließen, daß diese Leute Sie stören.«

»Und?« Luzon erhob sich, um die dreiköpfige Abordnung mit seiner imposanten Statur zu beeindrucken.

»Diese Leute handeln durchaus im Rahmen ihrer gesetzlichen Pflichten. Sie werden tatsächlich mitgehen müssen.«

»Ich, Dr. Matthew Luzon, soll meinen vollgepackten Terminkalender umwerfen, nur um vor irgendeinem kleinen Amtsgericht zu erscheinen?«

»Es ist kein kleines Amtsgericht, sondern eine Strafgerichtskammer, Chef«, erwiderte der Assistent, »und die Rechtsabteilung ist der Auffassung, daß Ihnen nichts anderes übrigbleibt, als ohne Widerspruch mitzugehen, sonst ...«

»... sonst wird auch noch eine Anzeige wegen Widerstands gegen die Staatsgewalt fällig, Dr. Luzon.«

Ausdruckslos, wie die Miene des leitenden Beamten auch war, schien er seine Pflicht viel mehr zu genießen, als ihm zustand – so kam es Luzon jedenfalls vor. Schon die bloße Vorstellung, daß Beamte einfach in *sein* Büro platzen konnten und *seinen* Arbeitstag unterbrachen, wo er doch einen ganzen Planeten auf Vordermann zu bringen hatte, war empörend. Und doch quoll die Atmosphäre von kaum verholenen Emotionen über, wirkte beinahe schon bedrohlich in ihrer Anspannung.

Ein diskretes Klopfen an der Tür, die der Chefsekretär daraufhin hastig öffnete, und schon konnte Luzon seinen gesamten Rechtsberaterstab ausmachen, der sich draußen im Vorraum versammelt hatte. Peltz, sein Chefberater, fing Luzons Blick auf und nickte ihm schnell zu. Luzon interpretierte dies dahingehend, daß seine Leute die Situation bereits unter Kontrolle hatten und daß die ganze Sache bald nur noch eine böse Erinnerung sein würde.

»Also gut, meine Herren. Wenn das Gericht es anordnet, werde ich mich dem als gesetzestreuer Bürger dieser Galaxis selbstverständlich beugen.« Dr. Matthew Luzon wirkte allerdings alles andere als gebeugt, als er nun forsch an seinen

Möchtegern-Entführern vorbei in den Gang trat und auf das Privatfahrzeug zuschritt, das ihn hätte erwarten sollen, um ihn ans Ziel zu bringen.

Aber das Fahrzeug, das ihn tatsächlich erwartete, war leider nicht sein eigenes. Es sah schmucklos und sehr offiziell aus – und von diesem Zeitpunkt an verschlimmerte sich alles nur noch.

Es war Luzon auch alles andere als eine Beruhigung zu erfahren, daß der Kläger kein Geringerer als der Generalsekretär der Intergal persönlich war, Farringer Ball, und daß der Haftbefehl in der petaybeeanischen Einrichtung der Intergal erlassen worden war.

»Dieser Planet korrumpiert doch jeden!« schrie er, als man ihn in eine Zelle verbrachte. Das letzte, was er von seiner hochbezahlten, hervorragend ausgebildeten und motivierten Rechtsabteilung zu sehen bekam, waren die amüsierten Mienen seiner Mitarbeiter. Sie machten sich auf *seine* Kosten lustig!

Auch war es ihm kein Trost, daß er an einer Zelle vorbeigeführt wurde, in der Kapitän Torkel Fiske förmlich am Boden zerstört auf seiner spartanischen Pritsche saß.

»Fiske? Was hat das alles zu bedeuten?«

»Na, na, na!« machte der leitende Beamte und bugsierte Luzon rasch in die nächste Abteilung des Gefängnisses zu seiner eigenen Zelle. »Keine Unterhaltung! Das ist Untersuchungshäftlingen verboten.«

Torkel Fiske blieb schleierhaft, *wie* man ihn mit der Entführung von Algemeine, Maddock, Rourke und Metaxos hatte in Verbindung bringen können. Es sei denn, natürlich, man hatte Kapitän Louchard ebenfalls verhaftet, worauf dieser sich für Torkels vermeintliche Hinterhältigkeit gerächt hatte, indem er sich zum Kronzeugen aufspielte, um sein eigenes Strafmaß zu mildern. Auf Entführung stand ein noch viel schlimmeres Schicksal als der Tod: Wer dieses Verbrechens rechtskräftig verurteilt war, wurde in eine Raumkugel gesperrt, die man daraufhin jenseits der Heliopause des örtlichen Sonnensystems mir ausreichendem Sauerstoffvorrat aussetzte, um den Delinquenten lange genug am Leben zu erhalten, daß er sowohl sein Verbrechen als auch sein ganzes Leben bereuen konnte.

Manche brauchten Wochen, bis sie erst erstickten; dies hing von der bereitgestellten Sauerstoffmenge ab, die nicht gesetzlich festgelegt war. Deshalb wußte man vorher auch nicht, wie lange man noch zu leben hatte. Wer unter Platzangst litt, hatte gute Aussichten, schon vorher dem Wahnsinn zu verfallen. Litt jemand unter Agoraphobie, konnte die Qual ebensoschlimm werden. Und noch nie hatte jemand diese Strafe überlebt.

Torkel hatte es gerade noch vermocht, seinem Vater eine Nachricht zukommen zu lassen, obwohl er nicht sicher war, ob dies irgend etwas nützen würde. Ja, vielleicht war es sogar sein Vater selbst gewesen, der den Beamten mitgeteilt hatte, wo sie ihn finden würden: Whittaker war äußerst skrupelos, was das Befolgen geltender Gesetze betraf, und Marmion war eine alte und geschätzte Geschäftspartnerin. Torkel hatte sich auf Kapitän Louchards Beherrschung des Piratenhandwerks und seine eigene Unwissenheit über den Anti-Erpressungskodex gegen Kidnapping verlassen. Außerdem war seit Ewigkeiten niemand von Marmion de Revers Algemeines gesellschaftlicher Stellung entführt worden. Und es hätte Torkel durchaus genügt, wären nur die unbedeutenderen Mitspieler entführt worden. Um es Yana – und indirekt auch Sean – heimzuzahlen, ebenso wie diesen widerlichen Kindern. Caveat emptor! Selbst ein Pirat hätte wissen sollen, wie weit er in seinem schändlichen Tun gehen durfte.

Trotzdem war es merkwürdig: Wenn Louchard tatsächlich für Torkels Verhaftung verantwortlich sein sollte, wieso war dann im Nachrichtennetz nichts über die Verhaftung des Piraten und seiner Mannschaft erschienen? Das hätte Torkel hinreichend Zeit gelassen, sich mit unbekanntem Ziel zu verdrücken und sich einem vollkommenen Identitätswandel zu unterziehen. Tatsächlich hatte er sogar schon einige Pläne in dieser Richtung entwickelt, war aber von den Ereignissen derart überrumpelt worden, daß er keine Gelegenheit mehr bekommen hatte, sie in die Tat umzusetzen. Er hatte einfach die Tür geöffnet – und da hatten sie auch schon gestanden!

Und die Anzeige stammte auch nicht von der Dama Marmion de Revers Algemeine, sondern von Farringer Ball. Das begriff Torkel Fiske nicht so recht, der Ball zum letzten Mal auf einem Monitor der Raumbasis auf Petaybee zu Gesicht bekommen hatte. Außerdem befand der Mann sich zur Zeit körperlich auf diesem armseligen Eisberg. Wie, um alles in der Galaxis, war er dort gestrandet?

Auch der Anblick des ebenfalls festgenommenen Matthew Luzon' trug nicht gerade dazu bei, Torkels düstere Stimmung zu vertreiben. Als rechnete er schon damit, sich demnächst nur noch in einem engen Raumsarg bewegen zu können, begann er in der Zelle auf und ab zu schreiten. So klein sie auch war, konnte er doch immerhin darin gehen. Drei Schritte vor und drei zurück, zwei Schritte vor und … und wenn er zu schnell ging, schlug er sich das Schienbein an der Hartplastikkante der Einbaupritsche auf oder rannte mit den Zehen gegen den Wandblock.

Die *Jenny,* inzwischen in *Lockenhorn* umbenannt, mit neuen Papieren und keinerlei Geschichte vor ihrer Umwidmung und vollständigen Überholung, vollzog ihre ›Jungfernlandung‹ auf der Raumbasis mit einer Fracht aus Sanitäreinrichtungen, provisorischen Behausungen – wenn auch keine davon so hoch entwickelt war wie die Nakatirawürfel – und anderen modernen Hilfsgeräten, die die meisten Einwohner der Galaxis zwar für selbstverständlich erachteten, die glücklichen Empfänger auf Petaybee aber in Verzückung versetzten. Ein Begleitschreiben, überreicht vom Kapitän – dem auf Petaybee geborenen Declan Doyle, der gerade erst sein Patent erhalten hatte und noch immer über seine Beförderung und sein großes Glück zu staunen vermochte –, erläuterte, daß die Fracht aus dem Finderlohn erstanden worden war, den es für die Rückgabe zahlreicher wertvoller Gegenstände gegeben hatte, die man an Bord des Schiffes vorfand, nachdem dieses aufgebracht und die Mannschaft festgesetzt worden war.

Ein Frachtstück bereitete Schwester Feuerfels ganz besondere Freude. Es handelte sich um eine Sammlung von Texten über die Theorie und die Grundprinzipien der Anwendung und Nutzung geothermischer und hydroelektrischer Energie. Es war die englische Übersetzung aus dem Isländischen, einer jahrhundertealten Quelle. Schwester Feuerfels besprach diesen Glücksfall mit Bruder Schiefer; danach konnte man sie jeden zweiten Tag in der Versammlungshöhle vorfinden, wo sie laut Abschnitte aus dem Text vorlas und anschließend Fragen dazu stellte.

»Was meinst du? Würde das hier funktionieren? Könntest du vielleicht hier und dort einen Kanal anlegen, ohne daß es deine anderen Verpflichtungen beeinträchtigt? Das wäre doch zu machen, oder?«

Sie führte Buch über ihre Forschungen und Erkundigungen, wie auch über die Antworten des Planeten, und bereitete eine Liste für Sean und Yana vor – und schließlich für Madame Algemeine –, um einen Überblick über die erforderliche Ausrüstung zu geben, derer es bedürfen würde, um den Planeten bei seinem ersten Ausflug in die kooperative Technologie zu unterstützen. Der intensive Kontakt zu dem Planeten trieb ihr die Ehrfurcht davor gehörig aus; doch wenn Petaybee auch seinen gottähnlichen Status für sie einbüßte, blieb er ihrer Auffassung nach doch stets ›gütig‹, wie er gemeinsam mit ihr überlegte und zum Wohle seiner Bewohner zusammenarbeitete.

Mit dem ersten Abflug von Petaybee sollten die sechzig Überlebenden der Asiatischen Esoterischen und Exotischen Company auf die Station Intergal verbracht werden, denn sowohl die Intergal als auch das CIS betrachteten ihre Anwesenheit auf dem Planeten als einen Verstoß gegen geltendes Recht. Zwar versuchte die Intergal zunächst, sich jeder Verantwortung zu entziehen, doch waren die petaybeeanischen Ordnungshüter vollkommen im Recht, die illegal eingewanderten Fremden zu ihrem letzten Ursprungshafen abzuschieben. Darüber hinaus hatte man ihre Arbeitgeber verständigt, um die gestrandeten Männer und Frauen dort abzuholen.

Der nächste Herflug war ein besonders freudiges Ereignis, denn inzwischen hatte man im gesamten zivilisierten Weltall petaybeeanische Bürger – Spezialisten auf vielen Gebieten, die auf ihrem Heimatplaneten dringend benötigt wurden – zur Heimkehr eingeladen, um dort ihr eigenes Gemeinwesen aufzubauen. Sie kamen alle gern und brachten Lieder darüber mit, wie sie Petaybee helfen wollten: darüber, wie und wo sie leben würden und wie gut es ihren Kindern gehen würde, dort, wo die Luft sauber und klar war, wenn auch kalt, und wo man voller Stolz über das Antlitz seiner Geburtswelt schreiten durfte, die genau wußte, was sie wollte.

Die offizielle Zusammenkunft des CIS fand in der architektonisch erstaunlichen Ankunftshalle des Raumhafens Petaybee statt – ein von Oscar O'Neill entworfenes Gebäude, das er aus den von der Intergal als nicht mehr verwendungsfähig erachteten Stücken und Trümmern zusammengeschustert hatte, ergänzt durch einige bemerkenswerte örtliche Materialien, die der Planet selbst zur Verfügung stellte. O.O. hatte seine Stelle bei Nakatirawürfel gekündigt, um den Rest seines Lebens damit zuzubringen, alles über den O'Neill-Clan zu erfahren und viele überkommene Vorstellungen in Sachen Wohnraumerstellung an die Bedürfnisse und Materialien Petaybees anzupassen.

Farringer Ball – äußerst fit aussehend und mit wintergegerbter Haut, auf keine Gehhilfen mehr angewiesen – fungierte als Vorsitzender. Obwohl er immer noch rasch ermüdete, hatte er offensichtlich seinen Lebensmut wiedergefunden und führte mit fester Hand den Eröffnungshammer.

Phon Tho Anaciliact war in seiner Funktion als leitender Vertreter seiner Organisation anwesend. Er schien äußerst beeindruckt davon, wieviel hier binnen kürzester Zeit erreicht worden war.

Admiral-General Touche Segilla-Dove war in seinem beeindruckenden Flaggschiff mitsamt Mitarbeiterstab und anderen Hilfstruppen erschienen, da seine Abteilung des Galaktischen Managements in derartigen Angelegenheiten stets ein Mitspracherecht hatte. Schon eine Planetenumrundung im Flaggschiff mit seinen hochempfindlichen Sensoren und Analysegeräten hatte bewiesen, daß Petaybee vollkommen ungeschützt war. Die Marine, bestehend aus einem einzigen Raumschiff und einem Shuttlefahrzeug mittlerer Größe, konnte man getrost vergessen, trotz ihres schmucken petaybeeanischen Wappens: eine zusammengekauerte orangefarbene Katze und ein springendes Lockenhorn, beide auf einer Eisscholle inmitten einer stilisierten Höhle. Ein Raumfahrzeug und ein einziges Shuttle stellten keine Bedrohung für den galaktischen Frieden und die allgemeine Stabilität dar. Außerdem verfügte der Planet nur über diesen einzigen Raumhafen – sofern man ihn in den Schneestürmen überhaupt orten konnte.

Admiral-General Segilla-Dove mochte vielleicht nicht ganz daran glauben, daß es sich bei dem Planeten selbst um ein intelligentes, empfindungsfähiges Wesen handelte, doch für seine Sprecher galt dies ganz bestimmt. Und wenn diese behaupteten, nach ernster und eingehender Beratung in seinem Interesse zu sprechen, hatte der Admiral-General nichts dagegen. Schließlich war ein Planet an seine eigene Umlaufbahn um den jeweiligen Primärstern gebunden – das war eine wissenschaftliche Tatsache; er konnte also kaum durch die Galaxis irren, dort Aufstände anzetteln und den Status quo gefährden.

Was ihm allerdings äußerst merkwürdig vorkam, war die unverblümte Behauptung, daß der *Planet* jedes Wort dieser Besprechung mitbekäme und daß dies auch der Grund sei, weshalb die Wände in der Ankunftshalle ihre Muster und

Färbung veränderten und der Fußboden gelegentlich kleine Nebelschleier absonderte, die sich dann um die Beine seiner Uniformhose wanden.

Die beiden zur Kommission gehörenden Aliens – ein Hepatode in seiner Kugel, in der der Transcorder ständig umherhüpfte, sowie das Deglatit, das sich in seinem Rückenpanzer vor den Blicken der Unvollkommenen abschirmte – wurden von Farringer Ball mit gebührendem Ernst begrüßt.

Er begann seine Ausführungen damit, daß er sein Bedauern darüber zu Protokoll gab, daß die Mitglieder des CIS leider durch seine eigene Erkrankung daran gehindert gewesen seien, dieser Pflicht nachzukommen, daß er aber hoffte, sie würden ihren Besuch bei diesem jüngsten intelligenten Lebewesen genießen.

Dann wurden die Zeugen aufgerufen, einer nach dem anderen, um ihr Beweismaterial für die tatsächliche Intelligenz und Empfindungsfähigkeit des Lebewesens vorzulegen, auf dem sie alle standen. Clodagh Senungatuk war die erste und sprach mit leiser, sachkundiger Stimme.

Dr. von Clough, der ihr sowohl bei der Behandlung von Farringer Ball als auch der Verletzten aus dem Süden assistiert hatte, bezeugte das gewaltige Heilungspotential Petaybees. Allerdings räumte er ein, daß es noch großer Forschungsanstrengungen bedürfe, bis sich feststellen ließe, welche Elemente der petaybeeanischen Therapie sich aus der hiesigen Umwelt isolieren und abseits dieses Planeten einsetzen lassen würden. Bis dahin wollte er um Erlaubnis ersuchen, einige seiner Patienten nach Petaybee zu bringen, um sie dort einer ähnlichen Therapie zu unterziehen, wie sie Farringer Ball wiederhergestellt hatte.

Dann trug Sean Shongili als örtlicher Ökobiologe seine kurze Ansprache vor und ließ keinerlei Zweifel an seinen Aussagen.

Oberst Yanaba Maddock-Shongili, Mitverwalterin für und im Namen Petaybees, berichtete von ihren Erfahrungen mit der Wesenheit und von ihrem Wesen – basierend auf einer langen und beeindruckenden Militärkarriere bei der

Intergal selbst –, daß Intelligenz und Bewußtsein viele Formen annehmen konnten, daß diese hier sich von anderen nur durch ihre Größe unterschied und daß man bestimmt nicht davon ausgehen durfte, daß sie *weniger* intelligent als andere sei. Namid Mendeleys Aussage stellte eine unverhoffte zusätzliche Unterstützung dar: eine vollständige Bestätigung all dessen, was seine Vorredner bereits erläutert hatten, allerdings unterstrichen durch seine Kompetenz und Bedeutung als anerkannter Wissenschaftler auf dem Gebiet der Astronomie. Der Astronom hatte jede verfügbare Minute in der Versammlungshöhle von Kilcoole zugebracht und sich mit Petaybee beraten.

»Was wir in Anbetracht eines Planeten berücksichtigen sollten, der ja erst seit knapp zweihundert Jahren zum Leben erwacht ist, meine Damen und Herren, ist die Tatsache, daß es sich bei ihm gewissermaßen noch um ein Baby handelt. Wenn er auch über ein naturgegeben vulkanisches Temperament verfügt«, er hielt inne, bis das Gelächter der Zuhörer abgeklungen war, »beweist Petaybee doch eine ungewöhnliche Sanftmut und Zurückhaltung beim Umgang mit den meisten Problemen und Personen. Der Planet hat mir mitgeteilt, daß er jeden und alles, was auf seiner Oberfläche oder darunter geschieht, als Erweiterung seiner selbst auffaßt und die erforderlichen Anpassungen einleitet. Mich beispielsweise hat er über die physischen Aspekte des Universums befragt, obwohl die Natur des Universums selbst etwas zu sein scheint, das er instinktiv verstanden hat.«

»Entschuldigen Sie, Doktor«, hatte einer der ungläubigen Beisitzer gefragt, »aber wie teilt er Ihnen das mit?«

»Mir wurde gesagt, das hätte er vor sechs Monaten noch nicht getan, was wiederum ein Zeichen dafür ist, wie bemerkenswert schnell er auf bestimmte Reize reagieren kann. Die beiden derzeitigen Krisen wurden ja einerseits durch eine äußere Bedrohung ausgelöst, nämlich durch die Firma, andererseits durch Personen, die versucht haben, sich der Ressourcen des Planeten zu bemächtigen, noch bevor Petaybee diese selbst entdeckt hatte. Als Reaktion darauf hat er äußerst schnell eine Methode unverzögerter Kommunikation entwickelt. Zu seinen Mineralstoffen gehören genau dieselben Substanzen, wie sie in Computeranlagen verwendet werden, um Tonaufzeichungen zu speichern. Der Planet hat schon immer die Worte all jener aufgenommen, die innerhalb seiner Wände sprachen – diese Vokabeln speichert er und wiederholt sie hin und wieder gleichsam als Echos, genau wie ein Säugling, wenn er es für angebracht hält. Schwester Feuerfels und ich haben uns täglich ausgiebig mit dem Planeten unterhalten, und wie bei jedem anderen Kind auch hat er dadurch sein Vokabular und seine Mitteilungsfähigkeit erweitert. Wie die Einheimischen berichten, haben sie diese Innenräume schon immer aufgesucht, um den Planeten in jahreszeitliche und andere, kritische Ereignisse ihres Lebens einzubeziehen. Bitte beachten Sie auch folgendes und befragen Sie die Betreffenden, falls es Sie weiter interessiert: Als Oberst Maddock und ihre Gefährten kleine Talismanbeutel mit petaybeeanischem Erdreich mit sich führten, das aus den inneren Höhlen stammte, war ihnen dies nicht nur ein psychlogischer Trost, sondern stellte auch eine Art telepathischer Kommunikation mit dem Planeten her. Das kann eigentlich nicht weiter überraschen, wenn man bedenkt, welche telepathischen Verbindungen zwischen Mensch und Tier möglich sind, sowie zwischen Tier und Tier – denken Sie an den von vielen Beteiligten bezeugten Vorfall mit der Asiatischen Esoterischen und Exotischen Company auf dem südlichen Kontinent. Gelegentlich kommt es sogar zwischen Pflanzen und Planet sowie Mensch und Tier zu telepathischen Verbindungen, wofür es ja einen weiteren frühen Vorfall als Beweis gibt. Diese Verbindungen sind so eng, daß ich dazu neige, Petaybees Auffassung zu teilen, daß es sich nämlich bei allem, was innerhalb seiner Atmosphäre stattfindet, um Lebensbestandteile eines hochkomplexen und diversifizierten Organismus handelt, der nicht nur aus Mineralien und Elementen besteht, sondern tatsächlich aus jedem einzelnen Lebewesen, das mit seiner Oberfläche in Berührung kommt. Diese gewaltige telepathische Verbindung und die Notwendigkeit, ursprünglich fremde Organismen an den Planeten ›anzupassen‹, sind auch der Grund, weshalb Petaybee auf manche Menschen eine derart verheerende Wirkung ausgeübt hat.

Vielleicht wird sich das im Laufe der Zeit noch etwas ändern. Hier ist buchstäblich noch alles möglich.«

»Es ist buchstäblich noch alles möglich?« fragte eines der etwas schlichteren Gemüter unter den Beisitzern. »Ist das etwa Ihre ganze Theorie? Zu präziseren Schlußfolgerungen sind Sie nicht gelangt?«

»Doch, das bin ich, wie auch zu Empfehlungen, von denen ich glaube, daß die Bewohner Petaybees ihnen zustimmen dürften. Der Planet verfügt über ein unerschöpfliches Potential, das über alles hinausgeht, was ich in meiner beruflichen Laufbahn jemals gesehen und erfahren oder worüber ich je etwas gehört habe. Doch handelt es sich dabei um eine noch wachsende, sich entwickelnde Wesenheit, die man hegen und pflegen und dazu ermutigen muß, das Beste aus sich zu machen und entsprechende Werte zu entwickeln. Der Neuzuzug muß überwacht und zahlenmäßig beschränkt werden, um die verfügbaren Ressourcen nicht zu strapazieren, vor allem aber auch, damit Neuankömmlinge sich entsprechend akklimatisieren und ›anpassen‹ können, ohne daß es zu schädlichen Nachwirkungen kommt.«

Admiral-General Segilla-Dove war geneigt, Mendeley Glauben zu schenken, auch wenn dessen Gutachten nicht unbedingt dem entsprechen mochte, was er von einem Astronomen erwartet hätte. Doch der Admiral-General hatte bemerkt, wie der Nebel sich am Boden zu verdichten schien, sobald die Einheimischen sprachen. Außerdem war die Luft in der Halle erfüllt von den verschiedensten Düften, die ihn entfernt an seine Kindheit erinnerten.

Diese Versammlung war letzlich nur eine Formsache, und es hatte keine anderthalb Stunden gedauert, bis Farringer

Ball die ganze Angelegenheit mit einem Hammerschlag besiegelte, wie dem Admiral-General auffiel.

Als nächstes wurde die Zusammenkunft für besondere, geladene Gäste eröffnet; man reichte Gabelhappen und ein bestimmtes einheimisches Getränk, um die ganze Sache gebührend zu feiern.

Bei den ›geladenen Gästen‹ schien es sich um sämtliche Bewohner des Planeten zu handeln, was möglicherweise erklärte, weshalb die Ankunftshalle auf dieser erst frisch terranisierten Eiskugel inmitten des Nirgendwo eine solche Größe aufwies. Denn es war ja nicht so, als würden viele Leute Schlange stehen, um Petaybee zu besuchen oder gar hier Urlaub zu machen, daß es eines so gewaltigen Baus bedurft hätte.

Dann nahm eine Schar von Musikern auf dem Podest Platz, von dem aus Farringer Ball die Versammlung geleitet hatte. Die Musik wurde auf subtile Weise verstärkt, so daß einer der Adjutanten, der über eine musikalische Ader verfügte, sich die ganze Zeit mit dem Versuch befaßte, die Position der akustischen Verstärkeranlagen zu ermitteln. Der Admiral-General wartete die übliche Anstandsstunde ab; dann verabschiedete er sich.

Allerdings verbrachte er ein paar Minuten damit, den Shongilis zu ihrer nunmehr offiziell anerkannten Stellung zu gratulieren und seiner Hoffnung Ausdruck zu verleihen, daß der Planet gedeihen möge. (Wie es passieren konnte, daß warme Luft in Hosenbeine geblasen wurde, die fest in Stiefeln staken, konnte Segilla-Dove sich zwar nicht erklären, doch als sie schließlich seinen Unterleib erreichte, war er überrascht und … erleichtert.)

Die Tatsache, daß auch seine Adjutanten ungewöhnliche körperliche Freuden erfuhren, beeinträchtigte nicht sein Gefühl, daß ihm persönlich eine ganz besondere Behandlung zuteil geworden war.

Der Admiral-General und seine Adjutanten waren die einzigen Mitglieder des CIS, die sich vorzeitig verabschiedeten. Aber schließlich hätten sie auch nicht begriffen, wie wichtig die heutigen Lieder sein würden. Der Hepatode und das Deglatit mochten vielleicht nicht essen und trinken können, hatten aber jeweils eine Ecke für sich gefunden, von wo aus sie das merkwürdige Treiben der Petaybeeaner beobachten konnten.

Marmion war irgendwann im Laufe der Feierlichkeiten erschienen, um ihre Freunde mit allerlei ›losen Fäden‹ zu erheitern, die sich vor ihrer Rückkehr zu entsprechenden Knoten verknüpft hatten.

»Macci war so gut wie pleite, trotz seines phantastischen Gehalts bei Rothschild«, teilte sie Yana, Diego und Bunny mit. »Tatsächlich war es ausgerechnet Charmion, die herausbekam, daß er spielsüchtig ist. Er spielt und wettet um alles, was nur möglich ist. Sie wissen ja, daß es Leute gibt, die Glücksspiel als einzige ehrenhafte Form der Unterhaltung gelten lassen. Macci war so tief verschuldet, daß er schließlich als ... ach, herrje, natürlich war es wieder Dinah, die den Erstkontakt zu ihm aufnahm. Wie geht es ihr übrigens?«

»Schon sehr viel besser. Ganz erstaunlich sogar. Bis auf ihr Haar, das sie jetzt als ihre neue ›platinblonde Frisur‹ bezeichnet, sieht sie genausogut aus wie vor der Höhle – genaugenommen sogar noch besser. Auf jeden Fall glücklicher. Überall sonst wären die Leute ihr wohl nur mit Abscheu begegnet, aber es scheint, daß sie in Tanana Bay so etwas wie eine kleine Berühmtheit ist, was sie durch und durch genießt. Chumia sagt, daß sie gerade an einem großen Lied über ihre Piratenzeit schreibt und darüber, wie Petaybee sie besiegt hat. Und Männer, die bereit sind, Namid zu ersetzen, tauchen inzwischen ständig vor ihrer Tür auf. Sie kommen von überall her, sogar aus Katmandu, aber Dinah scheint es damit nicht eilig zu haben. Ich glaube, sie genießt es viel zu sehr, eine Familie zu haben und die Gelegenheit nutzen zu können, herauszufinden, wer sie eigentlich ist, ohne ständig nach irgend etwas zu greifen. Es tut mir zwar leid, daß ich nicht Wort halten konnte, was das von mir zugesagte freie Geleit für sie und ihre Mannschaft betrifft; andererseits habe ich nie ein Hehl daraus gemacht, daß ich nicht für den Planeten sprechen kann.«

»Was denen widerfahren ist, ist nicht Ihre Schuld, Yana. Es war die unmittelbare Folge dessen, wer und was sie waren. Trotz allem war es schließlich der gute Teil von Dinahs Wesen, der sie hat überleben lassen.«

»Der Planet als ultimative charakterbildende Erfahrung, wie? Ja, kann schon sein. Allerdings manchmal etwas grobschlächtig«, meinte Yana. Nicht, daß sie allzuviel Mitleid für die Piraten empfunden hätte; viel wichtiger war ihr ihre eigene Ehre. Andererseits schien Dinah es ihr nicht zu verübeln, und nun, da sie eine solche Wandlung durchlaufen hatte, hatte Yana ihrerseits ihr auch verziehen. »Muktuk und Chumia lassen sie mittlerweile sogar allein auf die Jagd gehen. Dann war Macci also ein Opfer seiner eigenen Exzesse?«

»Und bereit, einige seiner Schulden wegzubügeln, indem er uns in die Höhle des Löwen führte.« Marmions verkniffene Lippen deuteten an, daß sie nicht so leicht wie Yana zu verzeihen bereit war. »Ples, muß ich zu meiner Erleichterung sagen, war völlig unschuldig. Ihr einziges Vergehen bestand darin, mit ihm anzugeben, ohne ihn gründlich genug durchleuchtet zu haben. Obwohl die Frage, wie es Macci gelungen ist, die Personalabteilung von Rothschild hinters Licht zu führen, zur Zeit Gegenstand einer hochnotpeinlichen Untersuchung ist, wie ich ihnen versichern kann. Gegen die Asiatische Esoterische und Exotische Company läuft gerade ein Untersuchungsverfahren, um festzustellen, ob diese Firma sich noch weiterer ökologisch bedenklicher ›Ernten‹ schuldig gemacht hat. Das war alles richtig aufregend. Trotzdem bin ich froh, wieder hier zu sein!« Sie faßte Namids Arm ein wenig fester. »Wenn du unbedingt hierbleiben und den ganzen Tag mit Petaybee sprechen mußt, werde ich wohl um Einwanderungserlaubnis ersuchen müssen.«

»Oh, da müssen wir aber genau überprüfen, ob das möglich ist«, versetzte Sean mit äußerst ernster Miene.

»Sean!« tadelte ihn seine Frau. Da platzte er laut lachend los und gab ihr einen liebevollen Kuß auf die Wange, um schließlich Marmion und Namid anzugrinsen.

»Als wenn wir es wagen würden, Namid von seinen erzieherischen Pflichten an Petaybee zu entbinden!« Dann wies er nach vorn. »Ah, das Beste kommt erst noch.«

In der Tradition der Latchkay-Gesänge Petaybees hatte Buneka Rourke nun Diego Metaxos auf das Podest geführt.

»Diego möchte ein Lied vortragen«, sagte sie mit etwas mehr als ihrer üblichen Würde, worauf die versammelten Petaybeeaner sich niederließen, um zuzuhören.

Diegos Lied war anders als alle petaybeeanischen Lieder. Es war weder ein Singsang noch eine alte irische Melodie mit neuem Text, sondern eine ganz eigene Melodie, mit irischen und spanischen Einflüssen, dazu Rhythmen der Inuit, aber auch Andeutungen der Musik der anderen Völker auf Petaybee und weiterer Gegenden. Es kündete von Wachstum und Wandel, von Leid und Entdeckung, von dem Schmerz, der das Erwachen des Planeten begleitete, vom Beinahe-Tod seines Vaters, vom tatsächlichen Tod anderer, vom Preis allzu schnellen Wandels, den Petaybee zu tragen hatte, aber auch davon, wie vorteilhaft der Wandel sein konnte, wenn er jemanden wie Dinah O'Neill zum Besseren verändert hatte. Und schließlich kündete das Lied auch von seiner Furcht vor dem Wandel, wenn dieser bedeuten sollte, Bunny zu verlieren. Er schloß mit der Hoffnung, daß er wie der Planet werden könnte, um durch den Wandel zu sich selbst und zu seiner Geliebten zu erwachen, auf daß sie ein grenzenloses Leben führen könnten, in dem Abenteuer und Liebe kein Ende kannten.

Es gab auch einen Refrain, der immer wieder das Thema des Wandels und der Entwicklung wiederholte. Jedesmal, wenn sie ihn anstimmten, gesellte sich eine weitere Stimme zu denen der Anwesenden, eine laute, melodiöse, fröhliche Stimme, die all die Ehren als Resonanz ihrer eigenen enthielt.

*Das Kaleidoskop dreht sich*
*die Muster verändern alles,*
*was wir lernen*
*was einstmals fremd war*
*manches wird vergehen und manches bleiben*
*manches wird haften, manches sich abwenden*
*manches verwelken, manches erstrahlen*
*neue Freunde kommen und alte Freunde gehen*
*Samen und Keimlinge, Welpe und Junges*
*manches wächst in die Tiefe, manches in die Höhe*
*manches fliegt fort und anderes landet,*
*während Petaybee, der Planet,*
*sich unentwegt dreht …*

Das ›dreht‹ hallte besonders lange und fröhlich durch den restlichen Teil des Latchkays.

## Epilog

Merkwürdigerweise war es das Wort ›komm‹, das sich als Befehl, der keinen Widerspruch duldete, in Yanas traumlosen Schlaf drängte, aus dem sie erwachte. Wie auch vom grollenden Schnurren der orangefarbenen Katze Marduk, die völlig unverhofft direkt neben ihrem Kopf auf dem Kissen saß. Yana spürte, wie sich die Muskeln in ihrem Bauch verzerrten, nicht schmerzhaft, aber in unmißverständlichem Ziehen, und sie weckte Sean. Die Katze sprang vom Bett und baute sich herrisch an der Tür auf – als hätte sie nicht schon erraten, was nun passieren mußte.

»Es ist Zeit. Ich bin gerufen worden«, sagte sie.

Yana hatte noch nicht einmal die Beine von der Bettkante geschwungen, als Sean bereits aufgesprungen war und sich halb angekleidet hatte. Die fortschreitende Schwangerschaft hatte Yanas einstmals schnelle und präzise Bewegungen auf ein träges, tolpatschiges Herumtasten reduziert, was ihr manchmal äußerst zuwider war.

Sean packte das prächtige Polarbärenfell, das Loncie ihr gegeben hatte und das nun als Vorleger diente, um es ihr über die Schulter zu werfen. Dann nahm er den Beutel mit den erforderlichen Gegenständen und öffnete die Tür.

Nanook war schon da, und Clodagh hatte den Fuß auf die unterste Stufe gestellt.

»Ich habe mich gefragt ...«, begann sie und lächelte im Licht der Morgendämmerung zu Yana auf.

Als Yana und Sean unten ankamen – der Pfad zur Höhle war zur Vorbereitung dieses Augenblicks gründlich ausgetreten worden –, trat Clodagh an ihre freie Seite. »Magst du überhaupt gehen?« fragte Clodagh.

»Es ist gut für mich.«

»Ja, aber möchtest du es denn auch?«

»Na ja, bis zur Höhle werde ich schon gehen müssen, oder nicht?«

»Ja«, warf Sean ein. »Das mußt du wohl.«

Als Yana einen Blick zur Seite warf, bemerkte sie, daß Sean die Lippen fest zusammengekniffen hatte, um seine Besorgnis zu verdrängen.

»Ist schon in Ordnung, Sean«, sagte sie sanft und strich ihm über die Hand. »Ist wirklich alles in Ordnung. Herrje, wir wissen doch, daß es mir noch nie so gut gegangen ist.«

»Aber du befindest dich *nicht gerade*, wie Schwester Feufel es ausdrückt, in deiner ersten Jugend.«

»Feufel hat eine Menge dazugelernt«, warf Clodagh kichernd ein.

Und dann waren sie auch schon in der Höhle, die prompt zu glühen begann – ein sanftes, leuchtendes Schimmern, willkommenheißend und tröstend. Der leise Anflug von Bangigkeit, den Yana so lautstark geleugnet hatte, legte sich wieder.

*Ich glaube an dich*, teilte sie dem Planeten mit. *Ich glaube an dich*.

»*Ich glaube an dich*«, wiederholte der Planet beruhigend.

»Oh, ich glaube«, sagte Sean neben ihr. Er hat wohl gedacht, der Planet spricht zu ihm, überlegte sie.

Sie erreichten die Stelle, die sie zuvor dafür ausgesucht hatten. Dort lagen das Bettzeug und alles andere, das sie brauchten. Die Zusatzbeleuchtung benötigten sie nicht; die Höhle strahlte von allein.

Clodagh half Yana aus ihrem Flanellnachthemd, da erwischten sie auch schon die ersten Wehen.

»Atme jetzt genau so, wie man es dir beigebracht hat«, sagte Clodagh und wartete, bis die Wehe abgeklungen war, bevor sie Yana ans Wasser führte.

Sean sprang hinein und durchbrach die Oberfläche als Selkie. Dann kam er zu den beiden Frauen geschwommen, die sich nun zusammen in der warmen Umarmung des Wassers aufhielten. Yana war hineingeglitten und hatte sofort die Kante gefunden, die offenbar eigens dafür hergestellt worden war, um sie abzustützen, während Clodagh es sich ein Stück tiefer bequem machte.

Dann begann der Nebel aufzusteigen, doch nur auf dem Boden hinter ihnen. Yana atmete die duftende, lindernde feuchte Luft tief ein. Die nächste Wehe war schon heftiger, doch sie empfand sie nicht als ›schwer‹, nur als Arbeiten der Muskeln. Sie konnte sich entspannen. Petaybee war überall um sie herum, und ihr Mann war, seinem eigenen Wunsch gemäß, in diesem glücklichen Augenblick seines Lebens – und diesem wunderbaren Augenblick des ihren – bei ihr, und Clodagh würde dafür sorgen, daß alles so heilte, wie sie es stets zu tun pflegte.

Ein pelziges Gesicht strich aus dem Nebel über das ihre, und sie lachte, als sie merkte, daß es Nanook war – ja, und Narduk war auch da, und nur die Götter mochten wissen, wie viele weitere Katzen da gerade mächtig schnurrten, denn die ganze Höhle hallte davon wider.

Nun setzte eine weitere kräftige Wehe ein – viel zu früh für eine normale Niederkunft, wie es Yana schien, der einmal mehr für einen kurzen Augenblick bange geworden war. Dann ertappte sie sich dabei, wie sie pressen wollte; statt dessen schnaufte sie, wie sie es gelernt hatte.

»Das ist doch viel zu früh für dieses Stadium«, stieß sie mühsam hervor.

»Oh, das kann man nie wissen«, meinte Clodagh tröstend. »Vielleicht sind wir ja schon länger hier, als es dir scheinen mag.«

»Aber wir – sind – gerade – erst – gekommen.«

Clodagh kicherte wieder und war plötzlich sehr emsig unter Wasser zwischen Yanas Beinen zugange. Das Wasser selbst war hell, so daß Yana ihre auf Clodaghs Schultern ruhenden Beine erkennen und sehen konnte, daß die Frau sich unter Wasser befand. Seans pelziges Flossenhemd lag auf ihrem Knie. Dann gab es einen mächtigen Krampf, und schon stieß Clodagh aus dem Wasser, die Hände hoch erhoben, und Yana erblickte einen silbrig bepelzten Säuglingskörper zwischen den kräftigen Handflächen.

»Dein Sohn, Shongili!« rief Clodagh, und die Katzen stimmten die melodischste Katzenmusik an, die man sich hätte denken können.

»Oh, mein Gott!« Yanas Körper wollte wieder in seine alte Verwirrtheit verfallen.

Ein nackter, pelziger, nasser Körper wurde Yana in die Hände gepreßt, während Clodagh wieder abtauchte. Yana, von einer mächtigen Preßwehe erfaßt, begriff, daß sie ein zweites Selkie-Kind gebar.

»Wie ist denn das passiert?« rief sie, als Clodagh mit einem weiteren zappelnden Baby auftauchte, das bereits mit gebührendem Geschrei die Einmaligkeit dieses Vorgangs feierte.

»Du bekommst eben gleich eine prächtige, komplette Familie auf einmal«, meinte Clodagh, während ihr das Wasser übers lächelnde Gesicht strömte.

»Hast du etwa gewußt, daß ich Zwillinge kriege?« rief Yana, einerseits empört, daß man ihr dies verheimlicht hatte, andererseits staunend über die Perfektion ihres Selkie-Sohnes, der schon jetzt, erst wenige Minuten alt, damit begann, außerhalb des Wassers seine Menschenform anzunehmen.

Clodagh schnaubte; dann schob sie sich mit dem Baby aus dem Wasser. »Ein Bauch wie ein Walfisch, und du hast es nicht erraten?«

»Wie hätte ich es erraten sollen? Ich habe doch nie mit schwangeren Frauen zu tun gehabt. Ach, er ist ja wunderbar ... er ...«. Plötzlich begriff Yana erst richtig, daß ihr Sohn sich gerade in ein vollkommen menschliches Baby verwandelte. Da hielt Clodagh ihre Selkie-Tochter aus dem Wasser, und dieser widerfuhr dasselbe. Sean Selkie umarmte sie und die Kinder; die silbrigen Augen waren vor Staunen geweitet.

Sie gaben ein hübsches Stilleben ab: Mutter, Vater, Kinder und Hebamme, Selkie und Mensch. Und dann waren sie alle zu Menschen geworden, als auch Sean sich aus dem Wasser hob. Nun begriff Yana, weshalb der Planet auf diesem Geburtsort bestanden und wie leicht er ihr alles gemacht hatte, was sonst eine außerordentlich schwierige Sache hätte werden können. Auch Petaybee lernte dazu. Namid hatte gesagt, daß man bei einem Planeten, der gerade erst knapp über zweihundert Jahre alt war, nie vergessen dürfte, daß auch er ein Baby sei. Mit jedem Gespräch und jeder Erfahrung lernte er dazu, wuchs er, entwickelte er sein Potential. Und während er seine eigenen Geheimnisse ergründete, stieß er auf seine eigenen Fragen nach dem Wesen dessen, was dahinter liegen mochte.

Als sie die Nachgeburt ausgestoßen hatte, konnte Yana wieder aus dem Wasser ans Land zurückkehren, einmal mehr flachbäuchig und geschmeidig.

Sie streckte beide Arme in Dankbarkeit aus und pries Petaybee dafür, und ihre Worte hörten sich beinahe an wie ein Latchkay-Lied:

*Danke für die Geburt. Sie verlief schmerzlos.*
*Danke für meinen kräftigen Sohn*
*und meine prächtige Tochter.*

Danke für ihre Verwandlung.
Danke für alles.

»*Gern geschehen, Yanaba. Gern geschehen*.«

Yana konnte sich ein Grinsen nicht verkneifen. Doppeltes ›gern geschehen‹ dafür, daß sie Zwillinge geboren hatte? Der Planet folgte geheimnisvollen Bahnen – und was hatte er wohl für ihre Kinder vorgesehen?

»*Willkommen!*«

**ENDE**

## Über die Autorinnen

*Anne McCaffrey* pendelt zwischen ihrem Heim in Irland und den Vereinigten Staaten, wo sie Preise und Ehrungen in Empfang nimmt und sich mit der Vielzahl ihrer Fans trifft. Sie gehört zu den populärsten Autorinnen der Science Fiction.

*Elisabeth Scarborough* gewann 1989 den Nebula Award für ihren Roman *The Healer's War*. Darüber hinaus hat sie (zwölfeinhalb) weitere Romane verfaßt. Scarborough, deren zweite große Leidenschaft die Volksmusik ist, lebt mit ihren drei Katzen in der Gegend von Puget Sound im Staat Washington in einem Blockhaus.

**Band 24 214**

**Robert A. Heinlein**

**Fremder in einem fremden Land**

**Deutsche Erstveröffentlichung**

Sein Name: Valentine Michael Smith. Seine Vorfahren: Menschen. Seine Heimat: Der Mars. Er ist der einzige Überlebende einer gescheiterten Mars-Expedition. Nach irdischem Recht ist er Besitzer des roten Planeten und verfügt über das Know-how einer uralten Rasse. Er wird umworben und umschwärmt, Politiker versuchen ihn ebenso für ihre Zwecke einzuspannen wie geschäftstüchtige Sektenführer. Für Valentine ist die Erde eine völlig fremde und unerklärliche Welt – aber als er sie zu begreifen beginnt, beschließt er, sie nach seinen Vorstellungen zu verändern. Und damit beginnt sein Opfergang.

BASTEI LÜBBE

**Sie erhalten diesen Band im Buchhandel, bei Ihrem Zeitschriftenhändler sowie im Bahnhofsbuchhandel.**

**Band 24 213**

**Alexander Jablokov**
**Nimbus**
**Deutsche Erstveröffentlichung**

Ein düsterer Thriller ... Jablokov vermischt die Welt eines Raymond Chandlers und Dashiell Hammetts mit dem CYBERPUNK von William Gibson und Bruce Sterling.‹

Starlog

Manchmal hat die Erinnerung ein Eigenleben.

Früher einmal war er Theo Bronkman, einer der sieben verlorenen Seelen, die während des letzten Krieges an dem geheimen Regierungsprojekt NIMBUS arbeiteten.

Nun ist er Peter Ambrose, ein arbeitsloser Jazzmusiker, der illegal Plantate in die Gehirne reicher Klienten einpflanzt, die ihre geistigen Fähigkeiten künstlich vergrößern wollen.

Morgen ist er vielleicht schon ein anderer. Oder er ist tot. Denn ein lange unterdrückter Alptraum erwacht zu neuem Leben und wirft ihn in eine Welt, in der Persönlichkeiten wie Kleider gewechselt werden – und in der jemand nach und nach alle Mitglieder des NIMBUS-Teams ermordet. Peter könnte der nächste sein... wenn er dem Killer nicht zuvorkommt.

BASTEI LÜBBE

**Sie erhalten diesen Band im Buchhandel, bei Ihrem Zeitschriftenhändler sowie im Bahnhofsbuchhandel.**

**Band 23 179**

**Kate Wilhelm**
**Das Killer-Ding**
**Deutsche Erstveröffentlichung**

Er ist ein Roboter und eine perfekte Kampfmaschine. Militär und Wissenschaft wittern eine Chance, der Menschheit in einem kosmischen Konflikt entscheidende Vorteile zu verschaffen. Captain Trace soll den Roboter gefangennehmen, doch bei der Verfolgungsjagd kommt es zu einer Katastrophe: Sowohl Jäger als auch Gejagter stürzen auf einen einsamen Planeten . . . und plötzlich kehren sich die Vorzeichen um. Trace, der einzig menschlich Überlebende, sieht sich einem gnadenlosen Killer-Ding gegenüber . . .

BASTEI LÜBBE

**Sie erhalten diesen Band im Buchhandel, bei Ihrem Zeitschriftenhändler sowie im Bahnhofsbuchhandel.**